Fantasy

Herausgegeben von Friedel Wahren

Das Schwarze Auge

1. Band: Ulrich Kiesow, *Der Scharlatan* · 06/6001
2. Band: Uschi Zietsch, *Túan der Wanderer* · 06/6002
3. Band: Björn Jagnow, *Die Zeit der Gräber* · 06/6003
4. Band: Ina Kramer, *Die Löwin von Neetha* · 06/6004
5. Band: Ina Kramer, *Thalionmels Opfer* · 06/6005
6. Band: Pamela Rumpel, *Feuerodem* · 06/6006
7. Band: Christel Scheja, *Katzenspuren* · 06/6007
8. Band: Uschi Zietsch, *Der Drachenkönig* · 06/6008
9. Band: Ulrich Kiesow (Hrsg.), *Der Göttergleiche* · 06/6009
10. Band: Jörg Raddatz, *Die Legende von Assarbad* · 06/6010
11. Band: Karl-Heinz Witzko, *Treibgut* · 06/6011
12. Band: Bernhard Hennen, *Der Tanz der Rose* · 06/6012
13. Band: Bernhard Hennen, *Die Ränke des Raben* · 06/6013
14. Band: Bernhard Hennen, *Das Reich der Rache* · 06/6014
15. Band: Hans Joachim Alpers, *Hinter der eisernen Maske* · 06/6015
16. Band: Ina Kramer, *Im Farindelwald* · 06/6016
17. Band: Ina Kramer, *Die Suche* · 06/6017
18. Band: Ulrich Kiesow, *Die Gabe der Amazonen* · 06/6018
19. Band: Hans Joachim Alpers, *Flucht aus Ghurenia* · 06/6019
20. Band: Karl-Heinz Witzko, *Spuren im Schnee* · 06/6020
21. Band: Lena Falkenhagen, *Schlange und Schwert* · 06/6021
22. Band: Christian Jentzsch, *Der Spieler* · 06/6022
23. Band: Hans Joachim Alpers, *Das letzte Duell* · 06/6023
24. Band: Bernhard Hennen, *Das Gesicht am Fenster* · 06/6024
25. Band: Niels Gaul, *Steppenwind* · 06/6025
26. Band: Hadmar von Wieser, *Der Lichtvogel* · 06/6026
27. Band: Lena Falkenhagen, *Die Boroninsel* · 06/6027
28. Band: Barbara Büchner, *Aus dunkler Tiefe* · 06/6028
29. Band: Lena Falkenhagen, *Kinder der Nacht* · 06/6029
30. Band: Ina Kramer (Hrsg.), *Von Menschen und Monstern* · 06/6030
31. Band: Johan Kerk, *Heldenschwur* · 06/6031
32. Band: Gun-Britt Tödter, *Das letzte Lied* · 06/6032
33. Band: Barbara Büchner, *Das Galgenschloß* · 06/6033
34. Band: Karl-Heinz Witzko, *Tod eines Königs* · 06/6034
35. Band: Hadmar von Wieser, *Der Schwertkönig* · 06/6035
36. Band: Barbara Büchner, *Schatten aus dem Abgrund* · 06/6036
37. Band: Barbara Büchner, *Seelenwanderer* · 06/6037
38. Band: Hadmar von Wieser, *Der Dämonenmeister* · 06/6038
39. Band: Christel Scheja, *Das magische Erbe* · 06/6039 (in Vorb.)
40. Band: Linda Budinger, *Der Geisterwolf* · 06/6040 (in Vorb.)
41. Band: Momo Evers, *Und Altaia brannte* · 06/6041 (in Vorb.)
42. Band: Barbara Büchner, *Blutopfer* · 06/6042 (in Vorb.)
43. Band: Lena Falkenhagen, *Die Nebelgeister* · 06/6043 (in Vorb.)

Weitere Bände in Vorbereitung

Das Schwarze Auge

HADMAR VON WIESER

DER DÄMONEN-MEISTER

Das Leben des Raidri Conchobair

TEIL 2

Achtunddreißigster Roman aus der aventurischen Spielewelt

begründet von
ULRICH KIESOW

Originalausgabe

WILHELM HEYNE VERLAG
MÜNCHEN

HEYNE SCIENCE FICTION & FANTASY
Band 06/6038

Umwelthinweis:
Dieses Buch wurde auf chlor- und säurefreiem Papier gedruckt.

Redaktion: Quirin Rasch

Printed in Germany 1999
Umschlagbild: Krzysztof Wlodkowski
Kartenentwurf (Seite 8/9): Ralf Hlawatsch
Umschlaggestaltung: Atelier Ingrid Schütz, München
Technische Betreuung: M. Spinola
Satz: Schaber Datentechnik, Wels
Druck und Bindung: Presse-Druck, Augsburg

ISBN 3-453-14940-8

Für meine Mutter Britta,
die mir gezeigt hat,
daß alles zwei Seiten braucht,
um wahr und vollständig zu sein.

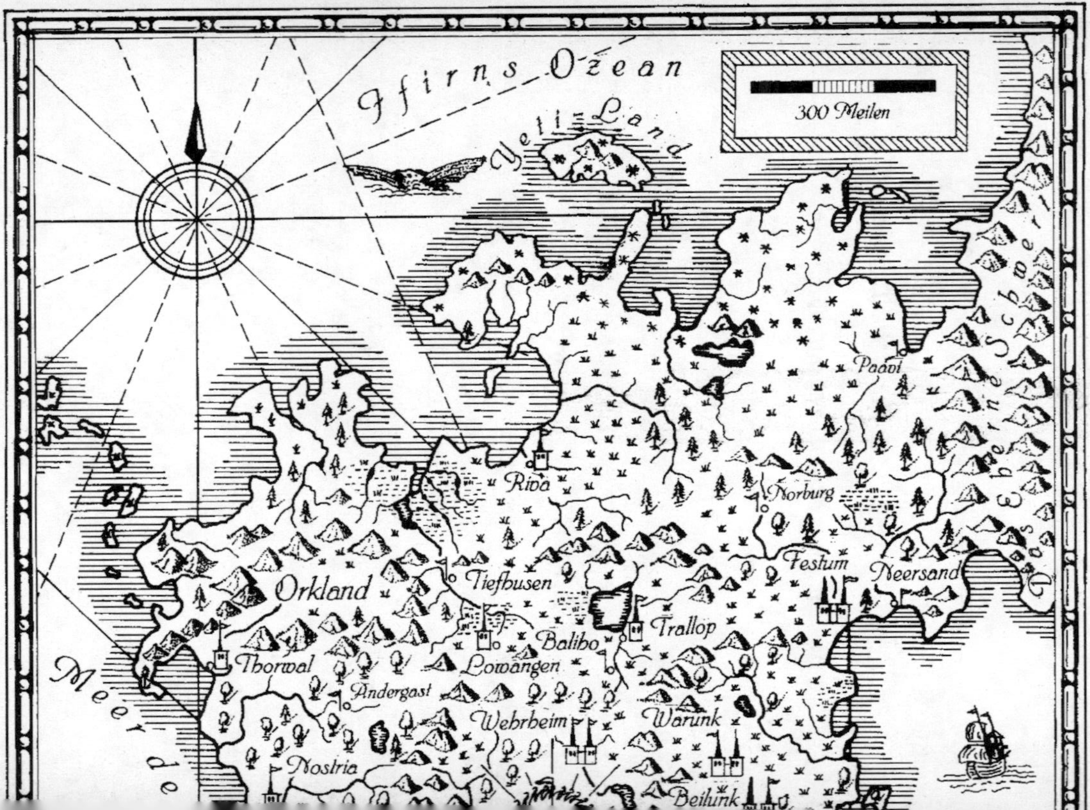
Ifirns Ozean
Yeti Land
300 Meilen
Das Ehernes Schwert
Paavi
Riva
Norburg
Festum
Neersand
Orkland
Tiefhusen
Trallop
Balibo
Thorwal
Lowangen
Andergast
Wehrheim
Warunk
Nostria
Beilunk
Meer de

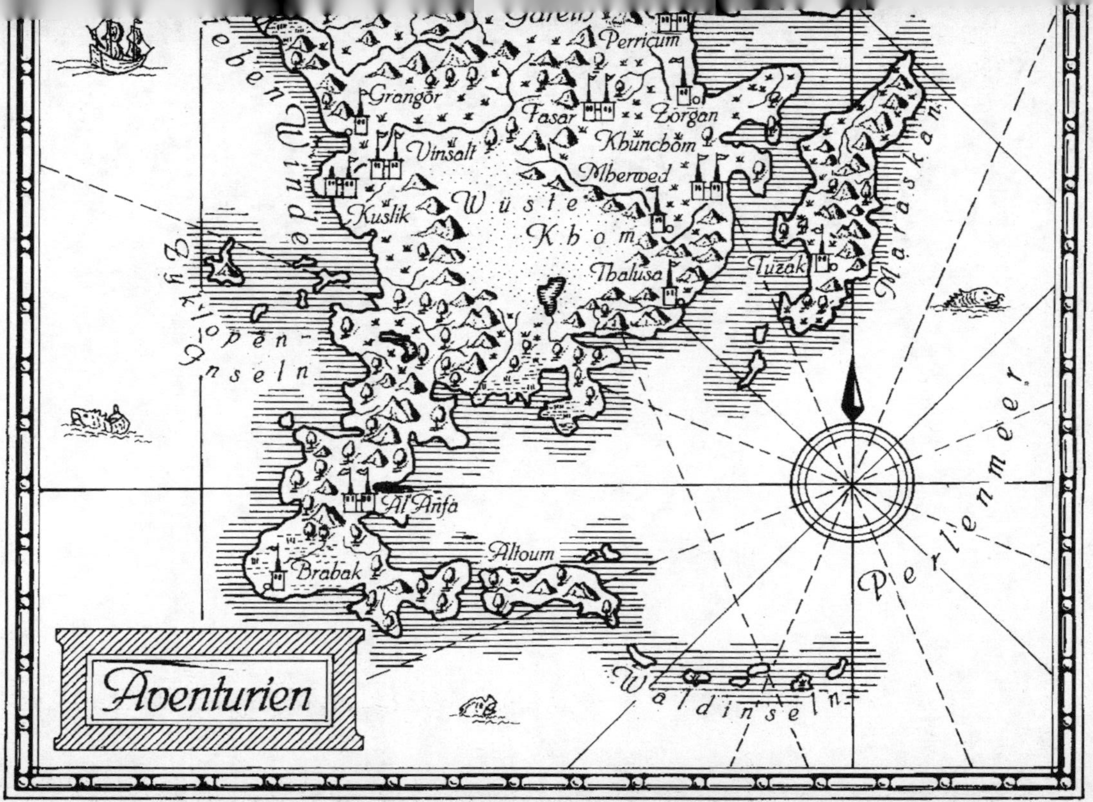
Aventurien
Perricum
Grangor
Fasar
Zorgan
Khunchom
Vinsalt
Mherwed
Kuslik
Wüste
Khom
Thalusa
Tuzak
Maraskan
Zyklopen-
Inseln
Al'Anfa
Altoum
Brabak
Perlenmeer
Waldinseln

3 HAL:
Der Nachtdämon

»Also, Schwertkönig, dann wollen wir sehen, ob Ihr wirklich so gut seid, wie die Barden sagen.« Ihre Stimme war ohne Spott. Doch ihr Hieb galt meinem Kopf. Ich wich aus, aber auch der Nachschlag verriet zwanzig Jahre Erfahrung. Als der folgende Stoß mein Herz treffen sollte, schlug ich ihn mit *Antworter* beiseite. Ich erwiderte mit einem darpatischen Haken. Eine Finte gegen ihr Bein schaffte mir ein wenig Raum. Ich liebte jeden Augenblick dieses Kampfes. Ich war gewiß der bessere Kämpfer und führte eines meiner berühmten Schwerter aus unzerstörbarem Endurium. Aber das half mir wenig, denn ich durfte ihr nicht einen Kratzer zufügen. Diesen Zweikampf mußte mein Verstand gewinnen. Während wir einander belauerten, versuchte ich mich an die ersten Eindrücke von meiner Gegnerin zu erinnern.

»Seid Ihr der, denn man den Schwertkönig nennt?« hatte sie in der Beilunker Hafentaverne mit samtiger Stimme gefragt. Sie hatte geheimnisvoll warme, braune Augen, die gar nicht zu dem zurückgebundenen Haar und der herben Kriegermiene paßten.

»Ja, der bin ich«, sagte ich lächelnd. Ein anderer Mann hätte vielleicht gesagt: So nennen sie mich. Aber Bescheidenheit gehörte nie zu meinen Stärken. Und vor einigen Monden war Rondra selbst mir erschienen und hatte mir mein Schicksal bestimmt.

Sie setzte sich mit einem Humpen Bier zu mir. Ihre Gestalt wirkte durchaus weiblich, aber doch muskulös und breitschultrig. Wenn sie lachte, zeigten sich entzückende Grübchen in den Wangen. Wir bestellten einige Becher Trollzacker, leerten sie und knallten sie auf den Tisch. Eigentlich hatte unsere Begegnung vom ersten Augenblick an die Gnadenlosigkeit eines Kräftemessens und den Kitzel einer Jagd zugleich.

»Heilgard Weihenhorster«, nannte sie ihren Namen. Ihr Mund wirkte ungemein vielversprechend. Doch im nächsten Augenblick griff sie schon wieder herausfordernd nach einem neuen Becher Schnaps. Sie war keine Frau vieler Worte. Unser Duell bestand aus Blicken, Gesten und Handlungen. Als die Schankmaid den Braten brachte, zogen wir beide das Messer und stießen zu – gleichzeitig. Wieder trafen sich unsere Blicke. Unsere Handrücken berührten einander, dennoch wollte keiner weichen. Als die Berührung unerträglich wurde, kerbte sie mit grobem Ruck ein Stück Fleisch aus. Sie biß wie ein Wolf hinein und ließ mich dabei nicht aus den Augen.

Sie war, wie ihr Name sagte, aus einer Baronie im Greifenfurtschen. Sie hatte häufig als Eskorte gedient, vor allem für die Handelszüge des großen Stoerrebrandt. Anscheinend hatte sie viel Erfahrung im Kampf gegen Räuber und Wegelagerer. Als sich die Taverne gegen Abend mit lärmenden Seeleuten füllte, beschlossen wir, noch ein wenig zum Hafen zu gehen. Wir saßen an der Mole und blickten auf das schwarze Meer. Sie hörte aufmerksam zu, wenn ich erzählte. Doch auch ihre kurzen Sätze ließen keinen Zweifel, daß sie ein Leben voll von Abenteuern, Kampf, Liebe und Leid lebte.

»Nachtwache«, sagte sie plötzlich und erhob sich. Als wir stadteinwärts gingen, bestätigten wir einander, daß unsere Herbergen auf dem gleichen Weg lagen. Nun wieder schien ihr eine Trennung so schwerzufallen wie mir. Die Bürgerstraßen lagen nach der Nachtigallenstunde schon in friedlichem Schlummer.

Irgendwann kam natürlich der Augenblick, als wir vor dem Schlafsaal ihrer Herberge standen. Im Dunkel spielten unsere Hände ein seltsames Spiel: Ihre Finger krallten sich begehrlich in meine, aber zugleich wehrte sie damit jedes Vordringen ab. Wieder und wieder näherte sich ihr mein Gesicht. Ob ich albernische Bardenverse von mir gab oder derbe Söldnersprüche oder dabei schwieg, stets waren da ihre Zähne, die mich zugleich empfingen und abwehrten. Und ihre Worte waren scharfe Fragen, die mich verunsichern wollten.

»Ihr seid ein Eroberer«, stellte sie kühl fest, als ich wieder nach ihrem Mund gierte.

Ich sah sie durchdringend an: »Ist das nicht jeder Mann? Und jeder Krieger?«

»Manche Krieger«, sagte sie bedeutungsschwer, »erobern nicht, sondern verteidigen.«

»Und was verteidigen sie?« fragte ich. Ich glaubte, dem Rätsel dieser Frau ganz nah zu sein.

»Manchmal einfach das, was andere erobern wollen.« Ihre Stimme klang nicht schnippisch. Das war keine Allüre eines zickigen Mädchens – aber auch kein lebenslanges Keuschheitsgelübde. Es war, was ihr Gerechtigkeitssinn ihr hier und heute als richtig erscheinen ließ. Während ich überlegte, schob sie meine Hände und mich zurück; langsam genug, daß es mir nicht als Ablehnung erschien. »Trefft mich nach dem Morgengebet am Ufer des Radrom«, sagte sie fest. »Bringt Eure Waffen mit.« Dann verschwand sie wie ein Panther in der Tür. Es wäre kein Problem gewesen, ihr in den Saal zu folgen. Doch zwischen uns stand kein Schloß, sondern eine Frage der Ehre.

Der Radrom gluckerte leise auf seinem Weg durch die Bedonblütenfelder. Hinter uns lagen die gewaltigen

Stadtmauern Beilunks. Sie galten mit zwanzig Schritt als die höchsten Aventuriens. Aber die allerhöchsten Mauern lagen noch vor mir. Wie die legendären Prinzessinnen von Sylla würde sich diese Frau nur einem Mann ergeben, der sie bezwang – der ihrer würdig war. Inzwischen hatte ich wohl drei Dutzend Paraden geschlagen. Jeder von Heilgards Hieben war angetan, mich zu töten oder auszuschalten. Meine Hiebe dagegen mochten noch so gefährlich und unvorhersehbar wirken, ihnen fehlte das Entscheidende: der Wille zu treffen. Ich weiß nicht, ob meine stolze Gegnerin dies im Grunde spürte. Jedenfalls wehrte auch sie jeden meiner Angriffe so ab, als ginge es um ihr Leben. An diesem Zweikampf war nichts Unwahres. Ich konnte ihn nur beenden, indem ich meine Gegnerin überwand oder tötete – oder dabei selbst fiel.

Doch meine Erinnerung hatte ihre Wirkung getan. Plötzlich wußte ich, wie ich Heilgard gewinnen konnte. Stolz und Leidenschaft waren die zwei Kräfte, die sie beherrschten: wie zwei feurige Rösser, die schräg an dem Wagen zerrten, vor den sie gespannt waren, und ihn so dennoch vorantrieben. Eigentlich wollte sie mich haben und war auch bereit, sich von mir erobern zu lassen. Aber ihr Stolz verlangte, daß sie aus jedem Kampf als Sieger hervorginge. Ich jedoch war unbesiegt in etwa siebzig Zweikämpfen.

Schlagartig setzte ich meine Erkenntnis um. Ich fing ihren Angriff mit einer gezirkelten Replik, trieb sie mit einer Doublette zurück und ließ sie mit einer Bergschen Finte völlig ungedeckt stehen. Aus diesem Nachteil heraus setzte sie einen Befreiungshieb, den ich auf eine Fingerbreite genau hatte vorhersagen können. Doch statt meinen Vorteil zu nutzen, wehrte ich den Schlag wie ein Selbstmörder mit dem angewinkelten Arm ab. Der Schmerz war schlimmer als erwartet. Heilgard erstarrte in einem kurzen Augenblick der Ungläubigkeit.

Ich ließ *Antworter* fallen, wirbelte herum und drehte mich dabei in die Kriegerin hinein. Mein Ellbogen traf sie in der Armbeuge. Ihr Waffenarm verkrampfte sich kurz, während meine nun freie Rechte ihr Handgelenk packte. Sie taumelte und fiel unter meinem Gewicht hintüber. Als wir aufschlugen, zielte meine ganze Masse auf ihr Handgelenk. Noch zweimal stieß ich den Arm gegen den Boden, dann fiel ihr das Schwert aus der erschlafften Hand.

»Autsch«, sagte ich, keine Handbreit vor ihrem Gesicht, »das hat weh getan.« Ich hob ausdrücklich den Arm mit den zwei Schnitten, aus denen Blut sickerte. Ihr braunen Augen sprühten vor Kampflust. Dann sah ich Triumph darin. »Gewonnen«, sagte ich vieldeutig.

Ihr Leib entspannte sich unter meinem. »Gewonnen«, hauchte sie. Nie wieder kam mir ein gesprochenes Wort so verführerisch vor.

Sie hatte sogar frisches Linnen dabei, um meine Wunde zu verbinden. Ich wußte fast vom ersten Augenblick an, daß ich die Frau liebte. Es war nicht die herzzerreißende, jugendliche Verliebtheit, die Eillyn und mich über tausend Meilen zueinander geführt hatte, nicht der wahnwitzige Sinnestaumel, der mich und Comtessa Carmissa vorangetrieben hatte, nicht das familiäre Gefühl vorbestimmter Harmonie, das mich an der Seite Roanas im Amboßgebirge gehalten hatte, und nicht die stille Leidenschaft, die einen Winter lang zwischen mir und Luzelin geglüht hatte. Doch von allen Gefühlen der Liebe, die mich in meinem Leben erfüllt hatten, kam es jenem gänzlich unvergleichbaren Wissen geweihten Angehörens am nächsten, das mich für alle Ewigkeiten an Rondra binden würde.

Wir hatten keine Eile, als wir nach einem geeigneten Platz für unsere Liebe suchten. Das Ritual unseres Zweikampfes verband uns derart, daß es keinen Grund gab, meiner Leidenschaft sofort nachzugeben. Wir ritten einen Nebenfluß des Radrom entlang, bis wir nach einigen Stunden eine Schlucht entdeckten, durch die sich der Wildbach in einem Wasserfall ergoß. Außer einer Köhlerhütte gab es hier keine Menschen mehr. Wir erklommen den Bergrücken. Grünerlen und Goldhasel beschirmten die Bergschulter. Das Perlgras war wie ein Nest. Vor uns lag die Weite der Radromebene. Hinter uns, im Norden, brauten sich dunkle Wolken zusammen. Acht Schritt unter uns brauste der Wasserfall in einen Kessel. Wo das Wasser nicht kochte, konnte man bis zum Grund sehen.

Wir standen Seite an Seite. Dann wandten wir uns einander zu. Fast gleichzeitig flogen unsere Waffen mit den Scheiden ins Gras. Heilgard öffnete das Band, das ihr die Haare zum Pferdeschwanz gebunden hielt. Dann schüttelte sie ihre Mähne, bis sie ihr weich ins Gesicht hing. Ihr Lächeln wurde immer strahlender, bis sich in den Wangen diese entzückenden Grübchen bildeten. Unsere Blicke waren ineinander gefangen, während wir unsere Rüstungen ablegten: mein altes Lederkoller, das zwei blutige Schnitte und einige andere neue Kratzer aufwies, und ihren völlig unversehrten Kurbul.

Als Heilgard ihr Leinenhemd über den Kopf zog, kam ein beeindruckender Busen zum Vorschein. Die Beeren ragten mir begehrlich entgegen. Auch ich warf meine Kleider ab. Wieder fanden sich zuerst unsere Hände, doch dann fielen wir einander in die Arme. Ich umfaßte ihr Gesäß und preßte ihren heißen Unterleib an mich, während sie sich an meine Brust drängte. Gierig züngelnd und schnappend sanken wir ins Perlgras. Mein Mund glitt über ihren Hals und ihre Brüste. Auch Heilgard schlug Zähne und Nägel in meine Seite. Wir sanken zu Boden. Mein Mund fand über ihre Hüfte und ihre muskulösen Beine zu ihrem Schoß, ebenso wie sie zu meinem. Ich teilte ihr Schamhaar und schlürfte den

Honig ihrer Lust, während sie sich meiner Lanze widmete.

Als die Glut in meinem Gemächt unerträglich wurde, stemmte ich mich hoch und warf mich auf sie. Wieder fing sie meine Hände, rollte sich ab und kam nun ihrerseits oben zu liegen. Meine Lanze ragte zwischen ihren Beinen auf, während sie meine Brust kraulte. Ruckartig warf ich sie wieder auf den Rücken und versuchte, in sie einzudringen. Sie lachte kämpferisch, klammerte sich mit Oberschenkeln und Armen an mich und machte eine weitere Drehung. Der Wasserfall war deutlich lauter geworden. Ihr Unterleib zeigte trügerische Reitbewegungen, während meine Hände sich in ihre Brüste krallten. Als ich mich hochzog, um erneut die Oberhand zu gewinnen, sprang sie lachend auf. Ihre Brüste schaukelten, dann hechtete sie von der Klippe.

Ehe ich Heilgard ins Wasser eintauchen hörte, sprang ich hinterher. Ich tauchte und sah ihren kraftvollen Leib im perlenden Wasser. Sie trat Wasser und schien sich umzublicken. Ihre roten Beeren hoben sich von der weißen Haut ab. Inmitten des dunklen Pelzes blühten die Rosenblätter ihrer Lust. Ich tauchte empor, mich drehend wie ein Delphin, um ihren Bewegungen zu folgen. Als ich sie erreichte, zog ich sie ruckartig unter Wasser. Instinktiv umklammerten mich ihre reiterprobten Oberschenkel. Wir sanken hinab. Ihre Augen waren geöffnet, Luftblasen sickerten aus ihrem lächelnden Mund, als ich endlich in sie eindrang. Sie warf sich rittlings zurück, während ihre Füße sich über meinem Hinterteil kreuzten. Meine Schwimmstöße brachten uns an die Oberfläche und drängten mich zugleich in ihr Innerstes. Als wir auftauchten, klammerten sich ihre Arme um meinen Kopf. Ihr kalter weicher Busen drängte mir entgegen. Nun krallten sich auch noch ihre Hände in mein Haar Es war, als ob Heilgard mich mit jeder Welle der Lust, die ich ihr bereitete, in ihren Körper hineinziehen wollte. Dann bäumte sie sich auf, mit einem Schrei, der kurz das Tosen des Wasserfalles übertönte. Wir wanden uns wie kämpfende Lachse und erreichten so einen großen bemoosten Stein. Mit diesem Halt unter ihr konnte ich ihr endlich mit aller Gewalt entgegendrängen. Schon nach einigen ihrer Hüftbewegungen schoß meine Liebesglut in ihren Schoß, worauf ihre Schreie sich mit meinen vermengten. Regentropfen begannen zu fallen, und in der Ferne war ein erster Donner zu hören.

Heilgard Weihenhorster war die vierte und letzte Frau, an deren Seite es mich einige Monate hielt. Wie die Comtessa Carmissa, Rohezals Tochter Roana und die Hexe Luzelin lebte sie in selbstgewählter Isolation, die sie nur mir zu durchbrechen erlaubt hatte. War ich tatsächlich ein Eroberer, daß meine Frauen Festungen sein mußten? Oder konnten nur solche Frauen die Unstetigkeit meiner Windseele ertragen, die ihr eigenes Leben gewählt hatten? Oder war es schließlich die Tatsache, daß diese Frauen im Gegensatz zu mir wußten, wo sie stehen wollten, die mich an sie fesselte – sofern es überhaupt möglich war, den Wind zu fesseln?

Der Fluch von Warunk

Wir verbrachten den Herbst und Winter zwischen Bornland und Darpatien. Als wir im Frühjahr nach Beilunk zurückkehrten, hörte ich, daß der Magier Rakorium zu Besuch in der Magierakademie *Schwert und Stab* weilte. Vor zehn Jahren war ich durch seine unglückselige Suche nach dem Unterwasserreich Wahjad in Sklaverei geraten. Vor fünf Jahren hatte ich an seiner Seite die wildesten Länder Aventuriens durchkämmt. Auf den Reisen durch Regenwald und Khomwüste, schließlich im

Dschungel der Maraskankette, hatte ich zu begreifen begonnen, wie unbedeutend die Geschichte der Menschheit sich neben der der Welt ausmacht.

Es war mir Pflicht und Ehre, dem großen Gelehrten meine Aufwartung zu machen. Wie erhofft, hatte er wieder so viele neue Erkenntnisse gewonnen, daß, trotz der Welten, die uns trennten, auch mein Weltbild daran wachsen konnte. Rakorium kehrte soeben von einer neuen Expedition aus dem Regenwald des Südens zurück. Kultisten der Niederhöllen hatten im Lauf der letzten Jahre die meisten der Sieben Kelche in ihre Gewalt gebracht. In der Tempelstadt H'Rabaal hatten sie versucht, aus diesen Kelchen das Schwert *Siebenstreich*, das Schwert der Götter, wiederzuerschaffen und so in ihre Gewalt zu bringen.

Von *Siebenstreich* träumte ich wie ein kleiner Junge. Wie der *Donnersturm* der Traum eines jeden Ritters war, der je einen Streitwagen bestiegen hatte, so war *Siebenstreich* der Inbegriff dessen, was man mit einem Schwert in der Hand fühlt. Doch während Rondra den *Donnersturm* den Sterblichen geschenkt hatte, blieb *Siebenstreich* unerreichbar. Eine Leihgabe der Götter war es gewesen, die den Güldenländern half, den Kontinent von dämonischen Ungeheuern zu befreien. Doch dann hatte man das Schwert eingeschmolzen, den Göttern als Opfer zurückgegeben, weil kein Sterblicher mehr imstande war, die überirdische Klinge zu bewahren, geschweige denn sie zu führen. Rakorium war der Hüter des Siebten Kelches. Mit seiner Hilfe hatte er die erbeuteten Kelche wieder an ihre heiligen Ruhestätten zurückkehren lassen.

»*Siebenstreich* ist die Letzte Waffe«, fauchte der alte Magier. »Wenn sie in die Hände der Finsternis fällt …« Rakorium hatte die lästige Angewohnheit, stets in halben Sätzen zu sprechen. Fachbegriffe der Magie, Kosmologie und Mythologie erklärte er grundsätzlich nicht.

Dennoch verdanke ich ihm die Kenntnis um die wichtigsten Grundbegriffe der Ordnung der Welt.

»Herr von Conchobair, der Magier Rakorium erwartet Euch nochmals.« Der Bote fand mich in einer Taverne, wo ich Heilgard von meinen Gesprächen mit dem Forscher berichtete. Ich sprang auf und begann sofort zu packen. Heilgard tat es mir gleich, ohne zu fragen.

»Brauner!« Meinem Warunker, den ich mir mit dem Kampf gegen den Riesenoger Arzuch verdient hatte, hatte ich seit fünf Jahren keinen Namen geben. Eigentlich hatte ich ihn nur gekauft, um einige hundert Meilen weit nach Westen zu reiten. Inzwischen war er eines jener Pferde, die ich am längsten besessen hatte.

Vor den alten Ziegelmauern der Akademie *Schwert und Stab zu Beilunk*, die die Kampfmagier des Reiches ausbildete, stand der Magier bereit. Er war in der Begleitung eines Draconiters, also eines Ordensmannes der Hesindekirche. Rakorium verzichtete auf alle Vorstellungen.

»In Warunk hat sich ein Dämon auf Dauer manifestiert. Die Pfeile des Lichtes sind allesamt mit den Kelchen unterwegs. Wir müssen uns der Sache annehmen.« Wir waren bereits eine halbe Stunde auf der Straße nach Warunk, bis ich Rakoriums Kauderwelsch entschlüsselt hatte. Gerade Beilunk hätte eine berühmte Gruppe von Kampf- und Bannmagiern gehabt, die Pfeile des Lichtes, die vollkommen ausgebildet waren, einer Kreatur der Niederhöllen entgegenzutreten. Aber die Sieben Kelche mußten nach ihrer Rettung verborgen und bewacht werden, um einen neuerlichen Raub zu verhindern. So war es an uns. Rakorium und ich hatten auf Maraskan schon mit dämonischen Gegnern zu tun gehabt. Aber anscheinend lag der Fall diesmal anders: gefährlicher.

Im Zuge unserer Reiseunterhaltung stellte sich der Draconiter als Hexander Scherenschleifer vor. Er war Mitte Vierzig und Mitglied jenes Ordens der Hesindekirche, der, wie ich erfuhr, versuchte, jeden Mißbrauch von Magie notfalls mit Gewalt zu unterbinden. Üblicherweise, so erklärte er mir, war es im Interesse aller Beteiligten, selbst des Übeltäters, daß ihn die Draconiter stellten – ehe es die Inquisitoren der Praioskirche taten. »Wo ein Dämon ist, muß auch ein Beschwörer sein«, erklärte mir Hexander kategorisch.

Für mich mit meiner rückständigen Winhaller und Weidener Bildung waren die drei Tage an Hexanders Seite eine Offenbarung. Wohl hatte ich in den Jahren an der Seite der zwei großen Magier Rakorium und Rohezal vieles über die magische Natur der Welt gehört. Aber erst diesem Hesindegeweihten gelang es, mir die wichtigsten Begriffe verständlich zu machen. In meiner Jugend hatte ich Oger und Drachen, Untote und Dämonen allesamt für gleich schreckliche Bedrohungen der Menschheit gehalten. Ja, wenn ich ehrlich war, hatte ich selbst Maraskaner und Al'Anfaner für Feinde gehalten, die ›uns‹ bedrohten. Inzwischen war mir längst klar, daß der Menschheit ein gemeinsamer Weg bestimmt war, auf dem jeder Zwist unnötiges Verharren bedeutete.

Doch erst Hexander machte mir deutlich, wieviel fremder und gefährlicher manche Wesenheiten für uns waren als andere. »Die ganze Welt, die wir sehen, gehört der Dritten Sphäre an: Aventurien, Güldenland, Riesland, der blaue Himmel über uns und die zwergischen Höhlen unter uns. Es ist die Sphäre der Sterblichen, denen die zwei wundersamen Geschenke des Todes und der Geburt gegeben sind. Nur wir können unser Wissen und unser Blut weitergeben und Platz machen für unsere Nachfahren, die mehr Kraft haben als wir.« Für Hexander schien es tatsächlich eine Gnade zu sein, sterben zu können.

»Unsere Lebenskraft ist flüchtig, weil sie als der Atem der sterbenden Urriesin Sumu entweicht. Unsere Seelen aber sind unsterblich und den höheren Sphären bestimmt. Jenseits des Nirgendmeeres, in der Vierten Sphäre, liegen Borons Hallen, wo die Seelen der Toten Aufnahme finden. Jene Seelen, die die Götter als Heilige erwählen, steigen weiter hinauf in die Fünfte Sphäre, die Gefilde von Alveran.«

Er lächelte. Zwischen uns stand dieselbe unausgesprochene Frage. »Ich hatte eigentlich gehofft«, erklärte er, als ich schwieg, »daß Ihr mir sagen könntet, was es heißen mag, ein Heiliger zu sein. Wir Geweihten beruhigen uns bisweilen mit dem Dünkel, daß jeder, der seine Seele einem Gott weiht, von diesem auch erwählt ist. Andererseits sehen wir natürlich auch, daß die meisten Kirchen nur eine Handvoll allgemein anerkannte Heilige kennen. Vielleicht haben die Zwölfgötter in zweitausend Jahren nur fünfzig Seelen würdig gefunden?«

Ich war peinlich berührt darüber, daß er sich eine Antwort von mir erhoffte. Manche Gläubige hatten mich schon als Heiligen bezeichnet, da Rondra mich als Inhaber des *Donnersturmes* erwählt hatte. Auch war mir meine Göttin selbst erschienen, wie es in der Vita manches Heiligen berichtet wurde. Dennoch war mir der Gedanke unheimlich, mich in einem Atemzug mit Geron, Leomar und Hlûthar oder auch den Heiligen anderer Kulte zu nennen. Binnen drei Tagen sollte ich lernen, wie wenig ich vom Willen und Wirken Rondras begriffen hatte.

Unweigerlich führte uns unser Reisegespräch zu den Dämonen. »Die Entitäten der Siebten Sphäre«, erklärte mit Hexander, »nennt man auch die Ungeschaffenen. Sie sind nicht Teil der Schöpfung, sondern ihr Feind. Alle Lebewesen, ob Götter, Drachen, Menschen oder

Schmetterlinge, sind Teil von LOS. Doch die Bewohner der Siebten Sphäre sind keine Lebewesen, weil sie nicht leben, und keine Kreaturen, weil sie nicht erschaffen wurden. Sie gelangen nur durch Magie in unsere Welt. Fast immer hat ein Magier sie gerufen. Und nur Magie kann ihnen schaden.«

Beunruhigt wand ich mich im Sattel und griff unbewußt nach meinen Schwertern. »Endurium«, lachte Hexander, »ist ein magisches Metall. Ich denke, deswegen wollte Euch Rakorium mitnehmen.«

Das widersprach nun meinem Stolz. Ich erzählte, daß wir auch in den Echsendschungeln gegen manches Ungeheuer gekämpft hatten, das Rakorium als dämonisch bezeichnete. »Und damals führte ich noch gemeine Klingen aus Stahl.«

»Ganz gewiß habt ihr keinen Dämon damit verletzt«, beharrte Hexander. »Aber manche Daimoniden suchen sich Körper und Gestalten. Untote etwa sind sterbliche Leiber und deren Überreste, die vom grimmigsten Feind Borons unheilig belebt werden. Und einer der gefährlichsten Gestaltwandler ist ein Diener jenes Erzdämons, der Hesinde gegenübersteht. Mag sein, daß Ihr solche Wesen besiegt und ihres Körpers beraubt habt. Vielleicht haben wir es auch in Warunk mit so einem Phänomen zu tun. Soweit ich weiß, kann kaum ein Dämon lange auf Dere weilen, sofern er nicht übermächtige Magie oder Gestaltwandel benützt.«

»Diese Erzdämonen«, sinnierte ich. »Verstehe ich Euch richtig, daß jeder Zwölfgott einen zum Feind hat?«

»Eine Vermutung, ein Modell, das in manchen Legenden und verbotenen Büchern auftaucht. Zwölf Erzdämonen, die die Schöpfung umzingelt haben. Doch es gibt auch Entitäten, die keiner der zwölf Domänen zugeordnet sind.« Hexander sprach nun nicht mehr belehrend, sondern abgehackt, als müsse er sein Wissen prüfen und sortieren. Er schüttelte abwehrend den Kopf:

»Es ist nicht gut für unsere Seelen, zu viel darüber zu wissen.« Er deutete auf Rakorium, der vor uns ritt. »Vielleicht könnte Euch der Magister mehr darüber sagen.«

»Nein«, lachte ich, »der Magister ist äußerst sparsam mit verständlichen Erklärungen.«

Hexander lachte ebenfalls. »Die meisten Weißmagier verweigern jedes Gespräch über die Niederhöllen. Und Graumagier wie er mögen zwar forschen, sprechen aber nur mit ihresgleichen darüber. Wissen ist Macht – und Macht kann verführen. Die größten Magier waren, von Rohal abgesehen, auch die größten Frevler: der blutige Kaiser Fran-Horas, der die Erste Dämonenschlacht schlug, die schöne Kaiserin Hela-Horas, die die Zweite Dämonenschlacht auslöste, und zuletzt Borbarad, den man den Dämonenmeister nannte. Es scheint, daß wir alle fünfhundert Jahre von solch einem Beschwörer heimgesucht werden, der ohne Zögern die Pforten zu den Niederhöllen öffnet. Dann sind es nur noch die heilige und die magische Macht, die uns retten können. Das ist der Grund, warum ich Hesinde diene, der Göttin der Magie.«

Warunk

Der Himmel hat die Farbe alter Knochen, weder Praios' Sonne noch Efferds Regen konnte den elfenbeinernen Vorhang durchdringen. Wieder einmal erhob sich vor uns die einzigartige Silhouette Warunks. Wie eine graue Gigantenfaust ragte der Molchenberg auf. Auf diesem fünfzig Schritt hohen Burgberg lag die Altstadt von Warunk, nur erreichbar über die Serpentinenstraße im Westen. Es roch nach dem Rauch der Schornsteine, den das Schlechtwetter auf die Straße herunterdrückte – zumindest dachte ich das.

In der Unterstadt waren die Straßen fast menschenleer – und das in einer derart geschäftstüchtigen Stadt. Auch fiel mir Schmutz und Unrat auf: Straßen und Häuser schienen von Ruß verschmiert oder von Schimmel befallen. Dabei stritten sich die Warunker mit den Wehrheimern um den Titel der saubersten Stadt Aventuriens! Fast die einzigen, die uns begegneten, waren übernächtige Gardisten mit dem grünen Apfelwappen, die in Viererpatrouillen unterwegs waren – anscheinend seit Tagen, wenn nicht Wochen.

Wir wurden mit sichtbarer Hast und Freude in die Oberstadt geleitet. Markgraf Throndwig Bregelsaum, der ja erst kürzlich die Nachfolge seines Vaters angetreten hatte, empfing uns im Rathaus. Er ließ uns kaum Zeit, das Knie zu beugen. »Der berühmteste Magier am Perlenmeer und der Schwertkönig, der uns von dem Riesenoger befreite. Welche Erleichterung!«

Rakorium und ich versuchten beide, übertriebene Erwartungen zu bremsen. Aber der Prinz freute sich wirklich, mich wiederzusehen. Er war noch etwas fülliger geworden, hatte aber noch immer dieses rotwangige Jungengesicht. Während er sprach, saß auf seiner Schulter wie selbstverständlich ein wundersames Feenwesen mit Schmetterlingsflügeln.

»Verzeiht, meine Herrschaften, daß ich Euch nicht standesgemäß empfangen kann. Wir mußten die Burg … aufgeben.« Er räusperte sich peinlich berührt. Die Warunker waren nun einmal bekannt dafür, daß sie sich von jedem Wehrdienst freikauften und nur die vorgeschriebene Garde und einige Büttel bezahlten. Das rächte sich nun – und dazu mußte der Spott kommen. Ich allerdings sah das nicht so kritisch: Vor zehn Jahren, als der Riesenoger Arzuch hier sein Unwesen getrieben hatte, hätte der Warunkei eine Garde genützt. Aber gegen einen Dämon waren Gardisten, nach allem, was ich wußte, so nutzlos wie Söldner.

Throndwig stellte zunächst uns vor, wobei er Heilgard, die weder Rang noch Namen auszeichnete, überging. Dann machte er uns mit seinen Beratern bekannt. Warunk selbst besaß weder Magier- noch Kriegerakademie und nicht einmal prominente Tempel. Interessant waren für uns daher nur drei Personen. Hauptmann Mainhard Riemschneider war Oberkommandierender der markgräflichen Garde. Er war ein drahtiger Mittfünfziger mit Stirnglatze und markanten Gesichtszügen. Er sprach mit den keuchenden Kehllauten der Warunker und schien mir eher ein erfahrener Ordnungshüter als ein Krieger zu sein.

Die Praios-Hochgeweihte Warunks war in dieser Angelegenheit Throndwigs wichtigster Berater. Zidonia von Binsenbeck war eine mopsige, kurzatmige Frau, die Hände gichtig vom guten Leben. Aber sie trug das geweihte Sonnenszepter, das, so hieß es, Dämonen niederstrecken konnte.

Unnötigerweise vorgestellt wurde mir Thundra vom Rathilsteine, ein Rondrageweihter um die Vierzig, natürlich mit Kettenhemd und Rondrakamm. Ich kannte Thundra schon aus den Zeiten, als ich mich als junger Schatzsucher am Neunaugensee herumgetrieben hatte. Außerdem hatte er mir seinerzeit vom Freitod meines geliebten Schwertmeisters Landrin im Donnerbachfall berichtet. Im Ornat sah er aus wie mein Vater, auch sein Auftreten und seine ruhige Sicherheit erinnerte mich an ihn. Ich übersah dabei, daß ich inzwischen selbst so alt war, wie ich Connair Conchobair in Erinnerung hatte – abgesehen davon, daß er bereits tot gewesen war, als ich ihn aus der Drachenhöhle trug. Thundra hatte im Tobrischen zu tun gehabt, als er von dem Notfall hörte.

Sodann stellte ich Heilgard vor. Ich hielt mich sonst an die strengen Hierarchien der Adelsränge, aber diesmal wollte ich vermeiden, daß jemand – auch Rakorium, der bisher diesen Eindruck haben mußte – sie für mein Gefolge hielte. Ich stellte klar, daß sie aus freien Stücken hier war.

Die Diener brachten uns Rindsbraten, Warunker Speck, feines Graubrot und einen Sembelquast, dessen Geruch den ganzen Raum füllte. Dann hielten wir Kriegsrat.

»Im Boronmonde war's«, begann Throndwig, dessen Neigung zu poetisch ausschweifender Sprache ich ja kannte, »da erschien ein buckliger Magus und bat geheimnisvoll um Privataudienz. Er nannte sich Xeraan und wurde im Kabinett bald deutlich.« Throndwig räusperte sich, wiederum peinlich berührt, und geriet ins Stocken. »Es scheint ... Man muß wohl sagen ... Also, Praios steh mir bei, er wollte mich erpressen und berauben. Er werde, so krächzte er, mir die Niederhöllen selbst an den Hals hexen, wenn ich nicht das Warunker Schatzhaus leere bis zur letzten Perle. Ich gab ihm Antwort, wie's mein Vater Karloff mit der silbernen Hand getan hätte, so höflich es noch möglich war. Darauf fragte er, ob ich wisse, wie mein Vater seine Hand verloren hätte. Dann prahlte er damit, daß er schon vor zwanzig Jahren einen Dämon auf meinen Vater, der ebenso störrisch gewesen sei, gehetzt habe.« Throndwig zuckte mit den Schultern und errötete leicht. »Was sollte ich tun? Wie konnte ich als freier Markgraf ausliefern, wofür mein Vater als tobrischer Graf die Hand gegeben hatte? Darauf ging Xeraan unter übelsten Drohungen. Dabei rief er sich eine Höllenfratze zu Hilfe, die meine tapfere Garde auseinanderjagte wie ein Falke die Tauben.«

Wir blickten zu unseren Magiekundigen. Weder Rakorium noch Hexander waren sich sicher, glaubten aber, den Namen Xeraan auf den schwarzen Listen der Pfeile des Lichtes gesehen zu haben. Markgraf Throndwig stand der wirklich peinliche Teil seines Berichtes erst bevor.

»Hesinde verzeih's mir, aber ich fürchte, ich habe den Dämon selbst in mein Haus geholt«, setzte er wieder an, nun bereits karmesinrot. »Die Botanik ist meine große Leidenschaft. Als nun mein Ladifaahri« – hierbei deutete er auf die Fee auf seiner Schulter – »mir die wundersamste Entdeckung meldete, vergaß ich alle Vorsicht. In den Auen des Radrom fand ich, als wäre es nicht die seltenste Pflanze der Welt, die Jaguarlilie. Auch Peraine möge mir verzeihen, ich grub sie aus und pflanzte sie im Burggarten an.«

»Die Jaguarlilie?« knurrte Rakorium. »Über die haben die Mohas doch … Hesinde, das ist doch ihr größtes Tabu.«

Ich blickte ebenso hilflos wie die anderen Krieger. Hexander sprang helfend ein: »Ihr meint, die Waldmenschen des Südens kennen diese Pflanze und haben ein altüberliefertes Verbot, sie zu berühren?«

»Ha, berühren!« rief Rakorium. Gleichzeitig wedelte Throndwig verzweifelt mit den Händen. Er schien den Tränen nahe. »Hauptmann«, flüsterte er, »wenn Ihr vielleicht weiterberichten wollt.«

»Zu Befehl, Hochwohlgeboren«, salutierte Hauptmann Riemschneider. Der Kontrast hätte nicht stärker sein können: Sein Bericht war von einer kargen Knappheit, die die folgenden grausigen Ereignisse beinahe verhehlte. Throndwig fand schon am nächsten Tag seinen Leibdiener grausam erschlagen vor der Tür seiner Schlafkammer. Kurz darauf wurde ein sterbender Gärtner gefunden, dem etwas von innen die Brust zerfetzt hatte! Die anschließende Durchsuchung der Burg förderte keinerlei Spuren zutage, aber im Burghof kamen zwei weitere Gärtner zu Tode. Der Markgraf ließ den Garten darauf umstellen und Tag und Nacht bewachen. Jeden Tag gab es weitere Tote, zunächst bei der Wache, dann außerhalb der Burg, schließlich sogar in der Unterstadt. Der ehemals blühende Burggarten war zu einer lebensfeindlichen Falle geworden. Einigen hastig angeworbenen Söldnern war es gelungen, den Dämon aufzuspüren und ihm nach grausigem Kampf sogar zu entkommen.

»Wesenheit sucht seither Hochwohlgeboren heim«, schnarrte der Hauptmann.

»Seine Worte sind stets die gleichen«, stieß Throndwig hervor und barg das Gesicht in beiden Händen. »Du zahlst: ob Gold und Silber oder Blut und Seelen, ist mir gleich.«

»Ihr habt ihn also gesehen?« bohrte Rakorium kalt.

Throndwig ließ die Hände auf die Schenkel fallen und richtete sich auf. »Ich weiß sogar, welcher Dämon es ist.«

Unsere Gelehrten sprangen beinahe von den Stühlen. Nur die Etikette hinderte sie daran, den Markgraf zum Reden zu nötigen. »Ich fand ihn im *Folianth der Kreutherkunde*«, meinte dieser müde. »In einer der Abschriften aus der Rohalszeit ist ein Anhang zu dämonischen Pflanzen angefügt.«

»Die Jaguarlilie«, setzte Rakorium erneut an.

»Wie ihr sagtet: Die Ureinwohner fürchten ihn wie wir den Namenlosen. Er erscheint wie ihr Gott Kamaluq in Jaguargestalt. Sie nennen ihn Katuraq, das heißt etwa ›Die Hand von oben, die uns beinahe vernichtet‹ ...«

»Der Nachtdämon«, rief Rakorium sichtlich beeindruckt.

»Nur nicht zu viele Namen«, hob Hexander abwehrend die Hand.

»Richtig«, erhob Thundra seine ernste Stimme. »Wer sie nennt, ruft sie.«

Throndwig nickte. Dann schloß er die Augen und zitierte die Stelle, die ihn wohl bereits im Schlaf verfolgte: »So mächtig ist der Nachtdämon, daß er sich vor Praios' Blick und Bannstrahl verbergen muß. Die Mohas sagen, daß die verfluchte Jaguarlilie die Gestalt leiht, in der sich dieser Gehörnte tagsüber verbirgt.«

Nun sprangen alle Geweihten auf. »Wie nanntet Ihr ihn eben, Hochwohlgeboren?« rief Hexander erregt.

»Er ist ein Dreigehörnter!« erklärte der geplagte Markgraf. Hexander, Thundra und Hochwürden Zidonia schlugen instinktiv die Zeichen ihrer Götter, und auch Rakorium hob die Hand zu einem abwehrenden Zeichen.

»Über den gemeinen Dämonen«, wandte sich Hexander an uns Laien, »die bereits unverwundbar sind, stehen, so heißt es, die Gehörnten Dämonen, die mächtigen Diener der Erzdämonen.«

Je länger wir nachfragten, desto deutlicher wurde die Bösartigkeit dieses Nachtdämons. Die Diener des Markgrafen wurden nicht nur mit unnatürlicher Grausamkeit getötet, sondern auch wie warnende Trophäen in der ganzen Burg verteilt. Es schien keinen Ort zu geben, den die Höllenkreatur nicht erreichen konnte: höchste Zinnen, tiefste Keller, freistehende Bäume und verschlossene Kammern. Ein Gardist wurde gar auf dem Fahnenmast des Bergfrieds gepfählt, vierzig Schritt über dem Burghof. Der Dreigehörnte hatte das Ladifaahri gefangen, gerädert und gekreuzigt. Nur seine feenhafte Natur ließ es die Folter überleben.

»Nächtens, so scheint es, geht er im Burggarten um oder hängt über der Burg«, faßte Thundra zusammen, der schon einige Tage hier war. »Jeden Morgen sieht es dann übler aus – dort oben.«

Fast alle Opfer waren bei Nacht getötet worden. Nur die zwei Gärtner, die mit abgerissenen Händen gefunden wurden, waren bei Tag in den Garten gegangen.

»Und fanden dort die Jaguarlilie«, vermutete Rakorium.

Hier sah mein Jagdinstinkt eine Gelegenheit einzuhaken: »Könnte der Dämon die Entdeckung als Bedrohung empfunden haben?« Doch wir fanden keine Antwort. Er konnte als Jaguarlilie so gefährlich sein wie als geflügelter Jaguar. Vielleicht konnte er auch bei Tag diese Gestalt annehmen, vermied es aber. Trotzdem schien uns die Suche nach der Jaguarlilie der einzig sinnvolle Ansatz.

»Ich werde um Erleuchtung beten«, sagte Hexander feierlich. »In dieser Lage ist Wissen unsere wichtigste Waffe.« Ich bemerkte, daß dieser Satz Hochwürden Zidonia gegen den Strich ging, aber sie konnte schwerlich widersprechen.

Wir anderen begannen, über magische Waffen zu sprechen. Hier konnten endlich wir Krieger unser Wissen einbringen. Rakorium machte einige Vorschläge, welche Zauber er auf gewöhnliche Stahlklingen legen könne. Sein Fachgebiet war ja die Verwandlung von Unbelebtem.

Dann gab ich ihm *Antworter* und *Vergelter* zur Untersuchung. Es war augenscheinlich, daß er wenig Beziehung zu der Waffe an sich hatte. Aber er schien über Metall und Runen mehr zu wissen als die meisten Schmiede.

»Müßte ihn sauer ankommen«, meinte der schrullige Gelehrte. Er murmelte etwas darüber, daß die maraskanischen Schriftzeichen, die mir noch keiner hatte deuten können, wohl genau von einem Kampf gegen Wesen der Siebten Sphäre sprächen. Dämonentöterwaffen? Hatten die Blutzwillinge davon gewußt? »Es wird kommen … aus dem Herz der Kette … schwarz und rot … schwarz wie Endurium, rot wie Blut.« Was hatte der sterbende Maraskaner damit gemeint?

Zwei Stunden später erschien der Draconiter wieder. Er wirkte erschöpft. »Hesinde hat mir eine wundersame Verständigung gewährt. Ich habe mit meiner Schwester im Glauben in Rashdul gesprochen und sie wiederum mit den Beschwörern der Pentagrammakademie. Wie erhofft, konnten sie sehr viel mehr über den Nachtdämon herausfinden.«

Hexander hatte also soeben ein Wunder seiner Göttin erlebt. Von diesen wundersamen Verständigungen hatte ich schon ein- oder zweimal gehört. Ich hatte Wunder immer für etwas gehalten, bei dem Blitze vom Himmel fahren, Mauern bersten oder Frevler in Flammen aufgehen. Ich war begeistert von der Einfachheit und Wirkung der göttlichen Macht. Kaum zu glauben, daß Hexanders Geist kurze Zeit mit dem einer tulamidischen Geweihten tausend Meilen weiter südlich verschmolzen war. Ich trat an ein Fenster und sandte insgeheim ein Stoßgebet zur Göttin der Gelehrsamkeit und Magie.

Kurz darauf war Hexander imstande zu berichten. »Der, dessen Namen wir bereits gehört haben, ist der bei weitem mächtigste Dämon, der mit den üblichen Ritualen beschworen werden kann. Bei Nacht, darüber sind sich all ihre Bücher einig, ist der Nachtdämon unbesiegbar. In den Dunklen Zeiten sollen drei Erzmagier zusammen gerade genug astrale Kraft besessen haben, um ihn zu verwunden.«

Rakorium bekam einen Hustenanfall, als hätte er sich verschluckt. Thundra blies hörbar die Luft aus. Ich versuchte, mir irgend etwas vorzustellen, was Rohezal, Rakorium und einem dritten mit ihrer Macht und Erfahrung widerstehen konnte.

»Er kann sich wohl auch bei Tag manifestieren, doch schwächt ihn das Sonnenlicht. Die Rashduler meinten, dies sei unsere einzige Aussicht. Da das Ritual zur Beschwörung allenfalls in Borbarads Schriften erhalten sein mag, gibt es auch keine Möglichkeit, es für einen Exorzismus umzukehren. Wir müssen ihn also vernichten.«

Die Stimmung im Raum wurde, wenn irgend möglich, noch ernster.

»Wir haben uns das allerschwerste ausgesucht, nicht wahr«, warf ich spöttisch ein.

»Nicht wir, sondern Xeraan«, verbesserte der Draconiter. »Wir haben noch einige Anhaltspunkte, was die Macht des Gehörnten und mögliche Schwächen betrifft. Der Nachtdämon gehört zum Gefolge des Schänders der Elemente. Die Magier meinten, das spräche dafür, daß er sehr mächtig, aber nicht sehr beweglich sei.«

»Beweglich, Euer Gnaden?« echote Markgraf Throndwig. »Das ist er wohl. Er hat mir meinen Leibdiener vor der Tür getötet und einen Gardeweibel an den Fahnenmast gehängt. Und er verschwindet mit Sturm und Feuer.«

»Nein, ich habe mich mißverständlich ausgedrückt, Hochwohlgeboren«, entgegnete Hexander diplomatisch. »Bei vielen Dämonen besteht die Schwierigkeit, daß sie, einmal beschworen, überallhin gehen können. Der Nachtdämon, steht zu vermuten, kann nur Land heimsuchen, das er bereits geschändet hat.«

»Mit anderen Worten: ganz Warunk«, sagte Heilgard trocken. Keiner widersprach ihr.

Wir packten unsere letzten Ausrüstungsstücke. Wir hatten bereits zuviel Zeit verloren. Auch dieser Frühlingstag würde in fünf oder sechs Stunden enden. Bis dahin mußten wir die Jaguarlilie gefunden haben. Es kam auch nicht in Frage, bis zum nächsten Morgen zu warten. Bei seiner Bösartigkeit konnte der Nachtdämon womöglich zum Gegenschlag ansetzen – jedenfalls aber würde er weitere Menschen töten.

Wir waren zu acht: der Magier Rakorium, die Geweihten Thundra, Hexander und Hochwürden Zidonia, Hauptmann Riemschneider mit einem weiteren Gardisten, Heilgard und ich. Bei dem jungen Korporal Garnspinner hatte ich mich gleich in die Nesseln gesetzt, als er sich beim Hauptmann gemeldet hatte.

»Denkt Ihr, daß es sinnvoll ist, weitere Menschenseelen zu riskieren, die nicht …« Ich stockte. Ich wollte keinen elitären Zirkel der Besitzer geweihter und magischer Waffen bilden.

»Ich weiß, was man über die Warunker Garde sagt«, antwortete der schneidige Gardist kühl. Anscheinend hatte ich einen anderen empfindlichen Punkt getroffen als vermutet. »Aber wenn ein Dämon in Warunk umgeht, dann tritt die Garde gegen ihn an.«

Bitte sehr, dachte ich, es ist dein Begräbnis, Jüngelchen. In Wirklichkeit aber ärgerte ich mich, weil der Korporal ein weiterer Teilnehmer war, den ich beschützen zu müssen glaubte.

Der Burggarten

Ich hatte Throndwigs Rosengarten noch in Erinnerung: Dort hatte mir der damalige Prinz all sein naturkundliches Wissen über Oger mitgeteilt, ehe ich auszog, Arzuch zu töten. Inzwischen hatten die Barden die Schönheit dieses Gartens bereits sprichwörtlich gemacht. Ein Blick über die Mauer machte uns klar, daß die Wirklichkeit nicht mehr viel mit der Sage gemein hatte. Was da vor uns in eigenartig suppigem Nebel lag, schienen Sträucher zu sein – und dennoch wirkten sie sonderbar. Die Blätter zu unserer Linken waren von einem widerlichen Purpur. Das Gebüsch rechts bebte und zuckte, und kurze Ranken peitschten daraus hervor. Ein widerlicher Geruch von fauliger Erde und unnennbarem Ekel schlug mir entgegen.

»Einige entzückende Monstrositäten, nicht wahr«, sagte Thundra, der den Garten seit zwei Tagen beobachtete. »Vergiftmeinnicht nennen die Burgwachen sie.« Kein Zweifel: Der Nachtdämon hatte den Rosengarten in eine Hölle von Giftpflanzen verwandelt.

»Trinkt das!« Rakorium ließ ein kleines Kristallfläschchen im Kreis herumgehen. Ich kannte das von der Expedition nach Maraskan. Rakorium war als Alchimist so vorausblickend wie er als Sprecher verwirrend war. Ich verzichtete auf eine Frage, die mir nur einen Fachausdruck zur Antwort bringen würde, und trank von der gelben Brühe. Sie roch verdorben und hatte einen Nachgeschmack von Harz. Zögernd taten es mir die anderen gleich. »Antidotum«, erhielt der neugierigere Hexander zur Antwort.

Während Heilgard einen tiefen Schluck nahm, betrachtete ich sie liebevoll. Ich machte mir Vorwürfe: Ich hatte sie nicht einmal der Form halber gefragt, ob sie mich wirklich begleiten wollte – ich hatte es einfach vorausgesetzt. Ich hatte mir diesen Kampf auf die Fahnen geschrieben, sie dagegen war ... »Sei nicht hochmütig«, schalt ich mich. Heilgard war eine starke Frau – stark genug, um nein zu sagen. Sie hatte die Gelehrten und Geweihten gehört und wußte, worauf sie sich einließ.

Angesichts der Neuigkeiten hatten Rakorium und Hexander beschlossen, daß magisches Licht auf den Waffen der Krieger die einfachste Methode war, diese zu verzaubern und dabei dem Nachtdämon vielleicht zusätzlich zu schaden. Heilgard, Hauptmann Riemschneider und Korporal Garnspinner zogen ihre Schwerter und boten sie dem Magier dar. Hexander hatte auf ein entsprechendes Angebot des Magiers geantwortet, seinen Kampfstab könnten sie auch noch in letzter Not bezaubern. War das Bescheidenheit, Friedfertigkeit oder ein ausgeklügelter Plan?

»Applicatus«, verstand ich, wenn Rakorium die Klingen berührte, und etwas wie *»Flim Flam Funkel«*, als er darüber eine einfache Geste durchführte. Zu sehen gab es für einen Laien allerdings nichts. Drei verzauberte Waffen? Ich fragte mich, was ich davon halten sollte. Ich

wußte, wie sehr Rakorium sonst mit seinen Zaubern geizte, vor allem für andere. Auf Maraskan war ich der einzige gewesen, den er wenigstens zähneknirschend geheilt hatte. Von Kriegern hielt er einfach nicht viel. Wenn er hier so großzügig Zauber sprach, dann war es entweder ein ungewöhnlich einfacher Zauber oder wir hatten Probleme, die ich gar nicht ermessen konnte. Vermutlich stimmte beides.

Endlich kletterten wir über die Mauer, in zwei Reihen, Thundra und ich vorneweg. Im unteren Bereich war der grobe Bruchstein von Blasen besetzt. Ich dachte zuerst an Schimmel oder dergleichen. Doch als ich einen Blick darauf warf, sah ich, daß der Stein selbst wucherte, als ob er krank sei!

Thundra und ich sicherten, während die zwei Gardisten Rakorium und Hochwürden Zidonia halfen. Der Nebel legte sich wie ein trockener Seim auf die Haut und löste ständigen Hustenreiz aus. Der Gestank tat ein übriges. Mit einem Satz landete Heilgard im Garten, schließlich auch Hexander.

Thundra und ich verstanden einander ohne Worte. Vorsichtig drangen wir auf zwei parallelen Kieswegen vor. Die zwei Gruppen konnten einander im Auge behalten und, falls die Sträucher nicht zu sehr befallen waren, auch durch sie hindurch zu Hilfe eilen. Hinter mir folgten der Hauptmann, Rakorium und Heilgard. Es war beruhigend, hinter mir zwei Leute zu haben, deren Verhalten ich gut kannte. Die sonst sauber geharkten Kieswege waren bedeckt von Ästen und abgerissenem Laub. Blutrote Blütenkelche, so groß wie Eimer, drohten im Nebel. Stachelige Ruten züngelten nach unseren Waden. Mancherorts fanden sich Glutnester oder offene Brände, die viel zu stetig und in falschen Rottönen loderten. Selbst die Statuen und Brunnen waren mißgestaltet. Auf ebenmäßigem Kalk und Marmor sprossen Warzen von Sandstein, Basalt und Speckstein.

»Humus, Stein, Luft, Feuer«, meinte Hexander, »damit sind all jene der sechs Elemente betroffen, deren Schändung man jenem Erzdämon zuschreibt.«

»Seht«, sagte der Hesindegeweihte kurz darauf und tauchte die Hand in einen Brunnen, dessen Steinumrandung langsam aber sicher zerbröckelte. Das Wasser war von fast heiliger Klarheit. »Wasser und Eis – diese zwei Elemente kann er nicht schänden. Keiner weiß warum, aber so steht es in allen Kommentaren zu den verbotenen alten Schriften.«

Nachdem ich begriffen hatte, was Hexander mit der Schändung der Elemente meinte, fiel mir auch die Luft auf: Es gab Stellen, da stank es nach rohem Fleisch, Veilchen oder altem Bier. Manchmal bildeten sich Windsbräute, die durch die Heckenreihen brausten. Zweimal war die Luft gar so dick, daß sie mir in Ohren und Augen drückte und beinahe den Atem raubte. Und stets die zermürbende Abwechslung, das Fehlen jeder erkennbaren Ordnung.

»Das ist das Chaos«, flüsterte Hexander, »der Urzustand der Niederhöllen, Feind jeder Ordnung und Schöpfung.«

Nach drei Stunden hatten wir kaum die Hälfte des Gartens durchkämmt. Die Stelle, an der der Markgraf die Jaguarlilie eingepflanzt hatte, war verwaist. Der Dämon verwandelte sich jede Nacht, und daher wechselte wohl auch der Ort der Pflanze.

Wiederholt hatten Büsche ihr Laub nach uns geschleudert: Messerscharfe blaue Blätter waren uns um die Ohren gesaust und hatten uns die Haut blutig geschunden. Ich fühlte mich wie zerschlagen. Ich hatte nicht damit gerechnet, daß es so lange dauern würde. Das war eine Aufgabe für einen Gärtner – im Plattenpanzer! Wir suchten eine fremdartige Pflanze, von der wir nur eine Beschreibung hatten, inmitten eines Urwaldes von Pflanzen, die noch nie ein Mensch gesehen hatte. In jedem Strauch, hinter jeder Hecke konnte eine neue Gefahr lauern – oder das Herz des Bösen. Immer wieder blickten wir besorgt zum Himmel. Es war bald Abend. Wann immer sich eine Wolke vor die Sonne schob, wurde es spürbar kälter. Die vielen Kratzer juckten erbärmlich, und das Gefühl der Beklemmung in Hals und Brust wuchs.

Ein eiskalter Sturm, der keine Richtung kannte, begann um die Burg zu heulen. Fette, schwarze Wolken stürmten heran wie eine Horde urtümlicher Riesentiere – aus mehreren Richtungen zugleich. Ich hatte noch nie so tief hängende Wolken gesehen.

»Lokal konzentriertes daimonides Antielementar-Phänomen«, grunzte Rakorium. Das klang beunruhigend. Ich wünschte, man hätte mir in Baliho mehr Bosparano beigebracht. Die Sonne färbte sich hinter den Wolken blutrot, obwohl sie noch anderthalb Handbreit über den Ausläufern der Schwarzen Sichel stand.

»Noch zwei Stunden bis zur Dunkelheit … würde ich vermuten«, sagte ich unsicher. Niemand hatte etwas dazu zu sagen. Ich wünschte, mein halbelfischer Pfadfinder Talorion stünde mir zur Seite: Der hatte bei solcher Stimmung im Dschungel stets ein Lied angestimmt.

In einem Gesträuch, schon fast völlig zugewuchert, lag ein Körper im grünen Waffenrock. »Kor«, fluchte der Hauptmann hinter mir. »Gardistin Eichhauser.« Es hatte den Anschein, daß Ranken sie erwürgt und ihr den Hals durchgeschnitten hatten. Vorher war sie aber wie von wilden Pferden umhergeschleift worden. Äste waren von unten durch den zerschundenen Leichnam gewachsen. Es sah aus, als ob sie seit Monaten dort lag, doch die Frau war erst vor einigen Tagen auf Wache getötet worden – unten am Fluß!

Die Jaguarlilie

Zwischen Rosensträuchern, Goldregen, Buchsbaum und Horasien stand plötzlich unübersehbar die Dämonenblume. Ich wage zu behaupten, daß sie einen Augenblick zuvor noch nicht da gewesen war. Sie erinnerte mich sofort an die rot-schwarzen Schwertlilien, die ich in vielen Rondratempeln gesehen hatte: die klassische Form mit hohem Stengel und einer gelben Trichterblüte mit schwarzen Flecken. Die ausgeprägten Fruchtknoten besaßen etwas unsagbar Unheimliches. Wir näherten uns, die teilweise leuchtenden Schwerter zum Angriff erhoben.

»Vier Blütenblätter«, sagte Hexander, »statt der natürlichen fünf. Vier geschändete Elemente.«

Vorsichtig umzingelten wir die Pflanze. Wir Krieger sicherten auch nach außen. Doch die Umgebung schien keineswegs bösartiger als anderswo. Selbst an den fettigen Nebel hatten wir uns indessen gewöhnt.

»Das also ist der Nachtdämon?« fragte Thundra.

»Seine derzeitige Gestalt«, antwortete Hexander beflissen, »oder sein Versteck.«

Was nun? Ich blickte auf Rakorium. Der Magier starrte die Pflanze an und murmelte dabei eine Formel. So konnte er, das wußte ich schon, magische Erscheinungen erkennen und unterscheiden. Hochwürden Zidonia trat mit einer Entschlossenheit vor, die ich der dicklichen Frau nicht zugetraut hätte, und hob das Sonnenszepter: »Im Namen des Herrn Praios, der Zwölfgötter und allem, was heilig ist ...«

Weiter kam sie nicht. Die gefleckten Blütenblätter schnappten nach ihr und begannen dabei zu wachsen. Thundra riß, den Rondrakamm in der Linken, die Geweihte zurück. Die Blüten formten ein Maul, einen Schritt breit und noch immer wachsend. Gleichzeitig krochen die dicken grünen Blätter in allen Richtungen über den Boden. Unser Kreis zog sich weiter auseinander. Rakorium hob schützend die Hände vor die Augen, als sehe er etwas von blendender Gefährlichkeit. Der Jaguarschädel vor uns war bereits mannsgroß und machte keine Anstalten, im Wachstum innezuhalten. Das gähnende Maul war von Feuer erfüllt und schien bis in unergründliche Tiefen zu reichen. Ein Wind saugte den Nebel ringsum ins Innere.

Unwillkürlich hatten sich die meisten von uns vor dem Maul versammelt. Ungefähr so klug wie Mäuse im Angesicht einer Boronsotter, dachte ich und blieb dennoch stehen. Mein Instinkt trieb mich, ›Zum Angriff‹ zu brüllen. Aber solange Rakorium nicht handelte, hatte ich Hemmungen, das Falsche zu tun. Das Maul verharrte weit aufgesperrt erst, als es vier Schritt hoch war. Der gefleckte Schädel schien aus Stein zu sein, die speerartigen Reißzähne aus glitzerndem Metall. Die Augen waren wirbelnde Flammen, in denen Blei glühte. Noch immer pfiff der Wind in den Schlund, während das Feuer, das diesen Schlund bildete, unberührt brannte.

»Heiliger Argelion«, rief Hexander, »das sind Treppen!« Jetzt konnte auch ich es sehen. Das lodernde Feuer bildete einen Tunnel, und dort, wo der Hals einer Kreatur gewesen wäre, führten rippenartige Bögen hinab.

»Eine Falle«, sagte Heilgard bestimmt. Unsere Blicke trafen sich. Ich gab ihr insgeheim recht. Aber ich wußte, daß wir dennoch hinuntergehen würden.

»Das ist nicht der Nachtdämon, den uns der Markgraf beschrieb« erklärte Thundra.

»Der Trug ist das Wesen der Niederhöllen«, zischte die Praiosgeweihte.

»Er ist dort unten«, sagte Rakorium, seine Blicke halb auf den Erdboden gerichtet. »Das ist nur eine elementarschänderische Manifestation. Beeindruckende astrale

Macht, allerdings.« Das letzte Mal, als ich diesen Klang in seiner Stimme gehört hatte, hatten wir drei Leute verloren.

»Was meint Ihr mit unten?« fragte Heilgard mißtrauisch.

»Im Inneren des Molchenberges«, antwortete Hexander an seiner Stelle. »Alle Volkssagen und schriftlichen Quellen behaupten, daß der Berg teilweise ausgehöhlt ist.«

Thundra fügte hinzu: »Anläßlich der Durchsuchung hat man ein vergessenes Labor des Erzmagiers Pher Drodont gefunden.« Rakorium blickte neugierig auf.

»Da unten schläft das Ungeheuer«, hörte man die Stimme von Korporal Garnspinner aus dem Hintergrund. Es klang nicht ängstlich, sondern wie eine allgemein bekannte Tatsache.

»Ja«, bestätigte Hexander, »darüber berichten auch die meisten lokalen Sagen.«

»Abergläubischer Unsinn«, protestierte Hochwürden. »Ammenmärchen aus der Siedlerzeit.«

»Freilich. Die Praioskirche ...« Rakoriums Stimme war feindselig. »Ihr wollt uns alle in Unwissenheit sterben lassen. Aber die Wahrheit ist, daß die alten Geheimnisse auch die schrecklichsten sind.« Seine Worte lösten in mir gruselige Erinnerungen aus. Wir hatten auf dem echsischen Seelenberg und im Zentrum der Maraskankette Dinge gefunden, die viel älter als die Siedlerzeit waren – und man hatte tatsächlich Berge gebraucht, um sie zu verbergen. Die Binsenbeck und Rakorium gerieten ins Zanken. Sie warfen sich Bösartigkeiten und Vorurteile an den Kopf, die seit tausend Jahren zwischen ihren Gemeinschaften gepflegt wurden. Hexander versuchte zu vermitteln, aber die beiden Dickschädel hörten ihn nicht einmal.

Ich blickte zu Thundra. Er stand kampfbereit: bereit hinabzusteigen, bereit auch, die Stellung zu halten, bis die philosophischen Streitigkeiten beendet waren. Ein Rondrageweihter war immer bereit. Auch keine Hilfe. Dann sah ich Heilgards Blick. Ich deutete mit dem Kopf auf den Eingang. Ihre braunen Augen waren unergründlich, doch dann nickte sie.

Die Rippenstufen waren trocken und stabil, solange man nicht auf die wurmartigen Fortsätze da und dort trat. Das lautlose Feuer neben und über mir gab keine Hitze ab. Doch als ich es mit *Vergelters* Spitze berührt hatte, war das Endurium so heiß geworden, daß ich es noch im Griff fühlte! Vorsichtig stieg ich hinab. Der Gestank erinnerte mich an die Esse von Meister Eisinger: glühender Stahl roch so. Dazu kam jener Moder, der über dem ganzen Garten lag. Ich hörte Heilgards Schritte über mir, darüber besonders schwere: Thundra vermutlich.

In etwa drei Schritt Tiefe – so tief, wie man einen Sarg vergräbt – gabelte sich der Schlund. Vier verschlungene Gänge bohrten sich tiefer. Quer dazu lief ein staubiger Korridor, der wie von Menschenhand gemacht wirkte. Es schien fast, als ob dies die widernatürlichen Wurzeln der Jaguarlilie waren, die im Inneren des Molchenberges die unterirdischen Anlagen kreuzten. Die verschlungenen Dämonengänge wurden vom unheiligen Feuer beleuchtet, während die derischen Stollen im Dunkel der Jahrhunderte lagen. Als Heilgard neben mich trat, das leuchtende Schwert an der Schulter, deutete ich weiter hinunter.

»Die Wurzel des Übels«, sagte sie. Sie hatten also den gleichen Eindruck wie ich. Nach und nach schlossen die anderen auf. Auch die Philosophen hatten ihren weltanschaulichen Streit beigelegt – gewiß nur vorübergehend. Da unser Interesse den dämonisch geschaffenen Gängen gelten mußte und keiner der vier auffällig war, teilten wir die Gruppe. Es schmerzte mich beinahe, mich von

Heilgard zu trennen. Aber die Paare sollten sinnvollerweise halbwegs ebenbürtig sein und jeweils über einen Krieger und über einen Teilnehmer mit überirdischen Möglichkeiten verfügen.

»Wir sollten es als Segen der Götter nehmen«, sagte Hexander versöhnlich, »daß unsere Gruppe in Zahl und Zusammenstellung selbst diesem vierfachen Gegner so harmonisch entgegentreten kann.« So schloß ich mich mit Hexander zusammen. Heilgard und Thundra würden gut zusammenpassen. Hauptmann und Hochwürden kannten einander. Und Rakorium, der hier wohl die besten Überlebenschancen hatte, nahm Korporal Garnspinner mit. Wir ließen uns den Segen Praios', Rondras und Hesindes geben, und auch Rakorium schlug den Magiersegen. Dann stiegen wir paarweise die unheimlichen Gänge weiter hinab.

Es wurde dunkler. Die Wand hinter dem dünner werdenden Feuer entsprach einer metallischen Kruste über bräunlichem Erdfleisch, die ständig aufzuplatzen drohte. Der Gang wand sich dahin, bisweilen auch wieder aufwärts. Immer wieder gab es Abzweigungen.

»Sieht so aus, als ob die Wurzeln ineinander verflochten sind«, bemerkte Hexander. Ich versuchte konzentriert, nicht die Orientierung zu verlieren.

Da war etwas! Ich wandte mich warnend zurück. Kratzen, Scharren, Schritte. Es kam aus einem der ovalen Löcher, wo ein anderer Gang vorbeilief. Ich versuchte hindurchzusehen, ohne mich an den ringsum lodernden Flammen zu versengen.

»Hauptmann«, rief ich gedämpft, als ich die zwei Gestalten erkannte. Riemschneider sah sich verwirrt um, ehe er mich halb zu seinen Füßen entdeckte. »Vielfach verflochten, diese Gänge«, rief ich ihm zu. Er nickte nur.

Wir waren wohl nochmals vier Schritt tiefer, als wir einen zweiten natürlichen Gang passierten. Dieser war deutlich weniger glatt behauen, fast wie ein Bergwerksstollen. Wir stiegen hinein, um uns kurz in etwas vertrauterer Umgebung zu entspannen.

»Was bei allen Göttern suchen wir eigentlich?« flüsterte ich Hexander zu.

»Wir sind in seinem Reich«, stellte der Draconiter fest. »Ich fürchte, er wird uns finden.«

Feuerschein aus dem Bergwerksstollen! Ich lief vorsichtig einige Schritte, um mich an die Dunkelheit zu gewöhnen. Das Licht kam aus einem weiteren ovalen Schnittpunkt. »Rakorium«, rief ich auch ihn an. Die Fackel in seiner Hand war sein verwandelter Zauberstab. Der Magier, der sich sonst immer so geradehielt, als hätte er einen Besen verschluckt, zuckte zusammen. Irgendwie erfüllte mich das mit Genugtuung. Ich ging zu dem Fenster.

»Habt Ihr irgendwelche Anhaltspunkte?« fragte ich gepreßt.

Rakorium starrte geradeaus wie ein Blinder – oder vielmehr wie ein Seher. »In den Gängen. Nicht immer. Ich nehme an, er materialisiert nur zeitweise. Er folgt uns.« Dabei deutete er mit der Fackel. »Über uns. Jetzt. Hesinde!«

Das letzte war ein Ausruf des Entsetzens gewesen. Ich hörte etwas, das wie kurzes Wasserrauschen klang. Es kam von hinten. Ich lief zu Hexander zurück, der bereits in den Flammengang zurückkletterte. Er schrie auf, als er sich am Unterarm verbrannte. Dank seiner Erfahrung konnte ich das gleiche vermeiden. Hastig stiegen wir den Wurzelgang wieder hinauf.

Plötzlich erlosch das Feuer im gesamten Gangsystem. Es war finster wie in einem Grab. Panik wallte in mir auf.

»Es kann nicht …« Ich stockte und wandte mich zu Hexander. »Kann es draußen schon finster sein?«

»Guter Gedanke«, stieß Hexander hervor. »Nein, nein«, sagte er dann auch hastiger als üblich. »Wir sind keine halbe Stunde unterwegs.«

Wir beschlossen, zum Trennungspunkt zurückzukehren. Das war der naheliegendste Gedanke für alle. Wieder erklang ein fremdartiges Geräusch, knarrend, so als ob sich ein Riese auf einen alten Sattel setzte. Dann hörte ich einen halb erstickten Schrei. Eine helle Stimme. Heilgard! Vielleicht auch die Binsenbeck oder der Korporal, beruhigte ich mich.

»Schneller«, rief ich, mehr zu mir als zu Hexander. Der Weg hinauf war ungleich anstrengender. Ich hatte auch beunruhigend wenig Luft. Bald geriet ich ins Keuchen. Ich stieß die Schwerter in die Rückenscheiden, um beide Hände frei zu haben. Ein metallisches Klirren, diesmal eher seitlich von uns. Was bei allen Niederhöllen ging da vor?

»Das war im Nachbargang«, japste Hexander hinter mir. »Der Klang läuft die Gänge entlang, darum hören wir es von oben.« Was der Mann alles wußte.

Wir kamen zu einer Stelle, die wir nach ausführlichem Tasten für die Verzweigung der vier Wurzeln hielten. Schwer zu sagen: Die Gänge waren alle deutlich größer als vorher. Weil das Feuer fehlte? Oder weil …? »Heilige Noiona«, rief ich zwischen den Zähnen die Schutzheilige der Wahnsinnigen an. Man klettert einfach nicht in Mäuler und Schlünde. Ich griff wieder nach der Wand. Nein, da rührte sich nichts – vermutlich.

»Heilgard«, rief ich in einen Gang hinab. Ich redete mir ein, daß ich diesen Namen rief, weil er weiter trug als ›Thundra‹ oder ›Rakorium‹. Keine Antwort. Statt dessen begann eine Frauenstimme zu singen.

»Ein gurvanianischer Choral«, flüsterte Hexander berührt. »›Hebe hinweg, Herr Praios, die Angst und Not.‹« Tatsächlich ging eine seltsam beruhigende Wirkung von dem Lied der Praiosgeweihten aus.

»Hier ist Conchobair!« rief ich, die Hände zum Trichter geformt. »Wir sind an der Verzweigung und gehen Hochwürden Binsenbeck entgegen.« Hexander hatte vergeblich versucht, eine Fackel zu entzünden. Jeder Funke war in einer stinkenden Wolke verschwunden. Als wir nun in die Finsternis hinabstiegen, zog ich *Vergelter* mit der Linken. Eigentümlich! Ich hatte es immer meinen Schwertern überlassen, in einen Kampf einzugreifen. Fast immer war *Antworter* der erste, den ich mit der Rechten führte. Was bewog mich, in diesem Augenblick das zweite Schwert zu ziehen? Vergeltung? Für etwas, das bereits geschehen war? Eine eisige Kralle legte sich um mein Herz. Ich trampelte die Stufen hinab, so schnell ich konnte.

Schmerzhaft stieß mein Knie gegen ein Hindernis. Ich schwankte nach vorne und hatte mich erst gefangen, als sich etwas Spitzes in meine Seite bohrte. »Halt«, rief ich über den Rücken. Mit der freien Rechten tastete ich ins Dunkel. Ein Tropfstein, unzweifelhaft. Etwa einen Schritt hoch, oben nadelspitz. Daneben noch einer. Insgesamt waren es ein halbes Dutzend, die hier den Weg fast versperrten. Wir zwängten uns vorbei und hindurch.

»Kann mir nicht vorstellen, daß Frau von Binsenbeck dieses Hindernis hat passieren können«, flachste ich. Hexander schnaubte ein Lachen. Der Choral sickerte uns noch immer entgegen, etwas ferner vielleicht. Ich rief nochmals und gab unsere Absichten durch.

»Ich glaube, die Mühe könnt Ihr Euch sparen«, sagte Hexander bedächtig und betont. Ich wandte ihm neugierig die Gesichtshälfte zu. »Ich überlege gerade: Wenn er mit der Luft tun kann, was er mit Stein und Humus und Feuer tut …« Glaubte der Geweihte, daß wir nur so schwer atmen können? »Ich denke, wir hören ebensowenig wie die anderen von uns.«

»Und der Choral?«

»Praios' Bann kann die Macht der mächtigsten Magier brechen. Gewiß bricht er auch einen niederhöllischen Fluch.«

Wir gingen weiter. Wir hatten erwogen, Markierungen zu hinterlassen. Aber ohne Licht waren auch die sinnlos. Doch langsam bekam ich ein Gefühl für die Anlage – sofern sie sich nicht veränderte. Wir mußten schon wieder so tief sein, wie wir in ›unserem‹ Gang vorgedrungen waren.

Plötzlich glitt mein Fuß mit einem schmatzenden Geräusch aus. Instinktiv ließ ich mich fallen und rollte über die Schulter ab.

»Conchobair?« rief Hexander.

»Ausgeglitten«, sagte ich.

»Hier kann es keine Feuchtigkeit geben. Kein Wasser, kein Eis.«

Im gleichen Augenblick erkannte ich den Geruch. »Das war kein Wasser«, sagte ich schwer. Ich trat hinzu und tastete. Mir grauste bei dem Gedanken an das, was ich finden würde. Ich war oft genug auf Schlachtfeldern hineingetreten.

»Wer ist es?« fragte Hexander gepreßt. Lederrüstung mit Nieten, meldeten meine Finger. Heilgard trug eine Lederrüstung. Ich hatte den Kopf noch nicht gefunden. Feiner Stoff über der Rüstung. Ein Wappenhemd. Es ist widerlich, wenn man sich freut, weil es einen anderen erwischt hat.

»Riemschneider oder Garnspinner«, sagte ich endlich. »Boron sei seiner Seele gnädig.«

»Golgari, errette seine Seele«, deklamierte Hexander. Das war kein simpler Segen. Das war ein Stoßgebet an den Totenvogel. Beklemmend wurde mir klar, daß in diesem Kampf auch unsere unsterblichen Seelen in Gefahr waren.

Mit blendender Gewalt entflammten die Wände. Der Schmerz schien mir die Augen aus dem Kopf zu brennen. Unter Aufbietung aller Willenskraft sprang ich auf und zog auch *Antworter*. Als ich durch die flirrenden Punkte in meinen Augen etwas erkennen konnte, rannte ich los. An der nächsten Biegung stand Hochwürden Binsenbeck. Sie hatte die Linke abwehrend erhoben, ebenso das Sonnenszepter. Dabei ging sie rückwärts. Das ist etwas, was Praiosdiener so gut wie niemals tun.

»Rondra«, brüllte ich und stürmte heran. Als ich um die Ecke kam, wünschte ich mir, es nicht getan zu haben. Die monströse Gestalt füllte den ganzen Gang aus. Der Pantherschädel ragte ebenso in die lodernden Flammen wie die leicht angewinkelten Schwingen. Allein die jaguargefleckten Beine mit den gewaltigen Fersendornen waren so groß wie die Priesterin. Eine fast tierhafte Angst ließ mich zurückweichen.

Der Nachtdämon stampfte auf uns zu. Die Priesterin neben mir begann ein Gebet zu stammeln. Die riesige Gestalt bleckte Hauer aus reinem Silber, zwischen denen eine wurmartige Zunge tanzte.

»Zurück«, schrie Hexander hinter uns. Der Boden unter Hochwürden Zidonia hatte zu glühen und schmelzen begonnen. Hexander zerrte die Frau zurück und stürzte mit ihr. Wo sie eben noch gestanden hatte, brodelte ein Lavateich. Ein Inferno aus kochendem Stein, der den Gang zwischen mir und den Gefährten unpassierbar machte.

Der Nachtdämon wandte sich mir zu. Ich tänzelte in den Gang hinein, weg von ihm, weg von den anderen. Sein Schädel war unübersehbar Vorbild des Riesenschädels, in den wir eingedrungen waren. Die flammenkreisenden Augen richteten sich auf mich. Ich fühlte, wie der Boden zu beben begann. Als das Knarren wie ein gequälter Sattel erklang, warf ich mich ohne nachzudenken zurück. Dröhnend bohrten sich vor mir vier Stalagmiten in die Höhe!

Das Monstrum drehte mir den Rücken zu und stapfte mitten durch die Lava auf die zwei Geweihten zu. Seine Gestalt verdeckte mir jeden Blick. Er schien keine Arme zu haben, dafür einen Schwanz, der in einer klirrenden silbernen Spitze endete. Zwei Hörner an den Fersen, eines am Schwanz.

Ich trat an die Barriere, die mir nur bis zur Brust reichte. So war die andere also hergekommen. Ich versuchte mich vorbeizuzwängen, aber diese war zu hoch. Ich schied die Schwerter. Phexnochmal, ich war im Farindelwald aus einem Eichenkäfig entkommen, obwohl so etwas gemeinhin als Todesfalle galt. Wie damals zog ich mich an einem Pfahl in die Höhe und schraubte mich dann zwischen ihn und den nächsten. Ich zerfetzte mir an der Spitze den Unterärmel, während ich hindurchglitt. Als ich den Boden erreichte, zog ich wieder blank und rannte los. Hexander stand oben, ganz weit hinten an der anderen Barriere, wo die Leiche lag. Der Nachtdämon hatte die Praiospriesterin mit seinen Schwingen gepackt und hob sie hoch. Ich sah ihre dicken Beine zappeln. Wie eine Puppe stieß er sie gegen die Gangwand. Sie schrie auf, als das Höllenfeuer sie halb umhüllte.

»Rondra«, brüllte ich erneut. Ich holte mit beiden Schwertern überkopf aus und schlug zu. Der Aufprall schlug mir die Klingen fast aus der Hand. Funken sprühten. Hlûthar, steh mir bei! Das Monstrum war aus massivem Stein!

Dennoch ließ mein Gegner die Priesterin los. Sie fiel zu Boden. Ihr Rücken war eine dampfende Masse aus verkohltem Goldstoff und bratendem Fleisch. Hexander stürzte heran und griff nach ihrem Arm. Der Nachtdämon traf ihn mit einem Rückhandschlag der linken Schwinge und fegte ihn zurück zu der Barriere.

Ich brüllte vor Zorn. »Zaubern kannst du, unverwundbar bist du, ringen kannst du – hast du überhaupt keine Schwächen?« Ich hörte Hexander husten. Als sich der Nachtdämon mir zuwandte, konnte ich zwischen seinen Beinen hindurch sehen, wie sich der Draconiter aufrappelte.

»Ihr sagtet, magische Waffen könnten Dämonen verletzen«, rief ich erregt.

»Ich sagte: Nichtmagische Waffen können sie nicht verletzen«, erwiderte er gequält. Klugscheißer, dachte ich. Doch Hexander räumte bereits ein: »Aber der scheint ja zudem aus Stahl zu sein.«

»Nun gut«, entgegnete ich grimmig, »*meine* Klingen beißen auch Stahl, das weiß ich.« Ich sprang vor und zog ihm zwei versetzte Kreuzhiebe quer über die Brust. Die Zwillingsschwerter kreischten auf. Wo ich getroffen hatte, konnte ich zwei einsame Kerben sehen. Ich wich enttäuscht zurück.

Hinter mir hörte ich eilige Schritte. Ich warf einen schnellen Blick über die Schulter. »Rakorium, endlich«, brüllte ich.

»*Silentium* im ganzen Gangsystem«, sagte er, als wäre das eine Erklärung dafür, daß er erst jetzt kam.

Ich wollte zusammenfassen, wie wir es immer gehalten hatten: »Das Ding ist …«

»… unverwundbar bei Nacht«, unterbrach er mich, »das sagte uns der Draconiter.«

»Es ist aber nicht Nacht«, protestierte ich. »Draußen muß noch Tageslicht sein, vor allem am Molchenberg.«

Der Nachtdämon hatte sich indessen umgedreht und ging wieder auf Hexander los. Der hob seinen Kampfstab und versuchte, dem unbesiegbaren Gegner auszuweichen. Zwischen Stalagmiten und Feuerwänden hatte er kaum eine Aussicht. Korporal Garnspinner hatte sich indessen vorgedrängt und packte die röchelnde Praiosgeweihte unter den Armen.

»Kopf weg, Soldat«, rief Rakorium. Garnspinner glotzte kurz und duckte sich. *»Fulminictus Donnerkeil«*, dröhnte Rakorium und stieß dem Dämon die linke Faust entgegen. Ich habe bei diesem Zauber Menschen und Raubtiere einfach umfallen gesehen. Der Höllenbewohner schien ihn nicht einmal zu bemerken. »Oha«, sagte Rakorium.

Ich stürmte los. Hexander brauchte jede Hilfe. Als ich den Dreigehörnten von hinten sah, erinnerte ich mich an eine alte Sage: Der Held Ilkhold hatte mit *Siebenstreich* einen Dämon erschlagen, indem er ihm die drei Hörner abschlug. Klickend fiel Hexanders Stab auf den Boden.

»Heiliger Argelion, steh mir bei«, rief der Draconiter, als er hochgehoben wurde. Ich ging in den Knieschritt und plazierte zwei gezielte Hiebe auf das Schwanzhorn. Die Wirkung waren zwei unscheinbare Kratzer. Soviel zu den alten Sagen.

»Rondra«, kam mir ein Ruf entgegen. Thundra! Und wenn ich Glück hatte auch Heilgard. Sie mußten uns von oben her gefolgt sein. Aber auch die würden, jenseits der Barriere, für Hexander zu spät kommen. Dieser stöhnte auf. Der Nachtdämon hatte ihn zur Decke gehoben, aus der peitschende Ranken und Wurzeln zu wachsen begannen. Hexander zappelte und wand sich, während ihn die dämonischen Pflanzen in die lodernden Flammen zu zerren drohten.

»Brennt ihn runter«, brüllte ich über die Schulter. »Holt ihn runter! Egal, wie!« Rakorium sah mich erstaunt an. Dann hob er den Zauberstab an einem Ende und warf ihn in Richtung Hexander. Im Flug verwandelte sich der Stab in ein blau loderndes Flammenschwert. Hexanders Oberkörper stand bereits in Flammen, als ihn das Schwert erreichte. Kurz stand es knapp unter der Decke, dann schlug es zu. Hexander kippte kopfüber herunter und prallte gegen den Nachtdämon. Erde und Ranken prasselten mit. An den Beinen hing der Draconiter noch fest. Ich schied die Waffen und sprang hinzu. Der Nachtdämon wandte sich nach mir um – oder vielmehr nach Hexander. Als das Flammenschwert ihn endgültig freischnitt, fiel er dem Dreigehörnten in die Arme, nicht mir.

»Im Namen Rondras, dreh dich um, Höllenkreatur«, brüllte Thundra. Fast mußte ich lachen. Seine Gebote verboten dem Rondrageweihten, von hinten anzugreifen. Gegen diesen Gegner hatte ich keine solchen Hemmungen. Der Nachtdämon reagierte tatsächlich. Während er sich umdrehte, packte er Hexander und brach ihm beiläufig, aber zielsicher den Arm. Dann schleuderte er ihn weg wie eine Puppe.

»Korporal«, brüllte ich, »der Geweihte hat Heiltränke dabei.« Falls die Phiolen nach all den Schlägen, die der Draconiter eingesteckt hatte, noch heil waren. Ich hörte Thundra beten und dann die ersten gellenden Hiebe.

»Rakorium«, brüllte ich gleich weiter. »Wir müssen den Dämon zum Tageslicht bringen.«

»Das wird nicht …«, murmelte der alte Uhu. »Aber das Tageslicht zum Dämon …« Dann trat er einige Schritte vor. Ich versuchte, ihn zu decken, aber der Dämon richtete seine ganze Aufmerksamkeit auf Thundra. Wieder ein Geweihter! Bildete ich mir das ein oder verfolgte er die drei mit besonderem Haß? Rakorium hatte indessen die Linke mit gespreizten Fingern gen Himmel gehoben. Das hatte ich ja noch nie gesehen.

»Desintegratus Pulverstaub«, rief der Magus. Von seiner Hand schien ein Kegel himmelwärts zu wachsen. Feuer, Erde und Stein verschwanden. Wie eine Himmelsmacht fiel Sonnenschein herein. Es waren nur die Reste eines Frühlingsabends. Aber der Dreigehörnte

brüllte, nein, das gesamte Gewölbe brüllte. Die Stimme kam von überall gleichzeitig. Der Boden erbebte, Staub wirbelte von den Wänden, die Feuer loderten heftiger.

»Deckt mich«, befahl der Magier. Ich sprang dem Dämon wieder entgegen, der sich mir indessen zugewandt hatte. Rakorium agierte mit weltvergessener Verbissenheit. Für ihn schien das ein spannendes Experiment zu sein, während sechs Schritt neben ihm ein Dreigehörnter tobte. Er berührte beinahe meinen Rücken, als er erneut die Hand hob. Natürlich! Er mußte das Sonnenlicht so nah wie möglich an den Feind heranbringen.

Als ich zuschlagen wollte, wischte der Nachtdämon mich einfach beiseite. Ich rollte und schürfte über den Stein. Doch da war schon die nächste Sonnensäule gewachsen. Wieder brüllte das ganze Labyrinth auf. Das Beben riß mich, ehe ich hochkam, erneut von den Beinen. Die Flammen züngelten bis in die Mitte der Gänge. Diesmal hatten die Wände sich bewegt! Hinter uns, tiefer unten, erklang ein tiefes Dröhnen. Mein Kopf versuchte zu begreifen, was nun geschah. Das gesamte Gangsystem brach zusammen – von unten nach oben!

Aus den Tiefen wuchs eine Lawine aus Stein, Erdreich, Feuer und Sturm daher. Ich sah Korporal Garnspinner und die leblose Praiosgeweihte, die von den geschändeten Elementen beinahe heraufgespült wurden. Rakorium und Hexander waren die nächsten. Der Magier hob den Zauberstab und ließ ihn kreisen: »*Gardianum Paradei*!« Drei Schritt, bevor die Lawine ihn erreichte, wurde er zurückgeworfen. Magischer Schutzschirm, dachte ich. Bei Rakorium bleiben. Da flog mir der Magus auch schon entgegen. Irgend etwas traf meine Schulter, die Welt drehte sich. Steine scheuerten mir den Rücken, Feuer versengte mir das Gesicht. Ich wurde gebeutelt, als ob ich von zwanzig Pferden zugleich fiele. Und über all dem dieses Brüllen!

Das Ende

Als ich die Orientierung wiedergewann, lag ich in einem Gesträuch – unter freiem Himmel. Es gab kein Fleckchen Haut und keinen Knochen, die nicht schmerzten. Vor mir lag der Magier, dessen Schutzschild mich gerettet hatte. Heilgard! Thundra! Hexander! Mehr zappelnd als kämpfend befreite ich mich aus dem Gestrüpp.

Im Zentrum des Rosengartens war ein gewaltiger Krater, teils aufgeschüttet, teils, so war zu vermuten, eingebrochen. Aus dem übermannshohen Schuttwall ragte der Leichnam des Korporals: zerschmettert, verbrannt, auch wohl erstickt. Auf halbem Weg lag Hexander. Sein Arm stand seltsam ab. Er war vorher schon so übel zugerichtet gewesen …

Hinter mir erklang ein Husten. Ich warf mich herum. Hinter dem Gestrüpp, das mich aufgefangen hatte, stand taumelnd und blutüberströmt Heilgard.

»Geliebte«, krächzte ich. Ich schmeckte Blut. Langsam ging ich um die Hecke herum. Etwas abseits lag Thundra. Sein Gesicht war eine einzige Wunde, doch seine Lippen bewegten sich. Ich kniete nieder.

»Haben wir ihn …?« flüsterte Thundra.

»Sieht so aus, alter Freund«, sagte ich und untersuchte ihn. Das Kettenhemd schien den meisten Schaden abgefangen zu haben; vielleicht rettete es ihm das Leben.

»Raidri«, sagte eine vertraute Stimme. Ich wandte mich zu Heilgard um. »Laß uns nachsehen!«

Sie hatte recht. Man feiert nicht, man versorgt nicht einmal die Wunden, bevor man nicht weiß, daß man allein auf dem Schlachtfeld ist. Langsam gingen wir auf den Krater zu. Rakorium kam stöhnend zu Bewußtsein. Heilgard schien verhältnismäßig wenig verletzt zu sein.

»Ich war ja ganz hinten. Nur diese furchtbare Steinpalisade …« Sie rieb sich den Rücken mit schmerzverzerrtem Gesicht. Wir erklommen den Erdwall, vorbei an dem toten Korporal. Irgendwo da unten lag vermutlich auch die Leiche der Praiosgeweihten. Ich weiß nicht, was für einen Anblick ich erwartet hatte. Doch mitten im Krater, umgeben von etliche Schritt tief aufgewühltem Boden, stand unbeschadet die Jaguarlilie im Sonnenlicht!

»Zu den Niederhöllen damit«, stöhnte ich auf. »Auf irgendeine Weise müssen wir dringewesen sein – in dieser Blume. Und als das Sonnenlicht hineinfiel, hat sie uns … ausgekotzt.«

»Ja«, sagte Heilgard einfach, »aber der Nachtdämon ist noch immer darin.«

Ich wollte nicht glauben, was sie sagte. Aber natürlich hatte sie recht. »Dann werden wir dieses Höllenunkraut jetzt jäten!« Mit diesen Worten stieg ich die innere Kraterwand hinab. Da und dort qualmte das Erdreich noch. Heilgard schwenkte leicht nach links aus. Ich hatte wieder beide Schwerter gezogen. Wir wichen tiefen Gräben und entwurzelten Sträuchern aus. Nahe der Lilie sah ich zwei Löcher, durch die man bis in den unterirdischen Stollen sehen konnte.

»Achtung!« rief Heilgard. Ich blickte auf und sprang gleichzeitig zurück. Die Jaguarlilie blähte sich in einem Wirbelsturm voll von Funken und metallischem Blitzen auf. Die Säule wuchs vier Schritt hoch und verfestigte sich dann zu der Gestalt des Nachtdämons. Krachend entfaltete er seine Schwingen auf volle sechs Schritt Breite. Im Sonnenlicht fiel mein Schatten an ihm vorbei. Wenn ihn das Licht in seinem Gesicht störte, so ließ er das nicht merken. Er jedenfalls warf keinen Schatten.

»Ihr habt mein Inneres verbrannt«, dröhnte seine Stimme, als käme sie aus seinen Schwingen. »Dafür werdet ihr mit eurem Selbst bezahlen.« Er machte eine Bewegung, als wollte er mich umarmen. Ich war erschreckt, wie wenig sechs Schritt Abstand waren. Ich hörte das Knistern links zu meinen Füßen. Sofort sprang ich zur Seite, schlug ein Rad und kam wieder auf die Beine – mit den Schwertern. Meister Landrin sei Dank, daß ich das gelernt hatte. Ein Rosenstrauch kämpfte sich aus der Erde hervor wie ein wildes Tier. Seine dornigen Zweige peitschten hinter mir her.

»Es leuchtet nicht mehr«, sagte Heilgard jenseits des Strauches halblaut. Sie blickte auf ihr Schwert. Verflucht, natürlich hatte Rakorium nur eine Anwendung des magischen Lichtes gewirkt – und die hatte Heilgard im Labyrinth verbraucht. Ihre Waffe würde keinerlei Wirkung zeigen. Schon wandte sich das Monstrum ihr zu. Knatternd öffnete es die Flügel und stampfte los. Es sank in der aufgewühlten Erde nicht ein, ja, hinterließ nicht einmal Fußspuren. Heilgard wich zurück, blickte dabei immer wieder über die Schulter. Für uns war das Terrain sehr wohl hinderlich.

»Rondra«, rief ich meine Göttin um Beistand an. Mit zwei Sprüngen setzte ich über die Gräben und griff von schräg hinten an. *Antworter* fuhr fetzend durch die Flederschwinge, *Vergelter* schlitzte die Hüfte des Dämons. »Hlûthar«, rief ich begeistert. Es war, als ob ich auf einen einfachen Plattenpanzer geschlagen hätte. Wo ich getroffen hatte, waren tiefe Spalten, aus denen Funken und Rauch sprühten. Das mußte die Wirkung des Sonnenlichtes sein.

Zu früh gefreut! Ein Rückhandschlag der Schwinge streifte mich und warf mich in den Graben hinter mir. Erde spuckend kletterte ich wieder heraus. Heilgard war schon fast bis zum Fuß des Kraterwalles zurückgewichen, und der Dämon folgte ihr beharrlich. Ich begann zu laufen.

»Nach rechts«, rief ich. Sie hatte keine brauchbare

Waffe – und ich zwei. Ich setzte über einen Graben, während sie seitlich ausbrach. Der Feind drehte sich nach ihr um und ließ donnernd eine Feuersäule vor ihr wachsen. Heilgard stoppte und wirbelte herum. Der Dämon öffnete begehrlich seine Schwingen.

»*Antworter*«, rief ich und warf das Schwert. Radschlagend wirbelte es zwischen den beiden hindurch und bohrte sich mit der Spitze in den Boden. Heilgard ging in die Knie und packte die Waffe. Dabei wuchs das Ungeheuer vor ihr in die Höhe. Ich sah sie mit der schwarz blitzenden Klinge ausholen – da schlugen die Fledermausflügel über ihr zusammen.

Der Nachtdämon hatte die Schwingen vor der Brust gefaltet. In Höhe meiner Brust sahen Heilgards Beine heraus. Sie kämpfte und trat nach ihm. Endlich war ich heran.

»Ich komme!« Beidhändig holte ich aus und zog die Klinge senkrecht durch, so kräftig, daß ich den Hieb bis in die Schulter fühlte. Die Wunde war fast einen Schritt lang. Feuerregen sprühte mir entgegen.

Der Nachtdämon öffnete die Schwingen und drehte sich zu mir. Heilgard stürzte herab, *Antworter* noch in der Hand. Ich tänzelte, duckte mich und versuchte, den Angriff des Niederhöllischen vorherzusehen. Als er die Flügel ganz geöffnet hatte, kam die Windböe. Der Stoß hob mich aus und schleuderte mich rücklings auf die Erde. Ich versuchte, mich abzurollen, als ich aber aufkam, öffnete sich der Boden unter mir. Mit den Schultern voran sank ich in einen Haufen schwarzer saftiger Gartenerde.

Eine namenlose Panik ergriff mich. Nun ging es uns beiden ans Leder. Ich spürte Angst und Wut, machte mich steif wie ein Brett. Mit abgespreizten Gliedmaßen stemmte ich mich aus meinem Grab. Ich konnte hören, wie die Sehne an meiner linken Schulter riß, und fühlte, wie der Arm nachgab. Aber ich war draußen. Mein erster Blick galt Heilgard. Wo sie gelegen hatte, waren metallene Spitzen in die Höhe gewachsen. Der Nachtdämon hatte wieder die Schwingen zu seiner tödlichen Umarmung geschlossen – und diesmal waren nicht einmal Heilgards Beine zu sehen.

Noch einmal kam ich zum Stehen. Mein linker Arm hing gelähmt herab. Auf dem Kraterrand waren einige Warunker Gardisten aufgetaucht. »Zum Angriff!« brüllte ich, während ich losrannte. »Heilgard!« Ich mußte sie da herausschneiden. Bei Hexander war es uns auch gelungen. Ich sprang über die Stalagmiten und zog gleichzeitig das Schwert durch die rechte Brustseite des Dämons. Die Flügel platzten auf. Im Fallen stieß ich mich von seinem Unterleib ab, um nicht in die Metallspitzen zu stürzen. Schwer schlug ich auf.

Das Pochen in meinen Adern drohte in lähmendes Schweigen umzuschlagen. Irgendeine urzeitliche Kraft peitschte mich hoch. Ich hörte die Worte meiner Mutter: »Niemals darf der Schmerz stärker sein als du.« Ich versuchte nochmals, von der gleichen Seite anzugreifen. Das war Heilgards Kopf, was da herausragte. Boron, ihr Gesicht war wie von Würmern zerfressen! Noch einmal fuhr mein Überkopfschlag durch seine Schwinge, die wie ein Stück Eisenblech aufplatzte. Ihr Bein! Boron hab Erbarmen, das war blanker Knochen.

»Greift an, ihr feigen Schweine«, schrie ich mit überschnappender Stimme. Sollten sie doch verrecken – ich wollte zu Heilgard. Die andere Seite. Ich wechselte mit humpelnden Sprüngen hinüber. Irgend etwas war mit meinem Bein.

»Heilgard, halt durch!« Unvermittelt öffnete der Nachtdämon seine Schwingen. In einer Wolke stinkender Asche fiel *Antworter* herab. Fett und schwer wirbelte der Staub auf und verteilte sich über den Boden. Ich starrte die unversehrte Waffe an. Ich hatte sie Heilgard gegeben. Also mußte sie doch auch irgendwo sein …

Ich fühlte nicht, wie ich in die Knie brach. Ich sah nichts außer diesem Schwert und diesem Haufen Asche. »Heilgard …«, flüsterte ich. Ich wußte, daß das Verderben über mir die Schwingen ausbreitete. Aber es war mir gleichgültig. Ich wünschte mir nur, bei ihr zu sein, wo immer das auch war.

Und dann trat dieser monströse Fuß mitten in die Asche. Gleichzeitig umhüllte mich Feuer. Der Schmerz trieb mich zur Handlung, auch wenn mein Herz tot war. Mit einem Sprung warf ich mich nach rechts. Ich sah die glosenden Stoffreste an mir und roch versengtes Leder. Der Nachtdämon stand mit herrisch ausgebreiteten Schwingen in dem, was einmal Heilgard gewesen war.

Diesmal war das Rot vor meinen Augen nicht Feuer und nicht Blut. Es war ein Zorn, wie ich ihn noch nie gekannt hatte. Für dieses Ungeheuer war Heilgard – selbst heute fehlen mir die Worte, es richtig auszudrücken – der Boden, auf dem es lief?

Durch rote Schleier sah ich den Nachtdämon emporwachsen, doch diesmal war ich es, der sich bewegte. Ich sah diese Hand, die *Vergelter* führte. Ich hörte kreischendes Metall und Funken, die mir ins Gesicht flogen. Jeder Hieb zog einen Streifen kreischender Verwüstung durch den monströsen Leib der Bestie. Dreimal, viermal.

Ich zuckte zurück, als ich das Geräusch sich faltender Schwingen hörte. Die Flügel flatterten wie ein zerfetztes Segel im Wind, als sie sich um den Nachtdämon legten. Die Selbstumarmung schien noch zu bestehen, als sich der Leib bereits mit hundert Sprüngen überzog, auch dann noch, als er in tausenden von Brocken zerfiel und zerstob. Widerliche Reste wirbelten mir um die Ohren. Was blieb, war ein unzerstörbares schwarzes Schwert auf dem Boden.

Ich weiß wenig über das, was in den folgenden Tagen geschah, und was ich weiß, hat man mir später erzählt.

Hexander überlebte seine schweren Verletzungen, aber er verließ den Orden der Draconiter und verbrachte viel Zeit als Einsiedler. Für Thundra gehörte fortan die Beschäftigung mit dem gesammelten Wissen der Kämpfer Aventuriens zu seinen wichtigsten Aufgaben. Der Magier Rakorium bereitete, wie ich ein Vierteljahrhundert später erfuhr, ein Elixier vor, für den Fall, daß jemals wieder ein Nachtdämon beschworen werden sollte.

Hochwürden Zidonia von Binsenbeck wurde erst nach langen Grabungen gefunden. Hauptmann Riemschneider und Korporal Garnspinner wurden mit vielen anderen Toten im grünen Waffenrock bestattet. Von all diesen waren wenigstens Leiber geblieben, die man beisetzen – und Seelen, die man übers Nirgendmeer senden konnte …

Die Schändung der Elemente auf der Burg wollte kaum weichen. Man versuchte, den Garten abzubrennen. Das Feuer vernichtete alle gewöhnlichen Pflanzen, doch die Perversionen des Elementes Erde blieben bestehen. Markgraf Throndwig mußte später einen Exorzisten aus Perricum kommen lassen.

Der bucklige Beschwörer Xeraan wurde von den Pfeilen des Lichtes entdeckt, als er versuchte, seine spärliche Beute aus Warunk zu retten. Fast beleidigt, so erzählte man mir, habe er gekrächzt: »Die Höllenkreatur gehorcht meinen Worten, nicht meinem Willen. Sie hat meinen Befehl bis zur Sinnlosigkeit verdreht.« Dann jedoch rief er einen neuen Dämon, eine Art geflügelte Schlange, die ihn vor den Flammenlanzen der Beilunker Magier rettete. Der Mann, der den Nachtdämon über Warunk entfesselte, ihn selbst jedoch auch kaum beherrschte, ist heute noch frei.

5 HAL:
Die *Seeadler von Beilunk*

Ich habe gewißlich mehrmals Zeiten durchlebt, wo ich wenig gemeinsam hatte mit dem Mann und Menschen, als der ich mich heute fühle, und nichts mit jenem Helden, den die Lieder der Barden beschreiben. Ich habe nicht nur einmal den Glauben an alles verloren, was mir meine Mutter, meine Amme, meine Lehrer und das Leben beigebracht hatten. Dann trieb ich ohne Halt und Ziel durch ein lichtloses Leben, wie seinerzeit, als ich als Schatzsucher mit zwei Strolchen um den Neunaugensee strich oder zuletzt vor neun Jahren, als ich nach der Eroberung von Maraskan fast zum Söldner verkam. Doch die Zeit nach Heilgards Tod war wohl die düsterste in meinem Leben.

Ich brauchte mehrere Wochen, um überhaupt zu erkennen, daß für mich eine Welt zusammengebrochen war. Ich bekam öfter Streit und focht aus reinem Trotz fast zwei Dutzend Duelle. Die Tatsache, daß mich ständig Rondrageweihte verfolgten, um diese Taten für die heiligen Bücher nach Perricum und Arivor zu melden, machte die Lage geradezu lächerlich.

Ich mußte an meine Mutter denken, diese tapfere, einsame Frau, die ihren Sohn geboren und gegen den Schergen des Namenlosen Gottes verteidigt hatte und schließlich allein in einer Winternacht gestorben war. Wozu? Welchen Sinn hatte ihr Leben gehabt, das sie zwei Söhnen gewidmet hatte: dem einen, der an Stelle des Erstgeborenen gestorben war, und dem anderen, dessen Bemühungen nur dazu angetan schienen, noch mehr Tod in die Welt zu bringen?

Denn ich hatte nichts vollbracht als einen ständigen Wechsel zwischen Abenteuern, die mir genug Geld und Ruhm brachten, um sodann wieder fliehen zu können. Meine Legende, an der die Barden webten, war eine Lüge oder eine Posse, wie immer man wollte. Ich hatte gemordet und geschändet und geplündert. Ich dachte an all das Blut, das über meine Hände geflossen war, die Leiber derer, die neben mir gestorben waren, den Leichnam meines Vaters, den ich aus der Drachenhöhle geborgen hatte, die Fleischmassen des Riesenogers Arzuch, die Leichenberge, über die ich bei der Schlacht von Maraskan mit dem Streitwagen gefahren war, die Frauenleiber, die ich mir genommen hatte. War mein Leben nichts als eine Anhäufung von Fleisch und Blut und deren Vergänglichkeit?

Ich mußte an meinen Bruder Belfionn denken, der, wie es schien, nur aufgrund eines Mißverständnisses ermordet worden war. Und was hatte ich aus seinem Tod gelernt? Daß es meine Aufgabe war zu verhindern, daß Leute sterben. Aber es schien, daß der Tod um mich herum zunahm, je mehr ich mich darum bemühte, ihn aufzuhalten. Meine Kameraden und Gefährten starben auf der Flucht vor Feinden, denen ich mich rücksichtslos entgegenwarf, sie fielen, weil sie nicht meine Kraft hatten, sie starben, damit meine Legende wachsen konnte.

Und meine Verwandten und Freunde? Mutter, mein Vater, Schwertmeister Landrin, der Borongeweihte Baranos. Immer hatte ich mich bedauert, daß ich nicht einmal im Augenblick des Todes an der Seite meiner Lieben sein konnte, daß mein treuer *Nachtlied* der einzige gewesen war, dem ich in der Stunde seines Todes hatte beistehen können. Aber meine Nähe war kein Beistand.

Heilgard war nicht einfach nur getötet worden. Der Nachtdämon hat ihre Seele gefordert. Er hat sich an ihrer unsterblichen Seele gemästet – und bis heute kann ich die stummen Schreie ihrer Verdammnis hören.

Nach der Lähmung und der Trauer kam der Trotz. Zeitweise erwog ich sogar, mit einem Güldenlandsegler Aventurien zu verlassen oder Ruban den Rieslandfahrer auf seiner nächsten Reise zu begleiten. Mochte doch Rondra ihren Krieg führen, wie sie wollte. Wenn die Unsterblichkeit von Menschen wie Heilgard der Preis war, war ich nicht bereit ihn zu bezahlen. Sollte doch die ganze Schöpfung in die Niederhöllen fahren ...

Dunkle Wolken über dem Kaiserhaus

Anfang des Jahres 4 Hal fiel ein Schatten über die Zukunft Aventuriens. Kaiser Hal ließ sich in feierlicher Zeremonie zum Niederen Gott ausrufen. Ich verstehe nicht viel von Götterkunde, doch anscheinend war die Erklärung überaus ausgefeilt. Wie jeder Geburtstag war auch der Hals drei Planeten zugeordnet – den alten astrologischen Tabellen zufolge dreimal dem Planeten Ucuri. Ucuri galt auch als Halbgott des Sieges und Sohn des Praios. Dennoch maßte Seine Allergöttlichste Magnifizienz sich nicht an, von irgendeiner Gottheit abzustammen. So gab es auch kaum nennenswerten Widerspruch gegen die Zeremonie. Gemeinsam war allen Gebildeten nur ein dumpfes Gefühl des Frevels: Zuletzt hatte sich vor fast genau tausend Jahren Kaiserin Hela-Horas zur Göttin ausrufen lassen. Und deren Hochmut hatte letztlich zur Zweiten Dämonenschlacht und zum Untergang des Alten Reiches geführt!

Der Anspruch war um so seltsamer, als allgemein bekannt war, daß die tatsächliche Macht im Staat in den

Händen Graf Answins von Rabenmund lag. Der Vetter des Kaisers nutzte seine Machtbefugnisse als Kanzler skrupellos aus und brachte zahlreiche Rivalen und andere Höflinge zu Fall.

Einen Monat später, im Rondra 4 Hal, fand in Perricum die Zwölfgöttertjoste statt. In einer Aufwallung von Trotz und fast frevlerischer Wut trat ich bei diesem rondrianischsten aller Turniere an, das nur alle zwölf Jahre stattfand. Mit eiskaltem Herzen prügelte ich einen Kontrahenten nach dem anderen vom Platz, darunter einige, deren Seelen unübersehbar Rondra gehörten. Ich war so versunken in meiner dunklen Welt, daß ich mich nicht einmal fragte, warum Rondra es zuließ, daß ich ihre heiligste Veranstaltung mit meinem Sieg befleckte.

Von Perricum nahm ich ein Schiff nach Khunchom. Ruban der Rieslandfahrer war endlich zurückgekehrt! Auf seiner sechsten Reise war er so weit gekommen wie niemals zuvor: Auf halbem Weg zu dem sagenhaften Ostkontinent strandete er auf der Insel Korelkin und schlug sich viele Jahre durch, wobei er nach und nach alle Gefährten verlor. Dann wurde die Insel von der Roten Harika, der berühmtesten Seefahrerin des Lieblichen Feldes, entdeckt. Ruban kehrte mit ihr über die äußeren Waldinseln zurück und brachte so viele exotische Reichtümer mit, daß er, der tulamidischen Sitte folgend, all seinen Söhnen das Erbe auszahlen konnte. Greifbarer Beweis seiner Leiden und Erfolge war das Unsichtbare Schwert, das, so hieß es, von den Schwertzauberern des Rieslands geschmiedet worden war.

Ruban nahm mich wie einen Bruder auf. Fast jeden Tag wurde in seinem Haus gefeiert. Wir versuchten beide die Schrecknisse des Lebens zu vergessen, er mit seinen neun Frauen, ich mit den mandeläugigen Sklavinnen, Sharisadim und Konkubinen, die er mir zuführte. Aber weder Dattelwein noch Ilmenblatt noch Zithabar betäubten unseren Drang, bis zum Horizont fortzulaufen. Und weder neungängige Gelage noch Pferdewetten konnten die Angst vor dem verhehlen, was wir auf unserer Flucht finden würden.

Mit Rubans Rückkehr und den Unmengen von Gold, Perlen und Elfenbein, die er mitbrachte, begann es in Khunchom zu brodeln. Die Stadt, die Kanzler Answin mitsamt Aranien in die Rebellion und Unabhängigkeit getrieben hatte, war von Feinden umgeben. Der frühere Graf Istav Kulibin ernannte sich zum Großfürsten. Fast gleichzeitig ging die reiche Freistadt ein Bündnis mit dem Kalifat und den Stadtstaaten Fasar und Thalusa ein. Ruban unterstützte beide Maßnahmen, die sein aufblühendes Handels- und Schmuggelimperium sicherten. Wo über Jahrhunderte die Ordnung des Neuen Reiches geherrscht hatte, bildete sich nun ein immer verwirrenderes Geflecht kleiner und kleinster Mächte. Die Zeiten waren vorbei, da meine Loyalität ungeteilt dem Neuen Reich galt. Aber ich fragte mich, ob die Tulamiden für ihre Freiheit nicht einen zu hohen Preis bezahlten.

Ganz und gar verdrängte ich die Tatsache, daß ich vor vier, fünf Jahren binnen kürzester Zeit halbdutzendfacher Vater geworden war. Rondriga, die Enkelin des großen Magiers Rohezal, hatte ich während der ersten Monate ihres Lebens sogar gehütet. Von den drei Amazonen, die mir in den Drachensteinen geboren worden waren, wußte ich nicht einmal die Namen. Meine Ziehkinder Padraíg und Padraígin, Cuanus Zwillinge, waren die einzigen, denen ich wenigstens einen winzigen Teil meiner Aufmerksamkeit widmete.

In jene Zeit fällt der wohl frevelhafteste Beischlaf, den ich in meinem wilden Leben je gepflegt hatte. Die Frau fand mich, so sagte sie, nachdem sie den halben

Kontinent nach mir abgesucht hatte. Ich hielt mich in Baburin auf, wo ich wohl hoffte, auf den Spuren des Heiligen Leomar und meines Vaters mich selbst zu finden. Die Frau fesselte mich mit einem eisig-heißen Blick aus abgründig schwarzen Augen, wie ich ihn später nie wieder bei einer Frau gesehen habe. Alles an ihr war fremdartig und ließ mein Blut mit Begierde und zugleich mit jenem Gefühl aufwallen, das die Maus vor der Boronsotter erfüllt. Ja, ich weiß, daß ich diesen Ausdruck schon in einer anderen Situation verwendete …

Fast eine halbe Nacht lang jagte ich sie durch die Stadt und wußte doch, daß ich selbst die Beute war. Wir fanden uns, bissen einander Lippen und Schultern blutig, verschlangen einander – und dann verschwand sie wieder im Düster der Gassen. Ich stellte sie vor einem der vielen Rondraschreine, die die heiligen Felder zieren. Die Zedernholztür sprang auf, als sie sie berührte. Aus Taumel und Trotz folgte ich ihr. Sie räkelte sich auf dem kleinen Altar. Das Licht der Mada sickerte über ihre Haut und ließ sie elfenbeinweiß aufglühen. Sie hob ein Bein, so daß ihr Schleiergewand herabfiel und ihren nackten Schoß entblößte. Mein ganzes Leben witterte ich die gefährlichsten Fallen früh genug – und trat dann in sie hinein.

Als ich ihr folgte, beruhigte ich mich damit, daß wir an einem heiligen Ort waren. Aber aus den Augenwinkeln nahm ich die mit dunklem Blut besprengten Reliquien und die irgendwie verkehrt wirkenden Heiligenbilder auf. Ihr Schoß, den kein Härchen bedeckte, verschlang mich wie eine fleischfressende Pflanze. Ein fahler Blitz erhellte den Schrein, als sie die Saat meiner Lenden an sich riß. Als ich in der beginnenden Dämmerung durch die leere Stadt rannte, wußte ich, daß diese Saat aufgehen würde …

Zum Jahresanfang 5 Hal wurden der Thronfolger Prinz Brin von Gareth und Emer Ni Bennain, die älteste Tochter Fürst Cuanus von Albernia, verlobt. Emer versprach mit ihren dreizehn Jahren bereits eine der schönsten Frauen Aventuriens zu werden – und nun auch eine der einflußreichsten. Mein Heimatland lag im Freudentaumel. Der Kaiser, daran bestand wenig Zweifel, wollte verhindern, daß ihm Albernia unter seinem starken Fürsten als nächste Provinz abtrünnig wurde. Lieber teilte er die Macht seines Hauses mit der des Hauses Bennain. Diese politische Hochzeit war ein doppelter Schlag für die Ambitionen Graf Answin Hildebald Garbits von Rabenmund: Brins Söhne würden den Vetter des Kaisers vom zweiten Platz der Thronfolge verdrängen, das darpatische Geschlecht der Rabenmunds würde neben den Gareth-Bennains zu einer Nebenlinie verkommen. Und gewiß hatte der Kanzler nicht vor, jeden Satz am Ohr des Kaisers gegen die laute Stimme Cuanus und seiner nicht minder selbstbewußten Tochter durchsetzen zu müssen.

Die Verschwörung von Gareth stellte den bisherigen Tiefpunkt im Niedergang des Neuen Reiches dar. Bei der Verlobungsfeier versuchte, so schien es, der aufrührerische Fürst von Albernia seinen Schwiegersohn, den Sohn des Kaisers, zu vergiften, um im folgenden Eklat die Unabhängigkeit proklamieren zu können. Soweit die Scharade, wie sie Answin inszeniert hatte: mit gefälschten Dokumenten, einem gedungenen Alchimisten und einem verblendeten albernischen Koch, mit hochadeligen Helfern und blendender Schauspielkunst. Eine unheilvolle Rolle spielte auch Herzog Kunibald von Tobrien, der dem Kaiserhaus vermutlich noch wegen des Verlustes von Warunk und Beilunk gram war. Nur dank der Aufmerksamkeit und dem Scharfsinn des Großinquisitors Dexter Nemrod, einem Barden, der dabei sein Leben ließ, und anderer kaisertreuer Gäste wurden die Beweise entdeckt und zu jenem Bild zusammengefügt, das Answin als den tatsächlichen Drahtzieher des Attentats enthüllte. Ich hingegen ahnte bis zum letzten Augenblick nichts. Dem jungen Prinzen Brin wurde das vergiftete Stück albernischen Fisches beinahe aus dem Mund geschlagen.

Die Verhaftung Graf Answins erforderte Härte, Schnelligkeit und Raffinesse. All das zeichnete Dexter Nemrod aus, der inzwischen vom Boten des Lichtes zum neuen Großinquisitor ernannt worden war: eine, soweit ich weiß, einzigartige Karriere für einen Mann, der niemals die Praiosweihe erhalten hatte. Neben seiner Zeit als Laie beim Bannstrahlorden hatte ihm aber wohl seine unbestreitbare Gesetzestreue und die lange Liste seiner Erfolge den Segen der Praioskirche gewonnen.

Eine vollständige Verurteilung Answins war nicht möglich. Die Reichsrichterin Praiodane Falkenstein, Gräfin zu Baliho, fällte ein skandalös mildes Urteil, das später auf dem Hoftag aller Grafen und Barone des lieben Friedens willen bestätigt wurde. Answin wurde des Grafentitels und aller höfischen Ämter enthoben und als einfacher Baron entlassen – ein Baron, der noch immer mit einem Dutzend Fürsten und Grafen, Marschällen und Hochgeweihten verwandt war. Natürlich hatte Praiodane den Einfluß der mächtigsten Familie des Reiches zu berücksichtigen. Deren Stammvater war Kanzler Randolph von Rabenmund, der zu Kaiser Bodars Zeiten – als meine Vorfahren ihr Lehen verzockten – das Reich de facto regierte. Fürst Helmbrecht, der Vater Answins, war einer derjenigen gewesen, die Reto bei seiner Rückkehr aus dem Exil den Weg zum Thron geebnet hatten – möglicherweise vereint mit meinen Eltern, deren aranisches Abenteuer ich ja nie aufklären konnte. So einen Mann, so ein Geschlecht kann man nicht einfach niederwerfen.

Vermutlich hatte Praiodane auch daran gedacht, daß

sie als Gräfin von Baliho die nächste Nachbarin Wehrheims war – wo, so war zu vermuten, bald wieder Rabenmunds herrschen würden. ›Küsse die Hand, die du nicht abhacken kannst‹, sagen die Tulamiden. Ich dankte Travia, daß sie mich in jener lauen Sommernacht auf den Balustraden von Burg Falkenstein verschont hatte. Als Gatte der Gräfin hätte ich mich – so wie jener Angrist, den sie geheiratet hatte – unrettbar in diesem Geflecht politischer und familiärer Bindungen verfangen, wäre Praiodanes Komplize gewesen, auch der Cuanus, vielleicht aber gegen meinen Willen sogar der Answins. Der Drang in mir, allem zu entfliehen, wurde noch stärker.

Die Perlenmeer-Expedition

Anderthalb Jahre nach Heilgards Tod hörte ich durch Thundra von einem Unternehmen, das mich aus meiner Untätigkeit riß. Es bot mir die Gelegenheit, vor allem davonzulaufen und mir dabei einzureden, etwas Sinnvolles zu tun. Angesichts der drastisch veränderten Lage an der Ostküste – Maraskan kaiserlich, Aranien dafür unabhängig – wuchs das strategische Interesse des Reiches am Perlenmeer. Zunächst hatte der Kaiser einen der Offiziere, die ich von der Invasion auf Maraskan kannte, Rudon von Mendena, zum Flotten-Generalinspektor im Admiralsrang ernannt, um die Moral an Bord seiner Galeeren zu überprüfen. Sodann galt es, endlich den west-orientierten `Groszen aventuerischen Atlas' zu ergänzen, der noch immer aus der Sichtweise des Lieblichen Feldes erstellt wurde. Mit der Kartographierung der Ostküste beauftragte der Kaiser Admiral Rateral Sanin XII. Dieser albernische Seebär stammte angeblich von einigen der größten Entdecker der Siedlerzeit ab. Ich fühlte den alten Zauber erwachen: Die

Weiten des Meeres, fremde Länder, Dienst für den Kaiser, noch dazu ohne ständig kämpfen und töten zu müssen – und all das unter dem Kommando eines Landsmannes!

Kurz entschlossen bewarb ich mich als Bordoffizier. Einige Stunden lang quälte mich die Unsicherheit, ob man mich wegen meiner geringen Erfahrung zur See nicht ablehnen würde. Aber Reichsgroßadmiral Dalman Severin zeigte sich geehrt von meinem Angebot und bestätigte meinen Titel eines Hauptmanns, mit dem ich Maraskan verlassen hatte.

Mein einziges Bedauern galt dem kleinen Warunker, von dem ich mich nun trennen mußte. Er war mir ans Herz gewachsen, gerade darum, weil ich mir Jahr für Jahr eingeredet hatte, daß er nur eine Notlösung war und ihn immer nur ›Brauner‹ genannt hatte. Selbst den Shadifhengst *Al'Muqtur*, den ich zwischendurch auf den Reisen mit Rakorium erbeutete, hatte ich für ihn stehenlassen. Aber ich war nicht jung und reich genug, um ihn irgendwo jahrelang in Pflege zu geben. Statt ihn auf einem Pferdemarkt zu verramschen, schenkte ich ihn einer jungen Beilunker Ritterin, die, wie auch ich früher einmal, von Turnieren und Heldentaten träumte und nicht einmal das Geld für Pferd und Rüstung hatte.

Seiner Majestät Galeere *Seeadler von Beilunk* war die modernste Trireme der Kaiserlichen Perlenmeerflotte: ein raubvogelgleicher Riese, getrieben von drei Dreieckssegeln mit dem kaiserlichen Wappen und einhundertvierundvierzig Rojern, die in drei Reihen übereinander saßen. Der Bug war in Form eines goldenen Adlers mit drohendem Schnabel gestaltet, dessen ausgebreitete Flügel zugleich die Flanken der Vordertrutz bildeten. Die echte Gefahr ging von dem kupferbeschlagenen Rammsporn aus sowie von den zwei mächtigen, mit Bronzeplatten gepanzerten Türmen und den leichten und schweren Rotzen, wie die Seeleute die Torsionsgeschütze nannten. Der steineichene Schiffsrumpf war vierundvierzig Schritt lang und sechs Schritt breit und hatte dabei keine zwei Schritt Tiefgang. Zumindest in den sicheren Küstengewässern gehörte eine Trireme der Perricum-Klasse zu den schnellsten Schiffen.

Ich war so schnell in Beilunk eingetroffen, daß die *Seeadler* weder schon fertig bewaffnet noch bemannt war. Zudem sollte sie feierlich von Perricum aus in See stechen. So trieb ich mich zwei Wochen lang auf der Werft herum. In der Stadt erinnerte mich fast jede Gasse an Heilgard. Zwischen den mächtigen Kränen und Gerüsten lernte ich einen echten Zwergenprinzen kennen. Farmosch, Sohn des Fanderam, war der Bruder des Bergkönigs von Eisenwald. Die eigentümlichen Verträge, die die Bergkönigreiche zu Teilen des Neuen Reiches, ihre Könige aber nicht zu Vasallen des Kaisers machten, sorgten für regelmäßige Waffenlieferungen aus den Zwergenschmieden. Farmosch, ein stolzer Erzwerg in schwarzem Samt, war der Konstrukteur der neuesten Pfeilgeschütze, mit denen die *Seeadler* bewaffnet wurde.

Ich hatte bislang wenig mit dem Kleinen Volk zu tun gehabt und suchte ein Gespräch. Farmosch war distanziert und korrekt, aber ausgesucht höflich. Die Erzzwerge gelten als die konservativsten und traditionsreichsten aller Zwerge. Farmosch war bisweilen von drolliger Umständlichkeit. Vor allem aber hatte er die ehrfurchtgebietende Aura des Angehörigen eines Volkes, das auf sechstausend Jahre in Stein gemeißelte Geschichte zurückblickte, ja förmlich in dieser Geschichte lebte. Kein gegenwärtiges Ereignis war ihm zu gering oder zu bedeutend, um nicht mit den Überlieferungen seines Volkes verglichen zu werden. Eine unbezwingbare Ruhe ging von diesem kurzgewachsenen Prinzen aus, für den die Welt vollendet geschaffen und jede Änderung darum erst ausführlich zu überdenken war. Wir verbrachten manchen Abend bei einem Humpen Bier und sprachen über die Ordnung der Welt, wenn ich mich auch stets wie ein trotziger Lausejunge neben ihm fühlte.

Mit der frisch umgebauten *Seeadler* fuhr ich nach Perricum. Ursprünglich war diese erste Trireme der Perricum-Klasse für die Invasion auf Maraskan gebaut worden, gefolgt von etwa zwei Dutzend anderen. Im Hafen von Tuzak hatte die *Seeadler* nur einige fliehende Thalukken aufbringen können – so schnell hatten ihre Schwesterschiffe zugeschlagen. Die Hälfte davon allerdings hatte in Zorgan, Elburum und Llanka gelegen, als Aranien seine Unabhängigkeit erklärte, und segelte nun unter der Seerosenflagge.

Im größten Kriegshafen des Reiches trafen nach und nach die anderen Offiziere und Stabsmitglieder ein: Admiral, Navigatorin, Geschützmeisterin, zwei Geweihte, Schiffsmagierin, Bordheiler. Dazu kamen vier Reisende der Kaiserlich-Derographischen Gesellschaft. Admiral Rateral Sanin XII. war ein düsterer, grobknochiger Bursche mit unergründlichem Blick, breitem Kaiser-Alrik-Schnauzer und langem Haar. In der hesindigoblauen Uniform wirkte er recht grimmig. Auf der Reise stellte er sich jedoch als Gemütsmensch mit dröhnendem Lachen heraus, der Umtrunk und Gesang genauso liebte wie jeder andere Albernier.

Thundra vom Rathilsteine sollte ebenfalls an der Expedition teilnehmen. Er erschien mit der eigentlichen Schiffsgeweihten, die ich bereits vom Maraskanfeldzug kannte: Alagora trug die blaugrünen Gewänder der Efferdgeweihten. Ihr schwarzes, bereits leicht ergrauendes Haar wehte offen im Wind. Sie hatte einen leichten Silberblick, was besonders auffiel, wenn ihre Augen sich dem Horizont zuwandten.

Reichsgroßadmiral Dalman Severin kam persönlich an Bord, um uns zu verabschieden. Es war ein offenes Geheimnis, warum die Reichsgroßadmiralität die Küsten des Perlenmeeres sauber kartographiert haben wollte: Aranien sollte nach seiner Unabhängigkeitserklärung die Seehoheit des Neuen Reiches bis in die letzte kleine Bucht zu fühlen bekommen. Und es war auch unverkennbar, warum man ein Kriegsschiff gewählt hatte, das außer den Karacken des Lieblichen Feldes wohl jedes Schiff in Trümmer legen konnte: Die Aranier auf den weniger aufgerüsteten Schwesterschiffen, die tulamidischen Piraten und die maraskanischen Rebellen sollten wissen, wer die Meere regierte. Insgesamt waren zwölf Offiziere und Gelehrte, dreißig Matrosen, einhundertvierundvierzig Rojer, fünfunddreißig Geschützdiener und ein Banner Seekrieger angetreten!

Es war Spätherbst, als wir aufbrachen. »Wir wollten die Regenzeit abwarten«, erklärte Admiral Sanin. Ich konnte mich erinnern: Südlich von Perricum konnte man zweimal im Jahr auf offener Straße beinahe ertrinken. Vor uns lagen die blaugrauen Weiten des Perlenmeeres. Heute weiß ich, daß diese Expedition eine heilsame Zeit für mich war. Wie ein todwundes Tier hatte ich mich in einer Höhle verkrochen, um zu sterben oder zu überleben, je nachdem, was das Schicksal für mich bestimmen würde. Denn wenn man eines auf einem Schiff nicht kann, dann ist das weglaufen. Ob Pflichten oder Streit, Seekrankheit, Langeweile oder schlechte Laune – auf vierundvierzig Schritt konnte man nicht entfliehen. Auf einem Schiff mußte man sich allem stellen. Natürlich lag eine gewisse Freiheit darin, tagelang über offenes Meer zu segeln und in jeder Hafenstadt zu wissen, daß man sie bald wieder auf dem gleichen Weg verlassen konnte. Aber letztlich bestimmten der Admiral und seine Aufgaben, wohin die *Seeadler* fuhr und wie lange sie blieb.

Solange wir die aranische Küste absegelten – das dauerte wegen der Vermessungen Wochen – wurden wir stets von Schiffen der aranischen Flotte in respektvollem Abstand begleitet, während Fischer und Händler die Flucht ergriffen.

Ich verbrachte viel Zeit mit den Derographen und Geweihten im Bug, der die Form eines goldenen Adlers mit drohendem Schnabel und ausgebreiteten Flügeln hatte. Ich liebte es, dem bronzeglänzenden Rammsporn zuzusehen, wie er unter der Wasseroberfläche dahinglitt und bisweilen durch die Wellen zu stampfen begann. Die zwei gepanzerten Türme mit den Torsionsgeschützen und Repetierarmbrüsten waren der übliche Aufenthalt der ›echten‹ Offiziere; wir hatten schnell gemerkt, daß wir dort im Wege waren.

Solange wir uns auf hoher See befanden, war ich ziemlich überflüssig. Ich kannte mich weder mit Seekriegsführung noch mit Navigation aus. Eigentlich war ich nur für den unwahrscheinlichen Fall eines Kampfes da. Meine eigentliche Aufgabe bestand darin, die Expeditionen entlang der Flüsse und landeinwärts zu eskortieren. Meine derographischen Kenntnisse beschränkten sich auf einzelne Routen und Orte. Doch war ich vermutlich einer aus einer Handvoll Lebender, die Maraskan und die Echsensümpfe durchquert hatten. Auch in Tobrien kannte ich mich halbwegs aus. Dieses Wissen bildete nun das Gerüst, das die Kartographen mit systematischer Aufzeichnung zu einem Bild Ostaventuriens gestalten mußten.

Unsere Ankunft in Khunchom war eine diplomatische Mission ersten Ranges. Sämtliche ›Kriegsschiffe‹ des Großfürsten, sprich ein halbes Dutzend Schmugglerzedrakken aus dem Besitz Ruban ibn Dhachmanis, geleiteten uns in das neunarmige Delta des Mhanadi.

»Warum schreiben wir nicht gleich auf unsere Segel: ›Große Beschützer des reichen Khunchom im Angesicht des bösen Aranien‹?« lästerte ich.

»Weil man in Gareth und Zorgan so keine Diplomatie macht«, schmunzelte Admiral Sanin. Dabei deutete er auf die zwei Triremen, die im Norden abdrehten: »Aber genau das werden die Aranier ihrer Fürstin melden, da habt Ihr recht.«

Ich hatte Khunchom immer geliebt, das Tor zum ›Land der Ersten Sonne‹, wie es die Tulamiden nannten. Der Geruch von Kamelen und Eseln und hundert fremden Blüten hieß mich willkommen. Diesmal war ich offizieller Gesandter. Großfürst Kulibin gab einen rauschenden Empfang voller alt-tulamidischer Laster. Natürlich war auch Ruban der Rieslandfahrer anwesend.

»Oh, Ihr Vater des Krieges«, begrüßte er mich, »als Ihr hörtet, daß der arme Ruban ibn Dhachmani in aller Bescheidenheit sein achtes Schiff erwarb, mußtet Ihr Euch freilich ein größeres zulegen.« Ich umarmte den alten Schwerenöter. Die Hälfte seiner Geschäfte bestand darin, mit seinen Zedrakken an unseren Triremen vorbei Maraskan anzulaufen. Doch an seiner Seite fühlte ich mich wie ein Tulamide. Ich ließ mir eine Wasserpfeife und eine Sklavin reichen und nötigte die strammen Offiziere, sich ebenso auf die örtlichen Gebräuche einzulassen.

»Eine unverzichtbare Höflichkeit«, zwinkerte ich Admiral Sanin zu. Es war ein Vergnügen zuzusehen, wie die Navigatorin und die Geschützmeisterin vom Zithabar immer beduselter wurden.

Während die Offiziere und Gelehrten versuchten, aus der nun unabhängigen Seefahrtakademie so viele Karten wie möglich zum Kopieren zu erhalten, bummelte ich mit Thundra und Alagora durch das Bazartreiben.

Dann tat ich, was ich seit der Gotterhebung Kaiser Hals vorhatte: Ich ließ mir ein Horoskop mit meinen Planeten erstellen. Der achte Rondra 35 v.H. war ein Windstag gewesen. Dem Element der Luft hatte ich mich immer am meisten verbunden gefühlt. Traditionsgemäß waren Wochentag, Monatsfünftel und Tag innerhalb des Monatsfünftels je einem der acht Planeten zugeordnet. Verwirrend. Wie auch immer: Meine Planeten waren Aves, Aves und Simia. Der Halbgott der Abenteurer, gleich zweimal, und der Halbgott des schöpferischen Neubeginns. Ich mußte bitter lachen. »Was bleibt mir anderes übrig?« Nur, was schöpferisch an meinem ständigen Neubeginn sein sollte, das konnte ich nicht erkennen.

»Sicherlich, der Wind ist nie dort, wo man ihn sich wünscht«, sagte Alagora, als wir wieder an Bord waren. »Er flieht und entgeht uns.« Irgendwie war es aus mir herausgebrochen: Ich hatte von meiner Geburt im Gewitter erzählt, vom *Donnersturm* und von dem kalten Wind, der so typisch für Burg Winhall war, von Rondra, von meiner Tochter Rondriga, die ich auf dem sturmumtosten Amboß gezeugt hatte, und von meiner Unfähigkeit irgendwo zu verharren.

Alagoras angenehme Altstimme hüllte mich ein: »Aber wo wären wir, wenn uns der Wind nicht vorantriebe. Der Wind zeugt nicht, aber er trägt den Samen. Er läßt nicht wachsen, aber er mahlt das Korn. Er kann niemanden aufhalten, niemanden überzeugen, so fest er auch bläst. Aber er macht es uns leichter, in gewisse Richtungen zu schreiten denn in andere. Er trägt die Flügel, die Schwingen, die Segel, die Worte, die Gedanken und die Träume. Und wo die hingehen, dorthin folgen meist auch die anderen Elemente.«

»Komm, Aidali«, rief Belfionn wie jeden Morgen, »wir wollen Krieger spielen!« Sommersprossen, dunkelblonde Igelhaare, blaue Augen. Kein Zweifel, das war mein Bruder.

»Aber«, stotterte ich, »du bist doch tot.« Das war kein gewöhnlicher Traum. Ich sah mich selbst in der Koje liegen und Thundra in der daneben.

»Freilich«, nickte er wie immer, wenn er seinem großen Bruder recht gab. »Darum kann ich ja auch zu dir kommen.«

Wir liefen auf Deck. Er hatte wie an jedem Morgen das Spiel vorgeschlagen, nun mußte ich mir etwas für ihn ausdenken. Ich sah mich ratlos um.

»Wir spielen, daß du der größte Held des Zeitalters bist.« Ich schnellte herum. Nein, da war keine Häme. Er lächelte mich an, wie das jeder Vierjährige täte. »Aber du willst ja nicht mehr spielen.«

»Nein, nein«, widersprach ich. Ich mußte mich hinknien, um ihn zu umarmen. »Aber ...« Ich rang nach Worten, während mir die Tränen in die Augen schossen.

»Wir haben verloren, nicht wahr?« fragte er. In seiner Hand hielt er den Stecken mit der zerfetzten Fahne, die uns Gilbrands Mutter genäht hatte.

»Diesmal, nur diesmal«, stieß ich hervor und drückte meinen Bruder an mich. »Wir werden es ihnen heimzahlen.«

Seine Stimme war jetzt ganz leise. »Sie haben Eillyn weh getan, oder?« Ich ließ ihn entgeistert los. Eillyn? Heilgard! Wieso wußte er ...? Ich hielt ihn ganz fest an den Armen und blickte ihm in die Augen. Dann sagte ich mit der Stimme meiner Mutter: »Niemals, hörst du, niemals darf der Schmerz stärker sein als du.« Ich erwachte mit Tränen in den Augen. Aber ich wußte, daß ich nie so allein gewesen war wie ich dachte.

Was sollte ich mit Kartographen und Geweihten anderes tun, als über meine Reisen und meine Sorgen zu sprechen?

»Die Welt begann mit einem Kampf, und sie wird mit einem Kampf enden«, sagte Thundra ernst. Das *Brevier der Zwölfgöttlichen Unterweisung*. Danach hatte ich schreiben gelernt in Baliho. Folgsam setzte ich fort:

»Daher bewahrt RONdra die Geister der mächtigsten Kämpfer und schart sie an der Langen Tafel um sich, damit sie am letzten Tage bereit sind. Nur durch den Ruhm ist die Unsterblichkeit zu erlangen, denn der Mensch lebt solange fort, solange seine Taten gepriesen werden.«

Im nächtliche Perlenmeer spiegelte sich das Sternenfunkeln über uns. Der Geweihte zeigte zum Sternbild des Helden: »Das ist der Erz-Alveraniar Mythrael! Nach jeder Schlacht kürt er unter den Toten die größten Helden, sammelt sie und geleitet sie in Rondras Hallen. Dereinst, im Letzten Großen Kampf, wird er die Alveranischen Heerscharen der toten Helden befehligen.«

Ich hatte das Sternbild schon so oft gesehen, an so vielen Orten. »Du meinst«, sagte ich zögernd, »ich kann ihm nicht entkommen? Er wird immer über mir sein, ganz gleich wie weit ich fahre?« Er antwortete nicht. Es war nicht nötig, da die Antwort so deutlich am Himmel stand. »Aber«, setzte ich nochmals an, »was ist, wenn meine Kraft nicht ausreicht?«

Ein leichtes Lächeln spielte um seinen vernarbten Mund. »Du weißt sicher, wie es der einfältige Einsiedler Alrik von Angbar formuliert hat, der einer unserer größten Propheten ist: ›Wer Kriegslärm liebt und Kampfgetümmel und wacker streitet und nimmer zagt, dem ist SIE gewogen, und sei's ein tapfer Bäuerlein mit der Sens. Ein kriegerisch Herz ist IHR allmal lieber als ein teuer Rüstung und gut Zeugnis von der Schul.‹«

Natürlich, den Alrik von Angbar kannte ich auch auswendig: »›Hast du ein Aug verloren oder Arm oder sonstig Gliedmasz im Kampfe, so mußt du nit länger darumb klagen – alles ist wieder heile, und dein Seel bekommt ein schöner Gestalt als dein sterblich Leib hatt auf Deren. Ja, dies ist RONdras Paradeis – das wildeste der zwölf, aber für eine rechte Kriegerseel das wonnigste von allen.‹«

»Soweit zu den heiligen Schriften«, sagte Thundra. »Und jetzt ein Wort unter Freunden: Raidri, du bist in deinem letzten Kampf schwer verwundet worden – an Leib und Seele. Es dauert seine Zeit, bis das heilt. Du mußt es einfach annehmen lernen: Du hast nicht gewonnen, aber du bist auch nicht gefallen. Eine verleugnete Niederlage wird dich immer schwächen.«

Wir standen noch die halbe Nacht dort zusammen. Thundra brachte mir die Gewitterlieder bei und ich ihm das wenige von Leomars Schwertliedern, was ich noch von Landrin gelernt hatte. Ich fühlte die gleiche Verbundenheit zu diesem Mann, der wenig sprach, aber stets eine Antwort hatte.

Das Geheimnis von Maraskan

Es dauerte anderthalb Jahre, Thalusien, die Echsensümpfe, die Küsten des Regenwaldes und die nahen Waldinseln zu erkunden. Wir entdeckten immer wieder unbekannte Siedlungen, die teilweise seit Jahrhunderten bestanden. Sogar die Aufzeichnungen über die Städte wiesen oft gravierende Mängel auf. In der Wildnis verloren wir mehrmals Leute und mußten in befreundeten Häfen wie Port Corrad und Hôt-Alem neu rekrutieren. Dann segelten wir wieder nordwärts, nur um festzustellen, daß die Küstenlinien zwischen Selem und Kannemünde sich ständig veränderten und wir sie neu verzeichnen mußten. Unter anderem entdeckten wir einen alanfanischen Stützpunkt, von dem bislang keiner gewußt hatte.

Wie ich gehofft hatte, verbrachten wir einen bedeutenden Teil der Zeit um und auf Maraskan – insgesamt nochmals anderthalb Jahre. Die eroberte Insel mußte überhaupt erstmals kartographiert werden. Die Tulamiden hatten sie jahrtausendelang abergläubisch gemieden, weil sich die alten Echsen dorthin zurückgezogen hatten. Daß das ein guter Grund war, die Insel nicht zu betreten, hatte ich mit Rakorium entdeckt. Es mußte das erste Geschenk der Zwölfgötter gewesen sein, daß die Menschen diese kaltblütigen, fast unsterblichen Wesen mit ihrem äonenalten Wissen bezwingen konnten. Erst vor achthundert Jahren war die Insel besiedelt worden, fast in einem Wettlauf zwischen güldenländischen Siedlern und einer obskuren Sekte der Ferkinas.

Immer deutlicher wurde, mit welcher brutalen Unwissenheit ich und das ganze Kaiserreich über die Insel hergefallen waren. Die Blutzwillinge hatten mich Söldner genannt: einer, der für Geld kämpft und tötet. Sie mußten Geheimnisse gehütet haben, die nun für immer verloren waren. Nur drei Wortpaare hatte der Zweite hervorgestoßen, ehe er gestorben war:

Antworter und *Vergelter* – das waren die beiden Enduriumschwerter. Mir fiel auf, wie eigentümlich die beiden Waffen in meinen Händen ihrem jeweiligen Namen gerecht wurden. *Antworter* trat stets der Herausforderung meiner Feinde entgegen, *Vergelter* griff später mit aller Gewalt ein. Hesinde und Rondra! Die beiden Blutzwillinge hatten ebenso gekämpft. Der Sterbende hatte aber auch ihn und mich so genannt – so, als seien wir Teil einer langen Kette, so alt und unzerstörbar, daß es gleichgültig war, ob die Waffen im Frieden oder im Kampf weitergegeben wurden: Es gibt so viele Wege zu antworten und zu vergelten …

Rur und Gror – das waren die göttlichen Zwillinge, die nach Meinung der Maraskaner die Welt erschaffen hatten und sie auch bewachten. Die Welt war eine

Scheibe, ein Wurfdiskus, den Rur, glaube ich, seinem Bruder zuwarf. Deswegen drehten sich die Sterne. Ihre wichtigste Lehre war, daß die Welt vollkommen und schön geschaffen war. Alles, was dieser Schönheit widersprach, war ›bruderlos‹. Ich mußte daran denken, daß alles, was natürlich war, wiederholt vorkam, gleichzeitig und im Lauf der Generationen. Nur Dämonen waren stets einzigartig.

Am schwierigsten war es, das dritte Wortpaar zu ergründen, das sich mir eingeprägt hatte: Corula und Colurna waren Schwertschwestern, die bei den Anhängern der Göttlichen Zwillinge auf Maraskan verehrt wurden. Sie lagen, so die Legende, in der Maraskankette in ewigem Schlaf und beschützten die Insel während der Tage des Namenlosen vor bösen Einflüssen. Die zahlreichen Sekten stritten sich, ob Corula und Colurna hellhäutig oder tulamidisch gewesen waren, ob die ersten Geweihten Rur und Grors noch ohne Einsicht gehandelt hatten. Aber alle waren sich einig, daß sie zwei unzerstörbare Zwillingsschwerter geführt hatten. Das konnte auch eine Erklärung für die Form der Waffen sein: Es waren traditionell güldenländische Bastardwaffen, wie man sie seit zwei Jahrtausenden in den Mittellanden schmiedete – jedenfalls keine Tuzakmesser, Khunchomer oder andere tulamidischen Krummklingen.

Noch zwei andere Satzfetzen fand ich auf der Insel wieder. ›Zwei Hände, in denen dasselbe Blut fließt.‹ Diese Prophezeiung schien die Träger zu bezeichnen, denen die Waffen bestimmt waren. Die Maraskaner hatten wohl naheliegenderweise an ihre Zwillingspriester gedacht und diesen die Waffen gegeben. Das war eine Vermutung, denn die Spur der Schwerter ließ sich nicht verfolgen. Ich jedenfalls hatte die Schwerter in den Händen von Zwillingen gefunden. Und die Sterbenden hatten in mir den nächsten Träger erkannt – zu erkennen geglaubt.

›Die Welt ist schön!‹ Das waren auch die allerletzten Worte des Blutzwillings gewesen. Viele Maraskaner, so hieß es, hatten das im Augenblick des Todes gesagt. Eine Segensfloskel, die ihnen den Abschied erleichtern sollte? Oder eine Botschaft, für die der Blutzwilling gestorben war?

Im vierten Jahr kehrten wir nach Beilunk zurück und segelten dann die tobrische Küste entlang. Hierbei nutzten wir den geringen Tiefgang unserer Trireme und fuhren sogar die Tobimora aufwärts. So hatte vor eintausendachthundert Jahren der erste Admiral Sanin auch den Tommel erkundet und meine Heimatstadt Winhall begründet.

Den Abschluß der Expedition bildete ein diplomatischer Besuch in Festum. Das bedeutende Hesindeviertel und die aufblühende bornländische Flotte besaßen sehr gutes Kartenmaterial, insbesondere über die äußeren Waldinseln, die von Port Stoerrebrandt aus kolonisiert wurden. Nach langen Verhandlungen über den Wissensaustausch stellten wir fest, daß die Festumer ein halbes Dutzend mehr Waldinseln entdeckt hatten als wir. Eine treibende Kraft für den Austausch war übrigens auch Rakorium, der sich die Entdeckung weiterer verschollener Städte, Ruinen und Kultstätten erhoffte. Rakorium war inzwischen zum Leiter der Halle des Quecksilbers aufgestiegen, der angesehenen Magierakademie von Festum. Außerdem wurde ihm in jener Zeit der Titel eines Erzmagiers verliehen, mit dem die Magiergilden ihre jeweils größten lebenden Gelehrten ehrten.

Ende 9 Hal wurden wir von Kaiser Hal, seiner Gattin Alara und Prinz Brin empfangen. Es war eine lange öffentliche Audienz, gefolgt von einer höfischen Jagd im Reichsforst. Admiral Sanin lieferte das Logbuch der *See-*

adler von Beilunk ab, das später unter dem Titel ›Von den Küsten und Häfen des Perlenmeeres, ihren Vorteilen und Widrigkeiten‹ veröffentlicht wurde und heute als Standardwerk der Derographie gilt. Rateral Sanin XII. wurde dafür zum Großadmiral der Perlenmeerflotte und zum Markgraf von Windhag ernannt. Jawohl, Kaiser Hal löste einfach eine Grafschaft aus Albernia heraus und machte sie zu einer eigenen Provinz. Wie ich später von meinem Freund Cuanu erfuhr, war das keineswegs ein Versuch, den Fürsten zu schwächen. Es war mehr oder weniger Prinzessin Emers Vorschlag gewesen, damit Cuanu nicht weiter die Kosten für den immer größer werdenden Kriegshafen Harben tragen mußte. Und dem Kaiser war es lieber, kistenweise Gold nach Windhag zu schicken und dafür mehr Kontrolle über das Meer der Sieben Winde zu haben.

Nicht, daß Kaiser Hal seit Answins Entmachtung nicht manchmal etwas merkwürdige Entscheidungen getroffen hätte. Ganz Garetien lachte darüber, daß Seine Allergöttlichste Magnifizienz anläßlich der Neuvergabe einiger Lehenstitel auch ›endlich einen Fürsten von Weiden einsetzen‹ wollte. Er hatte das Geschlecht Herzog Waldemars des Bären, das dort seit Urzeiten regierte, schlichtweg übersehen. Waldemar, besser gesagt seine Gattin Yolina, schickte dem Kaiser einen geharnischten Brief. Soweit ich weiß, entschuldigte sich der Kaiser mit einigen großzügigen Geschenken.

Cuanu von Albernia hatte übrigens noch mehr Ärger. Die Thorwaler wurden nach einigen Generationen wieder unruhig. Sie fielen in Nostria ein und besetzten 8 Hal die kleine Stadt Kendrar. Nun hätte es doch beruhigender geschienen, all die teuren Kriegsschiffe Windhags im eigenen Land zu halten ... Außerdem hatte Cuanu, um das alte Magieverbot ein wenig zu umgehen, einen Hofdruiden aufgenommen. Dieser Archon

Megalon jedoch, statt sich deutlich von einem Magier zu unterscheiden, begann mit unsäglichen Experimenten, die ohne Zweifel zeigten, wie weise das Verbot gewesen war. Irgendwie beruhigte es mich festzustellen, daß mein alter Spießgeselle Cuanu, der immer so klug gewesen war, als Fürst auch seine liebe Not hatte.

Xeraan hatte erneut zugeschlagen: Diesmal hatte er die Amazonenkönigin Yppolita heimgesucht. Seine Schurkerei war so weit gegangen, durch Illusion und Beherrschung eine schwarze Rondrastatue zu den Amazonen sprechen zu lassen. Diese hatten gehorsam die Königin gestürzt und begonnen, die umliegenden Länder auszupressen und auszuplündern. Erst einige Agenten Stoerrebrandts, dessen Handelsrouten bedroht waren, und die Pfeile des Lichtes konnten Xeraan entlarven und ihm seine Beute abjagen. Zunächst hielt ich es nur für meinen laienhaften Eindruck, doch dann bestätigten es mir Hesindegeweihte und Magier: Die Fälle von Mißbrauch der Magie mehrten sich, immer mehr uralte Geheimnisse wurden wiederentdeckt. Wir steuerten auf eine neue Hochblüte der Magie zu – mit all ihren Segnungen und Schrecknissen.

Rückkehr

In Gareth besuchte ich Meister Thorn Eisinger und erzählte ihm, was ich Neues über meine Endurium-schwerter wußte. Aus dem Kaiserlichen Gestüt durfte ich mir mit dem Sold vierer Jahre einen prachtvollen Tralloper Riesen kaufen. Es war ein junger Rapphengst, den ich *Wildfang* nannte und dann selbst zuritt, wie ich es in Baliho mit *Rauhbein* gelernt hatte. Nach all den Jahren war es Zeit, wieder einmal nach Winhall zurückzukehren.

Ich hielt mich etwas weiter südlich, um endlich die

erst von Kaiser Reto erbaute Reichsstraße 6 zu erkunden. So kam ich nach Ferdok, einer verschlafenen Kleinstadt am Großen Fluß, deren berühmteste Sehenswürdigkeiten die Bierbrauerei und die Ferdoker Garde waren, letztere eine ganze Schwadron auf rassigen Elenviner Vollbluten, die nur aus Frauen bestand. Ich konnte beide, Bier und Garde, nicht verfehlen, als ich die einzige nennenswerte Taverne betrat. Zwei Dutzend Soldatinnen saßen in Rüstung an ihrem langen Stammtisch und ließen lachend und johlend die Humpen kreisen.

»Der Schwertkönig«, gröhlte es mir entgegen. »Für den haben wir einen Platz, nicht wahr, Mädels?« Den Gesichtern der Umsitzenden nach zu urteilen wurde mir eine große Ehre zuteil, als die Gardistinnen zusammenrückten und mich in ihre Mitte baten. Die Einheit war im ersten Orkkrieg bei der zweieinhalbtägigen Schlacht von Ferdok berühmt geworden, als sie die zahlenmäßig weit überlegenen Tscharschai mit einer Flankenzange aufgerieben hatte. Leutnant Korisande vom Berg – übrigens eine Vorfahrin der Rondrageweihten Xaviera, die mir den *Donnersturm* übergeben hatte – hatte erfunden, was Marschall Voltan dann vor Jergan gegen die Maraskaner erneut gelungen war.

Da saßen wir nun mit unserem Ruhm zusammen und sprachen nur darüber. Das Thema kam mir sauer. Die Damen waren gewiß große Kriegerinnen, aber mit den Leistungen ihrer Vorgängerinnen hatten sie soviel gemeinsam wie ... nun, wie ich zu jenem Zeitpunkt mit den Heldentaten des vielfach besungenen Schwertkönigs. Was war denn Ruhm anderes als das, was deine Bewunderer anhäuften an Aberglauben und unerfüllten eigenen Wünschen? So machte ich einige sarkastische Anmerkungen, die die Ferdokerinnen nicht unerwidert ließen. Das Gespräch wurde schnell zu einem Wortgefecht voll von Witz, sprühenden Bösartigkeiten und schlüpfrigen Anzüglichkeiten.

»Auf die unbezwingbare Ferdoker Garde!« »Auf den unbesiegbaren Schwertkönig!« So höflich, ja freundlich diese Trinksprüche waren, ließ ihre ständige Wiederholung sehr schnell eine Frage im Raum stehen. Ich weiß nicht mehr, ob sie überhaupt ausgesprochen wurde, aber wir hörten sie alle: Was geschieht, wenn Unbezwingbarkeit auf Unbesiegbarkeit trifft?

Das helle Ferdoker Gerstenbräu war mir wohl schon in den Kopf gestiegen. Und da auch schon mein Ruf als Frauenheld angesprochen worden war, wischte ich mir plötzlich den Schaum vom Mund und hörte mich sagen: »Meine verehrten Damen, ich bin gewiß, daß es keine Kompanie, keine Schwadron und kein Banner in Aventurien gibt, das der Ferdoker Garde widerstehen könnte, ob im Dienste Rondras oder dem Rahjas. Aber, wie ich seinerzeit zu den Blutzwillingen sagte: Ich bin kein Banner – ich bin Raidri Conchobair.«

Als Erwiderung hörte ich zunächst ein teils empörtes, teils begeistertes Johlen. Doch die eigentliche Antwort mußte mir die Weibelin geben, eine Frau mit kurzem Haar, grünen Augen und einem spöttischen Mund. »Das, verehrter Schwertkönig«, sagte sie, jedes Wort betonend, »werdet Ihr uns beweisen müssen.«

Ich hatte gelogen. Die Blutzwillinge hatten ein Halbbanner, also fünfundzwanzig Gegner herausgefordert, als ich annahm. Ich hatte, so schien es, die doppelte Anzahl gefordert. Ich ließ meinen Blick schweifen: Sie starrten mich allesamt erwartungsvoll an. »Nun«, sagte ich langsam, »Rondra oder Rahja?«

Einige anzügliche Pfiffe waren zu hören – von Gardistinnen, denn die Gemeinen ringsum lauschten wie erstarrt. Die Weibelin blickte nun ihrerseits von einer zur anderen. »Also, das ist doch ...«, begann eine Veteranin und verstummte. Irgendwer kicherte. Plötzlich schlitterte ein glänzender Silbertaler über den langen Tisch.

»Wenn ihr euch nicht entscheiden könnt, Mädels«,

sagte die schneidige Korporalin, die ihn herübergeschnippt hatte, »mir ist beides recht!«

Der Mund der Weibelin zuckte verräterisch, als sie die Münze hob. »Wie passend«, drehte sie den Taler zwischen den Fingern, »der Herr Graf und das Ferdoker Roß.« Dann sah sie mich durchdringend an: »Kopf Rondra, Wappen Rahja.« Ich nickte. Sie holte Luft und schnippte die Münze hoch. Ich habe noch nie eine Münze so lange fliegen gesehen. Silbern wirbelte sie empor und fiel wieder, von all unseren Augen verfolgt. Die Hand der Anführerin klatschte auf die Münze, ohne daß sie mich aus den Augen gelassen hätte. Dann hob sie feierlich die Handfläche. Die Bänke quietschten, als zwei Dutzend Leiber sich erwartungsvoll vorbeugten. Die Weibelin sagte genießerisch: »Das Pferdchen!«

Das Johlen war ohrenbetäubend. Ich sah um mich und lachte, weil sie sich tatsächlich freuten. Ich erntete einige feurige Blicke. Die Weibelin hob die Hand und sofort war Ruhe: »Und wie stellt Ihr Euch das vor?«

»Wie viele seid ihr?«

»Vierzig kamen aus dem Feld, vierzig, wo der Ork gefällt …« Eine hatte das Lied angestimmt, und schon beim dritten Wort sangen alle. Die Hymne der Schwadron, kein Zweifel.

Ich holte tief Luft, dachte nach und sagte: »Gebt mir eine Woche.«

Es herrschte Schweigen, dann riefen zwei »Hört, hört!«, die anscheinend gut rechnen konnten.

»Und wenn Ihr … scheitert?« fragte die Weibelin bedeutungsvoll.

Ich grinste: »Dann hat die unbezwingbare Ferdoker Garde wieder einmal gewonnen!«

»Tja, Mädels«, sagte die Weibelin ebenfalls mit leichtem Grinsen, »irgendwer muß den Kameradinnen auf Wache melden, wie der Dienstplan für kommende Woche aussieht.« Irgendwer begann auf den Tisch zu trommeln, und bald dröhnte die ganze Taverne, als wolle sie zusammenbrechen.

Über die folgende Woche ist vor allem zu sagen, daß sich die Ferdoker Reiterinnen als wirklich ehrenvoll erwiesen. Statt es mir schwer zu machen – und eine Frau kann einem Mann beileibe einiges antun – versuchten fast alle, die einzigartige Angelegenheit würdig oder sogar unvergeßlich zu vollenden. Jeden Tag kamen sechs Soldatinnen zu mir in die Herberge, im Abstand von je drei Stunden. Wohl bestand jede darauf, mich durch Zuspruch, Spott und Zärtlichkeiten zu immer neuen Höchstleistungen zu treiben. Wohl versuchte auch die eine oder andere feixend oder säuselnd mehr als ihren Anteil einzufordern. Doch gab sich jede mit der Antwort zufrieden: »Wenn ich am Ende dieser Woche noch lebe, wollen wir über ein neues Treffen verhandeln.«

Ich meinerseits fühlte mich verpflichtet, mich jeder der Soldatinnen von ganzem Herzen zu widmen. Jeder ein einzigartiges Erlebnis zu bieten überstieg allerdings, wenn nicht meine Manneskraft, so doch mein Einfallsvermögen. Zudem begannen etwa zur Halbzeit einige Damen Zuwendungen einzufordern, die eine ihrer Vorgängerinnen genossen hatte. Sie sprachen offensichtlich darüber, verglichen gar. Nun, solange ich dabei so begehrenswert abschnitt, mußte es mein ganzer Ehrgeiz sein, dies auch für die folgenden Kameradinnen zu bleiben. »Das war auf jeden Fall netter, als mich mit Euch zu prügeln«, sagten mindestens vier der Gardistinnen.

Hart wurde es, als am fünften Tag hintereinander drei antraten, die anscheinend nur aus Treue zur Schwadron mitmachten: Eine brachte ich zum Lachen, eine weitere kam während eines Ringkampfes in Stimmung, aber die dritte ließ den Akt wie ein Stück Holz über sich ergehen. Prompt geschah bei der nächsten, wovor sich jeder

Mann fürchtet. Ich trat nackt zum Fenster der Herberge und holte Luft. Die Gardistin, eine knackige Brünette mit einer Pfeilnarbe quer über die Wange, trat tröstend hinter mich: »Keiner sagte, daß ihr die Stellung im ersten Angriff nehmen müßt.«

Ich lachte grimmig, weil mir ein Gedanke gekommen war: »Es sagte auch keiner, daß ich jeden Angriff in diesem muffigen Zimmer reiten muß. Gefällt Euch der Heuschober da drüben?« Sie drehte sich um und sprang in die Kleider. Ich nahm das Wettrennen an, holte sie aber erst im Schober ein. Wir stürzten ins Heu und überrannten gemeinsam den Feind.

Darauf verlegte ich die Treffen an das Ufer des Großen Flusses, wo ich an diesem Tag dreimal zum Baden kam. Und schließlich erprobte ich eine Flußbarke, ein Gerstenfeld und einen Wachturm in der Garnison. Diesen Abschluß bildeten die Offizierinnen. Zwei von denen hatten ja schon erklärt, daß sie diese Art des Duells vorzogen, und so wurde es gegen Ende besonders vergnüglich.

Allerdings war ich heilfroh, als ich am letzten Tag als fünfte die Weibelin begrüßte – die letzte. Rechnen konnte ich nicht so gut wie der Rahja opfern. Danach jedoch verschob ich meinen Aufbruch noch um eine Woche. Ich behauptete, die Gastfreundschaft der Ferdokerinnen mache mir den Abschied schwer – aber die Wahrheit war, daß ich keinen Augenblick auf einem Sattel ausgehalten hätte …

In Angbar suchte ich den Stellvertreter des *Hüters der Flamme,* den Ingerimm-Geweihten Balthazar, auf und ließ *Antworter* und *Vergelter* weihen: Diese Waffen waren möglicherweise jahrhundertelang im Namen mir fremder Götter geführt worden. Dann überschritt ich den Koschpaß, und endlich lag Albernia vor mir. Rondra, es war vor der Eroberung Maraskans gewesen, vor über einem Jahrzehnt, daß ich zuletzt diese grünen Hügel gesehen und den Duft des Meeres der Sieben Winde gerochen hatte. Sollte mein Herz nach all den Wirren feststellen, daß ihm einfach die Heimat fehlte?

In Gratenfels machte ich Baldur von Gratenfels meine Aufwartung, meinem Knappenkamerad aus Havena, der inzwischen die Grafenkrone geerbt hatte. Und wie früher machte ich auf dem Weg den Tommel abwärts einen Abstecher nach Honingen. Das schlechte Gewissen quälte mich, bis ich Gräfin Franka Salva Galahan gegenübertrat. Wie schlecht hatte ich mich auf ihrer Hochzeit benommen. Aber wie ich gehofft hatte, stand die geraubte Brautnacht nicht zwischen uns. Franka behandelte mich als Freund der Familie, als albernischen Volkshelden, der nach langer Zeit heimgekehrt war. Mir war wieder etwas eng ums Herz, als ich sie verließ.

Ich ritt den Fluß weiter, an dem ich aufgewachsen war, durch die Ebene zwischen dem unheimlichen Farindelwald und den nostrischen Wäldern. Ganz Winhall lag im Nebel, nur einige Schornsteine waren zu sehen. Doch wie immer ragte die Burg aus dem Weiß wie ein Schiff. Aywens war indessen über sechzig Jahre alt, ihre Pausbacken faltig. Nur einige roten Strähnen in ihrer weißen Mähne erinnerten an ihre Jugend. Doch ihre Augen begrüßten mich mit der Wärme jener Frau, deren Brüste meine Stärke genährt hatten. Sie weinte und lachte, wann immer wir miteinander sprachen, und in meinem Herz erwachten die einfachen Weisheiten, die sie mich gelehrt hatte.

Es war beinahe Zufall, daß Padraíg und Padraígin sich auf Burg Winhall aufhielten. Sie waren fast achtzehn Jahre alt und hatten Urlaub von der Kriegerakademie. Ich versuchte, binnen einiger Wochen zehn Jahre aufzuholen, in denen ich meinen Versprechen Cuanu gegenüber nur nachlässig nachgekommen war. Doch es war unfaßbar, wie viele Hiebe und Finten, Geschichten und Ansichten sie noch beherrschten, die ich sie vor dem Pagenalter gelehrt hatte. Glücklicherweise hatten sie als ›meine‹ Kinder immer Zugang zum Fürstenschloß zu Havena gehabt – bei ihrem wahren Vater.

Das dritte Wiedersehen, das mich ins Grübeln brachte, war das mit dem Freiherren zu Naris. Meran, mit dem ich mir in Kindertagen manche ritterliche Schlacht geliefert hatte, war alles geworden, was ein Edelmann Mitte Vierzig sein sollte. Er hatte Winhall so gut wie nie verlassen, doch hier war er Symbol von Stärke und Weisheit und als Gatte und Familienvater eine Ehre für alle Generationen vor und nach ihm.

Was hingegen hatte ich vollbracht, das bleiben würde? Eigentlich war es meine Pflicht, zu heiraten und für den Fortbestand meines Geschlechtes zu sorgen. Doch die Ehre der Conchobairs sagte mir wenig: Mein Vater Connair etwa hatte sein Leben im Kampf gegen einen Drachen gelassen – nicht, um Bauern oder Jungfrauen zu retten, sondern um seiner Ehre als Rondrageweihter Genüge zu tun.

Burg Winhall sah traurig und so heruntergekommen wie noch nie aus. Ich mußte an Hjalbin Conchobair denken, den dritten Markgrafen von Winhall, der bereits mit fünfundzwanzig Jahren sein Lehen verspielt hatte. Nun gut, besser als das konnte ich auf jeden Fall dafür sorgen. Aus den zwei Feldzügen gegen Maraskan standen mir Leibrenten als albernischer Hauptmann und kaiserlicher Oberst zu. Dadurch hatte ich in den letzten Jahren doch immer Gold in den Taschen gehabt. Es war jämmerlich wenig, aber wenigstens die notdürftigsten Reparaturen an der Burg konnte ich in Auftrag geben.

Kaiserin Alara

Schon im folgenden Frühjahr war nicht zu verhehlen, daß weder Winhall noch Albernia mich halten konnten. Einige Monde lang hatte ich brav die Rolle des Landedlen und treuen Vasallen des Fürsten gespielt. Doch von Woche zu Woche schienen mir die Hügel weniger grün und der Geruch der Luft weniger würzig. Einziger Lichtblick war mir, für Cuanus reizende Töchter Unterricht im Schwertkampf zu geben. Prinzessin Emer wurde von Tag zu Tag schöner und kämpfte voll Eleganz. Die vier Jahre jüngere Invher hatte nicht nur Talent, sondern auch die Disziplin, eine wirklich hervorragende Schwertmeisterin zu werden. Inzwischen war auch ein Nesthäkchen, Prinz Ruadh, hinzugekommen – ebenso entzückend wie seine Schwestern.

»Was habt Ihr mit der Kaiserin zu tun, Raidri?« fragte Cuanu lachend. Ich blickte ihn überrascht an. »Kaiserliche Hoheit scheint meinen Botschafter regelrecht ausgequetscht zu haben, ebenso einige Barone, die mit der Gräfin von Bredenhag unlängst bei Hofe waren.« Die Kaiserin interessierte sich für mich? Ich war ihr beim Krönungsball vorgestellt worden und hatte ihr fünf Jahre später bei Prinzessin Emers Verlobung nochmals meine Aufwartung gemacht. Richtig, bei der Jagd für den frischgebackenen Großadmiral Sanin hatte sie mich wiederholt zum Gespräch gebeten. »Nun, wie auch immer, jedenfalls habt Ihr so etwas wie eine Einladung.«

Tatsächlich überbrachte mir der albernische Gesandte

eine vertrauliche, mündliche und – so klang es – völlig unverbindliche Einladung der Kaiserin in die Neue Residenz. Aber natürlich war nichts unverbindlich, was von dieser Frau kam. Sie stammte aus dem Haus des ehemaligen Vizekönigs von Meridiana, der einige Jahrhunderte lang den gesamten Süden regiert hatte. Ihr Bruder Goldo der Großartige war der zweitmächtigste Grande Al'Anfas. Sie war 10 v.H. mit Retos Sohn Hal verheiratet worden – wie ich heute vermute, um den ständig drohenden Zusammenstoß zwischen Perlenmeerflotte und Schwarzer Armada zu verhindern und durch diesen Waffenstillstand die dritte Seemacht, das Liebliche Feld, aufzulösen. Alle, die sie kannten, schilderten sie als eine Frau mit völlig anderen moralischen Vorstellungen als ihre Umgebung, allein in einem fremden Land, das ihr fast geschlossen ablehnend gegenüberstand, ohne Möglichkeit der Rückkehr in eine Heimat, wo Geschwistermord als die übliche Form der Erbfolgeregelung galt.

Also bestieg ich gehorsam *Wildfang* und brach zu dem auf, was mein erstes höfisches Abenteuer werden mochte. Immerhin ein Erfolg für einen kleinen Provinzedlen, der sich nicht einmal Roß und Rüstung hatte leisten können. In Gareth leerte ich meine ohnehin schon wieder strapazierte Geldbörse und ließ mich für eine Privataudienz einkleiden. Die Garderobe war nicht so widernatürlich wie seinerzeit im Lieblichen Feld, dennoch kam ich mir recht seltsam vor mit den gefältelten Stoffen und den engen Strumpfhosen.

Obwohl in der Residenz jeder bei Erwähnung des Namens der Kaiserin sofort sprang, brauchte ich über eine Stunde, bis ich von der Löwengarde bis zur Hofmarschällin antechambriert hatte. Ihre Exzellenz hieß Argiope Paligan und war ›zufällig‹ die Schwester der Kaiserin, die diese aus Al'Anfa mitgebracht hatte. Langsam ahnte ich, wie in höchsten Kreisen gespielt wurde – und daß ich dem nicht gewachsen war. »Ihre Kaiserliche Hoheit erwartet Euch morgen zum Abendmahl im Westflügel der Residenz.« Augenblicke später stand ich schon wieder im Park.

Ich quartierte mich, nobel, nobel, im Hotel ›Am Rondrapark‹ ein und stellte fest, daß ich mit keinem Menschen über mein Problem sprechen konnte. In meiner Not suchte ich den Praiostempel auf, wo ich eine Geweihte namens Lucana Lanzenschäfter kannte. Ich vergewisserte mich, daß sie den ucurianischen Schwur einhielt, der Praiosgeweihte in politischen Angelegenheiten zur Wahrheit, aber auch zum Schweigen verpflichtete. Lucana hatte drei bedeutsame Ratschläge:

»Erstens: Ehe Ihr den Palast betretet, seid Euch über Eure Loyalitäten bewußt: Zwölfgötter, Aventurien, Reich, Kaiser und Kaiserin sind nicht so untrennbar und eins, wie wir alle es gerne hätten. Wißt, wem Ihr dient, dann wißt Ihr auch, wessen Befehlen Ihr gehorchen müßt und wessen Befehle zu überdenken sind. Zweitens: Seid standhaft, wahrhaftig und wachsam. Solche Menschen sind bei Hof selten und werden ungern in die Netze der Intrigen verwickelt, weil sie sie zerreißen können. Und drittens: Unterhaltet Euch gut, aber nicht zu gut – das könnte Euer Urteilsvermögen trüben.«

So gewappnet, betrat ich am folgenden Abend das Herz des Neuen Reiches. Stattliche Leibwächter der Panthergarde erwarteten mich, durchsuchten mich peinlich genau und nahmen meine Schwerter in Verwahrung. Letzteres erschien mir fast wie eine Kapitulation. Dann geleiteten mich drei Dienerinnen weiter, eine hellhäutig, eine braun und eine ebenholzschwarz. Es war ein offenes Geheimnis, daß Alara ihre Lieblingssklavinnen nach Gareth mitgenommen hatte. Ich wurde durch zahlreiche halbdunkle Bäder, Spiegelkabinette und Ankleideräume geführt. In einem weinroten Salon stand ich plötzlich allein. Während ich meine Garderobe an einem Silberspiegel überprüfte, schwang eine Doppeltür auf.

Silberne Kerzenleuchter beleuchteten einen Raum mit schwarzen Vorhängen und Spiegeln, eingerichtet mit Ebenholz, Mahagoni und Alabaster. Selber wie ein Standbild erschien die Frau, die mich erwartete. Sie trug eine Pfauenmaske, einen passenden Fächer und ein schwarzes Samtkleid mit dem berühmten ›alanfanischen Schritt‹, einem Beinausschnitt bis zur Hüfte. Ich trat ein und beugte das Knie: »Euer Kaiserliche Hoheit, zu Euren Diensten.«

Auf eine winzige Geste hin brachte eine Dienerin zwei Pokale Wein. Ich überlegte, ob sie mich vergiften wollte, und tat die Idee als lächerlich ab. Das hätte sie viel einfacher haben können. Heute übrigens wäre ich mir in dieser Frage nicht mehr so sicher. Also tranken wir. Es war ein Rosé: Rahjas Göttergabe …

Sie reichte mir nur bis zum Kinn, doch ihr Haar war so kunstvoll aufgesteckt, daß sie ebenso groß war wie ich. Heute bin ich mir sicher, daß sie auch das geplant hatte. Sie war Mitte Dreißig, das wußte ich. Als Schmuck trug sie zahlreiche Silberringe mit alanfanische Opalen und eine ›schlichte‹ Tiara – wahrscheinlich hätte ich mit einem einzigen der Brillanten meine halbe Burg reparieren lassen können.

»Ich habe Euch beobachtet«, sagte sie mit betörender Altstimme. »Wir alle sollten Euch im Auge behalten.«

Ich beschloß, wahrhaftig zu sein: »Ich verstehe nicht, was Kaiserliche Hoheit damit meinen.« Sie lachte gurrend und legte die Maske ab. Anscheinend hatte ich eine höfische Spielregel verletzt – und das gefiel ihr. Wir speisten irgendeine Delikatesse wie gefüllte Wachtelbrüstchen mit glasierten Trüffeln. Sie war stark geschminkt. Die meiste Zeit sprachen ihre Augen. Sie waren von unergründlichem Braun. Ihre Pupillen wirkten bezaubernd groß, ein Dutzend Kerzen brannte darin. Zumindest eines, was sie von mir wollte, wurde mir klar.

Ich überdachte meine Loyalitäten: Ich pflegte die Ehe sonst nur an Rahjafeiertagen zu brechen. Nun ja, und manchmal gleich nach der Trauung und bei Edeldamen auch einmal ein halbes Jahr lang. Wie dem auch sei, Rahjas Gebot war mir stets wichtiger als das Travias. Aber immerhin war ihr Gemahl mein oberster Lehensherr, dem ich Treue und Gehorsam geschworen hatte – und eine Niedere Gottheit dazu. Kaiser Hal selbst galt als ungewöhnlich treu. Er hatte keine Mätressen und, soweit ich weiß, sagte man ihm nicht einmal irgendwelche Liebschaften nach.

Doch all diese Gedanken waren vergeblich. Mein Blut kochte bereits. Und während wir höfliche Belanglosigkeiten austauschten, gewann ich den Eindruck, daß es der Kaiserin ebenso ging. Ich möchte behaupten, daß Alara eine der drei schönsten Frauen war, denen ich jemals begegnete. Der Abenteurer ihn mir mußte einfach das Geheimnis dieser Dame entdecken.

Es war mir auch bereits gleichgültig, daß ein Nein für mich möglicherweise so gefährlich war wie ein Ja. Ich erinnerte mich an Comtessa Carmissa Tegalliani und die Schwierigkeiten, die diese Edeldame mir gemacht hatte. Wenn ich mit Alara irgendwelche Probleme bekam, konnte das mein Ende sein. Von den alanfanischen Granden und Grandezzas war allgemein bekannt, daß sie ihre Liebhaber mittels eines Giftbechers darüber in Kenntnis setzten, daß die Beziehung zu kalt oder auch zu heiß wurde. Selbst wenn Alara sich auf die mittelreichischen Gepflogenheiten beschränkte, hatte sie alle Möglichkeiten, mich zu vernichten. Ich erinnerte mich an den Stein des Verbannten am Südrand des Orklandes, wo ein abgelegter Liebhaber Kaiserin Cellas seine letzten zwanzig Lebensjahre als Einsiedler verbracht hatte – mit einem kaiserlichen Ernennungsbefehl zum Gouverneur des Orklandes in der Tasche! Kurz: Ich konnte alles verlieren und vieles gewinnen. In dieser Lage habe ich mich stets am lebendigsten gefühlt.

»Wollt Ihr mich zu Bett geleiten, Herr von Conchobair«, sagte Alara formvollendet.

»Ich brenne darauf, Kaiserliche Hoheit«, sagte ich wahrhaft, aber gewiß nicht standhaft. Sie lachte wieder. Sie schätzte es anscheinend, wenn ich meine Gefühle gänzlich unverbrämt aussprach. Wir betraten ein Zimmer mit einem samtschwarz bezogenen Bett und einem Spiegel an der Decke. Nun erst zogen sich die Dienerinnen zurück. Aber ich bin sicher, daß während der folgenden Stunden stets ein Leibwächter hinter einem der Vorhänge stand. Sie reichte mir ein Edelsteinfläschchen mit etwas, das wie Erdbeerschnaps roch: ein Liebestrunk, wie ich später erfuhr.

»Öffnet mein Haar«, befahl die Kaiserin nun. Ich gehorchte – und befreite die kastanienbraunen Locken, die hinab bis zu den Fesseln der Kaiserin fielen! Dann schälte sie sich aus dem Samtkleid. Sie hatte eine Haut wie Elfenbein. Ihre Brüste waren mittelgroß und fest, die Beeren mit Rosenblättern gefärbt. Im Nabel trug sie einen weiteren Opal. Ihr Pelzchen war zu einem schmalen First getrimmt. Ich fühlte, wie der Trank mein Blut endgültig zum Kochen brachte – und sie wußte das. Spielerisch sagte sie: »Ihr könnt mit Eurer Kaiserin nun verfahren, wie Ihr es für angemessen haltet.« Einen Augenblick später hätte ich auch ohne diese Erlaubnis gehandelt. Ich hob die Kaiserin hoch und sprang fast zugleich ins Bett. »Bei Levthan, so hat mich noch nie ein Mann angefaßt.« Es war klar, daß sie meine Kraft meinte, aber ich konnte nicht abschätzen, ob es Bewunderung war oder Beschwerde. Über meine Ausdauer in dieser Nacht konnten jedenfalls weder sie noch ich sich beschweren; der Trank tat seine Wirkung. Und es war nur die erste von etwa zwanzig Nächten, die wir zusammen verbrachten.

Alara beherrschte im Bett mehr Zaubereien als jeder Zorganer Illusionist. Sie spielte mit Fächern, Perlenketten, Seidentüchern und Schlangenlederriemen, mit dem Spiegel über sich und mit den Samtvorhängen ringsum. Sie benutzte die teuersten Parfüms wie ihr Haushofmeister das Putzwasser. Ehe sie etwas berührte – selbst wenn es mein bestes Stück war – sprühte sie Rosenwasser darüber. Besonders angezogen und abgestoßen schien sie von meiner Haut – vielleicht, weil sie ihrer eigenen Schönheit so viel Aufmerksamkeit widmete.

»Raidri Conchobair, so sagen die Barden, wurde das letzte Mal im Alter von acht Jahren von einer Klinge getroffen«, sagte sie und fuhr mit dem Fächer über einige Narben.

»Bardengeschwätz, Euer Kaiserliche Hoheit«, sagte ich geringschätzig. »Ich habe sehr früh gelernt, daß man nicht gewinnen kann, ohne dafür zu verlieren. Einen Treffer einzustecken, um den entscheidenden Erfolg zu erzielen, gehört geradezu zu meinem Kampfstil.« Ich erzählte ihr nicht von meinem linken Schienbein, wo ich deutlich mehr Wunden aufweisen konnte, als nötig gewesen waren.

»Andererseits hat man mir erzählt«, setzte sie nun fort und biß dabei in einige alte Wunden, daß es schmerzte, »die Haut des Schwertkönigs sei über und über mit Narben bedeckt, so daß sie nichts denn reiner Stahl mehr ritzen könne.«

Ich lachte schallend. Das war mir neu. Meine Haut war bestimmt nicht die einer liebfeldischen Prinzessin. Alara zählte in jener Nacht über hundert deutlich sichtbare Narben an mir. Aber wenn ich daran dachte, wie oft ich verletzt worden war, so hatte ich im Großen und Ganzen stets darauf geachtet, einen Heilmagier oder einen magischen Heiltrank dabei zu haben – und aventurische Magie heilt nun einmal spurlos. Heute finde ich es köstlich, daß sich die Kaiserin so für meine Narben interessierte, da ich vier Jahre unterwegs gewesen war, bis auch meine Seele ihre Narben gebildet hatte.

Im Gegensatz zu den Damen, die ich im Lieblichen Feld erobert hatte, glaube ich von Alara nicht, daß sie einen Mann begehrte, der geblutet und getötet hatte. Diese außergewöhnliche Frau, vermute ich, suchte fast verzweifelt einen Mann, der ihr ebenbürtig war. Ich gab mir große Mühe, aber ich weiß nicht, ob ich ihr genügen konnte. Mit ihrer Kaltblütigkeit jedenfalls konnte ich mich nicht messen. Ich bin sicher, daß sie mich in jedem Augenblick unseres Zusammenseins, selbst in denen größter Leidenschaft, hemmungslos hätte töten können ... oder töten lassen oder zum Kaiser ausrufen, wie immer es in ihre Pläne gepaßt hätte. Gleichzeitig war sie auch in der Liebe eine der hemmungslosesten Frauen, die ich jemals erlebte.

Ich glaube, wie gesagt, was sie an mir schätzte, war, daß ich so frei war, meine Gefühle auszusprechen – der einzige Luxus, den sie sich in ihrem goldenen Käfig nicht leisten konnte. Vielleicht wollte sie dieses eine von mir lernen. Aber so sehr sie unsere Unterhaltungen und unsere Liebesspiele schätzte, als sie erkannte, daß der Aufwand den Gewinn überstieg, beschloß sie die Affäre so vollendet, wie sie begonnen hatte. Bei einem Abendmahl setzte sie mich davon in Kenntnis. Ich entschied, mein Privileg zu nutzen und ihr noch eine unverschämte Frage zu stellen. Ich sagte ihr, daß ich nicht glauben konnte, daß sie mich nur der Fleischeslust wegen an den Hof gerufen hatte. Darauf bekam ich eine typisch alanfanische Antwort: die Wahrheit in all ihrer Härte.

»Natürlich hatte ich Hintergedanken«, sagte Alara ungerührt. »Ich wollte wissen, ob ihr mir nützlich sein könntet. Und eine Alanfanerin verbindet stets das Angenehme mit dem Nützlichen. Ich konnte feststellen, daß Ihr ein Mann seid, dem ich trauen kann. Damit seid Ihr völlig ungeeignet für meine Zwecke. Ich fürchte, Ihr seid ein durchweg ehrlicher Mann. Und Euer Ehrgeiz ist so himmelstürmend, daß selbst die Kaiserin des Neuen Reiches Euch nichts versprechen kann. Die Götter mit Euch, Herr von Conchobair.«

10 HAL:

Die Schlacht der Tausend Oger

Es hört sich merkwürdig an, doch es brauchte tausend Oger, um mir den Kopf endgültig zurechtzurücken. Ich war auf *Wildfang* aufgesprungen und auf der Reichsstraße zwei nach Norden galoppiert. Ich dachte damals anscheinend bereits wie ein garetischer Hofschranze. War mir Baliho in meiner Jugend als Herz des Weidener Rittertums erschienen, bedeutete es mir nun das Tor zur Wildnis. Hier begann Weiden, hier würden mich weder Agenten der Kaiserin noch irgendwelche Zeugen unserer Treffen belästigen. Ich verzichtete darauf, meine alte Schule zu besuchen. Ich wollte keine Spuren hinterlassen und konnte mich so auch vor den obligaten Aufwartungen bei Gräfin Praiodane Falkenstein und ihrem Gatten drücken.

Die wilde Schönheit Weidens erfüllte mich mit wehmütigen Erinnerungen. Hier hatte ich gelernt, Schwert und Streitwagen zu führen, hier war ich zum Mann geworden. Wie viele Träume hatte ich damals gehabt. Und das Schreckliche war, daß sie sich alle erfüllt hatten. Die Barden nannten mich den größten Helden Aventuriens. Rondra selbst hatte mich erwählt. Mein Name war in aller Munde. Wenn mir nur damals jemand den Preis dafür genannt hätte … Irgendwo unter einer Eiche – Rondras Baum natürlich – wurde mir klar, daß ich mich auch dann nicht anders entschieden hätte. Ich hatte mein Schicksal selbst geschmiedet, auch wenn es jetzt wie Eisenketten an meinen Schultern hing.

Als ich nach Trallop kam, fand ich mich im Zwiespalt. Ich sehnte mich danach, meinen alten Freund Waldemar zu sehen. Aber er war der Herzog von Weiden und von höfischen Verwicklungen hatte ich genug. »Ha, Waldemar, und höfische Intrigen«, lachte ich mich selbst aus. Ich hatte mir einmal einen Besuch bei ihm verkniffen, damals, als ich als Schatzsucher am Neunaugensee unterwegs war, und hatte es mir nie verziehen. Also galoppierte ich auf die Bärenburg. Auf dem Weg kam mir eine Beilunker Reiterin entgegen. Nun ja, Trallop war nicht ganz so abgeschnitten von Nachrichten, wie ich dachte. Auf dem Burghof herrschte Aufregung, so als ob man gerade zu den Waffen gerufen hätte. Ich wurde von den Rundhelmen mit Hochrufen durchgewunken. Als ich den einfachen Thronsaal betrat, kam mir Waldemar schon entgegen. Er wirkte so gewaltig wie immer.

»Raidri Conchobair«, dröhnte sein Baß. Dann umarmte er mich schon mit seinen Pranken. Soweit also zu höfischen Bräuchen. Es war wie in den guten alten Zeiten an der Kriegerakademie. »Haben gerade dringende Nachricht.« Er deutete auf eine Mittdreißigerin im unauffälligen Kleid der Phex-Geweihten. Ich kannte sie schon von früheren Besuchen. Sie hieß Lynkea von Winhall. Als ich unsere gemeinsame Heimatstadt verlassen hatte, um Knappe zu werden, war sie noch nicht einmal geboren. In der Hand hielt sie eine Nachricht mit dem gewaltigen blau-gold-roten Siegel des Reiches. Waldemar hatte sie sich anscheinend gerade vorlesen lassen. Mein Grinsen fror im nächsten Augenblick ein.

»Schätze, daß der Kaiser Euch sehen will«, brummte Waldemar. Der Schreck fuhr mir wie ein glühendes Eisen durch die Knochen. So ein schlechtes Gewissen hatte ich nicht mehr gehabt, seit ich als Knappe mit Cuanu den Vorhang im Palast von Havena angezündet hatte. Siedend heiß fielen mir die alarmierten Grenzreiter draußen ein. Wenn der Kaiser meiner habhaft werden wollte, würde er zweifellos so jemanden wie Waldemar entsenden, jemanden, der mich kannte und mir notfalls im Zweikampf entgegentreten konnte.

Doch Lynkea, die nichts von meinem Frevel und meiner Gewissensqual ahnte, las einfach weiter. Der Kaiser hatte ganz andere Sorgen als die eheliche Treue seiner lebenslustigen Gattin. »Nach ersten Schätzungen handelt es sich um mehr als hundert Menschenfresser. Sie haben sich zu einem Zug formiert und eigentümlicherweise Warunk umgangen.«

Ich brauchte eine Weile, bis ich begriff. Ein Heer von Ogern marschierte auf die Inneren Provinzen zu. Eine Gänsehaut fuhr mir über den Rücken. Unwillkürlich griff ich nach der verknöcherten linken Schulter, die mir der Riesenoger Arzuch zermalmt hatte. Dann sah ich Waldemars grimmigen Blick. Gleichzeitig bleckten wir die Zähne. Hell erwachte das Kriegsfieber in mir.

Der Boden erbebte unter dem Marschtritt zweier Regimenter, die Wehrheim durch das Warunker Tor verließen. Der Trommelwirbel beschleunigte meinen Herzschlag. Meine Faust umklammerte die Zügel mit heftiger Spannung. Als das letzte Banner passiert hatte, gab ich *Wildfang* die Sporen und drängte mich durch den Troß, der den Soldaten folgte. Vor mir lag Burg Karmaleth. Der Graf von Wehrheim war zugleich Oberkommandierender des Kaiserlichen Heeres: Reichsmarschall Helme Haffax hatte mir beim Tuzakaufstand den bedeutenden Gefallen getan, mich zum Hauptmann zu degradieren, damit ich gegen die Blutzwillinge fechten konnte. Ich hatte sieben Jahre mit meinem Schicksal gehadert. Jetzt war ich bereit, es anzunehmen.

»Oberst Conchobair«, begrüßte mich Haffax mit meinem alten Titel. Ich schlug die Faust rondrianisch aufs Herz, aber innerlich mußte ich schmunzeln. Dieser

Mann kannte seine Offiziere genau: Trotz aller bürokratischen Spiegelfechtereien, die die Heeresorganisation erfordert hatte, betrachtete er mich als Anführer einer Einheit in Regimentsstärke: dem *Donnersturm*. Der Marschall war ein Mann jenseits der Fünfzig, mit eisblauen Augen und einer strengen Nase. Ungewöhnlich, vor allem für einen Wehrheimer, war der leicht ergrauende Vollbart. »Wenn ich diese Schlacht verliere, rasiere ich mich«, war sein Leitspruch. Haffax war, bei aller Härte des Wehrheimer Kriegeradels, ein Mann mit dem nötigen Einfühlungsvermögen für die Gedanken seiner Leute wie seiner Feinde. Selbst aus seinen spärlichen Äußerungen ließ sich hören, daß er die Hofschranzen in Gareth verachtete und daß ihm Politik generell fremd geblieben war.

Bald konnte ich an meiner ersten Stabsbesprechung teilnehmen: Haffax, die Marschälle von Garetien und Darpatien, Markgraf Throndwig von Warunk, ein Dutzend Obristen und Hauptleute, ein Rondrageweihter, eine Beilunker Kampfmagierin und ein Hesindegeweihter. Zumindest den letzteren konnte ich mir nur damit erklären, daß wir gegen eine fast unbekannte Rasse kämpften. Auf dem Tisch waren gewaltige Karten ausgerollt, auf denen kleine Holzfiguren herumgeschoben wurden. Fast stündlich wurden im Osten neue Ogerfiguren hinzugefügt. Es war weder Spielerei noch Eitelkeit, daß Haffax diese Figuren eigens von einem Beinschnitzer anfertigen ließ. »Keiner hier soll glauben, daß wir es mit Soldaten zu tun haben«, knurrte er. »Das sind drei Schritt große Menschenfresser.«

»Warum haben sie Warunk links liegen lassen?« fragte fast jeder Teilnehmer, wenn er den Raum betrat. Inzwischen war bekannt, daß die Oger Ysilia in Trümmer gelegt hatten. Herzog Kunibald hatte sich mit seinen eintausendfünfhundert Mann nach Mendena zurückziehen müssen.

»Weil sie Gareth fressen wollen«, sagte Haffax eiskalt. Der Zug der Oger rückte auf der Reichsstraße eins auf Wehrheim zu. Keiner wußte, wie lange diese Ungeheuer für vierhundertfünfzig Meilen brauchten.

»Vierhundert Oger? Woher kommen die alle?« fragte die Anführerin unserer Kundschafter.

»Wer will das wissen? Wir müssen sie aufhalten«, sprach ein Hauptmann aus, was anscheinend die meisten Offiziere empfanden.

»Ich will es wissen«, sagte Haffax knapp, aber ohne jede Schärfe. Trotzdem war es wie ein Peitschenschlag. Es wurde zusehends klarer, daß Haffax weiter dachte als andere Heerführer. »Das Woher und das Warum erklärt uns das Wohin und das Wie. Erlaucht?«

Das galt Markgraf Throndwig von Warunk, der hier nicht nur als betroffener Provinzherr teilnahm. Er galt indessen als einer der führenden Gelehrten der Naturkunde. Er erläuterte uns, was man über Oger wußte – wie er es vor meinem Kampf gegen Arzuch getan hatte. Welch seltsame Fügung des Schicksals, daß es wieder seine Heimat, die Warunkei, war, die von den Menschenfressern bedroht wurde. Und wiederum mußte man den Warunkern recht geben, die dem Kaiser ihre Heerespflicht mit klingender Münze abgolten: Keine Warunker Gardeeinheit hätte diese Horde aufhalten können ...

»Unter den Anwesenden«, holte Throndwig eloquent aus, »sind etliche Ritter und Offiziere, die bereits Oger getötet hatten: mit einer Patrouille, mit Bogenschützen, mit Pferd und Lanze, selbst im Zweikampf. Doch, meine Herrschaften, dies waren fast immer junge Menschenfresser: Halbwüchsige, die wohl vom Vater aus der Höhle geprügelt wurden. Sie mußten sich ein Revier suchen und gerieten dabei in dichter besiedelte Gebiete.

Aber diese massenhafte Wanderung ist unerklärlich. Es gibt zwar den berüchtigten Ogerbusch drunten in den Beilunker Bergen, aber auch dort können sich keine vierhundert Oger verborgen haben. Außerdem hat die Hauptmacht ja in Ysilia im Norden zugeschlagen. Das müssen sämtliche Oger Tobriens, der Warunkei und der Beilunkei sein. Es gibt nur einen vergleichbaren Fall. Während der Siedlerzeit, vor fast zweitausend Jahren, stiegen hundert Oger aus dem Raschtulswall, dem Kosch und dem Amboß herab und fielen über eine kleine Grenzstadt namens Gareth her. Sie erschlugen alle tausend Einwohner und verspeisten sie während eines tagelangen Gelages.«

»Wie viele Menschen haben diese Oger bereits getötet?« fragte der Rondra-Geweihte Degenhart von Donnerbach.

»Ysilia wurde dem Erdboden gleichgemacht. Die östlichen Baronien der Warunkei sind bereits völlig entvölkert«, sagte der dickliche Markgraf traurig. »Ich fürchte, daß jeder Oger zehn Menschen fressen wird, bevor wir ihn auch nur erreichen ...«

Es herrschte eine brodelnde Mischung aus Empörung und Angst. Unentwegt wurden neue Einheiten mit der Kettenfähre über den Dergel geschafft. Vor allem die Garden waren vor Kampflust kaum mehr im Lager zu halten, während bei der Landwehr jedesmal, wenn von Aufbruch die Rede war, Dutzende desertierten. Ich konnte es ihnen nicht verdenken. Ich fragte mich, ob ich noch einmal bereit wäre, mich allein dem Riesenoger Arzuch entgegenzustellen.

Haffax hatte beschlossen, die Oger an der Trollpforte zu erwarten. Dieser Einschnitt zwischen Schwarzer Sichel und Trollzacken war von alters her mit einer Mauer befestigt, die zuletzt während der Kaiserlosen Zeiten ausgebaut worden war. Die darpatischen Einheiten hatten bereits Stellung bezogen. Doch die eintreffenden Regimenter aus Greifenfurt, Kosch, Almada und Weiden hatten noch vier Tagesmärsche vor sich. Es stand zu befürchten, daß wir nicht viel mehr als ein Dutzend Regimenter postieren konnten, ehe die Oger eintrafen. Die Schweren Reiter aus Almada etwa hatten eben erst Gareth passiert, auch die Tralloper Garde war noch unterwegs. Ausgerechnet die Panzerreiter, die wir am dringendsten brauchten ... Aber vielleicht war es gut, diese Einheiten in Reserve zu haben. Wenn wir versagten, standen nur noch sie und das weite offene Land zwischen der ständig wachsenden Horde der Menschenfresser und den einhunderttausend Bewohnern Gareths.

Das Heerlager

Ehe ich zur Trollpforte aufbrach, wappnete ich mich für die Schlacht. Nach den Erfahrungen mit Arzuch schien mir selbst ein Kettenhemd zu wenig Schutz zu bieten. Ich erwarb also einen Plattenpanzer, zwei einfach ziselierte Schalen, die Brust und Rücken schützten. Darunter trug ich einen wattierten Waffenrock aus gestepptem Wollstoff. Auch für Arme und Beine wählte ich schweres Plattenzeug. Solch schwere Rüstung hatte ich zuletzt auf der Akademie getragen. Aber inzwischen wußte ich, was ein rechter Keulentreffer eines Ogers mit meinen Knochen anrichten konnte. Natürlich nahm ich auch wieder meinen Stirnreif mit dem Scheitelbügel ab und legte mir einen schweren Kriegshelm zu.

In einer Waffenschmiede besorgte ich mir sechs solide Wurfspeere. Speerwerfen, noch dazu vom Streitwagen, war nie eine meiner besonderen Stärken gewesen. Aber gegen Hunderte von Riesenmonstern konnte ich nicht wählerisch sein. Arzuch hatte sich zwar selbst von einem Lanzenstoß zu Pferd nicht umbringen lassen. Aber meine Aufgabe war es vor allem, Oger aufzuhalten – wie man sie tötete, darüber konnte ich später nachdenken.

Die wichtigste Entscheidung aber traf meine Hauptwaffe. *Antworter* und *Vergelter* waren gewiß unbezwingbare Schwerter. Aber letztlich waren es Lanze und Dolch gewesen, mit denen ich Arzuch getötet hatte. Das schöne Tuzakmesser, das ich auf Maraskan erbeutet hatte, war hingegen in Arzuchs Fleischmassen abgebrochen. Nein, aufschlitzen konnte man diese Kolosse kaum. Und durchbohren konnte ich sie nur mit den Speeren. Es war an der Zeit, etwas anderes auszuprobieren: Ich kaufte eine Ochsenherde, jene berühmtberüchtigte Kettenwaffe mit drei Kugeln. Ich hatte ja in Baliho gelernt, mir damit nicht selbst den Schädel einzuschlagen.

Die Wehrheimer winkten und jubelten für mich wie bei jedem Regiment, das auszog. Auf dem Weg zur Trollpforte schloß ich mich mit Degenhart Donnerhall von Donnerbach zusammen. Er war der Gemahl der Fürst-Erzgeweihten von Donnerbach, die mir schon mit neunzehn Jahren als beeindruckende Frau aufgefallen war. Ihre Wappenfarben Blut und Gold zeichneten ein Geschlecht aus, dessen Familie für einige Rondrawunder bekannt war. Degenhart, ein Kamerad Thundras, war nur wenig älter als ich, hatte aber eine beruhigend väterliche Ausstrahlung. Auf den hundertfünfzig Meilen bis zur Mauer sprachen wir, wie sollte es anders sein, über Rondra. Wir waren ein passendes Gespann: er mit seiner eminenz-durchlauchtigen Gattin, die Rondra im gesamten Norden Aventuriens vertrat, ich mit dem Streitwagen der Göttin, der ich sieben Jahre lang nur mit Trotz und Ablehnung gegenübergestanden hatte.

Vor der Ogermauer, wie die Stellung fortan heißen sollte, dehnte sich ein gewaltiges Heerlager aus. Zelte für geschätzte achttausend Soldaten reihten sich aneinander. Aus den umliegenden Wäldern erschallten die

Äxte und Sägen der Pioniere und Festungsbaumeister. Das Schanz- und Sappeurregiment *Maulwurf* machte seinem Namen alle Ehre. Wagenweise wurden Pfeile für unsere Schützen abgeladen, die dabei grimmig wetteten, wie viele Dutzend Pfeile man für einen Oger brauchte.

Als man mich erkannte, wurde ich mit großem Jubel begrüßt. Es war erstaunlich, wie viele Menschen mich wegen meines Kampfes gegen Arzuch ansprachen. Es war, als ob ich der Einzige sei, der je einen Oger getötet hatte. Ich war überfordert. Ich konnte doch schlecht sagen: »Meiner war viel größer, dafür habt ihr eine ganze Stadt davon am Hals.«

Nach und nach traf ich zahlreiche alte Freunde und Bekannte wieder. Thundra vom Rathilsteine und der Honinger waren beide ihrem Geweihtengelübde gefolgt, gegen die Mächte der Zerstörung zu kämpfen. Lutisana war da, die ich in der Schlacht von Jergan als einzige Überlebende aus dem Kessel der maraskanischen Garde herausgehauen hatte. Und bei den Kundschaftern hörte ich wieder die hämische Stimme von Frumel, dem Rivalen meiner jugendlichen Abenteuerzeiten, der mir, wie allen, einmal die Wahrheit gesagt hatte. Nach seinen Auszeichnungen bei der Eroberung Maraskans war er bereits Weibel. Diesmal ging ich ihm aus dem Weg. Ich hatte mein rondrianisches Selbstbewußtsein eben erst wiedergefunden und keine Lust, mir seine Bemerkungen dazu anzuhören.

Gegen Abend ritt Waldemar mit seinen Weidenern ein. Ich lachte, als ich die Waffe an seinem Sattel sah: Die Ochsenherde mochte mir gut in der Hand liegen, aber bei Waldemar wurde sie zur kometenartigen Vernichtungswaffe. An der Spitze des 1. Regimentes ritt Oberst Heldar von Arpitz, dem sie vor Jergan dreimal das Pferd weggeschossen hatten.

Spät in der Nacht kam der Halbelf Talorion Tannensang, der mein Kundschafter auf Maraskan gewesen war, Tarngrün am Wams, von einem Ritt zurück, der ihn bis zu den Ogern geführt hatte: »Übermorgen werden sie da sein. Es sind noch viel mehr geworden. Und sie haben eine Maschine gebaut.«

»Eine Maschine?« riefen etliche Offiziere schockiert.

»Ein Wurfgerät mit einem gewaltigen Löffel«, sagte der Halbelf und bleckte abwehrend die Zähne, »allein so lang wie ein Bootsmast.«

Gegen Abend traf Kaiser Hal an der Spitze des Schweren Reiterregimentes ›Raul von Gareth‹ ein. Es war die Panthergarde, die gleiche Einheit, mit der Reto Maraskan erobert hatte. Nachdem der schwarze Panther im Süden und Südosten zusehends zum Symbol des Söldnergottes Kor wurde, hatte der Kaiser verboten, die Einheit anders zu nennen als nach ihrem Stifter, dem ersten Kaiser des Neuen Reiches. Bei allem, was man ihm nachsagte: Er glich durchaus seinem Vater Reto, als er in der schweren goldbesetzten Prunkrüstung ins Lager ritt, begleitet von seinem Schild- und Waffenträger, Hauptmann Ungolf von der Leibgarde und mit einem neuen Hofmagier namens Virilys Eibon. Den Grund für dessen Berufung sollten wir bald erfahren.

»Das geht nicht natürlich zu«, bestätigte Markgraf Throndwig. Wir standen in Gruppen vor dem Zelt, in dem Haffax und Hal konferierten. Meine geweihten Freunde waren meiner Meinung. Es gab zu viele Indizien, die für eine Macht hinter den Ogern sprachen: Daß sie sich plötzlich zusammenrotteten wie vor eintausendachthundert Jahren, mochte ja noch in ihrer Natur liegen. Doch ihr Zug über eine Gesamtstrecke von fast tausend Meilen verlief viel zu gezielt. Ein Katapult zu bauen ging, trotz allem, was wir ihnen inzwischen zutrauten, über ihre Möglichkeiten. Ysilia war nicht nur erstürmt, sondern dem Erdboden gleichgemacht worden.

»Warum sollte sich ein Menschenfresser an einem Haus vergreifen, wenn seine Einwohner schon tot vor ihm liegen?« bekräftigte Degenhart von Donnerbach.

»Aber wer sollte imstande sein, alle Oger Tobriens zu kontrollieren?« fragte der Honinger.

»Weshalb kontrollieren?« fragte ich und dachte an den Nachtdämon von Warunk, der seinem Beschwörer widerstanden hatte. »Es mag genügen sie zu rufen und bisweilen in eine Richtung zu lenken. Eine gewaltige Leistung, gewiß – aber durchaus denkbar.« Jeder von uns nannte ein oder zwei Namen von Schwarzmagiern aus unserem Leben oder der Geschichte Aventuriens. Es gab, so erschreckend es war, zumindest annähernd vergleichbare Fälle – alle paar hundert Jahre!

Kurz darauf sprach es sich unter den hochrangigen Offizieren, Höflingen und Gelehrten herum: Kaiser Hal wußte bereits, wer der Verursacher der Katastrophe war. Eine Kunde an die Fürstin Darpatiens, Hildelind von Rabenmund, seine Base, war abgefangen worden. Auf den Rat Dexter Nemrods hatte sich die Kaiserlich Garethische Nachrichten-Agentur an die Verfolgung des Spions gemacht, um so an seinen Auftraggeber, vermutlich den Drahtzieher des Ogerangriffes, zu gelangen.

Die Geschichte hatte damit begonnen, daß der Kaiser, bislang auffällig keusch, plötzlich eine Mätresse hatte. Keiner war überraschter als wir Albernier, da wir ihren Namen hörten: Die Zauberin Nahema war eine sagenhafte Gestalt, die mit der Flutwelle in Havena vor dreihundert Jahren in Verbindung gebracht wurde. Es hieß, daß sie die Geliebte des Fürsten Toras Ui Bennain gewesen war und ihn in den Tod getrieben hatte. Auch andere Sagen aus Khunchom und Festum schilderten Nahema als eine Frau, die gerade mit den Mächtigen Spiel und Spott trieb. Wie auch immer, der Hofstaat stand ihr fast geschlossen ablehnend gegenüber, obwohl – oder vielleicht gerade weil – sich niemand ihrer Ausstrahlung entziehen konnte. Zwischen ihr und dem Ersten Hofmagier Gaius Galotta bestand vom ersten Augenblick an eine zum Zerreißen gespannte Stimmung. Vielleicht war es ein Machtkampf zwischen zwei Beherrschungsmagiern, vielleicht Eifersucht um die Gunst des Monarchen, vielleicht eine alte Fehde.

Denn Galotta war eine kaum weniger beunruhigende Persönlichkeit. Unter Kaiser Reto und seinem später vergöttlichten Sohn waren Hellseher bei Hof ja eigentlich verboten. So kam es, daß Reto einen begnadeten Absolventen der Akademie der Herrschaft zu Elenvina zum Ersten Hofmagier bestellte. Schon damals war Galotta angeblich hundert Jahre alt. Nachdem Graf Rabenmund in Ungnade gefallen war, erlangte der Hofmagier zusehends alleinigen Einfluß auf den Kaiser. Selbst die Bannmagie der Kronjuwelen, so sagte man, konnte Hal vor Galottas machtvollem Blick kaum noch bewahren. Und bei Kaiserin Alara ging der Gelehrte, der das Geheimnis der ewigen Jugend kannte, ebenfalls ein und aus.

Der Zwist zwischen Nahema und Galotta wurde hinter der Fassade höfischer Umgangsformen ausgetragen. Gerüchteweise kosteten sie ein halbes Dutzend Attentäter das Leben, die allesamt nicht Herr ihres Willens waren, als sie einen der Kontrahenten angriffen oder zu vergiften suchten. Nahema genoß das Spiel, wohingegen Galotta immer bösartiger wurde.

Während eines Banketts eskalierte der Streit. Hal, natürlich einer Einflüsterung Nahemas folgend, nötigte Galotta, sich mit der Beschwörung eines Niederen Dämonen zu beweisen. Hier endet mein Verständnis. Ich kann nur für Hal und das Reich beten, daß er, als er diesen Befehl gab, nicht Herr seiner Worte war. Galotta jedenfalls gehorchte – und erwies sich als außerstande, die Schreckensgestalt zu beherrschen. Der Dämon soll einer Hofdame glatt den Kopf abgerissen haben. Daraufhin exorzierte ihn Nahema mit großer Geste. Nun hatte sie Galotta, wo sie ihn haben wollte. Sie bestand darauf, ihn wegen versuchten Kaisermordes anzuklagen. Kaiser Hal bemühte sich redlich, ihn lediglich verbannen zu müssen. Schließlich erreichte Nahema, daß man Galotta den Schädel rasierte und mit Scharlachwurzel färbte – in Anlehnung an die ›ewige Kriegsbemalung‹ der Ausgestoßenen auf Altoum. Dann mußte er auf einer glühenden Tischplatte tanzen, bis er erschöpft zusammenbrach. Ich frage mich, ob nicht selbst Nahema diese Intrige brauchte, um Galotta all seiner astralen Kraft zu berauben, ehe sie sich an ihm vergriff. Keiner dachte damals daran, was geschehen würde, wenn der Verbannte seine Kraft zurückgewonnen hatte, geschweige denn, was er binnen eines Vierteljahres rachsüchtiger Vorbereitungen in Bewegung setzen konnte …

Ich ging durch das nächtliche Lager. Die zwei- oder dreihundert Lagerfeuer bildeten ein gebrochenes Rad: einen Halbkreis mit fünf Speichen – das Symbol Borons. Haffax hatte immer solche Tricks. Auch wenn die Oger es nicht begreifen mochten, stärkte es doch die Moral unserer Soldaten. Trotzdem war die Stimmung gedrückt. Im Schutz der Dunkelheit konnte ich Szenen betrachten, die mein Ruhm bei Tag stets störte. Ich sah die jungen Offiziere, die ihr Adel bereits als Hauptmann antreten ließ, und die grauhaarigen Veteraninnen, die ihnen gehorchen mußten. Bei der Eroberung Maraskans hatte ich noch selbst Männer und Frauen kommandiert, die aus zwanzig Jahren mehr über den Krieg wußten als ich. Inzwischen hatte ich Respekt vor der Erfahrung, egal, wo sie jemand erworben hatte, als Feldherrin, Waldläufer, Schreinerin oder Bauer.

Da und dort erklangen traurige Heimatlieder oder herzzerreißender Soldatenjammer. Nur an einem Lagerfeuer hörte man stets lauteres Gelächter. Ein Ring von Zuhörern hatte sich gebildet. Irgendwann gesellte ich mich dazu. Ein junger Korporal aus Almada namens Harden von Ragathsquell und ein Schelmenpärchen in bunten Gewändern namens Torxes und Aske saßen da. Sie improvisierten einen Spottvers nach dem anderen. Vor allem der Korporal war wirklich talentiert. Im Gegensatz zu Frumels Häme etwa schonte er niemanden, ob Offiziere oder Gemeine, Geweihte oder Oger, den Kaiser oder seine eigene Person. Und die sommersprossige Aske war ein entzückendes Bündel von Klamauk und Faxen.

Nachdem ich eine halbe Stunde gelacht hatte, setzte ich meinen Rundgang durchs Lager fort. Ich würde heute nacht nicht schlafen. Mehrmals gesellte ich mich zu irgendwelchen Gruppen am Feuer hinzu. Es ging mir nahe, wie die jungen Soldaten an meinen Lippen hingen. Jedes Wort, das ich heute sagte, so schien mir, konnte morgen ihre Entscheidung im Augenblick der Lebensgefahr lenken.

Ich muß das folgende Gespräch einige Male geführt haben, doch an eines kann ich mich besonders erinnern. Plötzlich scharten sich ein Dutzend Unteroffiziere um mich: Korporale und Weibel der Gardetruppen, Serganten der Provinztruppen, Freischärler und die Bürgermeisterin einer darpatischen Miliz. Sie hatten sich zu mir durchgefragt, meiner Spur folgend, wobei ihre Zahl stets gewachsen war.

»Ihr habt doch gegen den Riesenoger gekämpft?« fragten sie mich: »Wie stark ist so ein Biest?« Ich sah sie der Reihe nach an, während in meinem Inneren die Worte miteinander fochten. Gerne hätte ich meine Ängste geteilt. Ebenso gerne hätte ich mir selbst Mut gemacht und fröhlich von meiner Heldentat erzählt. Aber meine Gefühle zählten nicht; entscheidend war, welche Wirkung mein Urteil auf diese Offiziere und alle Leute, die sie befehligten, hatte. Ich mußte ihnen Mut machen, aber keine falsche Hoffnungen.

»Arzuch war ein Riese, einen halben Schritt größer als jeder gewöhnliche Oger«, sagte ich, jedes Wort einzeln betonend: »Aber er war allein, und er hat mich beinahe getötet.« Drei der Leute grimassierten, einer spuckte aus, einer grinste sarkastisch: »Hervorragend.« Sie wirkten alle eher betreten. Die Wahrheit war anscheinend nicht genug. Sie wollten wohl einen Rat. Schlagartig sah ich ein Bild aus Kindertagen vor mir: meine Freunde, wie sie vor mir standen, ehe wir gegen die Übermacht der Fischerbande zogen. »Der Wind trägt die Träume, denen die anderen folgen«, hatte die Efferdgeweihte Alagora gesagt.

»Wir sind achtmal mehr als sie«, sagte ich. »Haltet euch an eure Gefährten. Sie können einen oder zwei von euch erschlagen, aber nicht alle. Ihr seid Wölfe, die einen Büffel angreifen. Umzingelt sie, laßt ihnen keine Ruhe.« Blick und Haltung der Hauptleute wurden fest. Stolz und Entschlossenheit machten sich in ihren Gesichtern breit. Ich fühlte eine tiefe Verbundenheit zu diesen Soldaten. Aber ich wußte, daß mein Rat graue Theorie war – so grau wie der Sand des Spielbrettes, auf dem uns Marschall Udalbert in Baliho die größten Siege des Reiches erklärt hatte. Ein Kampf von drei Mann gegen einen einzelnen Oger mochte schon ausgewogen sein, sechs Gardisten konnten ihn gewiß töten, und selbst die alten Bauern der Landwehr hätten ihm standhalten können. Doch wir sprachen von Hunderten von Ogern – und die würden sich nicht verteilen. Sie würden uns in einer gewaltigen Horde angreifen. Und ich konnte mit Gewißheit sagen, daß ich nicht stehenbliebe, wenn diese Urgewalt auf mich zugerannt käme …

In der Nacht gab es ein halbes Dutzend Mal Alarm. Die Vorläufer der Oger waren eingetroffen und, so schien es, ohne anzuhalten stumpfsinnig vor Blutgier über die Mauer geklettert. Bei den Kämpfen wurden dreizehn Mann getötet oder verkrüppelt. Doch alle fünf Oger wurden erschlagen und ihre gewaltigen bleichen Leiber am Fuß der Mauer ausgestellt. Allein ihre Füße waren so groß wie mein Unterarm. Haffax ließ die Soldaten im Morgengrauen bannerweise an den Kadavern vorbeidefilieren. Es gab wohl keinen, der nicht eine Gänsehaut bekam, als er sie sah. Aber die Männer wußten jetzt, daß sie sie töten konnten.

Ein Madasänger zwitscherte, als ich mich nach der Geisterstunde erhob. Lange hatte ich den Gedanken daran verdrängt, aber nun galt es, mich erneut zu beweisen. Ich verließ das Lager, nannte der Mauerwache die Parole und kletterte über das Bollwerk. Ich stand im Feindesland.

Zielstrebig marschierte ich auf einen Hügel zu, den ich noch bei Tageslicht ausgewählt hatte. Irgend etwas erinnerte mich an die Zwölfgöttertjoste in Perricum vor sechs Jahren. Es war, als ob die Sonne in mir aufging, als ich daran dachte. Der Sieg, den mir Rondra geschenkt hatte, war ihr Zeichen gewesen: Sie war mit mir, auch wenn ich glaubte, nicht mit ihr zu sein. Während ich den Hügel erstieg, mußte ich lachen, als ich an meine vermeintliche Flucht nach Weiden dachte. Ich konnte mich nicht einmal vor dem Befehl des Kaisers verstecken – ganz gewiß jedenfalls nicht vor dem Ruf Rondras.

Diesmal hatte ich die nächtliche Rondrastunde gewählt, die zweite nach Mitternacht, um den *Donnersturm* zu rufen. Wenn der Streitwagen der Göttin erst erschienen war, gab es kein Zurück mehr. Ich durfte ihn nicht verlassen, und die Ogermauer versperrte mir jeden Rückzug. Ich meditierte und betete zu Rondra. War ich des Geschenkes denn nach all dem Hadern und Zweifeln noch würdig?

Plötzlich, wie ein Blitz aus der Vergangenheit, erinnerte ich mich an den Satz. »Glaube nicht, daß es nur eine Gnade ist, den *Donnersturm* zu führen.« Xaviera vom Berg hatte das zu mir gesagt, als sie mir den Wagen übergab. Und vermutlich waren es die Worte Rondras zum Heiligen Leomar selbst gewesen, als er den Wagen erhielt.

Dann trafen mich erneut jene Worte, die die Göttin im Gewitter zu mir gesagt hatte. »Du bist MEIN Speerstoß und MEIN Schwertstreich. Sei bereit und sei gewiß zu treffen, wenn ICH dich zu deinem Ziel führe.« Wie das Bild eines Blitzes am Nachthimmel im Auge bestehen bleibt, wenn er selbst schon längst entschwunden ist, war dieser Satz stets in mir gewesen. Die Wolken aber, die seine Bedeutung sieben Jahre lang vor mir verborgen hatten, waren vom Sturm weggefegt.

Der Sturm – ja! Ich öffnete die Augen. Der Nachtwind war stärker geworden und ließ die Bäume mit Macht rauschen. Heilige Schauer jagten über meinen Rücken. Das war eine Nacht der Göttin. Ich erhob mich.

Ich ahnte, daß dies das letzte Mal in den mir zustehenden 25 Jahren sein mochte, daß ich den *Donnersturm* für mich rief. Ich sang die geheime alveranische Hymne, die Xaviera mich gelehrt hatte. Der Sturm wurde zusehends heftiger und zerrte an meinen Kleidern. Als ich den Ruf vollendete, schlug blendend hell ein Blitz auf dem Hügel ein.

Als meine Augen wieder sehen konnten, erkannte ich jene rotglühende Silhouette, die mir vertrauter war als meine Waffen. Astaran – die Ehre des Kriegers, Thorra – der Mut des Sturmes, Ronnar – der Schild des Kämpfers, und Zyathach – das Aufblitzen der Waffe. Das Wiehern der Himmelsrösser zerriß mir fast die Ohren. Ich hatte schon wieder vergessen, welche Auswirkungen auch nur die Nähe göttlicher Macht hatte. Voll Menschenscheu und Kriegerstolz zugleich trat ich an sie heran. Sie grüßten mich funkenschnaubend, mit einer Größe, die keinen Zweifel ließ, daß ich nur einen Augenblick in ihrem unsterblichen Leben bedeutete. Ich verneigte mich. Dann schritt ich um das Gespann herum. Vor mir stand der Wagen. Göttergold glomm sanft im Dunkel, Dampf stieg auf vom Gewitterregen, den der Wagen auf seinem Weg durch die Sphären mitgenommen hatte. Noch einmal dankte ich der Göttin.

Als ich mich auf den Wagen schwang, erfüllte mich ein neuartiges Gefühl der Glückseligkeit. Die Dame im Gewitter! Leuchtend stand wieder das Bild der Offenbarung vor mir. Rondras Blitz hatte mich getroffen und mir für einen Augenblick und für eine Ewigkeit ihr wahres Wesen gezeigt. Diesmal war es nicht Unglauben, der mich erfüllte. Nein, ich wußte mit jeder Faser meines sterblichen Leibes, daß ich stand, wo Rondra einst selbst gestanden hatte, als sie in die Schlacht fuhr. Gewiß war ich nur ein Funken, ein einziges Aufblitzen an ihren Waffen. Aber so allumspannend sie die Sieben Sphären verteidigte, so sehr konnte ich winziger Funken mich als ihr Teil fühlen.

Ich ergriff das feuerfeste rote Zaumzeug aus Iryanleder. Die Quadriga gehorchte mit einer Treue und zugleich Wildheit, die nur unsterbliche Tiere kennen können. Kleine Flämmchen fuhren aus ihren Nüstern. Als das Gespann antrabte, prasselten Funken glühend über meine Haut und versengten mich doch nicht. Malmend und donnernd fuhren wir hinab in die Ebene, unaufhaltsam, urgewaltig, schneller als jedes Roß, schneller als jede Schwalbe, schnell wie sonst nur der Blitz.

Die Ogermauer

Hörnerklang begrüßte den Morgen, der sich vor uns erhob – dort, wo bald eine Armee menschenfressender Ungeheuer erscheinen würde. Befehle gellten, Waffen klirrten. Binnen einer Viertelstunde stand die Armee unter Waffen. Trommelwirbel setzte ein, als die Einheiten ihre Stellungen einzunehmen begannen – an den toten Ogern vorbei. Ich stand mit dem *Donnersturm* vor der Mauer, allein, aber gewiß nicht einsam, denn ich wußte die Göttin mit mir. Binnen einer halben Stunde gesellten sich die Schweren Reiter der *Goldenen Lanze* und Heldar von Arpitz mit den Nordweidener Reitern zu mir. Mit den Garetiern hatte ich ja schon die Brücke über den Hira erobert und im Kessel vor Jergan gekämpft. Ich erkannte Lutisana. Dazu kamen einige Ordensritter der Ardariten und bunt zusammengewürfelte Freiwillige. Reiter für Reiter passierten sie eine winzige Bresche in der Mauer, die Haffax offengehalten hatte. Ein Meer von glänzenden Lanzen umgab mich. Das Gros der Armee aber bezog Stellung auf der Mauer. Die Standarten und Feldzeichen waren wie eine Flut, die die vier Meilen breite Anlage überschwemmte.

Marschall Haffax hatte nicht viele Möglichkeiten, sein strategisches Geschick einzusetzen. Die gräßliche Kraft des Feindes hatte ihn gezwungen, die ganze Armee an der Mauer zu postieren. Damit war es kaum möglich, das raffinierte Zusammenspiel von Kavallerie und Infanterie, Schützen und Pikenieren, Plänklern und Magiern aufzubauen. Die schwere Kavallerie wußte, daß sie draußen vor der Mauer dem Tod geweiht war. Durch die Bresche konnten sich allenfalls einzelne Versprengte retten, keine vier Regimenter, wenn sie sich gewohnheitsgemäß vom Feind lösten. Der *Donnersturm* jedenfalls würde nicht hindurchpassen … Andererseits, wenn die Meldungen über den Ogerlöffel stimmten, mochten wir bald mehr Breschen in der Mauer haben als uns lieb war. Die Leichte Kavallerie wurde aus obigen Gründen hinter der Mauer gehalten, um Troß und Lazarett zu sichern und Durchbrüche abzufangen; eine Verzweiflungsmaßnahme, das wußten auch sie. Selbst Kaiser Hal blieb mit seiner Panthergarde, dem dritten Reiterregiment, in Reserve.

Wegen der ungewöhnlichen Stellung konnte Haffax auch weder Sonne noch Wind zu unseren Gunsten einsetzen. Und sicherlich hatte er auf ein weiteres halbes Dutzend Kniffe, die ich gar nicht kannte, verzichten müssen. Jedenfalls hatte er jenseits der Mauer eine halbe Meile weit Pfähle und Pflöcke schräg einrammen lassen. Verstreut wie alte Bäume, boten sie keinen Schutz vor unseren Pfeilen, mochten aber den Ansturm der Oger teilen und verzögern. Dazwischen waren auch Strohballen und Öltöpfe vergraben. Wir hofften, daß sie, von den Bogenschützen in Brand geschossen, die tierhafte Angst vor Feuer in den Ogern wecken konnten.

Fraglich war auch, wieviel Hindernis die vier Schritt hohe Mauer bildete. Für Menschen war sie ohne Gerät kaum zu erklimmen. Wir hatten versucht, aus der Größe der toten Oger Schlüsse zu ziehen: Ein Hindernis von kaum zweieinhalb Schritt konnte ein Mensch jedenfalls mit einem Sprung und einigem Zappeln erklettern. Die Schanzen und Bastionen der Ogermauer waren teilweise hundert Jahre alt, teilweise auch in dschinnenhafter Eile aufgeziegelt worden. Körbe, mit Erde gefüllt, ersetzten häufig die zerbröckelten Zinnen. Baumstämme bildeten Barrikaden, da und dort auch mit auskragenden Pfählen gespickt.

In den ersten Reihen wurden vor allem Soldaten mit Stangenwaffen, Zweihändern, Bogen oder Armbrüsten postiert, von denen jedes Regiment einige Banner voll besaß. »Kommt mir bloß nicht in die Nähe dieser Viecher«, brüllte eine Hauptmännin. »Wenn euch hier jemand den Arsch aufreißt, dann bin ich das.« Und bei den Schützen war die Devise: »Wartet nicht, bis ihr das Weiße im Auge seht. Schießt, sobald ihr das weiße Fleisch seht.«

Die etwa dreißig Kampfmagier von der *Akademie der Magischen Rüstung zu Gareth,* der *Schwert und Stab zu Beilunk* und der *Schule der Austreibung zu Perricum* wurden paarweise auf die Banner und Kompanien verteilt. Spektabilität Saldor Folsarin, der sich ins Torhaus der Zwingfeste von Jergan gezaubert und sie geöffnet hatte, hatte allerdings bei der letzten Stabsbesprechung unsere Hoffnungen gedämpft: »Den Aufzeichnungen unserer alten Experimente zufolge kann auch ein erfahrener Magus höchstens einen Oger mit einem astralen Angriff töten.« Mir gruselte, als ich mir diese alten Experimente vorzustellen versuchte.

Die Wehrheimer Garde war unübersehbar und unüberhörbar, als sie antrat. Einhundertzwanzig Schritt in der Minute zur Trommel, so lernen sie es auf der Akademie, und der Feldwebel mißt die Schrittlänge mit der Meßlatte nach. Mit diesem Schritt wären sie ins Maul eines Drachen marschiert. Nun, das verlangte Haffax nicht von ihnen, aber er postierte sich mit ihnen im Zentrum, wo diese tumben Bestien vermutlich den Hauptangriff ansetzen würden. Aber wie Haffax selbst sagte: »Kein Plan überlebt die Begegnung mit dem Feind.«

Gleich dahinter standen die Radromtaler Bombarden. Wenigstens die Katapulte, hofften wir, würden die Riesen niederstrecken. Die Darpatier waren ohnehin allesamt besonders kampfeslustig, denn das gesamte Gebiet, durch das die Oger seit Warunk marschierten, die Landgrafschaft Trollzacken, gehörte zu ihrem Fürstentum.

Nun hieß es warten. Zuerst halbstündig, dann in immer kürzeren Abständen meldeten uns die Kundschafter das Vorrücken der Oger. Es schien, daß sie sich sammelten. Und inzwischen sprach man allgemein von tausend Ogern! Ich fühlte mich im Plattenpanzer ungewohnt und überprüfte nervös die vielen Riemchen, die das Zeug an Armen und Beinen hielten. Ich fragte mich, ob die Weidener Ritter in ihrer vollen Gestechrüstung noch mehr schwitzten.

Gegen Mittag gesellte sich, von Nordosten kommend, ein zweiter Streitwagen zu uns, gezogen von zwei Wollnashörnern. Der Fahrer war ein junger Gjalsker Barbar namens Rastar, der schon seit Tagen immer wieder Angriffe gegen vereinzelte Oger fuhr. Er war so wild wie seine Zugtiere und zugleich so zutraulich wie ein Hund. Während er sich ein halbes Dutzend neue einfache Holzspeere zuspitzte, erzählte er mir von den sturmumtosten Hügelländern an der Gjalska und der Weltsicht ihrer hünenhaften Bewohner.

»Da!« pflanzte sich der Ruf durch die Reiterei und über die Mauer hin fort. Am Horizont war eine wachsende Staubwolke zu sehen. Uns allen schien klar, was den trockenen Sommerboden aufwirbelte. Die Pferde schnaubten, als sie die Unsicherheit ihrer Reiter spürten. Über den Gardeeinheiten lag lähmendes Schweigen, während bei den Landwehren das Gebrüll der Weibel einsetzte, die Formation zu halten. Nach einer Viertelstunde schälten sich die ersten Silhouetten aus dem Staub: zwanzig oder dreißig Vorläufer und Ausreißer. Hundert Schritt weiter hinten tauchten sie Schulter an Schulter, stoßend, rempelnd, grunzend auf. Es schien ein einziges, großes, bleiches Fleischmeer zu sein, der sich da auf uns zuwälzte.

Ich erinnerte mich an die Sage von Ogeron, der versucht hatte, die Göttin Travia zu verschlingen. So mußte der Gigant ausgesehen haben, als Praios seinen Leib zerschmetterte und ihn auf Dere schleuderte. Es war unglaublich, aber manche der Ungeheuer trugen tote Menschen unter dem Arm oder über der Schulter – wie Hirten, die eben ein Schaf schlachteten. Einige trugen statt der Keulen auch ganze Baumstämme, grob abgeästet, aber unzweifelhaft als Leiter, Kletterhaken und Rammbock zugleich verwendbar. Dazwischen liefen ihre Weiber mit hängenden Eutern, aber ebenso mit Keulen und Bratspießen bewaffnet, und ihre Brut, sabbernde Ogerjungen, von denen manche größer waren als ich und manche so klein, daß sie sich kaum auf den Beinen halten konnten. War es ihre Freßgier oder Galottas Magie, die sie vorantrieb?

Der Wind mußte gedreht haben, denn eine Brise wehte den Geruch herüber. Jedenfalls traf mich schlagartig die Erinnerung. Ekel und Haß krampfte meinen Magen zusammen. Ich dachte an die Kinderschädel in Arzuchs Höhle.

»Menschenfresser!« hörte ich mich keuchen. Rote Schleier stiegen vor meinen Augen auf. Sofort erhoben sich die Rösser und schlugen mit ihren erzenen Hufen aus. Sie fühlten meinen Haß, dessen war ich mir sicher. Haß ist gut, um deinen Gegner zu überwältigen. Haß macht dich stark. Aber er macht dich auch blind und taub – selbst für die eigenen Wunden. Wenn der Haß geht, bist du leer und ausgebrannt. Das kannst du dir nur leisten, wenn du bloß diesen einen Gegner hast. Und ich wußte aus der Schlacht von Jergan, wie sehr der *Donnersturm* meinen Zorn vervielfachen würde. Als ich an den Zügeln zerrte, war es meine eigene Tobsucht, die ich zu zähmen suchte.

Ein letzter Blick hinauf zur Mauer, wo Haffax noch immer auf seinem Roß saß, die Hand abwartend erhoben. Ich bleckte die Zähne: Er durfte seine Reiter jetzt noch nicht losschicken. Ihr Stoß mußte die Hauptstreitmacht treffen und aufhalten. Was da herantobte, war eben erst die Vorhut. Die jedoch durfte die Reihen unserer Schweren Reiter nicht erreichen und verwirren, ehe sie angreifen konnten. Sonst war dies die Aufgabe der Plänkler – aber gegen diese Bestien konnte man keine Leichte Reiterei entsenden …

Die Zügel hatten das Signal gegeben, ehe mein Kopf es wirklich bemerkte. Astaran, Thorra, Ronnar und Zyathach stiegen auf wie ein einziges Tier, schlugen mit den Vorderhufen aus und wieherten mit einer Stimme aus Erz und Feuer. Als sie antrabten, riß mich der Ruck zurück. Donnernd mahlten die Hufe über den trockenen Boden. Ich lauschte in das Brausen des Sturmes, der um mich wuchs. Nicht ein Ruf begleitete mich. Ob sie mich haßten, als ich aus der Formation ausbrach? Nein, viel eher folgten mir Tausende von Blicken mit jener Mischung aus Neugier, Hoffnung und mitleidlosem Kitzel, die ich von Duellen und aus der Arena kannte. Das Grauen der Vorzeit gegen den Zorn der Göttin: Wir wollen sehen, wie er sich macht …

Es wird immer wieder erzählt, daß ich lachte, als ich die Tausend Oger angriff. Aber letztlich ist Lachen auch nur eine Art, dem Feind die Zähne zu zeigen – und ich mußte nicht nur gegen die Oger bestehen, sondern auch gegen die Waffe, die ich führte. Schwere Wolken wallten um mich herum. Flämmchen züngelten an den roten Lederriemen entlang und leckten nach meinen Fingern. Ich sah, wie die Hufe der Rappen Blitze aus dem Boden schlagen ließen.

»Rondra«, brüllte ich und versetzte die schwere Ochsenherde in kreisförmige Bewegung. Der erste Oger, auf den ich zusteuerte, wurde erstaunt langsamer. Beidhändig hob er die Keule. Kurz vor ihm riß ich die Rösser nach links. Stumpfsinnig schlug er hinter Zyathach her. Sein handtellergroßes Ohr glich einer Zielscheibe. Krachend schlugen die drei Kugeln in seinem Schädel ein. Er taumelte, doch ich war schon vorbei. In weitem Bogen griff ich den nächsten an. Hinter mir brandete Jubel auf. Mein erster Gegner mußte nach langem Zögern gefallen sein. Auch der zweite Oger beging den Fehler, nach meinem Wagen zu schlagen. Als ich ihn traf, hörte ich seinen Kiefer brechen. Pfeilsalven einzelner Kompanien stiegen auf und spickten die anderen Vorläufer. Einer nach dem anderen brach in die Knie und verröchelte vor unseren Reihen. Ich brach nochmals aus und zermalmte zwei weitere Schädel. Dann wandte ich mich nordwärts. Schaudernd sah ich die weiße Mauer aus Leibern, die sich uns näherte.

Urtümliche Kräfte

Wieder drehte der Wind. Die Wimpel der Reiterei flatterten nun nach schräg vorne. Es war, wie ich befürchtet hatte. Als die Menschenfresser uns witterten, begannen sie zu rennen. Man konnte förmlich sehen, wie weit der Wind unseren Geruch trug. Ein Oger nach dem anderen löste sich aus dem trottenden Verband, hob seine Keule und setzte zu jenem fürchterlichen Sturmangriff an, dem mein Pfadfinder Gerulf damals nicht einmal zu Pferde hatte entkommen können. Ein Brüllen befreite sich aus ihren Kehlen, das uns ansprang wie ein Raubtier. Sie trampelten heran, besessen von einer urtümlichen Gier, die sie vor nichts Halt machen ließ.

Bei den Bauernmilizen entstand Unruhe, man konnte die Sensen und Forken hin- und herpendeln sehen. Ein Schauer von Pfeilen stieg auf. Beeindruckend, wie sie den Himmel füllten – erschreckend, wie wenig Wirkung sie zeigten. Einige der Riesen fielen heulend zurück und fuchtelten ungeschickt herum, um sich die Pfeile aus dem Fleisch zu reißen. Aber nicht ein einziger ging zu Boden.

Die Schleudersteine der Bombarden flogen in hohem Bogen in die bleichen Massen und schmetterten einzelne Menschenfresser zu Boden. Andere hoben die Steine auf und warfen sie später auf unsere Stellungen. Brandpfeile zischten los und landeten mit elfischer Sicherheit in Strohballen und Öltöpfen. Die Hindernisse loderten auf – und die Oger rannten einfach durch die Flammen hindurch!

Mein Auge sah das, aber mein Verstand weigerte sich, es anzunehmen. Immer wieder glaubte ich, daß sie uns bereits viel näher waren – und dafür nur halb so groß. Und dann sah ich wieder, wie ein Oger über irgendein Hindernis, das mir bis zur Hüfte reichte, mit einem einzigen Schritt hinwegsetzte. Der Ansturm wollte kein Ende nehmen. Sie wuchsen und wuchsen und wuchsen – und hinter ihnen schwoll das Meer weißer Mörderleiber an wie bei einer Springflut.

Haffax gab das Zeichen, Hörner und Trompeten schmetterten schauerlich. Tausend Lanzen senkten sich wellenförmig, zweitausend Sporenpaare klirrten auf, viertausend Hufe trabten an. Schritt, Trab, Galopp. Der Boden begann zu dröhnen. Im Süden zog das I. Weidener Regiment seitlich davon, während die Schweren Reiter der *Goldenen Lanze* das Zentrum angriffen. Konnte dieser Eisenwalze irgend etwas widerstehen? Ich wußte, warum ich mich nach Norden verzogen hatte.

Todesmutig führte Oberst Heldar von Arpitz seine Weidener, in den Steigbügeln stehend, mitten in das dichteste Gedränge. Diesmal verlor nicht nur er sein Pferd. Es war, als ob die Wellen des Meeres an den Klippen brachen. Zehn, fünfzig, hundert, zweihundert Ritter stürzten kopfüber, als ihnen die Oger die Pferde einfach unter dem Sattel wegschlugen. Gewiß, zweihundert Oger wankten und taumelten, von zersplitterten Lanzen durchbohrt. Doch ohne hinzusehen wußte ich, was geschah: Wie Arzuch kamen die Oger wieder hoch und machten sich daran, die gestürzten Ritter zu erwürgen.

Ich schwenkte auf die nördliche Flanke zu und holte den ersten Wurfspeer hervor. Auf der Ogermauer wurden die Piken der Landwehren unter dem Gebrüll der Korporale ausgerichtet. Der Aufprall der *Goldenen Lanze* war wie das Bersten eines Gebirges. Wieder gingen Hunderte von Schwergepanzerten zu Boden, aber auch das Zentrum der Oger verschwand im aufgewirbelten Staub. Nördlich und südlich davon brachen die Oger jedoch zu Hunderten durch.

Funken stoben mir um die Ohren, als die schwarzen Himmelsrösser in gestreckten Galopp übergingen. Der Wind heulte in meinen Ohren. Es war beängstigend, wie schnell die Oger vor mir wuchsen. Schon schwenkten mir die ersten entgegen. Nein, das war nicht wie vor Jergan, wo ich maraskanische Reisbauern vor mir hergejagt hatte. Ich zog den Speerarm bis aufs Äußerste zurück. Mit jedem Pulsschlag wuchs in mir das Wissen darum, wie Rondra im Sternenreich mit dem *Donnersturm* ausfährt und ihren Blitzspeer ein ums andere Mal schleudert, um eingedrungene Dämonen zu vernichten.

Drei Speere konnte ich werfen, dann standen die Oger so dicht, daß der Zusammenprall unvermeidlich wurde. Funken schnaubend, bäumten Astaran, Thorra, Ronnar und Zyathach sich auf. Dröhnend schlugen mannsgroße Keulen gegen ihre erzenen Brustmuskeln. Zyathach biß nach einem Ogerarm. Als der erste Feind an die Wagenseite gelangte, hatte ich wieder die Ochsenherde bereit und drosch sie dem Menschenfresser in die widerliche Fratze.

Wieder nahm ich das wahnwitzige Brüllen eines entfesselten Kriegers wahr und begriff erst, als ich es hörte, daß es mein eigenes war. Vor mir sah ich qualmende

Hufspuren auf bleichem Fleisch. Ich fühlte, wie jede Menschlichkeit aus mir zu entweichen begann. War der Fahrer des *Donnersturms* dazu verdammt, stets zu einem Ungeheuer zu werden, das schlimmer tobte als seine Gegner? Oder war das nicht einfach das Geheimnis jedes Sieges im Kampf: weniger Mensch zu sein als der Gegner, wilder, härter, bösartiger zu sein als der andere?

Ich versuchte mich zu erinnern, wer ich war. Nein, ich wollte kein stumpfsinniger Ogerfresser werden. Ich wollte diese Ungeheuer bezwingen, aber nicht um einen solchen Preis. Ein Keulentreffer schüttelte den Wagen durch. Mein Erschrecken war mir willkommen. Ja, ich wollte es fühlen. Rondra, laß mir meine Angst! Göttin, du weißt, wie sehr ich sie hasse, diese Bestien, die selbst Kinder verschlingen. Aber laß nicht meinen Haß mich verschlingen!

Ich fühlte Leben in mir, all das, was ich immer verdrängt hatte, um siegen zu können. Die Kugeln der Ochsenherde trafen krachend auf einen weiteren Ogerschädel – und es grauste mir. Ich sah, wie nah meine Hand an dem noch immer schnappenden Maul mit den spitzen Zähnen war – und ich zog sie erschrocken zurück. Jawohl, ich war schwächer, aber wenigstens fühlte ich, was ich tat. Was brachte es denn, Ungeheuer zu töten und Menschen zu retten, wenn ich selbst nicht mehr Mensch, sondern Ungeheuer war?

Ich hatte mich freigekämpft und steuerte zur Ogermauer zurück. Der frische Fahrtwind kühlte mir den Kopf. Ich sah, daß das Plattenzeug an meinen Armen und der Wollstoff darunter steif waren von fremdartigem Blut. An der Ochsenherde fehlte eine der Kugeln! Mir gruselte davor zurückzublicken: nicht vor dem, was dort stand, sondern vor dem, was dort lag. Ein Satz meines Schwertmeisters Landrin kam mir in den Sinn:

»Furchtlosigkeit ist keine Tugend, sondern eine Art Schwachsinn. Echter Mut bedeutet nicht, keine Angst zu haben, sondern diese Angst zu überwinden.«

Ich blickte mich um. Die Weidener Reiterei schien untergegangen zu sein. Die *Goldene Lanze* war wieder in einem Kessel gefangen, von allen Seiten von stampfenden Riesen umzingelt. An der Mauer fanden vereinzelte Kämpfe statt. Pfeilgewitter ging auf die zwei Stoßkeile nieder, die auf die Mauer zutrampelten. Es war ein grausiges Gemetzel, gewiß, aber wir hielten uns gut. Die mindestens fünftausend Mann auf der Mauer brauchten nur noch ihre gut ausgebauten Stellungen zu halten. Mit diesem Eindruck wendete ich mich südwärts, um den bedrängten Reitern zu Hilfe zu kommen. Das muß der Zeitpunkt gewesen sein, als der Ogerlöffel erstmals eine Wagenladung Steine auf die Mauer schleuderte.

Das Gebilde war so groß wie ein Schiff. Der Löffel war aus einem riesigen Baum gehauen, das Schleudergewicht eine Art Korb aus armdicken Ästen. Kein Zweifel, daß ihnen Galotta das eingegeben hatte. Sie hatten das Katapult auf der Reichsstraße herangeführt und etwa zweihundert Schritt von der Mauer entfernt in Stellung gebracht. Sie hatten sogar einige Leiterwagen mitgeführt, die sie mit gesammelten Steinen beladen hatten, und trugen zahlreiche Rindshäute, aus denen sie neue Riemen zum Spannen schnitten. Nachdem die erste Ladung ein Halbbanner der Wehrheimer Garde förmlich von der Mauer gefegt hatte, justierten sie nicht mehr viel herum, falls sie das gekonnt hätten. Wenn der Löffel leer war, lud ihn ein Dutzend Oger in beängstigender Geschwindigkeit nach. Rindsschädelgroße Felsen waren für sie einfach Brocken, die sie mit zwei Händen in den Löffel schubsten. Ich begriff viel zu spät, welche Katastrophen die Waffe an der Mauer anrichtete.

Am südlichen Abschnitt war das Gemetzel am gräßlichsten. Tote Oger, Menschen und Pferde bedeckten den Boden, und dazwischen stand das Blut fingerhoch. Aus dem Höllenlärm klirrenden Metalls und brüllender Menschen gellten das Grölen der Sieger und die Schreie der Sterbenden. Am übelsten war, daß die Menschenfresser vor allem hinter den Verwundeten her waren. Allenthalben sah ich Oger über zuckenden Leibern knien oder in Menschenfleisch beißen, das noch lebte. Das ist der Grund, warum wir bei der Tausendogerschlacht so ungewöhnlich wenig Verletzte und so viele Tote hatten.

Ich sah ein Ogerweib, das ein Schlachtroß erwürgte, während ihr Kerl den Ritter herunterzerrte und ihm einfach den Arm abbiß. Ich wagte einen riskanten Wurf, aber nicht einmal, als ihn mein Speer durchbohrte, ließ er von seinem Opfer ab. Ich wendete scharf und schlug dem Ungeheuer den Schädel ein. Dann lud ich den Mann auf. Es sollten noch mehr hinzukommen.

»Laß sie mich nicht lebendig fressen!« Das war ein Schrei, den ich an diesem Tag mehrmals hörte. Es war eine der gnadenlosen Entscheidungen, die ich mein ganzes Leben treffen mußte: Kameraden vor dem sicheren Tod zu bewahren und sie der nächsten Gefahr zu überlassen oder einigen wenigen sicher das Leben zu retten. Entgegen meiner sonstigen Art entschied ich mich mehrmals für das zweite – vielleicht auch, weil ich Rondra um die Gnade gebeten hatte, in diesem Gemetzel meine Menschlichkeit wahren zu dürfen. Wann immer ich zwei oder drei Schwerverwundete herausgehauen hatte, raste ich mit ihnen ins Hügelland, um sie zwischen Ginster, Hartriegel und Weißdorn abzuladen. Ich konnte nur hoffen, daß sie dort nicht von streunenden Ogern gefunden wurden. Aber Galottas Willen schien die Monster tatsächlich zwischen Ogerlöffel und Mauer voranzupeitschen.

Immer wieder sah ich Oger, die glattweg in unsere Schanzpfähle gerannt waren. Ihr Blutrausch hatte sie so blind gemacht, daß sie sich die Pfähle durch den ganzen Leib gerammt hatten. Ich sah aber auch Pfähle, an denen Blut klebte – scheußlich viel Blut, und dennoch hatte der Oger sich befreit und war weitergelaufen!

Während ich um meine Kameraden von der Kavallerie kämpfte, erreichte das Grauen die Mauer. Wenn die Oger in Reichweite kamen, versuchten sie einfach hinaufzuspringen. Die Soldaten hieben ihnen die Pranken ab und stießen ihnen Spieße und Schwerter in den Schädel. Aber es gab dennoch Oger, die das Hindernis überwanden. Andere räumten mit den langen Baumstämmen die Zinnen frei. Niemand ist imstande, mit Hellebarde oder Schild eine Birke abzuwehren. Die Soldaten entzündeten weisungsgemäß Strohballen und andere Hilfsbarrikaden. Die Oger verkeilten indessen die Stämme als Leitern oder zogen sich daran hinauf. Da und dort waren auch Körbe und Fässer herabgefallen und dienten nun, ebenso wie gefallene Oger, als Treppenstufe.

Besonders furchtbar ging es natürlich an den Breschen zu, die der Ogerlöffel geschlagen hatte. Dort stand keiner mehr, um die Bestien aufzuhalten, die über das Geröll hochkletterten. Die Oger brachen dutzendweise durch und begannen, die Mauerbesatzung beiderseits vor sich herzutreiben. Sobald die Ungeheuer auf der Mauer waren, waren sie nicht mehr aufzuhalten. Allenfalls Pikeniere konnten sie treffen, ohne selbst von einem einzigen Hieb zermalmt zu werden. Viele der Riesen waren gespickt von Pfeilen und abgebrochenen Spießen und kämpften dennoch weiter.

Die Radromtaler Bombarden hatten beinahe aufgehört zu schießen. Die meisten Katapulte waren vom Ogerlöffel zermalmt oder von Ogern überrannt worden.

Auch die Maulwürfe vom Schanz- und Sappeurregiment wurden beim Verbarrikadieren der Breschen fast niedergewalzt, hielten sich aber überraschend gut. Mit Äxten und Hämmern ›fällten‹ sie manchen Oger. Als die Wehrheimer Garden, von den Monstern zusammengepfercht, bereits von der Mauer geprügelt wurden, bewährte sich das 3. Darpatische Regiment. Dennoch hatten die Darpatier insgesamt die schlimmsten Verluste. Als Waldemar merkte, daß er mit seinen Rundhelmen im Süden der Mauer buchstäblich ab vom Schuß war, bestürmte er den Kaiser per Boten, ins Zentrum verlegt zu werden. Im Gewirr dauerte es Stunden, bis er den Befehl erhielt. Waldemars Ochsenherde schmeckte die ersten Ogerschädel, als es schon fast zu spät war.

Der junge Harden von Ragathsquell, der uns in der Nacht zuvor zum Lachen gebracht hatte, verfiel auf eine eigene Taktik. Er lief kochend vor Wut hinter der Mauer umher. Irgendwie gelang es ihm, die Oger derart zu verhöhnen, daß selbst diese Dumpfschädel von der Mauer sprangen und ihn angriffen. Er hatte dies gewiß nicht geplant, doch auf freiem Feld konnte die Leichte Kavallerie eingreifen, die ja bereitstand, um Durchbrüche abzufangen. Mindestens zwanzig Oger wurden so, statt die bedrängte Mauerbesatzung zu massakrieren, von ausgeruhten Reservetruppen niedergemacht. Harden mußte man unter zwei toten Ogern hervorziehen – und es geht die Mär, daß er selbst dann noch so tobte, daß man ihn nur mit einem Eimer Wasser beruhigen konnte.

Als durchschlagend erwies sich die Fähigkeit der Magier, die Oger zu blenden oder ihnen eine Höllenangst einzujagen. Es war ungemein befriedigend, so eine Bestie heulend davonstürmen zu sehen. Allerdings kam sie nach einer halben Stunde wieder blutgierig zurück. Oberst-Spektabilität Saldor Folsarin rettete mit seinen magischen Wänden manche Einheit und Stellung, die sonst überrannt worden wären.

Die scheußlichste Szene der Schlacht, von der ich weiß, betraf wohl die beiden Schelme, von denen ich bereits erzählt hatte. Schelme sind jene Kinder, die von Kobolden aus der Wiege geraubt wurden und bei diesen aufgewachsen sind. Als Ausgestoßene zweier Welten mußte es für Torxes und Aske ein Wunder Rahjas sein, daß sie einander gefunden hatten. Was die beiden bewog, freiwillig an dieser Schlacht teilzunehmen, ist mir ein Rätsel. Vielleicht war es ihre Art zu zeigen, daß sie zu den Menschen gehörten. Torxes war wohl ein geschickter Fechter Die sommersprossige Aske hatte sich mehr auf ihre Koboldhexereien verlassen, die sie bislang noch aus jeder Gefahr geholt hatten. Immerhin hatten sie eine Stelle gefunden, wo sie einfach durch die Ogermauer hindurchgehen konnten. Doch irgendwann war Askes Zauberkraft erschöpft. »Laß sie mich nicht lebendig fressen!« rief auch sie, als sie mit zerschmetterten Beinen am Fuß der Mauer lag. Keiner kann ermessen, was Torxes fühlte, als er begriff, daß nur er allein durch die Wand flüchten konnte. Es heißt, daß er Askes Mund küßte, während er ihr den Degen ins Herz stieß.

Schließlich konnte Kaiser Hal das Gemetzel nicht mehr untätig ertragen. Gegen den Rat von Marschall Haffax drang er mit der Panthergarde durch die vorgesehene Bresche. Es dauerte fast eine halbe Stunde, die Einheit durchzuschleusen, zumal sie auf der anderen Seite schnell in Kämpfe verwickelt wurde. Aber ich habe von vielen Veteranen gehört, daß der Anblick des schwertschwingenden, fluchenden, blutverschmierten Kaisers im Angesicht der Oger ihnen neuen Mut gab. Kaiser Hal mochte kein besonders kluger Monarch sein, aber er hatte Herz.

Die *Goldene Lanze* hatte sich indessen zur allgemeinen Überraschung im Kessel neu formiert – unter Lutisana, die mit einer solchen Lage Erfahrung hatte. Die Gestürzten deckten die noch Berittenen, die den Stoßtrupp für einen Ausbruch bildeten. Ich hatte zwei Entlastungsangriffe gegen die etwa dreihundert Oger um sie herum durchgeführt, aber selbst mit dem *Donnersturm* konnte ich nicht durchbrechen, ohne zu riskieren, daß sie mich herunterrissen. Außerdem galt es, den traurigen Resten der Weidener im Süden eine Gelegenheit zum Sammeln zu geben. Kern dafür konnte eine bunte Freischar sein, zu der auch Thundra, Rastar, der Honinger und Talorion Tannensang gehörten.

Dann hörte man auf der Südseite Schreie und Waffenlärm. Aus dem Bergland brach eine Schwadron Amazonen herab. Die polierten Brünnen und die Säbel blitzten in der Sonne, als die Kavalkade mit dröhnenden Hufen und hellen Schreien in die Horden der Oger brach. Wo selbst die Schweren Reiter gescheitert wären, drang der Keil der Kriegerinnen tief vor und schlug eine blutige Bahn. Königin Yppolita hatte, wie wir später erfuhren, die Oger von Kurkum aus verfolgt. Es war den Amazonen schon fast unerträglich gewesen, den Angriff so lange zu verzögern.

Im Gegensatz zu den Höflichkeiten, die ich über die Ferdoker Reiterinnen sagte, gehörte diese geheimnisvolle rondrianische Schwesternschaft bestimmt zu den gefährlichsten Einheiten Aventuriens. Ihre Königin Yppolita war vermutlich die einzige Person Aventuriens, gegen die ich einen Schwertkampf nicht hätte gewinnen können. Man kann wohl behaupten, daß jede Amazone an diesem Tag einen Oger erschlug, auch wenn ihr eigener Blutzoll grausam war. Der Befreiungsschlag gab den Weidenern Gelegenheit, sich neu zu formieren. Auch die *Goldene Lanze* brach aus. Vom Vorbild der Amazonen beflügelt, griffen beide Einheiten erneut an. Sie waren noch immer zehn- oder zwanzigmal mehr als die Amazonen und imstande, die ganze über das Schlachtfeld verstreute Ogermeute aufzurollen. Wieder einmal zeigte sich, daß das Vorbild einzelner ganze Armeen mit Rondras Geist erfüllen kann.

Der Befreiungsschlag der Amazonen, das Eingreifen der Panthergarde und die Neuformierung der Kavallerie erlaubten uns schließlich auch den vielfach besungenen Angriff auf den Ogerlöffel. Der *Donnersturm* schlug eine Schneise durch die hintersten Reihen. Während ich die zurückströmenden Oger aufhielt, gelangte jene bunte Schar Freiwilliger und Versprengter bis zu dem gewaltigen Gerät und legte Feuer. Zwar leistete die Geschützbedienung brutalen Widerstand, aber es kam nicht zu dem befürchteten Gegenstoß der Oger. Die eingeschränkte Hauptmacht drängte weiter gegen die Mauer, wo sie während der Nacht und in den folgenden Morgenstunden systematisch niedergemacht wurde. Was immer für eine Macht sie voranpeitschte, ihr Beherrscher war nicht anwesend, um sich auf die veränderte Lage einzustellen.

»Es heißt, daß der Oger ein zähes Leben hat, das selbst nach seinem augenscheinlichen Tod bisweilen kurz zu ihm zurückkehrt«, hatte Prinz Throndwig mir damals gesagt. Blutbesudelte Krieger gingen mit Speeren und Äxten über das Feld und sorgten dafür, daß kein Oger halbtot liegen blieb. Jeder zweite Treffer wurde von einem Stöhnen oder Brüllen beantwortet und bewies, wie zäh diese Ungeheuer waren.

Die Leichte Kavallerie und jeder andere Reiter, der noch dazu imstande war, schwärmte aus, um versprengte oder fliehende Oger niederzumachen. Haffax hatte die Befürchtung, daß jeder, der entkam, weiter auf Gareth marschieren konnte – zumindest würde er weiter Menschen fressen und Oger zeugen. Seit den Trollkriegen der Siedlerzeit hatte die Menschheit keine solche Gelegenheit gehabt, einem Feind einen derart vernichtenden Schlag zu versetzen. Ich weiß bis heute nicht, ob diese Entscheidung gerecht war, ob menschlich oder unmenschlich, ob sie den Göttern gefiel oder ob diese darauf auch keine gemeinsame Antwort hatten.

Krieger wandern über das Schlachtfeld auf der Suche nach Kameraden, entsetzt angesichts des hohen Blutzolls und doch bei jedem Leichnam erleichtert, der sich nicht als ein gesuchter erweist. Im Lazarett begannen die Feldschere mit der widerlichen Arbeit, zerschmetterte Gliedmaßen abzutrennen. Ich schäme mich, wann immer ich die Einarmigen und Beinlosen jener Schlacht sehe, dafür, daß man mich in Warunk seinerzeit mit einem Dutzend Heiltränken kurierte und für diese armen Schweine nicht einmal mehr Heilkräuter hatte. Auch jene, die unversehrt geblieben waren, mußten oft aus der Rüstung geschnitten oder gesägt werden. Wir waren allesamt mit blauen Flecken übersät und hatten keine Ahnung, woher. Und wo wir es wußten, da waren es solche Blutergüsse, wie ich sie seitdem nie wieder gesehen habe.

Yppolita und ihre Amazonen waren verschwunden. Kaum daß der letzte Schwertstreich verklungen war, hatten die Kriegerinnen aus jungen Bäumen Pferderutschen und Tragen gebaut, auf die sie hastig ihre Verwundeten und Toten legten – die Hälfte von ihnen. Und ehe Kaiser oder Reichsmarschall ihnen den gebührenden Dank abstatten konnte, waren sie schon davongezogen – die Köpfe stolz erhoben und ohne noch ein einziges Mal zum Schlachtfeld zurückzublicken.

Raben, Krägen, Geier und andere Galgenvögel sammelten sich, bis sie den Himmel verdunkelten. Es wurden einige halbherzige Versuche gemacht, Gruben für die Kadaver anzulegen. Aber jene Pioniere, Troßleute und Bauern, die die Schlacht überlebt hatten, waren mit dem Transport unserer eigenen Verwundeten und Toten mehr als beschäftigt. Im Umkreis von einer Tagesreise waren die meisten Dörfer verlassen. Erst Wochen später konnte Fürstin Hildelind Leute aufstellen, um Massengräber zu schaufeln. Doch da hatten die Wölfe und Ratten, Aasvögel, Ameisen und Maden schon die meiste Arbeit getan. Das Schlachtfeld stank derart, daß es monatelang gemieden wurde. Bei Nacht trieben sich Ghule in Massen herum und griffen auch die Lebenden an. Schlafkrankheit, Schlachtfeldfieber und Paralyse breiteten sich aus und kosteten weitere Menschenleben. Noch jahrelang war die Reichsstraße in der Trollpforte gesäumt von Ogerschädeln und Riesenknochen. Manche wurden von Andenkensammler, Talismanmachern und Beinschnitzern eingesammelt, aber der Großteil verschwand nach und nach in Sumus Leib. Keiner von uns hatte die Kraft, sich darüber große Gedanken zu machen – und die Borongeweihten schwiegen wie immer, auch wenn sie uns wegen des Frevels verfluchen mochten. Doch die Bewohner Aventuriens sollten noch erfahren, warum Boron das Gesetz der Bestattung so grimmig hütet.

Oberdarpatien und Tobimorien waren fast entvölkert. Viele Dörfer mußten aufgegeben werden. Es dauerte ein Jahrzehnt, bis Ysilia wieder aufgebaut war und der Herzog seine Residenz aufschlug. Eine Beamte des Kaisers hat mir einmal vorgerechnet, daß der Zug der Oger zwischen Ysilia und Wehrheim insgesamt wohl dreißigtausend Menschenleben kostete!

Die Siegesparade in Gareth war ein reines Schauspiel. Die Bürger, die am Straßenrand jubelten, wußten fast nichts von dem, was im Osten geschehen war. Die Veteranen, die teilnehmen konnten, vermutlich kein Drittel jener, die ausgezogen waren, hatten gewiß düstere Gedanken im Kopf. Doch das Reich brauchte Helden, um die Schrecknisse der Tausendogerschlacht vergessen zu können. Kaiser Hal stiftete eine Verdienstmedaille, die fast alle Überlebenden erhielten.

Harden von Ragathsquell, der die Oger von der Mauer gelockt hatte, stieg später bis zum Oberst bei einem almadanischen Gardebanner in Gareth auf. Bekannt wurde er aber vor allem für seine Dichtkunst, und seine Kadetten erkannte man leicht an ihren frechen Sprüchen. Das 3. Darpatische Garderegiment erhielt den Ehrennamen ›Ogerwacht‹ und damit die Aufgabe, fortan die Grenze gegen Oger und Trolle zu verteidigen. Nun ja, keiner hat gesagt, daß das Heldenleben einfach ist. Unbestrittener Held der Schlacht jedoch war der Oberkommandierende, dessen brillante Taktik die einzige Möglichkeit genutzt hatte, die Menschenfresser aufzuhalten: Helme Graf Haffax wurde für die Tausendogerschlacht ebenfalls mit dem Jergan-Orden ausgezeichnet.

Was den Verursacher der vielleicht größten Katastrophe seit den Magierkriegen betrifft, stand mir noch eine Überraschung bevor. Großinquisitor Dexter Nemrod berichtete in meiner Gegenwart: »Der einäugige Maraskaner, der die Nachricht des Kaisers betreffend Galotta gestohlen hat, wurde inzwischen gefunden.«

Ich horchte auf: »Ein einäugiger Maraskaner? Weiß man, wie er hieß?«

»Hodaki«, kam prompt die Antwort. Auch die folgende Beschreibung paßte: kurzgewachsen, unrasiert. Kein Zweifel: Das war der Mann, der mir auf Maraskan den Hals durchgeschnitten hatte. Anschließend, das wußte ich, war er irgendwie aus der Todeszelle entkommen. Anscheinend hatte er indessen seine verdrehten Ideale aufgegeben und war endgültig Söldling geworden. Es mußte ernüchternd sein, sein Auge für die Freiheit zu geben und dann mit dem verbliebenen Auge zu erkennen, daß die Eroberer der Heimat die einzigen Jahre des Friedens seit einem halben Jahrtausend gebracht hatten. Als Nemrod weiter berichtete, stellte ich fest, daß Hodaki als Spion so raffiniert und doch vom Pech verfolgt war wie als Attentäter: Bei der Übergabe der Pläne an die Agenten seines Auftraggebers hatten ihn diese getötet. Ich griff nach der Narbe, die mich jeden Tag beim Rasieren störte. Es schien so lange her, daß die Nachricht fast so etwas wie Mitgefühl bei mir auslöste.

Die kaiserlichen Agenten, die dem Brief weiter auf der Spur blieben, stöberten Galotta auf einer Insel im Ochsenwasser auf. Er hatte dort ein fürstliches Schloß zu einem gewaltigen Labor ausgebaut. Von hier aus hatte er mit einem gewaltigen Schwarzen Auge die Tausend Oger kontrolliert. Dann, so schien es, hatte es einen Unfall gegeben: Die Anlage war zerstört, Galotta selbst vom Turm gestürzt. So meldeten es die Agenten, als sie das Schreiben zurückbrachten. Aber schon Dexter Nemrods nächster Trupp, der auf der Insel abgesetzt wurde und sie durchkämmte, fand am Fuß des Turmes weder die gemeldete Leiche noch irgendwelche Spuren davon. Galotta wurde zum Staatsfeind Nummer 1 ernannt. In den folgenden Jahren wurde in Al'Anfa und Brabak wiederholt ein Gelehrter mit rotem Schädel gesichtet, aber nie lange genug, daß kaiserliche Agenten oder die Pfeile des Lichtes seiner hätten habhaft werden können.

Graf von Winhall

Wieder einmal stieg ich auf *Wildfang* und kehrte nach Albernia zurück. Über Honingen ritt ich geradewegs nach Havena: Fürst Cuanu mußte dringend einen Bericht aus erster Hand erhalten. Wir waren uns einig darüber, daß unserer Welt von den zunehmend mächtigeren Beschwörern größte Gefahr drohte. Ich glaube, zu jener Zeit verwies Cuanu auch seinen aufsässigen Hofdruiden Archon Megalon des Landes. Die Barden begannen im ganzen Land Legenden über das Ereignis auf der anderen Seite des Kontinentes zu verbreiten. Dann kam ein Bote mit Nachrichten aus meiner Heimatstadt. Graf Kernhelm war gestorben, kaum fünfzig Jahre alt. Der Junge, den ich verprügelt hatte, weil er den Titel tragen durfte, den mein Vorfahre verspielt hatte, war unverheiratet geblieben. Mit ihm erlosch die Linie der Grassbergers. Ich fühlte leise Trauer und Leere. Kernhelm war gewiß kein Freund gewesen, aber mit ihm ging ein Teil meiner Kindheit. Die Welt, fürchtete ich, würde wieder etwas komplizierter werden.

Im Kreise von Cuanu, Fürstin Idra, Emer, Invher, dem kleinen Ruadh, Padraíg und Padraígin fühlte ich mich wie in einer Familie geborgen. Aber auch Cuanus Glück war teuer bezahlt. Vor allem mit zwei Familienmitgliedern hatte er Ärger. Seine Schwägerin Isora lebte bei Hof, die Schwester Idras, mit der Cuanu in seiner Jugend verlobt gewesen war. Es war wohl das schlechte Gewissen, das ihn dazu brachte, über ihre ständigen Intrigen und Eifersüchteleien hinwegzusehen.

Noch übler ging es mit seiner Nichte Luta zu, die damals bei Hof eingeführt werden sollte. Anscheinend hatte auch Cuanus Schwester Algei, seit Jahrzehnten verwitwet und äußerst tugendhaft, in ihrer Jugend einen Fehltritt getan. Der Fürst sollte prüfen, ob Luta wenigstens eines niederen Titels würdig war. Das, mußten wir alle feststellen, war sie nicht. Sie war unflätig, jähzornig und streitlustig und liebte es, den Hochadel zu brüskieren, dessen Blut sie zwar teilte, nicht aber dessen Ideale. Außerdem verfolgte sie ihren Oheim Cuanu mit einer Liebe, die an Besessenheit grenzte. Als sie die Vergeblichkeit erkannte, stürzte sie sich eines Nachts auf Cuanu, um ihn zu erdolchen. Der Fürst trug eine vergiftete Schulterwunde davon, konnte die Wahnsinnige aber überwältigen. Während sie floh, versuchte man Cuanu zu retten. Doch erst der Hexe Yassia gelang es, das Gift aus seinem Körper zu bannen. Luta wurde eine gefürchtete Straßenräuberin im Lieblichen Feld und später Piratin.

Cuanus Verwundung bescherte uns einige äußerst ruhige Wochen. Eines Abends waren wir im Fürstenzimmer zusammengekommen. Fürstin Idra saß am Kamin und blätterte in einem Gedichtbändchen. Cuanu und ich hatten eine zünftige Partie Boltan begonnen. Ich weiß, daß ich das Spielen lassen sollte, aber meinem Fürsten und Freund konnte ich schlecht etwas abschlagen. Die Partie lief eher lau. Ich erinnere mich, daß ich schließlich mit zwei lausigen Wahrsagern den Topf gewann. Cuanu hatte überhaupt kein Glück gehabt und schuldete mir immerhin sechs Silbertaler – ein Klacks für einen Fürsten, aber ich hatte wiederholt Zeiten erlebt, wo ich nicht andeutungsweise soviel Geld für eine Woche Brot und Suppe besaß. Der Fürst faßte nach seinem Beutel und grinste betreten. Dann zuckte er mit den Schultern und wandte sich an seine Gattin:

»Liebste Idra, kannst du mir wohl mit ein paar Talern aushelfen, ich muß eine Spielschuld begleichen.«

Die schöne Fürstin sah ihn ernst an: »Dir ist bekannt, was ich vom Glücksspiel halte. Von mir bekommst du keinen Kreuzer. Wenn du Geld brauchst, schicke nach dem Kämmerer!«

»Das kann nicht dein Ernst sein«, erwiderte Cuanu. »Du kennst Schnitterpfeng. Du weißt, daß er sich wieder in Weinkrämpfen winden wird. Auch ist er nicht mehr der Jüngste – wie leicht kann ihn der Schlag treffen ...«

»Tja, dann«, unterbrach ihn die Fürstin, sich wieder dem Büchlein zuwendend, »bleibt dir wohl nur ein Ausweg aus dieser peinlichen Lage: Du gibst Raidri dieses Winhall zurück.«

»Das ist eine blendende Idee«, stimmte Cuanu zu. »Daß ich darauf nicht selber gekommen bin!«

Mein Blick war immer argwöhnischer geworden. Ich war mir ziemlich sicher, daß ich eine einstudierte Scharade beobachtete. Aber ich war mir auch gewiß, daß Cuanu und Idra niemals Spott mit mir treiben würden. Langsam erhob ich mich. Auch Cuanu erhob sich feierlich. In mir lagen nie gekannte Gefühle im Streit. Wir schüttelten uns die Hände, wie man es bei einem Geschäft tut. Ich beugte vor meinem Fürsten das Knie und küßte seinen Ring. Cuanu zog mich sofort wieder hoch und umarmte mich mannhaft.

»So bin ich also nun wieder Graf von Winhall«, hörte ich meine Stimme. Ich versuchte, mir selbst die Nachricht zu vermitteln. Ich blickte tief in die samtbraunen Augen dieses Mannes. »Und ich habe keine Gegengabe für Euch, denn mein Schwert und mein Herz gehören euch bereits.« Mir versagte die Stimme. Ich mußte mich abwenden. Irgendwann fand ich mich allein auf einem Balkon – nach Osten natürlich. Meine Augen starrten in die Dunkelheit, wo mein Herz dreihundert Meilen jenseits des Horizontes Winhall wußte: mein Winhall.

Einige Wochen später leistete ich im Thronsaal Fürst Cuanu von Albernia den Lehenseid als Graf von Winhall. Während ich kniete, setzte er mir die Krone mit den vier Goldkugeln und den zwölf Perlen aufs Haupt. Es war eben jenes Stück, das Hjalbin Conchobair vor fast zweihundert Jahren als Einsatz auf einen Spieltisch gelegt hatte. In der siebten Generation hatte ich die Krone zurückerrungen – durch Freundschaft, Mut und Tatkraft, gewiß, aber letztlich doch vor allem durch eine neue Windböe des Schicksals, das mein Geschlecht so unhaltbar durch die Geschichte blies.

»Bennain und Conchobair – Gnade Albernia, wenn sie vereint«, sagte der Fürst, und der gesamte Thronsaal dröhnte vor Lachen. Die Tausendogerschlacht und die Episode um die Krone von Winhall fügten sich bei mir zu dem einem Gefühl, erstmals in meinem Leben etwas errungen zu haben.

Im Herbst endlich ritt ich in Winhall ein, mit Thundra an meiner Seite. Ich bot gewiß einen merkwürdigen Anblick: auf der Stirn die gleißende Krone und auf dem Rücken die berühmten Schwerter, jedoch in einer zerhauenen Lederrüstung und abgeschabten Stiefeln, die kaum von einem neuen Mantel verborgen wurden. Doch der Empfang überwältigte mich völlig. Die ersten Bauern erkannten mich bereits eine Viertel Wegstunde vor den Mauern. Zunächst grüßten sie schüchtern, dann johlten sie, und schließlich eskortierten sie uns in einer wachsenden Traube. Vor uns rannten die Halbwüchsigen los und riefen die Leute von den Feldern zusammen.

Als ich am Stadttor ankam, bestand keine Aussicht, zur Burg abzubiegen. Eine Menge von etwa hundertfünfzig Menschen umgab mich, Hüte und Blumen schwenkend. Die Straße in die Stadt war von einem unüberblickbaren Spalier gesäumt. Anscheinend war die ganze Stadt aus dem Häuschen. Ich sah sogar zwei lahme, alte Holzfäller, die von ihren Enkeln herausgetragen wurden. Der Marktplatz quoll über. Erstaunt stellte ich fest, daß die Zurufe nicht dem ›alten Grafen‹ Conchobair galten, sondern dem Schwertkönig. Sie jubelten nicht dem Vertreter eines angestammten Geschlechtes zu; das galt ihnen wohl als versunkene Geschichte. Nein, sie freuten sich, daß sie ›den größten Helden Aventuriens‹, so ein Gardeweibel, zum Herren bekamen.

Weder ich noch die Leute schienen zu wissen, was sie erwarteten. Also tat ich, was mir entsprach: Ich ließ mein Herz sprechen. Ich schwang mich vor dem Borontempel auf einen Marktwagen und hielt eine kurze Rede. Ich erzählte ihnen von meiner Kindheit in Winhall und wie ich die Stadt stets im Herzen getragen hatte, wohin mich die Winde auch trugen. Und ich versprach ihnen, daß ich ihnen ein guter Herr sein wolle. Dann stiftete ich ihnen einen Feiertag, der mich, wie sich später herausstellte, gleich die Steuern der ersten zwei Monate kostete.

Die Honoratioren brachten mir Brot und Salz und Bier. Als mir die Geweihten die Aufwartung machten, vermißte ich Baranos. Mein Spielkamerad, der mir beim Tod meiner Mutter beigestanden hatte, war doch Hüter des Raben im Borontempel?

»Hochwohlgeboren«, drucksten die Priester betreten herum, »Bruder Baranos ist vor anderthalb Jahren zu seinem Gott gegangen.« – »Boron sei seiner Seele gnädig«, seufzte der Praiosgeweihte. Das war nun ein merkwürdiger Wunsch für einen, dessen Seele seinem Gott bereits geweiht war. Aber Baranos Seele, so stellte sich heraus, brauchte jeden Segen. Ein Werwolf hatte 8 Hal zwei Dutzend Leute getötet. Ausgerechnet Dexter

Nemrod war nach Winhall gekommen und hatte das Untier erlegt. Bei diesem handelte es sich um Baranos, der anscheinend bei gemeinsamen Experimenten mit einem vermeintlich befreundeten Alchimisten verflucht worden war. Der eigentlich Schuldige trieb noch zwanzig Jahre später sein Unwesen. Das Gesinde erzählte mir noch monatelang von der Hundemeute, die der Großinquisitor in die Wälder gehetzt hatte: Winhaller Wolfsjäger nennt man die Rasse heutzutage, so tüchtig haben sich die Hunde damals erwiesen.

Ich verließ das Fest in düsteren Gedanken: wieder ein Freund, dem ich in den Stunden seiner größten Not und im Tod tausend Meilen fern gewesen war. Ich erinnerte mich an die einfachen Worte über den Tod, die mich bei Mutters Begräbnis vergrämt und sich später als so wahr erwiesen hatten.

Der heimatliche Wind blies mir entgegen. Mit geschlossenen Augen hätte ich gewußt, daß ich auf dem Burghügel von Winhall stand, ich hatte es an dem vertrauten Gefühl gespürt, das der kalte Wind nur an dieser Stelle auf meiner Haut erzeugte. Es war, als ob ich zum ersten Mal in meinem Leben nach Hause käme. Ich blickte über die Winhallberge im Süden und den Tommel, der im Bogen herumfloß. Ich trat durch das kleine Torhaus; auch das neue Tor, das wir nach dem Mordanschlag auf meinen Bruder Belfionn ersetzen mußten, war bereits wieder vierzig Jahre alt und teils morsch. Vor mir lag der Bergfried und die durchbrochene, alte Ringmauer mit dem Pferdestall.

Im Burghof betrachtete ich den alten Ahorn, den in der Nacht meiner Geburt ›Der Kuß Rondras‹ drei Schritt tief gespalten hatte. Bei der Göttin, ja, ich hatte ihren Kuß schon im Augenblick der Geburt erhalten. Mit dreiundzwanzig Jahren hatte sie mir ihren Streitwagen übergeben. Und weitere fünfzehn Jahre später hatte mich der Blitz selbst getroffen. Keiner hatte behauptet, daß es leicht wäre, Rondras Segen zu tragen. Ich fiel auf die Knie. »Ich will nicht mehr hadern. Ich will tragen, was immer DU mir bestimmt hast.«

Als ich mich erhob, stand Thundra hinter mir, mit dem Blick eines Mannes, für den Gespräche mit der Göttin zum natürlichen Inhalt seines Lebens gehörten. Er lächelte grimmig, und obwohl er an der Eiche emporblickte, schien er in meine Seele zu sehen: »Vom ersten Atemzug an hat SIE dich erwählt. SIE hat Dir wohl bestimmt, eine Seele aus Stahl zu bekommen. Hart soll sie sein, um all die Kämpfe zu überstehen – aber erklingen soll sie dennoch mit IHREM Lied. Die Lieben, die um dich starben, fielen dem Krieg zum Opfer, den du führen mußt. Nicht du hast sie getötet, sondern der Krieg, den zu beenden deine Aufgabe ist.«

Ich blickte über den Burghof, auf dem Belfionn gestorben war, und sah im Geist meinen Vater, der in Aranien geblieben war. Mein Blick schweifte über den Bergfried, wo Mutter ihrer Krankheit erlegen war, und hinunter nach Winhall, wo Baranos sein Schicksal gefunden hatte. Und ich dachte an Heilgard, die hier beinahe Gräfin geworden wäre. Doch im Angesicht all meiner Toten wußte ich, daß Thundra recht hatte.

In den folgenden Wochen nahm ich den Lehenseid meiner Barone entgegen, allen voran Freiherr Meran zu Naris, mit dem ich mir in Kindertagen manche ritterliche Schlacht geliefert hatte. Bei meinen früheren Besuchen hatte ich ihn zuerst grüßen müssen, nun kniete er vor mir. Ich bemühte mich, ihn mit besonderer Achtung zu behandeln, und er erwiderte dies – so wie wir es schon als Knaben gehalten hatten.

Man erwartete nun, daß ich im Perainemond die erste Scholle pflügte und die erste Saat in die Furchen warf und daß ich im Efferdmond ebenso die Ernte eröffnete.

Der gute Kernhelm, dem ich in meiner Jugend so übel mitgespielt hatte, hatte mir ein reiches Lehen hinterlassen: Winhall war nach zweihundert Jahren in Händen einer ehemaligen Kaufmannsfamilie so wohlhabend wie nie zuvor. Der Borontempel war weithin berühmt für seine edelhölzerne Innenarchitektur und die – für Nordaventurien – verschwenderische Verwendung von Weihrauch. Nur die Burg war, wie erwähnt, in traurigem Zustand – aber die hatte ja stets den Conchobairs gehört.

Dank einer Anzeige überführte ich die Bürgermeisterin, die sich nach dem Tod der Grassbergers zu bereichern gesucht hatte. Ich setzte sie ab und ernannte Gilbrand Herxen, meinen stämmigen Gefährten aus Kindertagen, zu ihrem Nachfolger. Recht zu sprechen kam mich besonders hart an. »Ihr müßt sofort ein Exempel statuieren. Sonst glauben alle, der Kriegergraf verstünde nichts von Geld, und unterschlagen wie die Raben.« – »Sie war eine Gefolgsfrau der Grassbergers. Man wird Euch niedere Rache unterstellen, wenn Ihr sie hart bestraft.« Meine Berater, selbst Thundra, machten die Lage keineswegs einfacher für mich. Ich war es gewohnt, das Urteil über Gut und Böse durch das Schwert und den Segen der Zwölfgötter bestimmt zu sehen. Aber bestechliche Beamten, steuermüde Bauern und alte Schmuggler konnte ich nicht vor Götterurteile und rituelle Zweikämpfe stellen. Es blieb mir nichts übrig, als die mir von Praios auferlegte Richterpflicht zu erfüllen. Nach jedem Urteil warf ich mir unangebrachte Härte oder übertriebene Milde vor.

Der Ruhm der Tausendogerschlacht verlangte nach einem Gemälde. Der kaiserliche Schlachtenmaler Aryudus Kenkaukis von den Zyklopeninseln wollte mich unbedingt neben Kaiser Hal, Prinz Brin und Herzog Waldemar darstellen. Zu diesem Zweck reiste er mir bis nach Winhall nach, wo er an mehreren Winterabenden Skizzen und Porträts von mir anfertigte. Ich habe das Gemälde zwei Jahre später gesehen und muß zugeben, daß ich beeindruckt war. Mit der Leinwand hätte man einen kleinen Fischkutter takeln können und mit dem Goldrahmen einen weiteren Oger erschlagen. Wir sahen überaus heldenhaft aus, wie wir da – vom Feldherrenhügel herab! – Seite an Seite eine Schneise in die Ungeheuer mähten. Natürlich hatte das Bild mit der Wirklichkeit nichts gemein.

Langsam richtete ich mich in Burg Winhall ein. Ich hatte selbst mit Luzelin und Roana nie länger als ein halbes Jahr an einem Ort gewohnt. Aus den verzogenen Kästen und verstaubten Truhen erhob sich nach und nach die ganze Geschichte meiner Familie zu neuem Leben. Ich fand das Geburtstuch mit den zwei gekreuzten, goldenen Schwertern, das meine Mutter traditionsgemäß im letzten Monat der Schwangerschaft gestickt hatte. Keines meiner Kinder, mehr als ein halbes Dutzend wohl, hatte die Gunst erfahren, auf einem Tuch geboren zu werden, das das Wappen seines Vaters trug. Shanhazadra war die Tochter einer Sklavin, Rondriga die einer Magiertochter, andere waren Amazonen – vor allem waren sie Bastarde. Man brachte mir auch den getrockneten Rinderschwanz, den unsere Leibeigenen bei meiner Geburt ans Burgtor genagelt hatten. Auch das ein Brauch, den ich nicht weitergeführt hatte. Ich hatte ihnen keinen Erben und zukünftigen Herren gegeben. Würde ich kinderlos sterben wie Kernhelm? Würde Cuanus hübsche Tochter Emer bereits wieder ein neues Geschlecht mit Winhall belehnen müssen?

Um wenigstens irgend etwas an die nächste Generation weiterzugeben, beschloß ich, Winhalls eigene Kriegerschule *Rondras Schwertkunst* großzügig zu fördern. Wiederholt gab ich dort auch selbst Unterricht: Vor einem Vierteljahrhundert hatte ich mir das Geld für mein erstes Gespann verdient, nun ersparte ich mir damit allenfalls einige Silbertaler Lohn für einen weiteren Lehrer. Aber es machte mir Spaß, den Kindern von Meran und anderen Edelleuten und Kriegern beizubringen, was mich letztlich zum Grafen gemacht hatte.

Umso glücklicher war ich natürlich, als mein Landesherr mir die Ehre erwies, mir seine jüngere Tochter als Knappin anzuvertrauen. Prinzessin Invher hatte Cuanus braune Augen und sein Haar. Im Gegensatz zu ihrer strahlenden Schwester Emer, der zukünftigen Kaiserin, war sie ein stilles, ernsthaftes Mädchen, allerdings von besonderer Auffassungsgabe. Es war ein besonderes Vergnügen, sie zu unterrichten. Sie steckte naturgemäß viel mit meinen Ziehkindern Padraíg und Padraígin zusammen, und ich fragte mich, wie lange es dauern würde, bis jemand aus der Ähnlichkeit der drei auf ihren gemeinsamen Vater schließen würde. Glücklicherweise kam statt dessen in Winhall und Havena das Gerücht auf, ich hätte wohl ein Verhältnis mit der Fürstin gehabt und Invher sei mein drittes Kind. Peinlich, gewiß, aber angesichts der wahren Verwandtschaft noch immer die bessere Lösung.

Über all die Zeit mit diesen Kindern und Halbwüchsigen wuchs in mir der Wunsch, mein eigen Fleisch und Blut zu sehen und ihm weiterzugeben, was ich gelernt hatte. Unter all meinen Kindern war Rondriga die einzige, deren Aufenthalt ich kannte – und sie war mir auch besonders ans Herz gewachsen. Ich hatte sie zuletzt kurz vor ihrem fünften Geburtstag gesehen – an dem Tag, als Rondras Blitz mich traf.

»Willst Du die Hörner haben?« fragte ich lachend, als ich den Steinbock vom Sattel hob. Ich wußte, daß sie nicht oft Fleisch hatten, dort oben im Amboßgebirge. »Als ich damals hier lebte, aßen wir das stets, wenn ich von der Jagd kam. Doch du warst damals zu klein. Du hattest noch keine Zähne, um es zu beißen. Ich hielt dich auf dem Arm und fütterte dich mit Brei.«

Rondriga lächelte, als ob ich ein Märchen erzählte. Nach der ersten Scheu vor dem fremden Mann war sie neugierig, fast keck geworden. Sie war inzwischen zwölf Jahre alt, hochaufgeschossen, gebräunt von der Sonne so nahe dem Himmel, mit strähnig rotem Haar, aber wunderbar blitzenden grünen Augen. Ich ließ mich von ihr durch den unsichtbaren Turm führen. Obwohl ich hier einmal gelebt hatte, war mir unheimlich, Schritt für Schritt scheinbar in die Luft zu setzen. Rondriga hingegen bewegte sich mit elfischer Sicherheit durch Treppen, Gänge und Räume, die allenfalls zu erahnen waren.

Wir blickten hinunter, wo der Erzmagier Rohezal und seine Tochter Roana, ihre Mutter, standen, zwei der klügsten Menschen, die ich jemals kennengelernt hatte. Auch der junge goldene Drache Faldegorn kehrte in den folgenden Tagen von einem seiner langen Flüge zurück. Ein hundertzwanzig Jahre alter Zauberer, eine Vogelkundlerin und ein leibhaftiger Drache: War das die richtige Gesellschaft für ein Kind? Ich bedauerte es, daß Rondriga so einsam aufwuchs. Ich mußte an die Bande meiner Jugend denken: Belfionn, Eillyn, Gilbrand, Baranos. Zwei davon waren schon tot. Nein, ich war es, der einsam war.

Es war nicht einfach gewesen, mit *Wildfang* bis zum Turm zu gelangen, aber wie erwartet liebte Rondriga ihn. Obwohl sie sehr gewachsen war, saß sie wie ein Kobold auf dem riesigen Pferd. Ich hatte durchaus Bedenken: *Wildfang* war kein Pferd, dem der Wille gebrochen wurde, und ein Streitroß dazu, das ich durch Flammen getrieben hatte. Aber er nahm meine Tochter so an wie mich. Binnen zweier Wochen war sie sattelfest. Ich ritt mit ihr mehrfach ins Tal; Vorräte holen nannten wir es, aber in Wahrheit wollten wir galoppieren.

Als ich das Schwert auspackte, mußte ich lachen. Für mich war *Leifbrand* ein Bastardschwert gewesen – für sie ein Zweihänder, der sie fast überragte. Es war Vaters *Leifbrand*, mit dem er den Dienern des Namenlosen die Hand abgeschlagen hatte und seinen letzten Kampf gegen den Drachen vom Raschtulswall gefochten hatte. Vor ihm hatten es zweihundert Jahre lang seine Vorfahren geführt. Mir war es im Kampf gegen die Blutzwillinge zerbrochen. Ich hatte die Trümmer sechzehn Jahre gehütet, ehe ich sie Thorn Eisinger gab. Tatsächlich hatte der Meister die Klinge neu geschmiedet. Sodann hatte ich die Waffe in Angbar von Balthazar neu weihen lassen. Ich war weit umhergeritten für diese Waffe, die so viel Erlebnisse barg. Aber ich wußte, daß ich Rondriga das Fechten beibringen mußte. Ich hatte jetzt wieder eine Aufgabe. Ich fühlte, daß mein Leben einem höheren Plan folgte.

Kurier des Kaisers

Im folgenden Jahr rief mich Seine Allergöttlichste Magnifizenz, Kaiser Hal von Gareth, an den Hof. Als neuer Graf hatte ich ihm ohnehin meine Aufwartung zu machen. Nach einigen höfischen Plänkeleien gewann ich den Eindruck, daß er mich zu seinem Kurier machen wollte. Er sprach mir persönlich sein Vertrauen aus. Immerhin war es seine Entscheidung gewesen, mir das Kaiserschwert *Silpion* zu überreichen, mit dem ich erst die Blutzwillinge bezwingen konnte. Merkwürdig erschienen mir lediglich die Aufträge, die, so glaubte ich, ein Diplomat oder Höfling viel besser durchgeführt hätte. Der Kaiser schien es gerade darauf anzulegen, mir Geheimnisse anzuvertrauen. Vielleicht hatte es mit der bevorstehenden Vermählung der Kinder Gareths und Albernias zu tun. Vielleicht aber … ach was, ich wollte mich überraschen lassen.

Vor allem zwischen Gareth und Kuslik war ich oft unterwegs. Im Lieblichen Feld traf ich Comtessa Carmissa Tegalliani wieder. Sie war eine welkende Schönheit weit jenseits der Fünfzig, aber ihre Ausstrahlung war ungebrochen. Mit keinem Wimpernzucken ließ sie sich anmerken, daß unsere Leidenschaft vor vielen Jahren sie beinahe ruiniert hätte.

Ehe ich es mich versehen hatte, fand ich mich in der Rolle eines würdigen Nachfolgers meines Vorfahren Oberst Targuin Conchobair, der während der ›Hundert Tage von Kuslik‹ die Alte Burg gegen die Übermacht der Rebellen gehalten hatte. Wie absurd klang es heute, das Liebliche Feld als Provinz des Reiches anzusprechen und seine Befreier als Rebellen. Vor zehn Jahren war Aranien, ebenso reich und mächtig, noch Teil des Reiches gewesen und Maraskan ein freies Königreich. Heute war es umgekehrt. In zehn Jahren mochte mein geliebtes Albernia bereits die Unabhängigkeit erreicht haben, ebensogut aber das Bornland erobert worden sein.

Nein, die Politik des Reiches war nichts mehr, was ich wirklich ernst nehmen konnte. Ich tat meine Pflicht, weil meine Mutter und mein Vater es mich gelehrt hatten. Aber so, wie mein Blick früher unwiderstehlich vom Horizont angezogen worden war, glitt mein geistiges Auge nun über die Grenzen der Geschichte, meiner Rasse und dieser Sphäre. Magier und Geweihte hatten mich ahnen lassen, daß die Schöpfung viel umfassender war. Und die Offenbarungen Rondras erfüllten mich mit der still glühenden Gewißheit, daß die Kämpfe, die mir bestimmt waren, ebenfalls in jenen Dimensionen ausgetragen wurden.

Gut gekleidet und allein auf den Straßen unterwegs, wurde ich in jenen anderthalb Jahren viermal überfallen – oder vielmehr versuchten Wegelagerer, mir den Weg zu verstellen. Es ist äußerst unanständig, wenn ein Mann mit meinen Fähigkeiten sich nicht zu erkennen gibt. Mein Gegenüber glaubt so, einen Kampf von vier Wegelagerern gegen einen müden Wanderer anzudrohen, wenn ihm tatsächlich ein mörderischer Kampf blüht: Gegen einen Einzelnen kann ich Rücksicht üben, bei vier Gegnern müssen zumindest zwei mit den zwei ersten Hieben fallen – jenen zwei Hieben, die ich üblicherweise meinen Gegnern voraus habe. Dreimal reichte die Erwähnung meines Namens – beantwortet von jenem ›Der Schwertkönig‹, das ihn stets als Echo begleitete. Ein einziges Mal mußte ich den Wind in mir rufen: Wie es meines Elementes würdig war, gab ich *Wildfang* einfach die Sporen und galoppierte durch die Mitte der Räuber.

Meinen bedeutendsten Auftrag erhielt ich bei einem kleinen Bankett im Kabinett des Kaisers. »Wenn Ihr vielleicht das Zerteilen des Bratens übernehmen würdet«, lud Kaiser Hal mich ein und lachte: »Wer wäre besser geeignet als Ihr?« Ich lachte höflich. Den Scherz mußte ich mir bei jeder zweiten Mahlzeit anhören. In dieser Stimmung zwischen Kanzleirätinnen und Ministerialen erfuhr ich, daß ich einen Raubritter zur Strecke bringen sollte, einen Raubgraf sogar.

»Ihr kennt Baldur von Gratenfels aus Eurer Jugend«, erläuterte man mir. Seit er Graf geworden war, bin ich ja auf jedem Weg über den Koschpaß durch Gratenfels gekommen. Mir war aufgefallen, daß er herrisch und unbeherrscht geworden war und sich auffällig viele Söldner hielt. Binnen einiger Monate hatte sich sein Verhalten dramatisch verschlimmert: Er hatte zwei Nachbargrafschaften den Krieg erklärt, drangsalierte den Handel und hielt widerrechtlich Zwerge gefangen.

»Überbringt ihm seine Absetzung und fordert die Herausgabe von Hlûthars Siegel von ihm«, lautete der Befehl des Kaisers. Dann wurde ich mit *Silpion* zum Gaugrafen geschlagen, also zum kaiserlichen Inspektor. »Erhebt Euch, Hochwohlgeboren.«

Kurz darauf hatte ich eine sehr ähnliche Audienz beim Wahrer der Ordnung zu Gareth, Baldurs Bruder Pagol. Ihm zur Seite stand der Honinger. Phexlyn von Froschingen, Baldur von Gratenfels und ich waren ja als Knappen am albernischen Fürstenhof ein Gespann gewesen. Baldurs und Pagols Schwester Lanore war mit Answin von Rabenmund verheiratet. In kürzester Zeit fand ich mich mit dem Honinger in einer reichsweiten

Intrige. Während wir gen Gratenfels ritten, dachte ich an die Ratschläge, die mir die Praiosgeweihte Lucana Lanzenschäfter gegeben hatte, als ich erstmals allein den Palast betrat.

Hlûthars Siegel war das Zeichen der Herrschaftswürde des letzten großen Rondraheiligen – in jenen urtümlicheren Zeiten nach den Friedenskaisern aber auch sein einziger Anspruch darauf. Nachdem Hlûthar in der Dämonenschlacht gefallen war, beanspruchten seine Nachfolger mit dem Besitz des Siegels auch stets den Grafenthron von Gratenfels. Je mehr die Hintergründe des Brauches in Vergessenheit gerieten, desto unantastbarer machte ihn auch sein Alter.

Meine Mission war letztlich ein Fehlschlag. Die Entmachtung Baldurs war das geringere Problem. Zwar ließ er uns vor bedrohlichen Söldnerhorden vorstellig werden. Als er seinen alten Kameraden, einer noch dazu im Praiosornat, angesichtig wurde, brach sein Wahnsinn offen hervor. In einer Mischung aus Gespräch unter sechs Augen und Flucht durch die ganze Burg schwankte er zwischen orakelndem Größenwahn und weinerlicher Reue. Er hielt sich für von Praios Wahrheit erleuchtet und prophezeite uns allen eine ungeheuerliche Zukunft. Dann warf er sich von der höchsten Zinne in den Burggraben – im Kettenhemd. Dennoch soll er später in den Wäldern als Einsiedler wiedergesehen worden sein.

»Praios ist nicht so gnädig wie andere Götter«, sagte der Honinger. »Wenn er die Wahrheit ausgießt, dann ganz und ungeteilt – auch wenn sie einen Menschengeist blenden und einäschern kann.«

Baldurs Söldner meuterten und desertierten. Gratenfels war frei. Aber irgendwie gelang es dadurch dem gefallenen Reichskanzler Answin von Rabenmund, sich in den Besitz des Siegels zu setzen. Durch List und Erpressung versuchte er, das alte Recht zu nutzen, um sich die

Grafschaft zu verschaffen. Herzog Kunibald von Tobrien jedoch stellte sich diesmal auf die Seite des Kaisers. Nachdem die Intrige aufgekommen war, griff Kaiser Hal – der bis dahin unter dem Einfluß seines Beraters als weichlich galt – hart durch, ließ das Siegel beschlagnahmen, den Brauch für hinfällig erklären und einen verdienten Recken zum neuen Grafen ernennen.

Seine Majestät rügte mich nie wegen meines Versagens, aber mir war klar, daß ich für höfische Ränke ungeeignet war. Ich fand eine gute Gelegenheit, meinen Abschied als Gaugraf zu nehmen: Im Jahre 11 Hal war ich mit dem albernischen Hochadel Gast der Vermählung des Prinzen Brin mit Prinzessin Emer. Kaiser Hal ernannte seinen Sohn zum König von Garetien und damit zum designierten Thronfolger. Ich aber bestieg mein Pferd und beschloß, das zu tun, was ich wirklich konnte.

Rondrigas Schwertschule

Es war das erste Mal, daß Rondriga sich an mich erinnern konnte, als ich zu ihr zurückkehrte – und so war es auch das erste Mal, daß sie mich vermißt hatte. Was hatte ich bei den spärlichen Besuchen meines Vaters empfunden? Ich hob meine Tochter in den Sattel und versuchte, sie zu trösten: »Ich bin wie der Wind! Man kann mich nicht festhalten, aber ich komme immer wieder.«

»Aber den Wind kann ich rufen«, sagte sie. Seltsam, was meinte sie damit?

Wir ritten auf den unsichtbaren Turm zu. »Hast Du mit *Leifbrand* geübt?« fragte ich beiläufig.

Sie druckste eine Weile herum. Dann platzte sie heraus: »Großvater meint, Eisen schwäche mich.«

Ich verstand nicht, aber nach einem kurzen Gespräch mit ihr und dem Erzmagier war die Lage klar: Sie hatte Rohezals Begabung geerbt.

»Eisen ist nahe an Dere und Feste und Ordnung, der zweiten der Sieben Sphären«, sagte Rohezal bedächtig. Im Gegensatz zum Erzmagier Rakorium gab er, wenn auch stets im gelehrten Ton, Erklärungen ab. »Die Kraft aber fließt in der Sechsten Sphäre. Eisen behindert den Fluß – und in einem Kind kann er ihn zum Versiegen bringen.«

Ich fühlte eine grenzenlose Enttäuschung, die mich selbst überraschte. Heute weiß ich, daß Eltern versuchen, in ihren Kindern wiedergeboren zu werden, besser, reiner und glücklicher, als es ihnen ihr eigenes Leben vergönnte. Es ist schwer, Kindern ihr eigenes Leben zu lassen – und siebenfach schwerer, wenn man in ihren Adern das Blut von so vielen Generationen fließen spürt. Ich konnte mir nicht vorstellen, daß meine Tochter kein Schwert führen sollte. Aber ebensowenig konnte ich das Talent zerstören, das so wenigen Menschen gegeben ist, an der überirdischen Macht der Schöpfung teilzuhaben und den Feinden der Schöpfung ebenbürtig entgegenzutreten – um so mehr, da Rondriga von einigen der besten Lehrmeister Aventuriens umgeben war: Rohezal, Roana, Faldegorn.

»Eisen?« echote ich. Dann kam mir ein Gedanke: »Was ist mit Endurium?«

»Es bedeutet Euch wirklich viel«, meinte Rohezal. Das war keine Frage, sondern die Feststellung eines Hellsehers. Dann setzte er bedächtig fort: »Ja, Endurium ist ein magisches Metall. Ich weiß allerdings nur von einem Fall, wo man versucht hat, einen kaiserlichen Prinzen zugleich mit Madas Gabe und Endurium auszubilden. Wer außer einem König besitzt schon eine Waffe aus Endurium?«

»Ein Schwertkönig«, rief Rondriga vorwitzig dazwischen. Rondra, meine kleine Tochter war stolz auf mich! Rohezal schmunzelte. Dann bestand er darauf, meine Zwillingsschwerter einer ausführlichen Untersuchung zu unterziehen. Er murmelte mehrere Formeln und betrachtete die Klingen sehr lange. Dann sagte er entschlossen: »Wir sollten es versuchen.«

Ich wog beide Klingen in der Hand. Dann reichte ich ihr *Vergelter*. Ich selbst behielt *Antworter*. Recht und Pflicht des Vaters ist es zu antworten. Recht und Pflicht des Kindes ist es, dem Vater allen Nutzen und allen Schaden, den er durch seine Erziehung verursacht, zu vergelten.

Bei der Göttin, wie sie das Schwert hielt – vom ersten Augenblick an! Wie die meisten im Löwenmond Geborenen lag ihr der Schwertkampf im Blut. Wir übten jeden Tag bis in die Nacht, bis am Himmel funkelnd der Sarstern erschienen war. Ich fühlte, es war kein Zufall, daß meine Tochter eben zu jener Zeit das Knappenalter erreicht hatte, als ich endlich begriffen hatte, was es hieß, Vater zu sein. Rondriga würde die Wege von Schwert und Magie beide beschreiten, solange es ihr möglich war – wie jener Prinz. Ich erfuhr erst viel später, wer dieser Prinz gewesen war: Fran-Horas, der Blutige Kaiser, der die erste Dämonenschlacht auslöste und Aventurien in die Dunklen Zeiten stürzte. Wie auch immer: Es war nicht das Schwert gewesen, mit dem er das Unheil brachte, sondern die Magie. Und damit diese dem Weg der Tugend folgte, gab es kaum einen zuverlässigeren Garanten als den großen Weißmagier – Rondrigas Großvater und Lehrer.

An dem Tag, als ich Rondriga verließ, mußte ich auch meine Schwerter mitnehmen. Auch *Leifbrand*, nutzlos wie es war, packte ich wieder ein. Zwar hatte ich meiner Tochter ein Holzschwert geschnitzt, aber die Aufgabe, die ich Rondriga stellte, war dennoch gewaltig: »Wenn ich im nächsten Jahr wiederkomme, dann werden wir miteinander kämpfen. Bis dahin mußt du alles, was du gelernt hast, in deinem Geist vervollkommnen.«

Es berührte mich tief, daß sie meinen Wunsch als selbstverständlichen Befehl hinnahm. Kinder tun fast alles, dem Willen ihrer Eltern nachzukommen, auch wenn es unmöglich sein sollte. Von mir hatte meine Mutter verlangt, stets stärker zu sein als mein Schmerz. Von meiner Tochter verlangte ich, daß ihr Geist und ihre Waffe eins und austauschbar waren.

13 HAL:
Das 75. Donnersturm-Rennen

Mit Riesenschritten näherte sich das Jahr 13 Hal, in dem sich ein Kreis schließen würde. Fünfundzwanzig Jahre lang hatte ich den *Donnersturm* bewahrt und gefahren. Es galt, ihn an meinen Nachfolger zu übergeben. So wie ich ein Glied in der Kette der Conchobairs war, war ich auch Teil der Kette jener Helden, die den Streitwagen Rondras durch die Geschichte der Menschheit steuerten. Rondra hatte das Glied eingefügt, dann hatte sie es geprüft: Allem Zerren, Schlagen und Reißen, so hoffte ich, hatte das Glied widerstanden – wenn es auch bisweilen ächzte und zu brechen drohte. Nun war es bereit, dem nächsten Glied Halt zu bieten.

Immer wieder sah ich Zeichen, daß ich auf dem richtigen Weg war. Ich war nach Baliho zurückgekehrt, wo ich gelernt hatte, einen Streitwagen zu lenken. Dort fand mich Shanhazadra, meine älteste Tochter, die ich mit der Sklavin Sharisad in Aranien gezeugt hatte. Sie war eine Rahjageweihte von zwanzig Jahren – mit den exotischen Augen und dem Schmollmund ihrer Mutter. Eigentümlich: Ich mußte an meine erste Liebe Eillyn denken, die ich nach jener Nacht in Baliho nie wiedergesehen hatte. Sie war fortgegangen, um Rahjageweihte zu werden. Shanhazadra konnte davon nicht wissen, aber dennoch war es, als ob meine Tochter, einem geheimen Befehl folgend, diese Lücke in meinem Leben zu füllen versucht hatte. Welche geheime Stimme des Blutes treibt Kinder dazu, gerade die unausgesprochenen

Wünsche und Träume ihrer Eltern mit Leben zu erfüllen?

Ich reiste mit Shanhazadra weiter nach Wehrheim und Gareth, wo das letzte Rennen stattgefunden hatte. Wir sprachen darüber, welche Gestalt das 75. Donnersturm-Rennen haben sollte. Die gleiche Frage stellte ich anderen meiner Freunde, die wir besuchten: Waldemar in Trallop, Thundra und Degenhart in Donnerbach. Wo immer wir hinkamen, betrachtete ich auch die neue Generation von Rittern, Offizieren und Abenteurern. Durch die Tausendogerschlacht waren zahlreiche Recken zu Ruhm und Ehre gekommen, deren Kampfkraft und Mut ohne Zweifel war. Was jedoch ihre Ausdauer und Ernsthaftigkeit betraf, mußte selbst ich wie der Inbegriff der Zuverlässigkeit und Berechnung wirken. Immer deutlicher wurde mir, daß das Rennen gewisse Eigenschaften fordern und auf die Probe stellen sollte.

Wie ich die Zeichen der Zeit deutete, mußte der nächste Inhaber des *Donnersturmes* vier wesentliche Eigenschaften besitzen: Er sollte über die Grenzen bekannter Länder und vertrauter Völker hinausblicken können, um seine Bedeutung zu begreifen. Das Rennen würde daher das Mittelreich verlassen. Er sollte erkennen, daß er dem Willen aller Zwölfgötter folgen mußte, wenn er sein vorbestimmtes Ziel erreichen wollte. Das brachte mich auf den Gedanken, meine geweihten Freunde in das Rennen einzubinden, als Vertreter ihrer Götter. Der Sieger mußte Ausdauer haben, um im Wandel des bevorstehenden Vierteljahrhunderts zu bestehen. Das Rennen sollte also über eine ungewöhnlich lange Strecke gehen. Und schließlich mußte der Auserkorene imstande sein, Verbündete und Gefolge um sich zu scharen, zu begeistern und auch durch schwere Verluste zum Sieg zu führen. Dafür bot sich ein sogenanntes Königswagen-Rennen mit Bedeckung an: beliebige Besatzung auf dem Wagen, dazu bis zu drei Begleiter auf Reittieren.

Während das Rennen und sein Sieger in meinem Geist langsam Gestalt annahmen, spürte ich auch eine Ahnung unserer Feinde: Es stand zu befürchten, daß die Niederhöllen selbst ihre gierigen Finger nach dem *Donnersturm* ausstrecken würden. Ich genoß es, das Rennen vorzubereiten. Noch nie hatte ich etwas geplant, das für länger als einige Stunden bestehen sollte oder mehr als mich und meine vertrauten Begleiter betraf. Gleichzeitig erschrak ich, wie wenig ich darüber wußte, etwas Bleibendes zu schaffen – besser gesagt, wieviel mehr andere darüber wußten als ich.

Thundra, Shanhazadra und ich reisten westwärts ins Svellttal, durch die Wildnis des Orklandes und von Nostria und Andergast bis nach Winhall, um die Route zu erkunden. Langsam spürte ich mein Alter. In den kalten Frühjahrsnächten, die mir früher einerlei waren, erwachte ich fröstelnd. Wenn das Wetter umschlug, schmerzten die Schultern, die mir Arzuch zerschlagen hatte, und mein dutzendfach zerschundenes Schienbein.

Schließlich stand die Rennstrecke fest. Das Rennen begann bereits am Jahresanfang und sollte den ganzen Praiosmond dauern. In Winhall sollte der Boron-Geweihte Nercis, der junge Nachfolger Baranos', den Wettkampf eröffnen und die Teilnehmer zu Alagora schicken. Die Efferd-Geweihte hatte sich inzwischen auf eine Insel im Thuran-See zurückgezogen. Hexander befand sich auf einer Studienreise in dem Städtchen Joborn, dem Hauptzankapfel im uralten Krieg zwischen Nostria und Andergast. Weiter im Norden hatte ich Manilla, die Oberste Travia-Geweihte von Andergast, gewonnen. Die nächsten Etappen waren der Stein des Verbannten am Südrand des Orklandes, wo eine Tsa-Geweihte eine Einsiedelei bewohnte, und der Firungeweihte Crispan in der Nähe von Lowangen. Der fernste Punkt des Kreises sollte Donnerbach sein, wo Thundra wartete. Über Trallop würden sie in die Zivilisation zurückkehren: Hier stand die Phex-Hochgeweihte Lynkea von Winhall, die ich vom Hofe Waldemars kannte. In der Nähe von Baliho mußte Shanhazadra gefunden werden. Von ihr ging es zu der Peraine-Geweihten Utsinde Rodbauer in Wehrheim, die mich nach der Ogerschlacht verarztet hatte. Der Sieger sollte sich auch in Gareth bewähren, im Zentrum der Macht. Hierfür war niemand besser geeignet als die Praiosgeweihte Lucana Lanzenschäfter. Über Angbar und den Ingerimm-Hochgeweihten Balthazar ging es dann in den Endlauf: die gewaltige Anstrengung des Koschpasses und schließlich wieder Winhall.

Am 1. Praios standen die Teilnehmer bereit. Die größte Ehre war die Teilnahme des Thronfolgers Brin von Gareth. Wagenlenker seiner Kaiser-Sextiga war Ludalf von Wertlingen, der Sohn meines großen Streitwagenlehrers. Syratus war der berühmteste Fahrer des Hippodroms von Gareth. Der junge Gjalsker Barbar, der mir in der Trollpforte Gesellschaft geleistet hatte, nannte sich inzwischen Rastar Ogerschreck. Vielversprechend erschien mir die Rondrageweihte Ogara die Klinge. Und Gerborod der Graue ging das Wagnis ein, nach fünfundzwanzig Jahren nochmals beim Rennen anzutreten.

Schon in der Nacht vor dem Start gab es Giftanschläge auf mehrere Gespanne. Irgend jemand versuchte, Rondras Zeremonie zu einem Schlachtfest verkommen zu lassen – und es mehrten sich die Anzeichen, daß einer der Teilnehmer auch der Täter war. Es fiel mir in den ersten Tagen und Wochen schwer zu begreifen, daß dies nicht mein Rennen war. Wann immer ich eines anderen Streitwagens ansichtig wurde, begann mein Herz zu rasen. Meine lebenslangen Erfahrungen, vor allem die Erlebnisse, die mit einem Donnersturmrennen und mit dem himmlischen Streitwagen verbunden waren, ließen mich den Wagen beschleunigen, ehe ich es merkte. Du bist nur der Schiedsrichter, mußte ich mich und die losrasenden Rösser immer wieder beruhigen.

Vielleicht zum ersten Mal versuchte ich, eine Auseinandersetzung unbeteiligt und nüchtern zu sehen. Es mußte mir gleichgültig sein, wer dieses Rennen gewann. Rondra wählte. Ich entdeckte eine neue Welt. Plötzlich sah ich, was weder der Sieger noch der Verlierer sehen kann: die wahnwitzige Spur der Verwüstung, die jeder Kampf hinterläßt. Der Sieger muß nach vorne blicken, der Verlierer kann nur seinen Verlust sehen. Die Welt zwischen ihnen sieht nur der Unbeteiligte.

Doch selbstverständlich war ich nicht unbeteiligt: Ich mußte die Saboteure finden, die Wegweiser verdrehten, Barrieren bauten, Bäume auf die Straßen und Steinlawinen auf Gespanne fallen ließen. Dann versuchten Kultisten, mich zu töten und den Wagen zu stehlen. Der fanatische Angriff scheiterte an der Wachsamkeit der Himmelsrösser und meinen Enduriumklingen. Schließlich wurde Utsinde, die Peraine-Geweihte, auf den Feldern von Wehrheim ermordet. Doch den Besten gelang es, das nächste Glied der zerbrochenen Kette in Gareth zu finden.

Mit Erstaunen stellte ich fest, daß das Rennen für mich neben seiner Planung verblaßte: Meine Aufgabe war im wesentlichen getan. Ich hatte vor allem auf den Sieger zu warten. Wie ich gebetet hatte, brachte er den Frevler selbst zur Strecke: Hinter dem Koschpaß lagen nur noch drei Gespanne im Rennen. Eine sabotierte Brücke warf König Brin aus dem Rennen. Der spätere Sieger fand die Zeit und die Ehre, dem Thronfolger helfend beizustehen, ehe er den Anführer der Kultisten stellte. Von diesem Charos Maramek konnte ich nie herausfinden, ob er ein Diener des Namenlosen oder der Paktierer eines Erzdämons war. Sein Kampf und sein Ende jedenfalls verrieten, daß sein Leib und seine Seele nicht mehr der Schöpfung angehörten.

Über den Sieger muß ich wohl nicht viel sagen. Sein Name ist heute fast ebenso berühmt wie meiner – und ich bin sicher, daß man ihn in ein oder zwei Jahrzehnten ehren wird wie mich. Ich hatte mich vor diesem Augenblick oft gefürchtet, doch nun, da er so nahe war, fühlte ich nur Vorfreude und Befriedigung. Endlich sah ich die Saat meines Lebens aufgehen. In den ersten Rondratagen gab ich den Bericht über Leomars Sieg weiter, die Worte, die Rondra selbst an ihn richtete, und die geheime alveranische Hymne. Als ich von dem Hügel stieg, fühlte ich weniger Verlust als Erleichterung. »Glaube nicht, daß es nur eine Gnade ist, den *Donnersturm* zu führen.« Es war Zeit für den nächsten Schritt in meinem Leben.

Mein fünfzigster Geburtstag

Gegen Endes des Jahres 13 Hal forderte ich Rondriga erstmals zum Zweikampf. Kaum daß sie *Vergelter* in der Hand fühlte, griff sie mit dem Ungestüm einer Löwin an. Ich war stolz auf sie und wußte, daß der Tag kommen würde, da ich ihre Hiebe nicht mehr so entspannt parieren würde.

Als ich nach Winhall zurückkehrte, war Aywen mit über siebzig Jahren gestorben. Ich hatte nicht nur ihren Tod versäumt, sondern auch ein Wiedersehen mit Eillyn, die zum Tod ihrer Mutter sehr wohl anwesend gewesen war. Meine Amme hat all meine Kämpfe, Abenteuer und mein Suchen wohl nie verstanden. Wann immer ich heimkehrte, sprach sie mit dem kleinen Knaben, den sie aufgezogen hatte – und auf wundersame

Weise hörte ihr der Knabe zu und stellte fest, daß die Antworten und die Zuneigung auch für den Schwertkönig galten.

Im Jahre 14 Hal verlieh mir Kaiser Hal das Vorrecht, fortan einen sechsspännigen Streitwagen zu lenken, was sonst alleiniges Recht der kaiserlichen Familie gewesen war. Und es blieb nicht bei dem Recht: Arve Ferrara, der bedeutendste Stellmacher Aventuriens, stiftete mir so eine Kaiser-Sextiga, die ich mir selbst als Graf kaum hätten leisten können. »Erwähnt einfach nur da und dort, von wem Ihr den Wagen habt, Hochwohlgeboren«, lächelte der alte Wagnermeister.

In jene Zeit fällt auch ein Abenteuer, das die Barden unangebrachterweise als die Lindwurmjagd von Weiden bezeichneten. Waldemar und ich zogen aus, weil eine Riesenlindwürmin das Herzogtum bedrohte. Das Ungeheuer hatte in einem früheren Kampf einen seiner drei Köpfe verloren und war, obwohl er natürlich nachgewachsen war, noch etwas angeschlagen. Golambes von Gareth-Streitzig, der Landgraf der Trollzacken, hatte die Drachin mit einer List aus seiner Grafschaft vertrieben. Daraufhin nistete sie sich in den Wäldern des südlichen Weidens ein. Das nun konnte Herzog Waldemar nicht zulassen. Ich habe die Geschichte später so gehört, daß Waldemar und ich allein zu dem Ungeheuer ritten und es einfach verjagten. Darüber kann ich nur herzlich lachen.

Ich hatte ja nun glücklicherweise mit dem jungen Kaiserdrachen Faldegorn, der sich viel in der Nähe Rohezals aufhielt, mehrere – nennen wir es so – Gespräche geführt. So hatte ich zumindest eine Ahnung, was es hieß, einem Drachen gegenüberzutreten. Deswegen hatten wir eine Schwadron Rundhelme dabei, die wir jedoch eine Stunde weit zurückließen, um das Ungeheuer nicht zu reizen. Außerdem hatte ich meine alte Freundin, die Oberhexe Luzelin aufgesucht und mir ein Amulett mit einem Feuerbann besorgt. Dennoch war alles, was wir hoffen konnten, die Drachin zu überzeugen.

»Haben wir euchch erlaubt, unsss aufzusuchchen?« dröhnten drei Häupter, die in Dachhöhe aufragten. Sechs Augen von nie gekannter Majestät und Grausamkeit fixierten uns.

Vom ersten Augenblick an versuchten wir klarzumachen, daß wir ihr ebenbürtig waren. Also spielte ich Boltan: Ohne jede Vorrede forderte ich sie auf, ihren mächtigsten Zauber gegen mich einzusetzen. Zwei Erzmagier hatten mir gesagt, daß sie einen Krieger meiner Erfahrung und Willensstärke kaum mit einem einzelnen Zauber töten konnten.

»Warum sssolltest du dass wollen?« fragte sie, wie erhofft, teils neugierig, teils vorsichtig.

»Damit du siehst, daß du mich damit verletzen, aber nicht töten kannst«, sagte ich. Und danach, kündigte ich an, würden wir das Gleiche ihr antun. Wir zeigten ihr *Antworter, Vergelter* und Waldemars *Windsturm* und kündigten ihr den Verlust zweier Köpfe an. Das machte ihr Eindruck. Wie ich später erfuhr, fürchtete die Lindwürmin nichts mehr als die erneute Verdummung, wenn ein frischer Kopf nachwuchs.

Nun galt es ihr einen Ausweg anzubieten: ehrbar und vorteilhaft. Es wurde das zermürbendste Gespräch meines Lebens. Noch eine Woche lang hatte ich Alpträume davon. Doch am Ende war die Drachin bereit, sich zum Roten Paß zu begeben. Als sie ihre Schwingen entfaltete und abhob, groß wie ein Segelschiff, stand der Schweiß in meinen Stiefeln knöchelhoch. Wir beteten, daß wir Weidens Handelsweg nach Norden nicht selbst blockiert hatten. Aber es scheint, daß sie in den folgenden Jahrzehnten nur die Goblins heimsuchte …

Am 8. Rondra 15 Hal feierte ich meinen 50. Geburtstag. Es war das Alter, in dem Kaiser Reto und Murak-Horas ihre größten Eroberungen selbst erfochten und Leomar seine bedeutendsten Heldentaten noch vor sich hatte. Es war keineswegs einzigartig, daß ein Held in diesem Alter körperliche Leistungen vollbrachte, um die ihn manch einer beneidete, der sein Sohn oder seine Tochter sein könnte. Rohal der Weise hatte gesagt: »Ein Mensch ist so jung wie sein Glaube und so alt wie sein Zweifel; so jung wie sein Selbstvertrauen und so alt wie seine Bedenken; so jung wie seine Hoffnung und so alt wie seine Verzweiflung.« So schön das klang, ich konnte mein Alter doch nicht übersehen: Wenn das Wetter umschlug, schmerzten mich mein linkes Schienbein, das so viele Treffer eingesteckt hatte, und die kleine Verwachsung auf der linken Schulter, die mir der Riesenoger zermalmt hatte. Ich fühlte, daß ich kühler geworden war, kälter sogar. Ich war beherrschter und hatte meine Gefühle besser im Griff, konnte sie sogar gezielt einsetzen. Aber dadurch war ich auch, selbst wenn ich es wollte, außerstande, meine Gefühle tief und unverfälscht zu erleben.

FRÜHLING 16 BIS SOMMER 18 HAL:
Das Eherne Schwert

Ihr seid wie besessen davon«, sagte Cuanu. Seine samtbraunen Augen waren voller Anteilnahme. »Ich dachte, meine Gedanken reichten weit, um Albernia zu schützen. Aber Ihr wollt tatsächlich ganz Aventurien verteidigen.« In meinem alten Kumpan hatte ich einen Waffengefährten gefunden für eine Queste, deren Ziel ich selbst noch nicht nennen konnte. Immer wieder fanden wir in langen nächtlichen Gesprächen, wie ähnlich weit die Überlegungen und Einsichten des anderen gediehen waren.

Wir konnten nicht vergessen, daß nicht einmal so gefürchtete Schwarzmagier wie Xeraan und Galotta imstande gewesen waren, die Mächte der Niederhöllen, die sie gerufen hatten, ganz zu kontrollieren. Und dennoch hatten sie sie gerufen. Um diese Kontrolle zu erlangen, mußten sie nach Orten von besonderer Magie und Macht suchen, um dort ihre Beschwörungen durchzuführen. Und dort würden sie wieder hemmungslos rufen, was sie nicht völlig beherrschen konnten. Die Fortsetzung dieser Suche mußte unweigerlich zu dem mächtigsten von allen Orten führen, einem Feldherrenhügel aller Beschwörungskunst, der größten Pforte in die Niederhöllen. Wir waren uns sicher, daß es so einen Ort gab – und wir wußten, daß wir ihn finden mußten, ehe ihn irgendein Erzfrevler für seine Zwecke nutzte.

Borbarads Schwarze Feste in der Gorischen Wüste war unweigerlich die erste Wahl. Von dort aus hatte der

Dämonenmeister die Magierkriege entfesselt. Aber die Feste war zerstört und ihre Macht zerstreut, das bestätigten alle Expeditionen in die grausigste aller Wüsten. Rakorium und ich hatten auf Maraskan Spuren zu einem weiteren Zentrum gefunden, wo sich fremdartige Beschwörer versucht hatten, lange bevor es Elfen und Zwerge gab, geschweige denn Menschen. Allein konnte ich nicht sehr viel weiterkommen. Alle unsere Feinde und Vorgänger waren Magier oder andere Zauberkundige gewesen. Zunächst mußten wir unsere Frage den größten lebenden Magiern vortragen, mit aller Autorität, die der Schwiegervater des nächsten Kaisers und der sagenhafte Schwertkönig aufbringen konnten. Natürlich hatte ich mit Rohezal begonnen. Er kannte viele Antworten, aber gewisse Fragen stellte er als Weißmagier selbst nicht. Wir würden Graumagier wie Rakorium fragen müssen – und vermutlich selbst Schwarzmagier, Borbaradianer und noch unheimlichere Wesen.

Im Frühling 16 Hal schifften wir uns ein und umsegelten den Kontinent bis nach Festum. Bei Rakorium begann sich damals bereits sein Verfolgungswahn abzuzeichnen. Die Entdeckungen auf Maraskan – von denen ich als Laie ohnehin kaum etwas begriffen hatte – hatten in dem Gelehrten die Gewißheit erzeugt, daß die Welt von alten Echsenrassen, dämonischer Magie und unaussprechlichen Götzen beherrscht wurde.

In Transysilien fanden wir den blinden Meister Taphírel 'ar Ralahan, dessen Forschung Toren und Pforten in den Limbus und die Niederhöllen galt. »Stellt Euch eine belagerte Festung vor«, erklärte er uns krächzend, wie er die Welt sah. »Die Mäuse in Keller und Speicher werden die sporenklirrenden, herumstampfenden Verteidiger für viel furchterregender halten als die kleinen Gestalten der Belagerer draußen. Die Meinungsverschiedenheiten zweier Ritter auf dem Burghof oder gar ein Zweikampf werden ihnen als größte Bedrohung ihrer einfachen Welt erscheinen. Das rhythmische Hacken der Holzfäller hingegen, die draußen an den Belagerungsmaschinen arbeiten, werden sie für unbedeutend halten. Und selbst wenn schließlich der erste Getreidespeicher in Flammen aufgeht, werden sie kaum glauben wollen, daß jene winzigen Schatten und jenes regelmäßige Hacken dafür verantwortlich seien.« Das Bild war klar: Die Mäuse waren wir, die Ritter unsere Götter – und die Belagerer die unüberblickbare Zahl der Dämonen.

Taphírel war es schließlich, der uns zum Orakel vom Purpurberg verwies. Diese unheimliche Höhle lag am Fuß des Naira Kageja in der Schwarzen Sichel. »Was ist Euer Begehr?« fragte eine Stimme aus einem unausleuchtbaren Schlund: »Sprecht oder laßt uns allein.« Hier hörten wir erstmals von der Zitadelle der Dämonen im Ehernen Schwert: unzweifelhaft der Ort, den wir suchten, und hundertmal schrecklicher als wir uns vorgestellt hatten. Die Stimme beschrieb uns eine Wunde in der Schöpfung, die Spitze eines Speeres aus den Niederhöllen, ein Gebilde von Berggröße, das seinen Aufenthalt täglich um ein Dutzend Meilen veränderte – in den Schluchten des größten Gebirges der Welt. Als wir das Orakel verließen, fühlten wir Erschöpfung: Wir wußten, daß wir mit einem unheiligen Wesen gesprochen hatten, das von unserer Lebenskraft getrunken hatte.

Zwischen 16 und 17 Hal suchte ein Gletscherwurm das nördliche Bornland heim. Die Drachenhatz von Notmark, zu der Graf Wahnfried von Ask rief, bot uns hervorragende Gelegenheit, uns nach den Geheimnissen des Ehernen Schwertes umzuhören. Keiner ahnte wohl, daß unsere Anwesenheit nicht dem Drachen galt, sondern einem viel größeren Schrecknis. Damals wußten wir leider noch nicht, daß Gletscherwürmer nicht natürlichen Ursprungs, sondern Chimären waren – sonst wären wir jener Bestie länger gefolgt.

Dann drangen wir ins Eherne Schwert vor. Monatelang lebten wir nur von der Jagd und vom Speerfischen. Unsere Freundschaft wuchs bis zu jenem Punkt, wo wir tagelang schwiegen und dann schlagartig die gleiche Bemerkung machen konnten. Und wenn den einen der Mut verließ, hatte stets der andere den Satz parat: »Bennain und Conchobair – Gnade den Niederhöllen, wenn sie vereint.«

Wir erlebten Erdbeben und Vulkanausbrüche, Steinschlag und Lawinen. Wir sahen kämpfende Drachen, jagende Riesenvögel und Kreaturen, für die wir keinen Namen hatten. Obwohl wir beinahe ein Jahr unseres Lebens gaben, hatten wir nur die Schwelle der Täler, Gebirge, Hochebenen und Gipfel der Weltenmauer erkundet. Als wir die Notmärker Türme und die Hundert Eisriesen überwunden hatten, erkannten wir die Vergeblichkeit unseres Bemühens angesichts der wahren Giganten, die sich dahinter im Meer der Wolken abzeichneten.

In Paavi kehrten wir aus dem Gebirge zurück. Im Frühsommer drangen wir, einer weiteren Spur folgend, mit der Kogge eines albernischen Kaufmannes ins Ewige Eis vor. Es war die einzige Jahreszeit, in der wir dort überleben konnten. Firnelfen, Yetis und Eisdrachen ließen uns Krümel ihrer Geheimnisse ahnen, aber das Gesuchte war nicht darunter. Wieder klüger geworden, wandten wir uns südwärts. In der Weite des Nivesenlandes trafen wir Kailäkinnen, den uralten Schamanen der Nivesen. Als wir durch das Gewirr seiner Welt voller Geister und alter Sünden gedrungen waren, erkannten wir, daß er im Grund den gleichen Kampf führte wie wir.

Nein, unsere Queste war gewiß kein Erfolg im eigentlichen Sinn. Aber was wir wußten, mußten wir in den kommenden Jahren nicht mehr erkunden und auch nicht unsere Nachfahren und Nachfolger, falls wir versagen sollten. Ich stellte fest, daß ich geduldig geworden war – für meine Verhältnisse jedenfalls.

Es war Sommer 18 Hal, als wir vollbärtig und abgerissen über Gerasim ins Bornland zurückkehrten, das uns wie der Inbegriff städtischer Zivilisation erschien. Hier erreichten uns erstmals wieder Nachrichten aus dem Mittelreich – und es waren die schlimmsten, die ich je gehört hatte: Die Orks hatten den Svelltschen Städtebund überrannt und standen an der Nordwestgrenze des Reiches. Kaiser Hal war verschollen. Im Lieblichen Feld hatte Amene den alten Titel einer Horaskaiserin angenommen – und in Gareth hatte Answin von Rabenmund die Macht an sich gerissen!

17 BIS 19 HAL:

Das Reich in Flammen

Immer neue Schreckensnachrichten trieben uns an. Daß die Boten Händler, Pelzjäger und Goldsucher waren, die oft wochenlang keine Menschen gesehen hatten und nur wilde Gerüchte weitergeben konnten, machte unsere Not nicht geringer. Cuanu und ich jagten die Pferde durch die Grüne Ebene und über den Roten Paß. Entlang des Neunaugensees erreichten wir Trallop.

Selbstverständlich wollte ich sofort Herzog Waldemar den Bären aufsuchen. Am Fuß der Bärenburg schokkierte mich die Phexgeweihte Lynkea von Winhall mit einer neuen Nachricht: Der Thronräuber Answin hatte den gefürchteten Geheimrat Dexter Nemrod abgesetzt und Waldemar zu seinem Nachfolger ernannt. Konnte es sein, daß mein alter Gefährte, dieser Ausbund an Offenheit und Kampfkraft, den Verführungen der hohen Politik erlegen war? Daß er einen Mann unterstützte, der vor Jahren versucht hatte, den Thronfolger zu ermorden und Cuanu als den Schuldigen darzustellen? Nach kurzer Beratung mit Cuanu beschlossen wir, die ›Höhle des Bären‹ aufzusuchen und uns Klarheit zu verschaffen.

»Wahnsinnig geworden isser«, tobte Waldemar, als wir ihn auf seine Ernennung zum Leiter des Geheimdienstes ansprachen, »dieser Ränkeschmied und Brudermörder hat sich wohl gesagt, beim ollen Weidener können ihm die Spitzel und Hexenjäger nicht schaden.« Das Röhren und Toben des riesigen Kämpen war so erfrischend, daß Cuanu und ich schallend zu lachen begannen. Waldemar polterte kurz weiter, blickte uns dann verwirrt an und stimmte mit dröhendem Baß in unser Gelächter ein. So war er schon auf der Kriegerakademie zu Baliho gewesen. Es sollte lange dauern, bis wir wieder etwas zu lachen hatten.

Eigentümlicherweise hatten die Ereignisse in Baliho ihren Ursprung genommen. Nach Jahren war die Reichsstraße nach Trallop fertiggestellt worden, die den Wilden Norden endlich an das Reich binden sollte. Bei dem Eröffnungsfest im vergangenen Herbst war es zu einem blutigen Attentat gekommen. Ein kräftiger Ork hatte sich auf einem Streitroß durch die Leibgarden Waldemars und Gräfin Praiodanes gekämpft. Erst der Oberst des I. Weidener Reiterregimentes hatte ihn aufhalten können: Heldar von Arpitz, der so viele Rosse zuschanden geritten hatte, hatte sich dem Mörder förmlich in den Säbel geworfen. Der Ork, ein gewisser Sadrak Whassoi, war daraufhin geflohen, während Heldar sein Leben aushauchte. Ich hatte den Kameraden so vieler Schlachten nicht besonders gemocht, aber es traf mich doch, daß seine Tollkühnheit ihn letztlich getötet, aber meine Schulkameraden Waldemar und Praiodane gerettet hatte. Lange hatte man das Attentat als Einzelereignis gesehen, aber seit einigen Monaten wurde seine Bedeutung klarer: Der Anführer des Orkheeres, das unaufhaltsam auf das Reich zumarschierte, war Sadrak Whassoi. Anscheinend war der Angriff auf Herzog und Gräfin eine Mutprobe gewesen, Teil der blutigen Religion der Schwarzpelze, die nur den Grausamsten Recht und Macht und Führung zugestand.

Seit dem Spätwinter war Kaiser Hal verschollen. Er hatte einen Staatsbesuch im Bornland unternommen. Von einem Jagdausflug auf Schloß Ilmenstein war er nicht mehr zurückgekommen. Natürlich vermuteten Cuanu und ich sofort einen weiteren Anschlag. Gräfin Thesia von Ilmenstein galt als grimmige Patriotin. Doch jeder Höfling, der mir in den folgenden Jahren über diese Reise berichtete, entkräftete diesen Verdacht. Hals Praiosgeweihte, sein Hofmagier und ein Hauptmann seiner Leibgarde hatten beschworen, daß es zu keinerlei Übergriffen gekommen sei. Vielmehr habe sich der Kaiser während der Jagd von seinen Getreuen getrennt und sei dann nicht wieder aufgetaucht. Das Geheimnis um Hals Verschwinden wurde nie gelöst.

Hal hatte nie gehabt, was einen großen Monarchen auszeichnet: Weitsicht und Glück. Unvorhersehbar war der Angriff der Orks gewesen, die wenige Wochen danach wie eine schwarze Flut aus dem Orkland hervorbrachen. Weniger überraschend jedoch war das Auftauchen eines zweiten Thronprätendenten. Answin von Rabenmund war aus der Versenkung erschienen und hatte sich auf sein Geburtsrecht berufen. König Brin, der zwischen ihm und dem Thron stand, wurde der Verschwörung gegen seinen Vater bezichtigt – während er im Nordwesten gegen die Orks kämpfte. Im Handstreich besetzte Answin die Neue Residenz.

»Und die Königin?« fragte Cuanu mit angespannter Miene. Seine Tochter Emer war als Gattin des Thronfolgers selbstverständlich besonders gefährdet. Zudem hatte sie vor unserer Abreise die Zwillinge Rohaja und Yppolita geboren. Doch sie hatte fliehen können. Auch Kaiserin Alara war entkommen, es hieß aber, daß sie sich den freien Abzug in Answins Bett verdient hatte. Zum Jahresanfang, am 1. Praios, hatte sich der Thronräuber von einem zweiundneunzigjährigen Praiosgeweihten zum Kaiser des Neuen Reiches krönen lassen. Ging es nach ihm, hätten wir das Jahr 1 Answin zu schreiben!

So beunruhigend all diese Nachrichten waren, mein

Herz krampfte sich zusammen, als ich hörte, wer die zwei Personen waren, die – neben Answins Schwester Fürstin Hildelind von Darpatien – als seine obersten Würdenträger genannt wurden.

»Fürst Udalbert von Wertlingen?« rief ich ungläubig. – »Ja, er gilt als Answins oberster Kriegsherr«, bekräftigte Waldemar. Der Mann, der uns als Oberst-Wagenmeister an der ›Schwert und Schild‹ zu Baliho das Streitwagenfahren beigebracht hatte, der mich bis zur Meisterschaft geführt hatte, war nun wieder Marschall von Garetien. Seine Familie hatte so wie meine vor Generationen ihr Lehen verloren (übrigens durch eine Intrige des ersten Grafen Rabenmund, wenn ich mich nicht irre) – und nun sah der Fürst seine Gelegenheit, den lächerlichen verbliebenen Titel wieder mit den alten Rechten zu erfüllen. Dafür hatte er die Ehre geopfert und auch seinen Sohn, denn Ludalf war ja Brins Wagenlenker und Waffenträger.

All die Urteile und Amtsenthebungen hatte jene Reichsrichterin gesprochen, die zwölf Jahre zuvor Answin für seinen Mordanschlag mit dem mildest möglichen Urteil bedacht hatte: Praiodane Falkenstein. Die Frau, die ich einmal beinahe geheiratet hätte, fällte binnen des folgenden Jahres ein Dutzend Todesurteile über einige meiner treuesten Waffengefährten.

Der Großteil von Hals alten Gefährten empörte sich. Doch von den Grafen bekannte sich kaum einer: Sie drückten sich um jeden Lehenseid, in der sicheren Annahme, daß es Monate, wenn nicht Jahre dauern mochte, bis die Angelegenheit entschieden war. Aber gerade die große Zahl, die Answin Gefolgschaft verweigerte, schuf Platz für Emporkömmlinge, Opportunisten und Karrieristen. Es waren so viele, deren Namen plötzlich in der engsten Umgebung des Thronräubers genannt wurden. Da war natürlich die ganze darpatische Sippschaft der Rabendmunds. Da war der darpatische

Graf Paske von Roßhagen, Neffe der verstorbenen Botin des Lichtes, einer der zwölf Schwertmeister, die an Retos und meiner Seite Jergan erobert hatten. Da war Lutisana von Perricum – nun eine der Obristen, die ein garetisches Garderegiment führten. Eine Frau, der ich auf Maraskan mit Mühe das Leben gerettet hatte und die an meiner Seite gegen die Tausend Oger gefochten hatte, stand nun auf der anderen Seite.

All diese Berufungen in Gareth waren möglich, weil fast jeder rechtschaffene Krieger im Feld stand: Reichsmarschall Helme Haffax kämpfte mit der Thuranischen Legion irgendwo in Andergast. Dexter Nemrod zu Waldstein war wohl an der Grenze zum Lieblichen Feld im Einsatz, wo die Ausrufung Amenes zur Horaskaiserin jede Vormachtstellung des Neuen Reiches bedrohte. Der Seekönig der Zyklopeninseln, bislang des Kaisers wichtigster Vasall im Meer der Sieben Winde, hatte sich dem Alten Reich angeschlossen. Selbst die Thorwalpiraten hatten die Gunst der Stunde genutzt und waren in Nostria eingefallen.

Aber der bitteren Neuigkeiten waren noch nicht genug. Waldemar hatte beinahe eine Stunde erzählt, als er erstmals und nebenbei die Lage in Albernia erwähnte. »Praios straf mich«, klatschte sich der Herzog auf die Stirn, »da schwatze ich mit dem Fürsten von Albernia und sage ihm nicht, daß er gestürzt worden ist.« Cuanu sprang auf, schwarzes Feuer loderte in seinen Augen. Niemals zuvor habe ich Cuanu Ui Bennain mit solchem Ingrimm gesehen als in den Augenblicken, da er erfuhr, daß seine Kinder Invher und Ruadh als Geiseln genommen worden waren.

»Isora«, stieß er hervor. »Und ich habe diese Schlange an meinem Busen genährt.« Die Frau, die er verschmäht hatte, hatte nun ihre Rache an Schwester und Schwager genommen. Als selbstproklamierte Fürstin nutzte sie schamlos den Freiheitsdrang unserer Landsleute, der nun zu unserer größten Qual wurde. In diesem Land hatten der Sage zufolge allein meine Vorfahren und die Cuanus, die Conchobair und die Bennain zweimal bewiesen, daß sie keinen Kaiser benötigten, wenn es darum ging, das Fürstentum zu teilen oder ganze Markgrafschaften einzugliedern. Ebenso bezeichnend war es, daß auf der ganzen Reise – vom ersten Fallensteller bis zu Waldemar – es niemand für nötig befunden hatte, die Lage in Albernia früher zu erwähnen. Aber noch war Albernia nicht ganz verloren, nicht für das Reich, nicht für Cuanu. Seine Gattin Idra sammelte die letzten Getreuen, Gräfin Franka Salva Galahan hatte Isora jede Gefolgschaft verweigert – und meine alten Kameraden Meran von Naris und Bürgermeister Gilbrand Herxen hatten jede Antwort vermieden, »solange Graf Conchobair auf Reisen ist«.

Der Orkensturm

Auch wenn es uns das Herz zerriß, so waren die Orks doch das drängendste aller Probleme. Wir traten an, Provinzen zu verteidigen, deren Herrscher bisweilen Todesurteile gegen uns vorliegen hatten. Ich war wie die meisten Aventurier mit dem Eindruck aufgewachsen, daß Orks lästige Wegelagerer und schmutziges Gesindel waren. Doch nun hatten wir es mit einem Heer zu tun, das größer war als jene, mit denen Reto Maraskan erobert und Hal die Tausend Oger aufgehalten hatte. Etwa zehntausend Orks waren zwischen Thasch und Blutzinnen hervorgebrochen, weitere fünftausend nördlich des Hilvalskopfes.

Die Bewohner des Svellttales galten als wortkarge Viehtreiber, sittenstreng, simpel und etwas wunderlich. Es war das einzige besiedelte Land Aventuriens, das nie, nicht zu den besten Zeiten, Teil des Alten oder Neuen Reiches gewesen war. Ich war überrascht, als ich die ersten Karten der Kaiserlich Derographischen Gesellschaft sah: Das umkämpfte Gebiet war so groß wie zwei Provinzen des Mittelreiches. Lowangen hatte zeitweise zehntausend Einwohner und war damit etwa die zehntgrößte Stadt des Kontinentes.

Doch das war vorbei. In Tjolmar hatten Verräter den Orks freie Passage über den Strom gewährt, der dort, nahe der Mündung, über zweihundert Schritt breit sein sollte. So hatten die Schwarzpelze über den Svelltschen Städtebund herfallen können. Tiefhusen war Anfang Rahja gefallen, Lowangen seit Jahresende umzingelt, wenn nicht ebenfalls erobert. Anfang des Jahres war die Festung Yrramis gefallen.

»Bei Rondra«, rief ich, »das liegt auf halbem Weg zwischen Winhall und Baliho!« Niemand diskutierte in diesem Krieg, ob Ortschaften oder Festungen bereits zum Mittelreich gehörten oder zu einer der zahlreichen unabhängigen Freistädte. Aus den Dunklen Zeiten, vor allem aus dem Orkkrieg nach Rohals Verschwinden, wußten die Menschen, daß den Orks Grenzen und Politik gleichgültig waren. Sie waren blutrünstige Wilde, denen nur Kampf und Beute ihr kurzes, grausames Leben versüßen konnten.

Wildfang war von den anderthalb Jahren in Fels und Eis völlig erschöpft und abgemagert und drohte die Huffäule zu bekommen. Wo, sagte ich mir, gibt man einen Tralloper besser in Pflege als in Trallop? Es war ärgerlich, auf ein Streitroß, mit dem ich verbunden war wie noch nie mit einem, zu verzichten, wenn ich in den Krieg zog. Aber ich ahnte, daß das Siechtum des Reiches viel länger dauern würde als das *Wildfangs*. Also suchte ich mir einen Elenviner Apfelschimmel namens *Schattenflocke* und ritt mit Cuanu westwärts. Bei aller

Not mußte er jedoch zunächst nach Albernia, um dem Widerstand ein Zeichen zu geben.

Marodierende Orkhorden durchkämmten das Land und plünderten jeden Bauernhof aus. Immer wieder begegneten uns Flüchtlinge, die nichts außer ihren Kleidern mehr besaßen. Wer nicht entkam, wurde in die Sklaverei entführt. Wie wir später erfuhren, beruhte der Einfluß eines Orkführers vor allem auf der Zahl seiner Sklaven, ob Orks, Menschen oder Goblins.

Kaum jemand beachtete oder erkannte mich, als ich ankam. Ich war kein Träger göttlicher Zeichen und Hoffnung, sondern nur ein weiterer Krieger, der antrat, sein Heimatland zu retten. Die Stimmung war gedrückt: Hier vereinten sich die zermürbenden Alltagsgefahren der Maraskanfeldzüge und die angstvolle Erwartung der Tausendogerschlacht. An vielen Lagerfeuern wurde überhaupt nicht gesprochen, obwohl die Leute fröstelnd beisammensaßen. An anderen kam immer wieder Streit auf. Viele sprachen offen von Desertion, aber erstaunlich wenige liefen wirklich fort. Sie wußten, daß sie nicht weit kommen würden. Die schwarzbepelzten Kopfjäger lauerten in jedem Strauch. Einige junge Rekruten schlugen vor, einen Topf Geld zu füllen und auf die Zahl der von unserem Regiment erschlagenen Orks zu wetten. Auf Maraskan hatten wir solchen Unfug noch gemacht – hier fand das kaum einer unterhaltsam.

Den Großteil der Truppen im nördlichen Frontbereich machten naturgemäß die Weidener aus. Die drei Kavallerieregimenter wurden von Walpurga von Trallop geführt, der Tochter Waldemars. Als ich sie das erste Mal sah, erschrak ich, wie sehr sie Prinzessin Walderia ähnelte, ihrer Tante, die ich dreißig Jahre zuvor vor den Goblins gerettet hatte – nicht so unbeschadet, wie ein Ritter eine Jungfrau zu retten hätte. Bei diesen Einheiten glaubte ich auch, Olorande wiedersehen zu können, meine dunkle, starke Kameradin von der Akademie;

doch sie war bereits bei einem der ersten Kavalleriegefechte gefallen – in den Diensten des Herzogs, aber gewiß nicht, wie sie es sich erträumt hatte.

Zum allgemeinen Erstaunen verfügten die Orks auch über Kavallerie, die zudem massiert und gezielt angriff. In Teshkal in Andergast hatten sie das berühmte Gestüt geplündert und etwa zweihundert jener Rappen erbeutet, die ich vor Fürst Halmans Streitwagen kennengelernt hatte. Sie setzten Sichelwagen, Kampfhunde, unterworfene Oger und sogar Belagerungsgerät ein. Darüber hinaus hieß es, die Orks hätten ein, zwei oder drei Städte gegründet und verfügten über mehrere Bergwerke. Ihre Waffen, grausam gezackte Säbel und Äxte zumeist, waren jedenfalls grob, aber beunruhigend geschickt geschmiedet.

Ich kann mich erinnern, wie wir erstmals die Namen der einzelnen Orkstämme hörten: die Zholochai mit ihrer unüberblickbaren Zahl, die Tordochai mit ihren halb kahlrasierten Elitekriegern, die Korogai mit ihren Schmieden und Katapulten. Die Reaktion der kaiserlichen Offiziere und Edelleute, mich eingeschlossen, war ein einhelliges Naserümpfen. Die Orks anders denn als namenlose schwarze Horde zu betrachten, rückte die Ortskundigen, Kundschafter und Hilfstruppen in die Nähe von Kollaborateuren. Doch die Erkenntnis breitete sich wie ein Wildfeuer aus. Jede Einheit, jeder Veteran, der aus einem Gefecht zurückkehrte, sprach plötzlich mit grimmiger Hochachtung von den gegnerischen Stämmen, selbst von einzelnen, namentlich bekannten Heerführern. Wir, die wir dem Feind noch nicht in offener Schlacht entgegengetreten waren, waren uns einig, daß die Besiegten zu verständnisvoll und zu weich gewesen sein mußten. Ein Jahr später konnte jeder von uns einen Ork auf hundert Schritt Entfernung einem der großen Stämme zuordnen. Und von ihren Häuptlingen sprachen wir als Gegnern, deren jeweilige Eigenarten und Stärken wir fürchten gelernt hatten.

Tempel wurden von den Orks durchweg geplündert. Einige Ausnahmen lassen mich allerdings vermuten, daß sie einfach nichts als heilig anerkannten, was sich als schwächlich erwies. Crispan erzählte mir später, sein Firuntempel vor den Mauern Lowangens sei in zwei Jahren Belagerung verschont worden. Als die ersten Schwarzpelze kamen, war er unerschüttert vor sie getreten und hatte in Windeseile zwölf Pfeile vor ihre Füße geschossen. Er ließ keinen Zweifel daran, daß er jeden töten würde, der dem Tempel zu nahe trat, und dabei sterben würde. Irgendwie gewann ihm das die Anerkennung der blutrünstigen Krieger und Jäger. Allerdings mußte er die Zeremonie jeden Vollmond wiederholen ...

Besondere Sorge machten uns die Schamanen. Es hieß, daß sie einem Mann jede Krankheit anhexen oder ihn blenden konnten, wenn sie nur einen Tropfen Blut hatten – und Blut von uns klebte an vielen Orkwaffen.

König Brin hatte sich aus dem Bornland, wo er nach seinem Vater, dem verschollenen Kaiser, gesucht hatte, geradewegs nach Weiden begeben. Viele Ratgeber bestürmten ihn, mit den Truppen Waldemars gegen Gareth zu ziehen. Doch Brin bestand darauf, erst das Reich vor den Orks zu retten.

Answin war ein Tyrann, der täglich Edelleute und Bürger hinrichten ließ. Aber trotzdem war er daran interessiert, das Reich, das er als das seine bezeichnete, zu erhalten. Die Schwarzpelze kannten diese Rücksicht nicht ...

Viele hofften, daß die Orks nach der Zerschlagung des Svelltschen Städtebundes ihr Ziel erreicht hatten oder zumindest über den Winter Quartier nehmen würden. Doch wir konnten damals weder Antrieb noch Gier der Schwarzpelze ermessen. Der Schwarze Marschall Sadrak Whassoi ließ im Svellttal zwar seine Zholochai und die Korogai sich neu gruppieren. Aber jene Orks, die bisher weder Blut noch Beute geschmeckt hatten, ließen sich vom nahenden Winter nicht aufhalten. Immer neue Horden und Stämme drängten ostwärts auf Weiden und südwärts auf Greifenfurt zu. Wir ahnten noch nicht, daß binnen einen Jahres insgesamt fünfundzwanzigtausend Orks aufgebrochen waren, sich ihren Anteil von Aventurien zu holen. So viele Soldaten hatte das Neue Reich zu seinen besten Zeiten aufzubieten gehabt – und diese Zeiten lagen indessen etliche Jahre zurück.

Ich war fast ständig zwischen den drei Kriegen unterwegs, die mein Herz zu zerreißen drohten: In der einen Woche begleitete ich berittene Spähtrupps im Finsterkamm, um mir ein Bild von der Lage an der Orkfront zu machen. In der nächsten Woche erstattete ich Reichbehüter Brin oder Herzog Waldemar Bericht und überzeugte zaudernde Edelleute davon, daß Brins Sache gleichermaßen gerecht wie aussichtsreich war. Sodann galoppierte ich wieder gen Albernia, um an heimlichen Treffen mit Cuanu und seinen Getreuen teilzunehmen.

Fast auf jedem Weg sichtete ich orkische Stoß- oder Spähtrupps, zehn, fünfzig, manchmal hundert Krieger. Allzu oft hinderten mich dringende Befehle oder drängende Botschaften in meiner Satteltasche daran, ihnen entgegenzutreten. Dann und wann jedoch ließ ich sie meine Enduriumklingen kosten, in einem wilden Einzelvorstoß oder an der Spitze einer Strafexpedition. Der Ausgang war von beunruhigender Gleichmäßigkeit: Tötete ich auch sechs, zehn oder zwölf von ihnen, fraßen sie mir doch das Pferd unter dem Hintern weg, zerrten Kameraden von sterbenden Rössern, zerfleischten sie und zeigten durchweg nicht die geringste Bereitschaft, ihr eigenes Leben zu schonen. Sie zogen sich nur zurück, um sich zu sammeln und binnen weniger Stunden wiederzukommen. Manchmal folgten uns solche vermeintlich geschlagenen Trupps tagelang. Ihre schwerverwundeten Brüder schickten sie, wenn sie irgendwie Gelegenheit dazu hatten, mit gezielten Säbelhieben zu Tairach, ihrem Todesgott.

Dreimal verlor ich mein Pferd, manchmal mit verwundeten Kameraden oder etliche Tagesreisen von jeder größeren Festung entfernt. Im Marschieren war ich nie sehr gut. Schon die Ausbildung auf der Akademie fand fast immer zu Pferd oder auf dem Wagen statt. Ich hatte Krieger kennengelernt, die fünfzig Meilen pro Tag oder hundert Meilen im Stück durchhielten. Jetzt, im hüfthohen Schnee und immer mit einer überraschenden Wunde, lernte ich das Marschieren. Wer in der Wildnis zurückblieb, den holten die Wölfe oder die Kälte – meist aber die stetig vordrängenden Orks.

Hinter dem Orkensturm stand ein Triumvirat aus einem Feldherren, einer Art heiligem Krieger und einem Schamanen. So, wie Sadrak Whassoi sich erst durch eine blutige Queste hatte würdig erweisen müssen, lagen dem ganzen Feldzug religiöse Motive zugrunde, so fremd sie uns auch waren. Der Blutgott und der Todesgott forderten ihre Opfer. Den Orks schien es fast gleichgültig, welchen der beiden sie anheim fielen, ob ihnen Sieg oder Tod bestimmt war – denn ihr nächstes Leben bestimmte sich nur nach der Tatkraft, die sie gezeigt hatten.

Auch der Zeitpunkt war wohlgewählt, wenn uns auch nicht verständlich. Die Orkschamanen kannten die Zeit zwischen zwei natürlichen Verdunklungen Madas: Über achtzehn Jahre lagen zwischen zwei Mondfinsternissen. Mit diesen Großen Jahren, so die Übersetzung, führten sie ihren Kalender. Im Frühling, als sie den Krieg begannen, hatte nach ihrer Zählung das zweitausendste Jahr begonnen. Viele von uns lachten hämisch, als sie das hörten. Auch ich mußte in einer stillen Stunde alle Rechenkunst zusammenkramen, die man mich in wenigen Stunden in Baliho gelehrt hatte. Wenn der Kalender der Orkschamanen kein Schwindel war – und nichts läßt mich das heute vermuten –, dann reichte die Geschichte dieser Wilden sechsunddreißigtausend Jahre zurück! Lange bevor die ersten Güldenländer Aventurien betraten, ehe noch Elfen und Zwerge ihre geheimnisvollen Städte bauten, in Urzeiten, als tulamidischen Märchen zufolge im Süden Echsenwesen herrschten, hatten orkische Sterndeuter bereits den Lauf des Himmels erkannt.

Im ersten Tauwetter 18 Hal gelangen uns erste Erfolge: König Brin drang mit der Orkzwinger-Legion am Nordrand des Finsterkammes vor, die Thuranische Legion unter Marschall Rastan von Eslamsgrund rückte zwischen Finsterkamm und Kosch vor. Beide Legionen hatten noch lange nicht Sollstärke, waren aber endlich vorbereitet und angemessen ausgerüstet. Ein halbes Jahr lang scheiterten alle orkischen Vorstöße auf Trallop und Greifenfurt am Zusammenspiel unserer Kavallerie, Pikeniere und Bogenschützen. Ein Versuch der Schwarzpelze, Brin im Norden zu umgehen und zu umzingeln, scheiterte in der Schlacht am Finsterbach am heldenhaften Gegenstoß der Rondrianer vom Rhodenstein und aus Donnerbach.

Mitten im Krieg gebar Prinzessin Emer den zukünftigen Thronerben. Sein Name war Selindian Hal – nach seinem Großvater und, so die Erklärung, einer früh verstorbenen Großtante. Prinzengarde, Leibarzt und König Brin versuchten während des ganzen Krieges, Emer von den Kämpfen in Sicherheit zu bringen, aber mit dem Mut und Stolz ihres Vaters kehrte sie immer wieder zu ihrem Gatten ins Feld zurück – mit den Kindern. Die

Urenkel Kaiser Retos sollten wissen, was Krieg bedeuten konnte.

Es war, als ob sich die ganze Welt gegen uns verschworen habe. Es hatte mich über dreißig Jahre gekostet zu begreifen, wie zerbrechlich und gefährdet unsere Schöpfung war. Doch in dem Augenblick, da ich versucht hatte, ach was, nur angetreten war, meinen Teil im ewigen Kampf gegen die Niederhöllen zu tun, waren die mächtigsten Völker eben dieser Schöpfung übereinander hergefallen, in einem Ausbruch sinnloser Bruder- und Bürgerkriege. Darpatier, Garetier, Albernier, Vinsalter und Zyklopäer zerfleischten ihr Reich, während die Orks mit Macht nach eigener Vorherrschaft drängten.

»Die Welt ist schön«, knirschte ich säuerlich. Es war schwer, eine Welt zu lieben, in der sogenannte Vernunft zunächst stets danach trachtete, ihren eigenen Vorteil zum Schaden der anderen zu vermehren. Es geschah meist in solchen Augenblicken, daß mein Blick auf meine Schwerter fiel oder auf einer Landkarte über das Königreich Maraskan glitt. Dieses Land hatte ich in jugendlichem Leichtsinn erobert und geplündert. Nein, ich war nicht besser als all die anderen Herrscher, Heerführer und Helden – ich hatte nur die Gnade erhalten, daß die Götter und ihre Diener mir die Augen geöffnet hatten. Gerade weil die anderen meine Einsicht noch nicht teilten, war es meine Aufgabe, sie noch unbeirrter zu verfolgen.

Answins Fall

Die Lage in den Provinzen war entmutigend. Wenn wir Grafen und Barone im Kosch, in Nordmarken oder im Osten aufsuchten und uns unumwunden als Loyalisten offenbarten, gestanden uns die Edelleute wortreich, daß auch ihr Herz für das Haus Gareth schlüge. Kaum verließen wir sie, schickten sie nichtssagende Treueerklärungen an Answins Hof, versuchten ihre Steuern zu hinterziehen und sich vor der Rekrutierungspflicht zu drücken. Das beste, was wir von diesen rückgratlosen Opportunisten erwarten konnten, war, daß sie statt auf der Seite eines Kontrahenten auf ihrer eigenen standen. Vor allem im Osten schienen die Edelleute, allen voran Markgraf Throndwig und Herzog Kunibald, zu hoffen, so weit von allem Ärger mit Answin, Brin, den Orks und dem Horasreich zu sein, daß man sie einfach vergessen würde. Bei Kunibald mußten wir sogar froh darum sein: Beim Attentat auf Prinz Brin war er ja noch Answins Verbündeter gewesen. Von Throndwig, dem ich gegen tausend und einen Oger beigestanden hatte, hätte ich mehr erwartet.

Garetien und Darpatien waren natürlich fest in Answins Hand – und damit über die Hälfte aller Einwohner des Reiches und ihr ganzer Wohlstand. Perricum allerdings hielt stand; Graf Timshal war ein Neffe Kaiserin Alaras und ohnehin so gut wie erledigt, falls sich Answin durchsetzte. In Nordmarken herrschte seit Monaten Bürgerkrieg.

Almada war die erste Provinz, die sich fast geschlossen zum Haus Gareth bekannt hatte. Heißblütig, streitlustig und patriotisch, waren die Almadaner zum Herz des loyalistischen Widerstandes geworden. Dieses Bekenntnis schien um so wichtiger, als die reiche Provinz stets vom Lieblichen Feld und von den Novadis begehrt worden war. Nun bildeten die Almadaner zugleich den Wall gegen Horas und Kalif und waren die Speerspitze, die auf Answin zielte. Sie waren nie gute Politiker gewesen …

Die zweite Stütze des Widerstandes war natürlich Herzog Waldemar – angesichts der undurchsichtigen Position der zwei anderen Herzöge der höchstrangige Vasall Hals, der sich zu seinem Sohn bekannte. Die berühmten Weidener Ritter hätten wohl früh entscheidende Wirkung haben können, hätten sie nicht die Hauptlast des Krieges gegen die Orks zu tragen gehabt. Die Überlebenden waren ein Haufen kampfgestählter Veteranen, die nichts mehr erschüttern konnte, was Answin aufzubieten hatte – aber zahlenmäßig einfach zu wenig, um gegen das dichtbevölkerte Kerngebiet von Garetien und Darpatien zu ziehen. Berühmt geworden ist der Satz Waldemars: ›Die wenigen Anhänger sind auch ganz still, weil sie ihre Zähne nicht missen wollen.‹

In den folgenden Monaten begann es sich auszuwirken, daß Answin in Gareth Todesurteile verhängte, während König Brin eigenhändig gegen die Orks focht. Vor allem beim niederen Adel waren Reto, Hal und Brin, die ihnen stets Vorbild, Sicherheit und viel Freiheit geboten hatten, immer beliebt gewesen.

Im Frühsommer 18 Hal strömten aus allen Himmelsrichtungen loyalistische Heerhaufen auf die inneren Provinzen zu. Viele Ritter und Barone trieben ihre Grafen beinahe vor sich her. Mancher Landesherr war auch einfach übergangen worden, während die Loyalisten ihre Truppen sammelten. Selbst Darpatien geriet in Aufruhr. Answins Arm schien jeden Tag kürzer zu werden. Aber auch uns wurde die Zeit knapp: Die Veteranen mußten bald wieder an die Orkgrenze zurück, die Bauernheere verloren mit jeder Baroniegrenze, die sie überschritten, mehr Mut und begannen, von der Ernte zu sprechen. Außerdem näherte sich der Jahresanfang, den Answin unweigerlich mit großem Pomp als Beginn des Jahres 2 Answin feiern würde. Ich hatte *Wildfang*, der prächtig erholt war, aus Trallop abgeholt und traf unweit von Gareth mit Cuanu, Waldemar, Haffax, Dexter Nemrod und den anderen Heerführern der Loyalisten zusammen.

Waldemar grollte: »Wer Gareth blutig erobern will,

bekommt's mit dem alten Bären zu tun, und wenn er noch so gegen den Answin ist. Zerstörung und Plünderung würde mir mein König Brin nie verzeihen.« Ich konnte mich erinnern, wie übel ich mich gefühlt hatte, als ich die erste Gegnerin im kaiserlichen Wappenrock tötete. Er hatte recht: Unser Heer war eine bunte Schar aus eisenharten Orkkriegveteranen, rachlüsternen Freischärlern, geldgierigen Söldlingen und Bauern, deren Begeisterung jederzeit in Neid und Haß umschlagen konnte.

Der Ring um Gareth hatte sich geschlossen. Haffax hatte die Wachfeuer und Banner wiederum in der Form des gebrochenen Rades angeordnet, so daß sich die Feinde Tag und Nacht vom Zeichen des Todes umgeben sahen. Wiederholt meldeten sich Boten oder desertierte Offiziere bei uns: Kompanien und ganze Regimenter teilten uns mit, daß sie nicht bereit waren, für Answin in den Tod zu gehen, und baten um eine Lösung, bei der sie ihre Ehre wahren konnten. Answin hatte sich in die Alte Residenz in der Stadt zurückgezogen. Immer klarer wurde uns, daß wir seiner habhaft werden mußten. Und wir mußten verhindern, daß der Thronräuber am 21. Ingerimm die Zeremonie, die dem Kaiser vorbehalten war, vollzog und mit dem Kaiserschwert den Stein spaltete.

In den frühen Stunden des 20. Ingerimm begann der Angriff auf Gareth. Wir hatten das Heer in ein halbes Dutzend Blöcke aufgespalten, die gleichzeitig auf die Neue Residenz und andere Seiten der Stadt zumarschierten. Die Answinisten kannten inzwischen die Unberechenbarkeit und die Eigenmächtigkeiten der Barone. Sie sollten glauben, daß der Sturm tatsächlich von mehreren Seiten getragen wurde. Gleichzeitig sollten sie sich sagen, daß wir genug Verstand haben mußten, unsere Kräfte nicht derart sinnlos zu schwächen. Sie sollten nur hoffen, daß es eine Finte war – jene Finten, die man erkennt, sind die gefährlichsten, weil man noch mehr Aufmerksamkeit auf sie verschwendet als auf jede gewöhnliche Attacke.

Zu jenem Zeitpunkt waren Cuanu und ich bereits in der Stadt. Wir warteten bis zum Wachwechsel in der Alten Residenz. Seit tausend Jahren erfolgte diese im Morgengrauen, ob nun Kaiser, Praiosgeweihte oder Rohal auf dem Thron gesessen hatten. Indessen drangen etwa dreißig Loyalisten in den Kerker ein, um die gefangenen Barone zu befreien. Dieses Zugeständnis hatten die Barone uns in der Nacht zuvor abgerungen. Mir war es recht gewesen: Answin war gewiß imstande, sich hinter adeligen Geiseln zu verstecken. Der Freundschaft und dem Wagemut galt immer meine Unterstützung. Und jeder Aufruhr in der Stadt lenkte die Aufmerksamkeit von uns ab.

Unsere Agenten drangen vor. Cuanu und ich weigerten uns, an der Maskerade teilzunehmen. Statt dessen hielten wir uns in der Gasse am Platz auf zwei requirierten Pferden bereit. Als der Ruf der Wachablöse schallte, galoppierten wir los. Vor dem Tor standen einander zwei Feldwebel – von der Nachtwache und der Morgenwache – salutierend gegenüber. Als wir mit klappernden Hufen heranmahten, zogen alle Gardisten blank. Blicke und Klingen der Nachtwache bedrohten uns – die Säbelspitzen der Ablösung richteten sich aber auf die Kehlen ihrer vermeintlichen Kameraden. Der answinistische Feldwebel setzte sich zur Wehr, schnell wurden andere Soldaten in den Kampf hineingezogen. Da aber waren wir schon heran. Cuanu ritt einen Mann glatt über den Haufen und spaltete dem nächsten den Helm. Auf meiner Seite waren die Reihen schon nicht mehr so übersichtlich: Hesinde, sie trugen alle Blau-Gelb-Rot! Glücklicherweise gab es einige, die sofort die Waffen hoben, während andere eigentümlich ruhig beiseite traten. Ich ließ *Antworter* und *Vergelter* abwechselnd beiderseits des Sattels herabsausen und streckte zwei Gardisten nieder.

Kurz darauf war das Tor unser, versperrt zwar, wie es das Reglement der Wachablöse verlangt, aber die Schlüssel trug ein loyalistischer Offizier. Unsere Gardisten gingen in Marschformation, um ordnungsgemäß einzuziehen. Da gellten schon die Alarmrufe. Irgend jemand hatte den Kampf vor der Mauer beobachtet. Cuanus Blick traf den meinen nur kurz: »Rondra und Raul!« Als das Tor aufschwang, galoppierten wir Seite an Seite die Auffahrt entlang.

Auf den Treppen der Residenz nahm ein Halbbanner hastig Aufstellung. Fünfundzwanzig Hellebarden ragten uns entgegen. Mit einem Schenkeldruck verabschiedete ich mich von meinem unbekannten Pferd, aber dann warf ich es doch nicht in den feindlichen Speerwall. Es hätte mir nicht furchtlos gehorcht, und dies war nicht sein Kampf. Also glitt ich vom Pferd und ging mit erhobenen Schwertern auf die Gardisten zu.

Cuanus Pferd stieg wiehernd auf. »Ich bin Fürst Cuanu von Albernia!« rief er. »Und ich bin Raidri Conchobair!« rief ich. »Die Albernier! Der Schwertkönig!« zischten halbunterdrückte Rufe.

Aus einer Schreibstube trat eine Beamtin um die Fünfzig, in der Hand ein Schwert. »Raul von Gareth!« rief sie die Parole. Es war Hellopia von Shamaham, eine Oberkanzleirätin in der Kanzlei für das Kriegswesen, die uns wichtige Neuigkeiten aus dem Palast geliefert hatte. Sie schloß sich uns mit einer Entschiedenheit an, die ich einem dieser Schreiberlinge aus den aufgeblasenen Kanzleien nicht zugetraut hätte.

Immer wieder erreichten wir Doppelposten. Stets warfen sie uns einen Blick voller Bestürzung zu, wechselten dann untereinander einen Blick und wichen zurück. Gardistenmentalität: Wer so tief im Palast ist, hat die zuständigen Posten bereits passiert – ob im Guten oder im Schlechten. Hinter uns allerdings sammelten sie sich wie geprügelte Hunde und folgten uns mit halb gesenkten Hellebarden. Wir widmeten ihnen nicht mehr als Blicke aus den Augenwinkeln, aber ich bin sicher, hätten wir es getan, wären sie zurückgewichen.

»Bennain und Conchobair – Gnade Answin, wenn sie vereint«, änderte ich den Schreckensruf unserer Kindheit wieder einmal ab. Cuanu lachte grimmig. Seine Rüstung klirrte, als wir mit schweren Schritten den Korridor entlangeilten. Plötzlich lag der alte Kaisersaal vor uns. Die beiden Gardistinnen wagten einen halbherzigen, fast lächerlichen Versuch, die hohen Flügeltüren zu schließen. Als wir aber nicht anhielten, öffneten sie sie diensteifrig. Meine Gedanken glitten ein Vierteljahrhundert zurück, als ich an der Seite eines anderen Hochadeligen den Thronsaal eines anderen Königs erstürmt hatte. Doch diesmal stand kein Kaiser neben mir: Es gab keinen rechtmäßigen Kaiser – darum ging es.

»Praios, steh uns bei«, schoß es mir durch den Kopf, »was tun wir hier gerade?« Wir stürzten gerade einen Kaiser. Stieß unsere Treue das Reich in ein Chaos neuer kaiserloser Zeiten? War es weise, diesen Thron für König Brin freizukämpfen? Was, steigerten sich meine Gedanken in fiebrigen Wahn, wenn Cuanu sich auf diesen Thron setzte? Was, wenn ich …

»Wie könnt Ihr es wagen?« Answins Stimme war von schneidender Kälte. Er trug tatsächlich die Raulsche Reichskrone und den weiten Hermelinmantel. Langsam stand er auf, mit der Würde eines geborenen Herrschers, und richtete gebieterisch das goldene Szepter auf uns. Nein, noch war dieser Thron nicht frei. Ich fühlte, wie mich fünfzig Jahre anerzogener Lehenstreue zu lähmen begannen.

»Baron Answin von Rabenmund ...« Cuanus tiefe Stimme war von einer Sicherheit, die mir zeigte, daß er diese Zweifel nicht hegte. »Gebt den Thron frei!« Cuanu hob nicht einmal das Schwert. Darum hatte er diese Aufgabe übernommen. Er war nach den Herzögen der höchste Vasall des Kaisers. Waldemar hätte Answin einfach vom Thron heben, aber niemals die richtigen Worte dabei finden können.

Zu unserer Linken entstand plötzlich ein Handgemenge. Zwei livrierte Lakaien fochten um einen Dolch. Die KGIA hatte einige von Answins Domestiken ausgetauscht. Auch zehn Schritt zur Rechten zog plötzlich ein hochrangiger Würdenträger sein Schwert; vor einem Kaiser war das Hochverrat, vor dem Baron, der Answin war, jederzeit angemessen. Answins Adlerblick schweifte über den Raum, ohne daß sich sein Kopf bewegte. Erwog er soeben die Treue jedes Anwesenden? Oder heckte er bereits eine Heimtückerei aus?

Knarrend öffnete sich in der Vertäfelung der Stirnwand eine Geheimtür. Zwei Agentinnen in schwarzen Wämsern sprangen sichernd heraus. Ihnen folgte, hinkend, aber mit einem Blick aus Stahl, Baron Dexter Nemrod. Dahinter drängten weitere Edelleute in den Raum. Answins Kopf schnellte herum. Erstmals hatte ich den Eindruck von Betroffenheit. Dann peitschte sein Blick wieder zu Cuanu und mir. Mit beiläufiger Geste reichte er das Szepter zur Seite, wo sofort eine Pagin mit purpurnem Kissen vortrat. Ebenso geflissentlich griff er nach der mächtigen goldenen Greifenschließe. Der Krönungsmantel floß schwer von seiner Schulter und breitete sich über den Thron. Dann griff er nach dem schwarzen Schwert: *Silpion!*

Er stieg die Treppen mit einer Selbstverständlichkeit herab, als wolle er sich zu seinem Platz im Theater begeben. Die Haare sträubten sich in meinem Nacken. Das war kein Teil höfischer Etikette. Answin ging schnurstracks auf mich zu. Das Kaiserschwert hob sich zur alten rondrianischen Höflichkeitsgeste. Ehe ich wußte, was ich tat, ließ ich das Schwert aus meiner Rechten fallen. Wie aus einem Traum erwachend, fiel mein Blick auf die Waffe, die ich gewählt hatte: *Vergelter*.

Answins Ausfall kam mit eiskalter Präzision. Eine lange Gerade, Nachschlag, langer Stoß. Ich parierte ohne jede Finesse. Ich war erschrocken, wie kraftvoll seine Schläge kamen. Aber ich hatte ihn bei manchem Turnier gesehen. Er war einer der besten Ritter des Reiches. Mein Geist war noch immer versteinert: Ich kämpfte mit einem Kaiser.

Als die Klinge fauchend an meiner Brust vorüberfuhr, wurde ich wach. Beim nächsten Schlag nahm ich die Klinge an. Eine Bergsche Finte gewann mir die Initiative. Gellend prallte ein schräger Hieb nach dem anderen auf *Silpion*. Zischend sprangen Funken durch den halben Raum.

Er war ein hervorragender Schwertkämpfer, kein Zweifel, aber mir nicht gewachsen. Das mußte er wissen. Er hatte die meisten meiner Zweikämpfe vor dem Kaiser beobachtet. Plötzlich schien alles klar: Es war der Tod im Kampf, den er begehrte. Kein anderer Grund konnte ihn dazu bringen, gezielt einen unbedeutenden Grafen anzugreifen.

Das verschlechterte meine Aussichten beträchtlich. Diesen Ausweg konnte ich ihm nicht lassen. Er schien meine Gedanken erraten zu haben. Versuch es zu verhindern, schien sein Ausfall zu sagen. So kraftvoll und dicht fielen seine Hiebe, daß mir nur der Rückzug blieb – oder einer meiner gefürchteten Hiebe. Ich tänzelte zur Seite, ach was, ich wich zurück. Für einen halben Augenblick huschte ihm ein humorloses Lächeln um die Mundwinkel. Praios, welch ein Menschenkenner!

Also gut, ich war bereit. Das war Rondras neue Herausforderung an mich: ein Gegner, gegen den ich meine gefährlichsten Hiebe nicht einsetzen konnte und der gut genug war, mich zu töten, wenn ich es nicht tat. Ich wählte einen Ausfall im Arivorer Stil: eine Finte gegen seinen Arm, ein langer Stoß, eine Doublette. Er wehrte geschickt, aber doch sichtlich überrascht ab. Ich ließ ihm keine Ruhe. Eine Serie von Achten und Zirkeln trieb ihn zurück. Nun war er Sklave seiner anerzogenen Reflexe. Schritt für Schritt trieb ich ihn zum Thron zurück.

Unvermittelt sprang er mir beinahe in die Klinge. Ich wich leicht zurück. Wir tauschten zwei wissende Blicke. Dann sprang ich mit einem darpatischen Haken vor. Wie erwartet, parierte er den mit der Sicherheit, die sich aus lebenslanger Übung ergab. Danach ließ ich eine Kniefinte nach der anderen züngeln. Er mußte nun glauben, daß ich versuchte, ihn bewegungsunfähig zu machen. Daher parierte er wieder mit vollem Einsatz. Meine Stiefel knallten beim Ausfall abwechselnd über Marmor und roten Teppich. Ich ließ einen ysilischen Wolfsbiß folgen: ein mörderischer Stich nach dem Hals. Vor Augenblicken wäre das noch sein Ziel gewesen – doch inzwischen verteidigte er sich wieder. Er riß *Silpion* hoch und schlug *Vergelter* beiseite. Im Schwung glitt er aus: der Teppich. Er drehte sich noch halb im Fallen, doch ehe er sich auch nur aufstützen konnte, setzte ich ihm die Schwertspitze auf den Hals. Die Raulsche Reichskrone kollerte über den Boden wie ein verlorenes Spielzeug. Von links kam Cuanus Schwert hinzu, von rechts gleich darauf das Schwert Dexter Nemrods.

Answins Blick glitt von seinem ausgestreckten Schwertarm über unsere Beine zu unseren Gesichtern: Cuanus nun wieder zuerst, dann meines. Schweißperlen der Anstrengung standen auf Answins Stirn. Liegend blickte er ein letztes Mal nach der Krone, die unerreichbar weit weg lag. Dann ließ er den Kopf auf den

Marmorboden sacken. Er wirkte müde, als er an die Deckenfresken seiner Vorgänger starrte.

Answin Hildebald Garbit von Rabenmund würdigte uns keines Blickes, als er hocherhobenen Hauptes abgeführt wurde. Ich hingegen, muß ich gestehen, sah ihm mit einem eigentümlichen Gefühl von Hochachtung nach. Was für eine Schande, daß dieser Mann seine Fähigkeit dem Reich nicht hatte schenken wollen ... Den Ausdruck Answinkrise, den die kaiserlichen Historiker heute gerne verwenden, habe ich stets abgelehnt. Das Neue Reich befand sich nicht nur in Gefahr – es lag tatsächlich in den Händen eines Thronräubers, während ein Fünftel seiner Fläche von Orks besetzt und geplündert wurde. (Übrigens kam mir erst Jahre später der Gedanke, daß Reto, als er Kaiser wurde, sein Thronrecht ja auch beinahe mit Gewalt errungen hatte. Ich fragte mich, wie sein Ende ausgesehen hätte, wenn Bardo und Cella ihm widerstanden hätten.)

Eine Nachricht jagte mich aus dem Palast. Lutisana von Perricum hatte sich, kaum daß der Tumult in der Alten Residenz begann, durch die feindlichen Reihen geschlagen. Sie hatte die Hälfte des Banners, das sie begleitete, verloren – oder vielmehr geopfert. Ich sprang auf *Wildfang* und nahm ihre Spur auf. Ich fühlte eine besondere Verantwortung, die Frau zu stellen, der ich die Gelegenheit zum Verrat gegeben hatte. Aber es war nicht mein Verdienst, daß sie eine Woche später gen Südosten, in Richtung ihrer Heimat Perricum, gestellt und verhaftet wurde.

Unter den ersten vor Gericht befand sich Gräfin Praiodane Falkenstein, ehemals selbst Reichsrichterin. Unter Tränen enthüllte sie, daß sie und Answin einander einst in Liebe verbunden gewesen waren. Nach der Verschwörung von Gareth hatte sie über einen Mann zu richten, den sie heimlich liebte und für unschudlig hielt. An eine Heirat war danach nicht mehr zu denken, mehr noch, sie mußte hinnehmen, daß Answin Lanore von Gratenfels ehelichte, um nochmals Graf werden zu können. Ihre eigene Verheiratung war nur Politik gewesen. Und als Answin auf dem Kaiserthron saß, war es zu spät, auf einem Lebensweg, den sie ihm geopfert hatte, umzukehren. Erst Answins Blutdurst bewies ihr, daß er auch sie stets nur benutzt hatte. Nach langer Beratung wurde Praiodane auf Lebzeiten als Baronin von Tobelstein an den Rand der Schwarzen Sichel verbannt.

Der große Angriff der Orks

Einige Wochen herrschte so etwas wie Frieden. Wir waren bescheiden geworden: Wenige Jahre zuvor hätten wir die Verhaftungen als reichsweite Unruhen bezeichnet. Aber die ersten Anzeichen von Ordnung zeigten sich. Um die verwaiste Grafenkrone von Baliho neu zu vergeben, beschloß Herzog Waldemar ein Gottesurteil: Die Person, die am 1. Praios zu Mittag als erste die Stadt betrat, war jedoch niemand anders als König Brin mit seiner Garde. So fiel Baliho also dem Hause Gareth zu. Wir lachten noch über die Anekdote, als an der gesamten Orkgrenze die Trommeln wieder einsetzten.

Binnen einer Woche verloren wir die Hälfte unserer Kundschafter: Sadrak Whassoi versuchte, uns blind und taub zu schießen. Aus den wenigen Berichten schlossen wir auf eine Massierung im Süden. König Brin brach mit mehreren Regimentern Richtung Greifenfurt auf. Prompt stürmte am 19. Praios Häuptling Sharraz Garthai mit eintausendfünfhundert Korogai das Lager der Orkzwinger-Legion. Die Tordochai marschierten auf der Reichsstraße auf Greifenfurt zu. Am 28. Praios überschritten mehr als zehntausend Orks unter dem Schwarzen Marschall persönlich den Schattenpaß und stießen ins Herz der Markgrafschaft Greifenfurt vor. In der Schlacht am Nebelstein wurde die Thuranische Legion fast bis auf den letzten Mann niedergemacht; auch Marschall Rastan fiel. Kaiserliche und Orks manövrierten, aber angesichts der Übermacht waren letztlich Geländegewinne der Feinde nicht zu verhindern. Am 18. Rondra fiel Greifenfurt: Roter Feuerschein verriet uns allen, daß die erste große kaiserliche Stadt in den Händen der Tordochai war.

Am 24. Rondra traten Reichsmarschall Haffax und König Brin bei Orkenwall gegen das doppelt überlegene Heer des Schwarzen Marschalls an. Nicht einmal Haffax' Genie konnte sie retten, schwer geschlagen zogen sie sich nach Wehrheim zurück. Sharraz Garthai errichtete in Greifenfurt ein Schreckensregime mit Sklaverei, Menschenopfern und anderen Greueln.

Auch in jenem Winter jagte ich wieder wie ein Besessener von einem Heer zum anderen. In Winhall sammelte ich zweimal heimlich meine Grenzgarde und drang in die nostrischen Wälder vor. Heimlich nicht deswegen, weil König Kasimir von Nostria nicht davon wissen durfte, sondern wegen der schurkischen Isora in Havena. Wir stellten orkische Plünderer, die weniger bekannten Stämmen angehörten, oder Yurach, also Ausgestoßene, waren. Kämpfe zwischen Kompanien galten inzwischen als nicht erwähnenswert.

An der Grenze zum Kosch traf ich auch Farmosch, Sohn des Fanderam, mit seiner mörderischen Eisenwalder Repetierarmbrust und einem Trupp Zwergenkriegern wieder. Der Zwergenprinz konnte mir mindestens ein halbes Dutzend entscheidende Gefechte seines Volkes gegen die Schwarzpelze nennen – und alle Lehren daraus. Insbesondere wußte er, daß man ein Orkheer wie einen einzelnen Ork nicht verwunden durfte, sondern vernichten mußte. Dieses Volk war wirklich lebende Geschichte.

König Brin und Reichsmarschall Haffax – nach Orkenwall hatte er sich rasieren müssen – versuchten in Wehrheim noch einmal zwei Legionen aufzustellen. Es war erschreckend, wie wenig Verstärkung überhaupt noch denkbar war: Weiden konnte kein einziges Banner entbehren, wollte es nicht von den Horden im Norden überrannt werden. Darpatien, noch immer von Angehörigen des Hauses Rabenmund regiert, war ohne Kampfkraft, Albernia im Bürgerkrieg gelähmt. Almada brauchte alle Einheiten, um die Grenze gegen Kaiserin Amene und den Kalifen zu bewachen. Unsere letzte Hoffnung waren die von Maraskan heimgerufenen Adler- und Drachengarden. Was von den Orkzwingern übriggeblieben war, vereinte sich mit diesen kampferfahrensten Regimentern des ganzen Reiches.

Im Tsamond kam der erwartete Sturmangriff auf Wehrheim: Die Orks waren uns einfach gefolgt. Schon die erste Welle zerschellte wirkungslos an den eisernen Mauern. Das Mißtrauen aller Veteranen bestätigte sich, als wir unsere Kundschaftermeldungen zusammentrugen. Es war ein Scheinangriff gewesen, die meisten der Orks nur Plünderer und Schwächlinge – und der Ork in Whassois Rüstung nur ein Stammeshäuptling. Während wir noch rätselten, was dies bedeutete, kam ein Bote vom Kloster Marano. Die Hauptstreitmacht der Orks hatte Flöße gebaut und war die Breite hinab bis nach Ferdok gefahren. Im Schutz der Frühlingsnebel hatten sie die kleine Stadt umgangen und waren dann auf der neuen Reichsstraße nach Osten vorgestoßen. Zehntausend blutgierige Orks standen nur noch hundert Meilen von Gareth entfernt. Zum Zeitpunkt, als wir auf die Pferde sprangen, waren die Geweihten von Marano bereits alle tot. Sie hatten standgehalten und uns jene Frist gegeben, damit wir auf ihre Nachricht reagieren konnten.

Wir ließen alle Katapulte und Schanzgeräte in Wehrheim zurück. Alles, was sich auf einem Pferd halten konnte, wurde nach Süden geworfen. Wir konnten nur hoffen, daß uns die Pikeniere einholten, ehe die Orks da waren. Tatsächlich hatten wir noch einmal Gelegenheit, uns im Hippodrom und auf dem Immanfeld in Gareth zu ordnen. Während dieser Woche sammelten sich auch bei den Orks Versprengte, Streuner und Plünderer. Uigar Kai, der Hochschamane, brachte zwei Dutzend Oger mit. Unser letztes Aufgebot umfaßte etwa siebentausend Gardisten zu Fuß und vierzehnhundert zu Pferd. Viburn von Hengisfort, das Schwert der Schwerter, führte persönlich die versammelten Rondrageweihten und Ordensritter. Landgraf Golambes von den Trollzacken hatte sogar wie bei der Tausendogerschlacht zehn Trolle überzeugen können, für das Heer der Menschen zu kämpfen. Dazu kamen Bürgermilizen, deren große Kopfzahl uns nicht darüber hinwegtäuschte, wie sie reagieren würden, wenn sie erstmals sahen, daß die Orks ihre Gefährten massakrierten. Die Horde der Schwarzpelze war uns zahlenmäßig unterlegen. Aber der Kern an Veteranen war so groß wie der unsere, dazu kamen Sichelwagen, Oger und mehrere hundert ihrer tollwütigen Kampfhunde.

Wir konnten vielen Garethern zusehen, wie sie ihre Sachen auf Leiterwagen und Karren warfen und abzogen. Einige dicke und gut gekleidete Bürger kamen aus den nahen Wäldern zurück. Auf ihren leeren Wagen hatten wohl ihre Schätze gelegen, die sie irgendwo versteckt oder versenkt hatten, falls Gareth einmal zurückerobert werden würde. Daß die Orks die Stadt einnahmen, schien ihnen unzweifelhaft zu sein. Ich haßte sie für ihre

Feigheit – und zugleich schalt ich mich: Ich hatte vierzig Jahre lang die Privilegien des Ritterstandes genossen; nun war es Zeit, dafür zu bezahlen.

Beide Seiten manövrierten – und Whassoi erwies sich dabei als ebenso gefinkelt wie Haffax. Der Tag der Erneuerung kam: der 30. Tsa und der 1. Phex. Es schien tatsächlich, als ob Haffax dem Feind an diesem verheißungsvollen Tag die Schlacht aufzwingen konnte. Unsere Hauptstreitmacht stand entlang der Silk, eines vielfach gewundenen Baches südlich von Gareth. Die Orks standen nun im Süden. Beide Heere nutzten die Dämonenbrache als Eckpfeiler, das verfluchte Gebiet der Ersten Dämonenschlacht, das kein Heer durchqueren würde. Die Goldene Lanze deckte uns zehn Meilen weiter nördlich, südlich der Dämonenbrache hatte Brin den jungen Hauptmann Alrik vom Blautann und vom Berg mit weiterer Kavallerie postiert.

Ich hatte für die Schlacht einen leichten Schuppenpanzer angelegt und darüber einen Kettenkragen: Das war meine erste Schlacht, an der ich nicht auf dem Donnersturm, auf dem ich fast unverwundbar war, sondern als gewöhnlicher Ritter teilnahm. Wiederholt hatten wir gesehen, daß die Orks erschreckend schnell waren. Da wollte ich nicht im Plattenpanzer umzingelt und abgeschlachtet werden, wie es so vielen unserer Ritter geschehen war. Auch *Wildfang* trug eine lederne Schabracke.

Donnergrollen und prasselnder Regen setzte ein. Wir nahmen dies als Zeichen zum Angriff der Kavallerie. »Freunde, wollt Ihr ewig leben?« riefen die Rondrianer. »Ay Kattach«, brüllten die Schwarzpelze – keine Gefangenen! Doch es schien, daß Rondra mit dem Regengötzen der Orks rang. Der Boden weichte derart auf, daß Panzerreiter wie orkische Sichelwagen zum Stehen kamen.

Ich hatte Uigar Kai zwischen seinen Ogern ausgemacht und kämpfte mich mit einigen Rondrageweihten zu ihm durch. Als er mich sah, hetzte er mir zwei der Menschenfresser entgegen. *Wildfang* stieg auf und traf den ersten mit eisernen Hufen, worauf ich ihm den Schädel mit der Ochsenherde zermalmte. Dann sah ich die gelben Augen des Orkschamanen. Das nächste, woran ich mich erinnere, war, daß ich im Schlamm lag. Mein treues Streitroß hatte sich über mich gestellt, um mich zu schützen. Ich weiß bis heute nicht, welchen Fluch der Beschwörer damals auf mich warf. Die Ochsenherde hatte ich verloren. Ich stieg auf und zog die Schwerter. Meine Arme waren wie Blei, als ich mich aus dem Kreis der Oger herauskämpfte. *Wildfang* und ich steckten übel ein.

Plötzlich waren wir allein. Mein Blick schweifte über ein Meer von Feinden. Sie griffen an, und ich stand zwischen ihnen. Oger trampelten vorüber, Orks stürmten in kleinen Gruppen an mir vorbei und auf mich zu. Dann schlugen die Hunde an. Schaum geiferte, als sie struppig und blutbesudelt auf uns zuhechelten, gefolgt von Schwarzpelzen, die kaum weniger tollwütig aussahen.

»Vorwärts, *Wildfang,* wir müssen da heraus!« Er brauchte keine Sporen, er wußte selbst, daß es um unser Leben ging. Mühsam stampfte er voran. Der Boden war wie ein Sumpf. Der erste Köter, verflucht sei er, ging auf *Wildfangs* Beine los. Ich beugte mich aus dem Sattel und hieb der Bestie mit *Antworter* den Schädel entzwei. Mein Schlachtroß wieherte, seine Eisenhufe warfen einen zweiten Bluthund zwischen die anderen zurück. Doch der nächste hing ihm schon in der Flanke. Drecksviecher! Ich warf mich auf die linke Seite, kreisend hieb mein Schwert den geifernden Schädel ab. *Wildfang* wieherte wieder – diesmal war es Angst. Rondra, er war ein freies Tier der Steppe und kein Raubtier wie all die Menschen. Orks und Hunde um uns. Zwei weitere Hunde sprangen uns an, von einem Axtschwinger gefolgt. Der mächtige Rappe machte einen gewaltigen Satz, aber seine Kraft trug ihn nicht mehr durch die Reihen, die sich um uns schlossen. Jeder Hund, jede Lanze, die ich jetzt spaltete, hatte sich bereits in *Wildfang* gebohrt. Das Roß brach in die Knie. Ich rollte mich kopfüber ab und sprang auf.

»Hoch«, schrie ich über die Schulter und schlitzte einem Hundeführer die Kehle auf. Von meinem Gewicht befreit, rappelte sich *Wildfang* wieder auf. »Hau ab, *Wildfang*, mach, daß du wegkommst.« Ein dumpfes Ächzen war die Antwort. Ich wirbelte herum. Ehe ich wußte, was überhaupt geschehen war, tötete *Antworter* den Hund, der meinem Roß im Nacken saß. Heilige Thalionmel, sie waren überall auf ihm. Nun brach er hinten ein. Sie hingen ihm an den Flanken. Seine Augen schienen weit aufgerissen, als er die Bestie sah, die nach seinem Hals sprang. Ich warf mich herum und erschlug einen Hund, der mich ansprang. Unbeabsichtigt hatte mich mein Ausfall einige Schritte weggeführt. *Wildfang* war nur noch ein schwarz-roter Schatten unter einem halben Dutzend tobender Leiber. Eine orkische Hakenklinge fuhr mir über den Oberschenkel.

Die Flucht wurde zu einem Spießrutenlauf. Jeder Ork, der sein blutiges Schwert eben aus einem Toten zog, schien es nun darauf anzulegen, mich zu erwischen. Sie fletschten die Zähne und versuchten, mir mit ausgestreckten Armen den Weg zu versperren. Ich rempelte und mähte mit meinen Schwertern. Eine Ardaritin zog mich hinten auf ihr Pferd. Es war ein starker Tralloper, der bis zu unseren Linien auch zwei Ritter tragen konnte. Ein Tralloper wie *Wildfang* …

Immer wieder wurden Ausbrüche gestartet, aber keiner der Heerführer war bereit, das Zentrum des anderen anzugreifen und eine Umzingelung zu riskieren. Die Dämmerung beendete die gewöhnlichen Kämpfe. Ein tollkühner Vorstoß der letzten der Tordochai auf Gareth endete in den Piken der Bürgerwehr: Die dreihundert Orks, die gefährlichsten, die dem Schwarzen Marschall zur Verfügung standen, nahmen fast tausend Bürger mit in den Untergang.

Haffax ließ außerhalb unserer Stellung lodernde Scheiterhaufen entzünden, um Eindringlinge sofort erkennen zu können. Es verging keine Viertelstunde, ohne daß irgendwo Alarm geschlagen wurde: Manchmal waren es einzelne Kopfjäger, manchmal Leichenfledderer, manchmal Vorstöße ganzer Horden. Doch um Mitternacht legte sich Grabesstille über das Schlachtfeld.

»Boron verfluche ihn«, spuckte eine Veteranin neben mir aus. Sie schien zu wissen, was kam. Zuerst hörten wir nur leises Rascheln und Klirren. Dann folgten unsichere Schritte. Die Vorposten sahen im Schein der Wachfeuer Orks und Kaiserliche daherwanken. Ihre Rüstungen und Leiber waren zerhauen, tödliche Wunden bedeckten sie – und dennoch trieb sie eine dämonische Macht voran.

»Geweihte und Magier zum König!« gellten die Rufe. Ich stieß mit Brin, den Versammelten und einem Banner der Prinzengarde vor. Es waren etwa fünfzig Untote, die den Bach entlang auf uns zukamen. Die Boronis stimmten ihre Choräle an, die Szepter der Praiosgeweihten leuchteten auf, die Magier stießen ihre Formeln hervor. Unser vereinter Ansturm zermalmte die Untoten zu Staub und Knochen. Einige wenige wichen nach Süden aus.

»Hinterher«, befahl Brin, der dort im Dunkel Uigar Kai wußte. Ich ahnte die Falle – aber wie üblich rannte ich hinein. Von den Seiten drängten Fußtruppen heran, während die orkischen Reiter im Norden unsere Schwere Kavallerie banden. Auf Brins Befehl machten wir noch mehr Lärm, in dessen Tarnung die Beilunker Kampfmagier zu dem Schamanen vordrangen, während wir auf einem Hügel Stellung bezogen.

Binnen einer Stunde hatte sich ein Ring in Regimentsgröße um uns geschlossen. Ein unheimliches Glühen kroch den Hügel empor. Nach und nach wurden wir alle davon eingehüllt. »Efferdsfeuer«, zischte eine Beilunkerin. Unsere Silhouetten standen wie Zielscheiben vor der Dunkelheit. Wir hörten das unverwechselbare Sirren von Pfeilen, dann fielen die ersten aus dem Ring, den wir um den König gebildet hatten.

»Hoheit«, schrie ich. Ich hatte die Geschosse eher geahnt als gesehen. Ich riß den Schild hoch. Zwei Pfeile schlugen in den Schild, ein dritter fuhr mir unter der Rippe in den Leib. Die Luft entwich pfeifend aus meiner Lunge, als ich in die Knie brach.

»Conchobair«, rief Brin. Es war der König selbst, der mir aufhalf.

»Geht schon«, keuchte ich und schmeckte Blut. Gleichzeitig hörte ich die orkischen Nahkämpfer kommen. Ich zog *Vergelter*, unabsichtlich wie immer, während sich ringsum alle bereit machten, ihr Leben so teuer wie möglich zu verkaufen.

Die Orks trampelten bereits über unsere ersten Gefallenen, als von Süden Hörner erklangen. Von Süden? Hauptmann Alrik vom Blautann und vom Berg hatte mit seiner Kavallerie die Durchquerung der Dämonenbrache gewagt. Über zweihundert Reiter fielen über unsere auseinandergezogenen Feinde her. Ein wappenloser Ritter in schwarz-goldener Rüstung schlug sich eine Schneise zu uns durch und fiel erst tot aus dem Sattel, als er unseren Ausbruch gesichert wußte. Wir nahmen den Leichnam mit, als wir ins Lager zurückkehrten: Es war Fredegard von Rabenmund, die Tochter des Thronräubers! Indessen loderten hinter uns magische Flammen auf, als die Kampfmagier Uigar Kai erreichten. Seine Macht war gebrochen, als er floh.

Das Morgengrauen sah die Schlacht ungeklärt. Orks und Menschen wußten, daß dies die Entscheidungsschlacht war. Die Heere krallten sich ineinander, nicht willens loszulassen, ehe der Gegner nicht vernichtet war. Wegen meiner Verwundung und ohne Roß hatte ich wenig Anteil an den Kämpfen. Es war ein Entsatzheer der Almadaner, das den Tag rettete. Todmatt ließen Orks und Kaiserliche voneinander ab. Der Schwarze Marschall konnte sich mit vielen der Zholochai über die Silk retten, aber wer das nicht schaffte, wurde von den Almadanern niedergemacht. Alrik vom Blautann und vom Berg, auf dem Feld zum Oberst befördert, machte sich an die Verfolgung, ebenso die Goldene Lanze, die von Norden zu uns stieß.

Ich blickte auf das Schlachtfeld, auf dem Menschen und Orks in der innigen Umarmung des Todes lagen: Tausende waren gefallen, Liebenden im Augenblick der Ekstase so ähnlich, daß es widersinnig schien. Eigentlich hatten die Orks kaum anders gedacht und gekämpft als wir. Wenn ich all die Unmenschlichkeiten, das Foltern, die Sklaverei, den Blutdurst beiseite ließ, war das, was Tairach forderte, nicht so anders als das, was Rondra uns zu tun hieß. Fast schien es, daß auch die orkischen Götzen die Schlachten dieser Sphäre nutzten, um ein Heer der Unbesiegbaren im Jenseits aufzustellen. Wenn ich vor Rondra trete, hoffe ich zu erfahren, wie die Donnergöttin über Tairach spricht: ob es ihn gibt, ob er ihr Feind ist – oder ob Tairach nur ein anderer Name für ihren blutgierigen Sohn Kor oder einen anderen ihres Gefolges ist.

Wieder einmal mußte ich an die rätselhaften Worte denken, die der Feenkönig Fabulon in jener Traumwelt zu mir gesagt hatte: »Du wirst einen großen Teil deiner Lebenszeit verbrauchen, ehe du verstehen kannst, was Töten für eure Welt bedeutet.«

Nach der Niederlage auf den Silkwiesen zogen sich die Schwarzpelze, in hunderte von Banden zersplittert, nach Greifenfurt und in den Finsterkamm zurück. In mehreren Gefechten gegen Ende des Jahres 19 Hal gelang es schließlich, Greifenfurt aus den Klauen der Orks zu befreien und die Feinde endgültig aus dem Mittelreich zu vertreiben.

Insgesamt erschlug ich während dieser anderthalb Jahre gewiß über hundert Orks – mehr Gegner, als ich in meinem ganzen Leben zuvor getötet hatte. Doch ich hatte lernen müssen, zu welchen überraschenden und erschreckenden Geistesleistungen Oger, Orks und Goblins, die gemeinhin als mindere Wesen von halbtierischer Art galten, imstande waren. Mehr und mehr wurde mir klar, daß jene Tierkundigen recht hatten, wenn sie von zahlreichen kulturschaffenden Rassen auf dem Kontinent sprachen.

Die Befreiung Albernias

Was immer Töten bedeuten mochte: für die Albernier schien es noch nicht vorbei zu sein. So schnell wie möglich ritten wir zurück nach Albernia. Gräfin Franka Salva Galahan hatte Honingen zum Mittelpunkt des Widerstandes gemacht und damit auch mein Winhall gedeckt. Freiherr Meran von Naris und Bürgermeister Gilbrand Herxen, meine Jugendgefährten, hatten alle Boten, Unterhändler und Patrouillen Isoras abgewiesen. Die dritte albernische Gräfin, Rianod Ni Llud von Bredenhag, stand hingegen auf Seiten Isoras; ihre Schwester, dachte ich grimmig, hatte schon als Knappin jede Schurkerei gegen mich gedeckt. Als wir in Albernia eintrafen, gab auch Abilacht dem ständigen Drängen Fürstin Idras nach und bekannte sich zu Cuanu. Mit den drei Städten im Rücken begannen wir den Marsch auf Havena.

Zwei Tagesmärche vor der Hauptstadt hielten wir eine Adelsversammlung ab. Isora drohte, Prinzessin Invher und Prinz Ruadh, sobald sie unseres Heeres ansichtig wurde, von den Mauern Havenas stürzen zu lassen. Cuanu erhob sich und begann zu sprechen: »Ich bin verantwortlich für Albernia und für meine Familie und beiden in aufrichtiger Liebe zugetan. Doch das Glück des Landes wiegt schwerer als das meine. Der Vormarsch geht weiter. Das Land braucht Ordnung und Frieden dringender als einen lebenden Thronfolger.« Bei den letzten Worten versagte ihm beinahe die Stimme. Ohne nachzudenken trat ich neben ihn und legte meine Hand auf seine Schulter. Ich sah seine samtbraunen Augen feucht werden, während die Edlen sich leise aus dem Saal zurückzogen.

Als wir Havena erreichten, traten uns die Abgesandten der Bürger gegenüber und übergaben Cuanu die Stadtschlüssel. Es gab auch keinen Widerstand auf dem Weg in den Palast. Als Cuanu den Thronsaal betrat, warf sich ihm Isora zu Füßen. Für einen Augenblick schien es, daß er sie erschlagen wolle. Da liefen Invher und Ruadh zu ihm, gefolgt von einem halben Dutzend anderer Geiseln, von denen wir einige schon tot geglaubt hatten. Wir hatten so viele Grausamkeiten gesehen, daß wir überhaupt nicht erwogen hatten, einer unserer Gegner könnte dazu nicht imstande sein …

Isora und ihre wichtigsten Ratgeber wurden verbannt und fanden im Lieblichen Feld sofort Aufnahme. Mit der Bulle von Havena erließ der Fürst eine Generalamnestie für alle verblendeten Patrioten. Selbst ich drängte Cuanu, ein deutlicheres Zeichen seiner Macht zu setzen. Doch er war kriegsmüde und wollte dem Land nur noch Frieden geben. Der Landadel war insbesondere wegen der gewaltigen Verluste im Orkkrieg empört. Cuanu zitierte sie allesamt, von den Grafen bis zu den

Baronen, in den Palast und wusch ihnen gehörig den Kopf: »Wenn tausend Menschenfresser oder fünfundzwanzigtausend Schwarzpelze aufmarschieren, die halbe Menschheit zu erschlagen, dann hat das Land der Freien in der ersten Reihe der Schlacht zu stehen. Ehre und Dank jedem Ritter und jedem Bauern Albernias, der mit uns gefochten hat. Schmach und Schande jedem von Euch, der nicht an der Ogermauer und vor Orkenwall blutete. Euer Schreien nach Freiheit ist wie das Winseln der Füchse im Wald, wenn ein Gewitter aufzieht. Ihr wollt frei sein – frei von Ehre, frei von Mut, frei von dem Stolz, den jeder Mensch fühlt, wenn er für die Seinen kämpft. Ja, ich habe albernische Heldentaten gesehen, aber ich sah auch nordmärkische und darpatische Heldentaten. Und ich sah Berge von toten Weidenern und erschlagenen Garetiern – aber die Toten in Blau-Weiß waren dünn gesät auf diesen Schlachtfeldern. Da es ihnen nicht an Mut zu sterben gebrach, mangelte es wohl an ihrer Zahl. Bei Rondra, ich schwöre, sollten die Mächte des Bösen jemals wieder so schrecklich ihr Haupt erheben, werde ich von jedem von Euch dreimal so viele Männer fordern. Und bei Praios schwöre ich, daß ich jedem, der mir Widerworte gibt, eigenhändig den Kopf abschlagen werde.«

Die Edelleute zogen wie geprügelte Hunde ab, manchem stand die Schamröte im Gesicht. Aber schon beim folgenden Bankett begannen die Barden, von den Heldentaten Albernias im Kampf gegen ›die Oger, die Gareth fraßen‹ und ›den Orkensturm im Osten‹ zu singen. Bald schien Albernia wieder das einzige Land, wenn nicht die Welt selbst zu sein. Immer deutlich sah ich, daß die meisten Menschen nicht bereit waren, so weit zu sehen und so weit zu gehen, wie es die Zwölfgötter von ihrem sterblichen Gefolge verlangten. Im Kampf gegen die Mächte der Vernichtung war die Zahl der Feinde gewaltig und unsere eigene Schar erschreckend klein.

Es dauerte bis in den Winter 21 Hal, bis König Brin einen Hoftag aller Fürsten, Herzöge, Markgrafen, Grafen und Barone des Reiches einberufen konnte. Die Person des Kaisers mußte geregelt, die Anhänger Answins einem gerechten Urteil zugeführt, verwaiste Lehen neu vergeben und Dutzende von Helden geehrt werden. War ein Hoftag sonst reine Formsache, weil der Kaiser allein die Hälfte aller Stimmen innehatte, mußten die Vasallen sich nun wirklich bescheiden. Als Graf von Winhall verfügte ich über drei Stimmen, Fürst Cuanu über fünf. Zu unserem Gefolge gehörten auch Padraíg und Padraígin, die indessen bei Hof formell als meine Barone von Fairhain eingeführt waren.

Wir beschlossen, Kaiser Hal nach dem Ablauf von zwölf Jahren nach seinem Verschwinden für tot zu erklären. An seiner Stelle sollte ein Reichsbehüter regieren, als der mit überwältigender Mehrheit König Brin bestimmt wurde. An der Orkgrenze wurde die Markgrafschaft Heldentrutz eingerichtet und Prinzessin Walpurga von Weiden zum Lehen gegeben. Heftigen Streit gab es um die Frage der weiblichen Thronfolge. Doch schließlich – ich weiß nicht, war es der Schreck, wie leicht das Reich seinen Kaiser verlieren konnte, war es der Zauber der Prinzessinen Rohaja und Yppolita – fand sich eine knappe Mehrheit, die nach tausend Jahren den erstgeborenen Töchtern Brins erlaubte, dereinst die Krone des Reiches zu tragen.

Gestärkt und bestätigt trat Brin an, sich als König und Oberherr der meisten Provinzen bestätigen zu lassen und zahlreiche Personen neu zu belehnen. Die größte Veränderung traf Albernia. Brin rief seinen Schwiegervater zu sich: »Die Krone von Albernia, lieber Freund, sei die Eure.« Unter heiligen Gesängen wurde Cuanu die Delphinkrone aufs Haupt gesetzt. Nach all den Jahrhunderten hatte meine Heimat ihren eigenen Monarchen – und verblieb dennoch Teil des Reiches. Mehr, dachte ich, hätte ich mir nicht wünschen können. So überhörte ich fast die folgende Rede des Reichsbehüters:

»... drum bitt ich Euch, Cuanu von Albernia, den Grafen zum Markgrafen zu erheben und den Conchobairs zu geben, was ihnen einstens war!«

»Nichts, das ich auf Dere lieber täte«, sprach mein König würdevoll: »Markgraf soll er sein, das wohl!« Der Jubel der albernischen Barone wollte kein Ende nehmen. Cuanu und ich fielen einander in die Arme.

Noch mehr heißes Blut schuf das Urteil über die Answinisten. Mit einer einzigen Stimme obsiegte schließlich die Verbannung vor einem Todesurteil. Auf der Insel Rulat vor der tobrischen Küste wurde eine Festung ausgebaut, um die Grafen, Barone, Ritter und Edlen, die dem Thronräuber gefolgt waren, bis an ihr Lebensende festzusetzen – darunter auch Lutisana von Perricum. Ich hatte lange mit mir gerungen, aber letztlich für die Verbannung gestimmt. Der Heldentod Fredegards von Rabenmund bewies mir, daß man niemanden vorzeitig verdammen durfte. Und ich mußte auch an Praiodane von Falkenstein denken und was sie im Liebeswahn angerichtet hatte. Mir kam ein Satz meiner Mutter in Erinnerung, den sie Jahre nach Belfionns Tod gesagt hatte: »Wie wir mit unseren Feinden umgehen, hängt davon ab, wie wir mit unserem Schmerz umgehen: ob wir ihn bekämpfen und unterdrücken – oder ob wir ihn durchleben und daran stärker werden.«

Während das Reich seinen Halt wiedergefunden hatte, brach die Praioskirche auseinander. Dem Illuminatius von Elenvina, Hilberian, waren Praios' Greifen erschienen. Er forderte, in seiner Hand das geistliche und das weltliche Szepter zu vereinen. Dem trat natürlich Jariel Heliodan in Gareth entgegen. Binnen einiger

Monde gab es zwei Boten des Lichtes, die Ordnungen der Praioskirche waren in Jarieliten und Hilberianer gespalten.

Das Erbe der Conchobair

Während der zwei Jahre im hohen Norden hatte ich mein Versprechen nicht halten können, aber nicht einmal Orkensturm und Bürgerkrieg hielten mich ab, jährlich den Unsichtbaren Turm aufzusuchen. Sobald ich Rondriga begrüßt hatte, traten wir gegeneinander an: Rondriga mit *Vergelter*, ich mit *Antworter*. Jedes Jahr dauerte unser Kampf länger. Funken sprühten, und die Enduriumklingen sangen ein uraltes Lied. Meine Tochter war eine große Frau mit weiblichen Formen und einer wilden roten Haarmähne geworden. Sie war in dem Alter, in dem ich den Donnersturm gewonnen hatte. Aber ich ahnte, daß Rondriga länger für den Durchbruch zu ihrem eigenen Leben brauchen würde als ich. Sie mußte Geist und Waffe meistern. Und ich hatte das Gefühl, daß die Saat in ihr nicht zur Blüte gelangen konnte, solange ich der Schwertkönig war.

Immer öfter fiel mir auf, daß sie mich nicht mehr nach meinen Abenteuern befragte, sondern nach meinen Empfindungen dabei. »Es ist für mich nicht leicht, sich in den jungen Raidri Conchobair zu versetzen«, erklärte ich ihr. »Wenn ich meine Erinnerungen, meine damaligen Wahrnehmungen mit den Augen sehe, die ich heute habe, ist es, als ob ein Schleier darüber läge. Kein Schleier des Vergessens, sondern ein Schleier, den ich damals ständig trug. Es ist, als ob ich blind und taub gewesen wäre. Das Leben war eine einzige Folge großer Abenteuer, zwischen denen abgründige Zeiten des Nichts dräuten. Ich kämpfte gegen Menschen und Ungeheuer, ohne zu wissen, warum sie mich bekämpften, ohne zu wissen, warum ich sie bekämpfte. Ihre Handlungen, seien es jahrelang geplante Verbrechen, seien es Schwertstreiche, die mir galten, kamen zusammenhanglos aus einem Nichts, das ich wohl Zufall genannt hätte – hätte ich es nicht für den natürlichen Zustand der Welt gehalten. Heute fällt es Menschen schwer, etwas zu tun, das mich überrascht. Nicht daß ich ihr Verhalten vorhersehen könnte: Aber fast jedes Wort, jede Tat, jedes Streben fügen sich in ein Bild, das mir so alt scheint wie die Welt.

Die einzigen Wesen, die ich nicht verstehen kann, sind Dämonen. Das ist der Grund, warum ich sie bekämpfen werde bis zum letzten Quentchen meiner unsterblichen Seele. Es mag sein, daß mein Unverständnis damit zusammenhängt, daß fünfzig Jahre nicht reichen, die Distanz zu ihnen zu überwinden. Aber ich habe inzwischen mit Wesen gesprochen, die zehnmal, hundertmal, ja vielleicht zehntausendmal älter sind als ich; und so wie ich es sehe, verstehen sie die Dämonen auch nicht: die Wesen der Niederhöllen, die Entitäten der Siebten Sphäre, die Nichtgeschaffenen, die von Draußen sind unser aller Feinde.«

Ich kehrte durch das Königreich Albernia in die nun unabhängige Markgrafschaft Winhall zurück. Wir erhielten wieder das alte Wappen, das die gekreuzten Schwerter in den Farben Rondras, also Weiß auf Rot, zeigte. Doch irgendwie konnte ich mich nie daran gewöhnen. Zu oft hatte ich Gold auf Schwarz stolz in die Schlachten meiner Jugend getragen, zu oft Weiß auf Rot in den Hinterräumen der Burg als verstaubte Erinnerung verlorener Zeiten gefunden.

Als Markgraf war ich wieder verpflichtet, die Burg in erstklassigem Zustand zu halten. Angesichts des Orkkrieges war das eine Auflage, die Gilbrand Herxen den Stadtvätern ohne größere Umstände begreiflich machen konnte. Denn selbstverständlich mußten die Winhaller jeden Stein bezahlen, den ich in die alten Mauern und den neuen Turm einfügen ließ.

Ich fühlte mich dem alten Oberst Targuin verbunden, der seine Burg gegen Verfall und Gläubiger ebenso gehalten hatte wie die Festung von Kuslik gegen die Rebellen. Die Baustelle war wie ein Heerlager, in dem Steinmetze, Maurer und Schreiner wohnten. Zwanzig Jahre zuvor hätte ich noch die Vorrechte eines Hochadeligen genutzt und jede Nacht eine andere Handwerkerin verführt. Statt dessen stand ich oft stundenlang auf dem neuen Bergfried und blickte in mein Land und in eine Zukunft, die mein Blut wohl, aber ich selbst nicht mehr erleben würde. Nach und nach stockte ich die Burgbesatzung auf hundert Mann auf. In den alten Stuben entlang der Ringmauer, wo während meiner ganzen Jugend nur die Spinnen und der Schimmel gehaust hatten, richteten sich nun wieder kräftige Männer und Frauen ein. Ich fragte mich, wo Eillyn geblieben war. Solange Aywen gelebt hatte, hatte ich wenigstens alle paar Jahre von ihrem letzten Aufenthalt gehört.

Auch als Markgraf folgte ich weiter jenem Bild einer schwarzen Festung, die ich zu suchen hatte. Wir hatten so viel Zeit verloren: mit den sinnlosen Duellen meiner Jugend, mit dem Eroberungskrieg gegen Maraskan, mit dem selbstmörderischen Thronstreit. Ich war wieder von meinem Weg abgekommen, aber letztlich fand ich auch immer wieder zu ihm zurück. Der Wind hat seine Richtung.

In den Jahren 23 und 24 Hal führte ich weitere Expeditionen nach Weiden, ins Bornland, Nivesenland und Eherne Schwert durch. Cuanu, Gefährte meiner Kindertage wie meiner Einsichten, war von meiner Seite gerissen. In einer langen Nacht kamen wir überein, daß unsere gemeinsame Queste nur Erfolg haben konnte, wenn er seine Pflichten als Herrscher wahrte. Was half uns, den wahren Feind zu kennen, wenn in Albernia und mit ihm im ganzen Reiche jede Ehre und jeder Edelmut in einem Strudel von Machtgier und Provinzstolz unterging und uns der Kraft beraubte, gegen jenen Feind vorzugehen?

Während das Neue Reich wie ein Riese war, dem seine Schätze nach und nach abhanden kamen, erblühte das Alte Reich nach tausend Jahren wieder. Amene-Horas hatte innerhalb weniger Jahre das Reichsgebiet verdreifacht: Während der Usurpation hatte sie den König der Zyklopeninseln beerbt und den Stadtstaat Drôl mit den weiten Wildnisgebieten dazwischen annektiert. Einziger Gegner Amenes schien die Fürstin von Kuslik zu sein. Meine Schwertschülerin, die albernische Kronprinzessin Invher Ni Bennain, heiratete Prinz Romin von Kuslik-Galahan. Doch Amenes Siegeszug war nicht aufzuhalten: Vier Jahre später wurde Fürstin Kusmina wegen Hochverrates hingerichtet, die Güter des Hauses Galahan fielen an Amene, Prinz Romin wurde verbannt und ging natürlich nach Albernia, wo seine Gattin und seine entfernte Base Franka Salva Galahan ihm Zuflucht boten.

Nach der Praioskirche geriet auch die Rondras in Unruhe. Das alte Schwert der Schwerter, Viburn von Hengisfort, erlag einem Meuchelmord. Sein Nachfolger Dragosh Corrhenstein erwies sich als Mörder und Testamentsfrevler. In einer heiligen Zeremonie – mein Freund Thundra war Zeuge – wurde er von der Geweihten Ayla von Schattengrund angeklagt und im Zweikampf getötet. Im Sterben gestand er, daß Ayla die eigentlich von Viburn Auserkorene und somit das nächste Schwert der Schwerter war. Von der Amazonenkönigin Yppolita wurde aus Kurkum ein Rondrawunder berichtet, verbunden mit der Prophezeiung, daß ihr letzter Kampf bevorstünde und sie inmitten eines grausamen Krieges fallen werde.

In der Nacht nach dieser Neuigkeit wachte ich plötzlich im Donnergrollen auf. Blendend hell begriff ich: Es war kein Zufall, daß unsere mächtigsten Kirchen erzitterten. Nein, es war das, wofür ich mich seit Jahren wappnete. Der Angriff hatte begonnen.

Borbarad

Im Winter 22 Hal zeigte mir der Erzmagier Rohezal bei meinem jährlichen Besuch das Sternbild des Fuchses. Es war wie immer im Boronmond aufgegangen – diesmal jedoch mit einem zusätzlichen Stern, der unzweifelhaft das Auge des Fuchses war. Ich hatte dem Diebesgott nie viel Ehre erwiesen, wußte aber, daß Freunde wie Padraígin, Ruban und Lynkea ihn als Freund der Menschen und kämpferischen Schirmherren der Tüchtigkeit verehrten. Was mochte den Gott der Heimlichkeit bewegen, sein Augenmerk derart kosmisch sichtbar auf Aventurien zu werfen?

Im Peraine 22 Hal erhielt ich eine schriftliche Herausforderung. Der Edle Melcher von Dragendot, Veteran der Ogerschlacht, forderte mich zum Zweikampf um den Titel des Schwertkönigs. Ich fühlte mich geschmeichelt von dem Brief, der rondrianisch ehrenhaft und voll von echtem Respekt war. Ich wußte aber auch, was die Forderung bedeutete: Der Löwe wurde alt, junge Löwen strichen um seinen Thron. Ich erklärte, daß ich über den Ehrennamen der Barden nicht verfügen konnte, aber bereit war, öffentlich auf ihn zu verzichten, falls er mich besiegte. Dazu, kamen wir überein, mußte er mich in zwei von drei Kämpfen bezwingen, in denen die Meisterschaft aller drei klassischen Schwertwaffen und Rüstungen entscheiden sollte. Wir vereinbarten das nächste Schwertfest als Termin. Wie sich herausstellte, sollte die in Aufruhr geratene Geschichte Aventuriens uns kaum noch die Zeit für diesen Ehrenhändel lassen.

Das Ereignis, das mich zur Wiederaufnahme meiner Expeditionen bewegte, war die Wüstenei von Weiden. Im Ingerimm 22 Hal – der Fuchs ging soeben im Westen unter – wurde die Baronie Ingerimms Steg auf halbem Weg zwischen Baliho und dem Bornland von einer einzigartigen Katastrophe vernichtet. Das Gebiet war großräumig von Inquisition, Draconitern, Bann- und Analaysemagiern abgeriegelt, als ich eintraf. In den Randgebieten wuchsen nur alte und verkrüppelte Föhren und Erlen – Gebeine von Menschen, Vieh und Raubtieren übersäten das staubtrockene Land. Ein Ritt von einem halben Tag führte mich ins Zentrum der Verwüstung. Die Ruinen von Dragenfeld sahen aus, als ob sie seit Jahrhunderten verlassen seien. Ich hatte die Stadt gewiß ein halbes Dutzend Mal passiert. Nur der Tsatempel war unversehrt. Es war, als ob das ganze Land binnen Stunden um ein halbes Jahrtausend gealtert war.

Im folgenden Winter begannen in ganz Weiden Menschen zu verschwinden. Es dauerte Wochen, bis die abergläubischen Weidener die Vorfälle so weit aussprachen, daß sich das ganze Ausmaß von fünfzig, wenn nicht hundert Toten enthüllte. Noch im Frühjahr kamen unter dem schmelzenden Schnee weitere blutleere Leichname zum Vorschein. Zu jenem Zeitpunkt hatten Waldemars Agenten bereits ein Dutzend Vampire zur Strecke gebracht. Das bekannteste Opfer der grausamen Plage war Luzelin, die Hexe vom Blautann!

Ich sprach später mit einem Gesandten Luzelins, der vor ihrem Tod den Auftrag erhalten hatte, den unfaßbaren Kern der Ereignisse bekanntzumachen. Jener von den Hexen Auserwählte trug ein seltsames Zeichen, ein Hautbild in Gestalt eines sich ständig wandelnden Tieres. Obwohl ich wußte, daß Luzelin eine der mächtigsten Hexen Aventuriens geworden war, konnte ich die Nachrichten kaum glauben.

Nach Aussagen des Trägers des Rubinauges, der damals erschien, hatte ein Borbaradianer namens Liscom von Fasar ganz Dragenfeld geopfert, um den Dämonenmeister aus der Vergangenheit zu holen. »Eine ganze Baronie mußte um jene Zeit altern, die Borbarad geschenkt wurde.«

»Aber Rohal hat doch Borbarad im Krieg der Magier getötet?« widersprach ich wohl wie jeder, der davon hörte. Ja, sein Leib war vernichtet.

»Die Vampire von Weiden«, so setzte nun Luzelins Gesandter fort, »waren Betreiber und zugleich Opfer in einem unaussprechlichen Blutritual, das Borbarad einen Leib geben sollte. Borbarads Verbündete zwangen sie, immer mehr Lebenskraft zu sammeln, und formten daraus einen übermenschlichen Leib. Borbarad ist zurückgekehrt!«

Nun wurde ich wieder rastlos. Meine Questen erschienen plötzlich als selbstmörderische Zeitverschwendung, wenn sie nicht bald Erfolg hatten. Wenigstens hatten meine Reisen inzwischen einen zweiten Zweck bekommen. Als ich mit Cuanu von einem Magier zum anderen gereist war, war immer wieder die Sprache auf die sieben Kelche gekommen: göttliche Artefakte, in denen die Macht für den Kampf gegen die Niederhöllen schlummerte. Rakorium besaß den Kelch der Magie, Graf Uriel von Notmark besaß einen, den er allerdings eifersüchtig hütete. Im Hesindetempel zu Gareth glaubte ich einen dritten aufgespürt zu haben, in Perricum und auf den Zyklopeninseln vermutete ich weitere. Also hatte ich es mir zur Aufgabe gemacht, die Hüter der Kelche aufzusuchen, sie meines Beistandes zu versichern und mich zu überzeugen, daß die Artefakte sicher waren.

Die Suche nach der Dämonenzitadelle hingegen erfüllte mich nun abwechselnd mit Erleuchtung und Verzweiflung. Es mußte eine göttliche Vorsehung sein, die mich nach jenem Ort suchen hatte lassen, bevor Borbarad zurückgekehrt war – denn es bestand kein Zweifel: Wenn jemand das finden und erobern konnte, was das Orakel beschrieben hatte, dann der Dämonenmeister. Und eben diese Größenordnungen waren es, die mich verzagen ließen. Ich hatte niemals wirklich ein Bild vor mir gehabt, aber ich hatte geglaubt, etwas zu suchen wie die Schrecknisse von Warunk: etwas, das eine Stadt eroberte und versklavte. Und meinen Feind hatte ich für einen Schwarzmagier wie Xeraan oder Galotta gehalten: uralt, bösartig, letztlich jedoch ein Sterblicher. Nun aber sah ich mich einem Unsterblichen gegenüber, dessen Wiedergeburt bereits ganze Provinzen verheerte. Borbarads Rückkehr wurde zu einer Abfolge von Katastrophen, die Herrscher, Tempel, Städte und Reiche zermalmte. Und am Ende des Weges stand die Dämonenzitadelle, die Borbarad die Macht geben konnte, nicht nur Aventurien, sondern Dere, die ganze dritte Sphäre, wenn nicht die Schöpfung zu erschüttern. Wie sollte ich gegen diesen Feind bestehen?

Bereits Anfang 24 Hal, davon bin ich heute überzeugt, schlug Borbarad erstmals zu: Im Finsterkamm, unweit von Greifenfurt, entbrannte um ein Bergkloster ein magisches Duell zwischen den Mönchen, dem Druiden Archon Megalon und den Agenten Borbarads. Wenn ich Rohezal richtig verstand, hatte Borbarad hier den Bau eines elementaren Monumentes begonnen, das dereinst, Madas Frevel nachvollziehend, das halbe Gebirge in reine astrale Kraft umwandeln sollte. Keiner konnte mir sagen, wieviel dieser Kraft Borbarad bereits aufgenommen hatte.

Ich hatte von Rohezal und Roana gelernt, den Sternenhimmel nach Zeichen abzusuchen. Das gewaltige Sternbild des Drachen war aufgegangen und sollte für vier Jahre am Himmel stehen. »Verkörperung der Himmelsdrachen, die in stetem Kampf gegen Chaos und Brodem stehen«, hatte mir Roana erklärt, »aber auch jener Hälfte der Schöpfung, die stets die andere herausfordert.« Als Krieger hatte ich schon früh gelernt, daß Kriege meist unter dem Drachen ausbrachen.

Irgendwann im Jahre 24 Hal wurde die Stadt Altaia vernichtet. Al'Toum war die innerste und größte der Waldinseln und so weit entfernt, daß niemand diese Nachricht beachtet hätte – wäre Altaia nicht Ort des großen Orakels der Hesinde gewesen. Ayla von Schattengrund, das Schwert der Schwerter, und das Instiut der Arkanen Analysen zu Kuslik, an dem sowohl Weißmagier wie Schwarzmagier lehrten, führten eine gemeinsame Expedition in die Stadt. Löwin und Einhorn Seite an Seite, wer hätte das vor einem Jahrzehnt zu träumen gewagt! Die ganze Stadt war eingeäschert worden, alle tausend Einwohner grausam niedergemacht und das Orakel Hesindes zerstört.

»Phexens Auge, Hesindes Stimme – dann ist es also wahr«, sagte Rohezal. Der Erzmagier hatte, seit er sich als Hofmagier des Lieblichen Feldes zurückgezogen hatte, gegen die Borbaradianer gekämpft. »Phex und Hesinde, so heißt es, sind jene der Zwölfgötter, die stets für die Freiheit der Menschen eintraten: das Recht des Sterblichen, sein Schicksal selbst zu gestalten. Gemeinsam, berichten die heiligen Schriften, zeugten sie Nandus die Weisheit. Nandus wiederum wird als Vater Rohals des Weisen verehrt. Manche behaupten aber auch, daß Nandus Zwillinge zeugte – und der Zweitgeborene war Borbarad.« Ich sah ihm an, wie eine Befürchtung wahr wurde, die er über Jahrzehnte verdrängt hatte. Rohezal hieß einfach Schatten Rohals. Wie erschütternd mußte es sein, daß sein Idol und sein größter Feind leibhaftige Halbgötter waren, die schlichtweg die zwei Wege verkörperten, die der menschliche Verstand wählen konnte.

Meine Queste begann mich den Menschen zu entfremden: gewöhnliche Sterbliche, wie sie uralte Magier nannten. Ich verstand, warum Luzelin, Alagora und Hexander sich in die Wildnis zurückgezogen hatten, warum Rohezal fast nur noch mit einem Drachen sprach und warum Rakorium langsam wahnsinnig wurde. Es wurde mir zusehends unmöglicher, Unwissenden zu erklären, was in den wenigen verbliebenen Jahren getan werden mußte; ich hätte ein halbes Leben erzählen müssen. Den Zweikampf mit dem Edlen Melcher Dragendot verschob ich zweimal auf das nächste Schwertfest; der Titel des Schwertkönigs, gleichgültig wer ihn führte, war unbedeutend – verglichen mit den Questen. Selbst mit meinem alten Freund Waldemar wurden die Gespräche quälend. Die Rückeroberung Gareths und die Vampirplage in Weiden waren sein Horizont, das Erschütterndste, was sein Leben geformt hatte.

Ich studierte die Alanfanischen Prophezeiungen und die Orakelsprüche von Fasar. Erstere stammten von Thamos Nostriacus, einem Zeitgenossen Rohals und Borbarads, der auf Maraskan zahlreiche Ereignisse der jüngeren Geschichte vorhergesagt hatte. Unter den wenigen Vorausblickenden wurden die Deutungen als vielleicht entscheidende Rettung aus der Vergangenheit besprochen.

Eine besondere Verbundenheit fühlte ich mit jenen zwei Gezeichneten, den Trägern des Rubinauges und des Wandelnden Bildes. Auch ihnen glaubte keiner, wenn sie von ihrem Leben sprachen, das sie seit Jahren und Jahrzehnten zu Borbarad geführt hatten. Ich erinnerte mich, daß Luzelin mir schon vor einem Vierteljahrhundert von ihrer Vision erzählt hatte, die sie an ihren Gesandten weitergegeben hatte.

»Seid Ihr Raidri Conchobair?« Ich war wieder einmal auf dem Landweg ins Bornland, als mich die Kriegerin ansprach. Brünne und Amazonensäbel, stellte ich fest, und ziemlich hübsch. Ich lud sie ein, sich zu setzen, aber die Amazone blieb unsicher. Ich war fest überzeugt zu wissen, welcher Wunsch sie zögern ließ. »Sprecht nur! Ich denke, ich kenne Euren Wunsch und kann ihn erfüllen.«

Sie schien verblüfft. »Sehe ich Euch derart ähnlich?«

Nun war ich es, den die Überraschung lähmte. Bei Travia, sie hatte recht: die dunkelblonden Igelhaare, die hohe Stirn, die blauen Augen, weit auseinanderstehend, der breite, sinnliche Mund – das war Belfionn, Mutter ... ich. Mein heroisches Kinn klappte unkontrolliert auf und zu.

Ich konnte nur hoffen, daß sie die geringe Menschenkenntnis und naive Offenheit aller Amazonen besaß und mich nicht durchschaut hatte.

Ich wußte plötzlich, warum die Götter einrichteten, daß Menschen alt, grau und unansehnlich werden: Es war ihr Weg zu verhindern, daß alte Hengste wie ich selbst ihren Enkeltöchtern nachstellten.

Bernika war die Tochter Geronias, der Sprecherin jener drei Amazonen, die ich nach der Rückkehr von Rakoriums Expedition in einer Nacht gemeinsam beglückt hatte. Sie besaß Geronias forsche und zugleich vorsichtige Art. »Wir wollten Eure Lendenkraft nicht über das Maß des Natürlichen beanspruchen«, hatte diese damals gesagt. Nun saß das Natürlichste von der Welt vor mir: mein Kind. Sie war Ende Zwanzig und sollte demnächst zu einem Mann gehen. Ehe sie aber selbst Frucht trug, wollte sie ihre Wurzeln kennen. Unverkennbar meine Tochter!

Wir verbrachten einen angenehmen Abend. Ich hatte wenige Stunden, ihr zu geben, was ein Vater einem Kind geben muß. Also öffnete ich mein Herz und ließ mein Blut sprechen. Vor allem sprachen wir über die Göttin, die wir liebten. Als Bernika sich verabschiedete, sagte sie schüchtern: »Darf ich Euch ... um ein Andenken bitten?«

Ich überlegte kurz und stellte fest, daß ich ein Herumtreiber ohne Besitz war. Kurzentschlossen griff ich an mein Ohr und riß das Axtgehänge ab, das mir Luzelin einst geschenkt hatte. Bernika hielt die Faust wie um einen kleinen Schatz, während ich sie zum Abschied auf die Stirn küßte.

Zwischen dem Alten und Neuen Reich kam es zu mehreren Grenzzwischenfällen. Der Überfall eines phecadischen Grafen nach Nordmarken ließ die Stimmung gefrieren. Es war überaus schmerzlich, all diese Patrioten hitzköpfig nach einem Krieg schreien zu hören, während der Feind, der beide Reiche zermalmen konnte, unerkannt irgendwo auf dem Kontinent seine Vorbereitungen traf. In der unlängst annektierten Kronmark Drôl brach eine unbekannte Seuche aus, die der Rote Tod genannt wurde.

Im Efferd 25 Hal spürten die Inquisition und die Kaiserlich-Garethische Informationsagentur Borbarad auf Maraskan auf – am Hof des kaiserlichen Statthalters Fürst Herdin zu Tuzak. Im Zuge des Kampfes wurde die Weiße Residenz schwer beschädigt. Fürst Herdin verlor den Verstand, von den 60 ausgewählten Kämpfern überlebte nur ein Drittel, davon einige als Krüppel – und Borbarad entkam dennoch.

Noch beunruhigender war, was der Dämonenmeister, getarnt als Berater des Fürsten, auf der Insel angerichtet hatte: Im Zuge einer mörderischen Intrige hatte er einige Gardebanner, maraskanische Rebellen, die Bergleute der Enduriummine und ihm treu ergebene Kultisten aufeinandergehetzt. Am Ende waren alle außer seinen Leuten tot, und eine dämonische Monstrosität hatte die Mine erschöpft. Borbarad hatte nach vorsichtigen Schätzungen genug Endurium erobert, um damit hundert Kaiserschwerter zu schmieden! Im Süden der Insel schließlich, auf dem Friedhof der Seeschlangen, kam es zum Zusammenstoß eines Trupps der Gezeichneten und der Kultisten. Letztere opferten im Untergang ihre Seelen, um drei Viergehörnte in die Welt zu setzen, die sich, riesigen Krabben gleich, über das Meer davonmachten.

Im Frühjahr 25 Hal lud der Reichsbehüter zu einem Kronrat nach Gareth. Die Versammlung, die den Reichsfrieden bekräftigen sollte, wurde von zwei Borbaradianern gestört, die alle, die ihnen entgegentraten, mit niederhöllischer Panik zurücktrieben und Brin und Emer mit wüsten Beschimpfungen und Weissagungen belegten.

Im Norden begannen die Nivesen, das Gebiet zwischen Bornland und Paavi zu verlassen. Kailäkinnen, so erzählten sie, hätte prophezeit, daß bald jeder Winter zwei Winter lang dauern werde, das Eis werde auf dem Land wandernde Türme bilden, und jedes Menschen Blut werde zu Eis gefrieren, wenn er nicht fliehe. Mir liefen Schauer über den Rücken: Der alte Schamane wußte ganz gewiß, wovon er sprach.

Zu Neujahr öffnete Jariel, der Bote des Lichtes, die Zweite Alveraniarische Offenbarung von Baltrea. Die Erste hatte seinerzeit die Kaiserlosen Zeiten vorhergesagt. Nun hörten wir von wiederkehrender Dämonenmacht, von einem Götterkind, das der Siebten näher war denn der Fünften, von Unheil, das einst vom Land am Yaquir ausgegangen war und nun von östlichstem Eilande zurückkehren würde.

»Ihr wißt, daß Ihr hiebei Euer hundertstes Duell schlagen werdet?« fragte Rondrian Donnerhall. Ich verneinte. Der Sohn Degenharts und Aldares von Donnerbach war einer jener Chronisten vom Rhodenstein, die meine Heldentaten verzeichneten. Er mußte das wissen. (Selbstverständlich galt die Zählung ohne das schicksalhafte Duell mit Heilgard, von dem ich nie einem Rondrageweihten berichtet hatte.) Mein Zweikampf mit Answin wurde als Nummer siebenundneunzig geführt – und drei hatte ich mit Herrn Melcher Dragendot vereinbart. Ich fühlte einen Schauer: Dieses Treffen hatte wohl doch mehr Bedeutung, als ich mir eingestanden hatte.

Wir traten jeweils am 14., 15. und 16. Rondra vor Burg Conchobair gegeneinander an. Herr Melcher war ein Hüne von fast zwei Schritt Größe, um die fünfundvierzig Jahre, mit langem blonden Haar, Vollbart und blitzenden grünen Augen. Für den ersten Morgen wurden Bastardschwert und Waffenrock ausgelost, weswegen ich nach vielen Jahren noch einmal *Leifbrand* führte. Melcher erwies sich als fast so stark wie ich – und als ebenso beidhändig begabt! Mit dieser Überraschung landete er den ersten Treffer. Doch nach langem Gefecht verletzte ich ihn zunächst am Bein und traf dann seine Hand, so daß er aufgeben mußte. Für den zweiten Tag wurden Zweihändiges Schwert und Plattenpanzer bestimmt. Mittags traten wir an, ich mit meiner Ogerschlachtbrünne und einem Bidenhänder aus Khunchom, er mit schwerem Harnisch und der *Smaragdlöwin*. In brütender Hitze prügelten wir uns die Rüstungen zu Schrott. Ich zerbrach zwei Schwerter an der *Smaragdlöwin*, bis wir schließlich verkeilt zu Boden gingen und einhellig aufgaben. Unentschieden! Ich wußte insgeheim, daß schon dies mein hunderster Zweikampf war – und der erste, den ich nicht gewonnen hatte. Am folgenden Abend traten wir im Lederpanzer an. Auf allgemeinen Wunsch führten wir jeder zwei Schwerter. Es wurde ein Schwertgewitter der edelsten Art. Melcher war ein echter Meister, und wir mußten beide die Erfahrung eines ganzen Lebens in die Waagschale werfen.

Dann – unser Kampf hatte uns bereits auf die Zuschauertribüne getrieben – schlug er mir *Vergelter* aus der Hand. Mit letzter Not erlangte ich die Waffe wieder. Schließlich mußte ich zum äußersten gehen: Ich steckte absichtlich eine schwere Schulterwunde ein, um meinerseits den entscheidenden Treffer zu landen.

Ich hatte meine Ehrennamen bestätigt und, wie sich beim folgenden Gelage herausstellte, einen Freund gewonnen.

Anläßlich einer Gegeneinladung auf Gut Dragendot in Garetien weihte ich Melcher in meine Questen ein. Es war erleichternd, die Verantwortung für die Suche und die Kelche mit einem Mann von solcher Ehre und Erfahrung zu teilen. Auch ich konnte ihm Hilfe bieten. Er war mit anderen Gästen auf der Suche nach weiteren Löwinnenschwertern: Seine *Smaragdlöwin* war von Rondra geweiht. Die *Opallöwin*, die ich erobert, aber nie geführt hatte, schien Tsa zu dienen. Padraígin führte seit vier Jahren *Schattenklinge*, die sie als Phexens *Türkislöwin* erkannte. Nach und nach gewannen wir den Eindruck, daß es sich um die Schwerter jenes Rondraordens handeln konnte, die sich vor tausend Jahren zusammengefunden hatten, um die Schrecknisse nach dem Fall der Hela-Horas zu bezwingen. Ich berichtete den anderen, daß uns solch ein Zeitpunkt wieder bevorstünde – aber auch daß ich die *Opallöwin* dann gewiß nicht führen würde.

Padraígin hatte mich auf das Turnier begleitet. Während des langen Rittes hatte ich sie immer wieder ungläubig betrachtet: eine schöne Mittdreißigerin, die so viele Züge meines besten Freundes Cuanu trug, war aus dem kleinen Mädchen geworden, das er mir anvertraut hatte! Ich hatte sie ein wenig über ihr Liebesleben ausgefragt und festgestellt, wie wenig ich von ihr wußte.

Ich konnte jeden Schwerthieb, jedes Lachen und jede Traurigkeit bei ihr vorhersehen – aber ich hatte keine Ahnung, was dabei in ihr vorging und welche Erlebnisse sie so geformt hatten.

In der Ausgelassenheit des Festes bat Padraígin mich um ein Gespräch. Wir sprachen über ihre Einsamkeit. Nach und nach gestand sie, daß sie unglücklich verliebt sei. Ich sei kein Mensch, der leicht rät, also schwieg ich.

»Kannst du es nicht erraten?« fragte sie. »Du bist es, den ich liebe.« Sie glaubte wohl, mich überrascht zu haben. Aber wie ich sagte: Es war schwer geworden, mich zu überraschen, und ich war im Lauf der Jahre kühler und kälter geworden. Die Situation erinnerte mich an die Begegnung mit meiner Amazonentochter. Das hieß freilich nicht, daß ich eine Antwort wußte …

Ich war mir sicher, daß Padraígin mich lieben würde wie keine Frau zuvor. Sie würde mich begehren, mich pflegen, mich beschützen, sich mir hingeben und sich auf mich verlassen. Sie würde mir ein Leben bieten, von dem die meisten Menschen nur träumen konnten. Und vor allem würde sie mich vor dem Schicksal bewahren, das mir so unentrinnbar vorgezeichnet schien. Bei Rondra, sie war genau in dem Alter, in dem mich der Blitz der Göttin getroffen hatte! Ich sah mich außerstande, eine Entscheidung zu treffen. Ich tat etwas, was ich noch nie getan hatte. Ich bat um Bedenkzeit. Ich ahnte, wie sehr die weitere Ungewißheit sie quälen mußte. Aber ich ahnte auch, daß meine Entscheidung weit mehr betraf als die Frage, ob ich Lager und Leben nochmals mit einer Frau teilen wollte.

Es dauerte ein halbes Jahr, bis ich Padraígin meine Antwort wiedergeben konnte. Ich ritt mit ihr zu einem See. Dort sagte ich ihr, daß ich sie immer lieben würde wie eine Tochter. »Aber dich zu lieben, so wie du es willst, hieße zwei Dinge zu verleugnen: was ich am meisten begehre und was ich am meisten fürchte. Es hieße, meine Sterblichkeit zu leugnen, und es hieße, meine Bestimmung zu leugnen. Die schmerzliche Wahrheit ist, daß ich mein Leben mit dir nicht teilen kann, weil mein Leben nicht mehr mir gehört.« Padraígins Blick war ein Geheimnis, das mir immer verborgen bleiben wird. Aber ich wußte, daß sie ein halbes Leben vor sich hatte, um meine Antwort zu verstehen.

Borbarads Eroberungen

Im Boron 26 Hal wurde Helme Haffax auf eigenen Wunsch zum neuen Fürsten von Maraskan ernannt. Alle hofften, daß er die Unruhen nach der Enttarnung Borbarads in den Griff bekommen würde. Haffaxens Nachfolger als Reichsmarschall wurde Leomar vom Berg. Im Tsamond verschwanden auf der Inselfestung Rulat die eingekerkerten Answinisten und ihre Wachen spurlos. Melcher, auf der Rückkehr von Rakorium, war einer der ersten Zeugen, der uns Klarheit brachte: Borbarad selbst hatte die Verschwundenen angeworben – die einen lebend, die anderen, die ihm getrotzt hatten, tot oder vielmehr untot. Vier Monate lang rätselten wir, was der Sinn dieses Schlages sein mochte.

Im Ingerimm gab es keinen Zweifel mehr: In der Gorischen Wüste kam es zu einem Sphärenbeben – was immer Magier darunter verstehen –, als anscheinend eine Expedition der Golgariten in den Ruinen der Schwarzen Feste auf ein Ritual Borbarads stieß. Von den Untotenjägern der Boronkirche wurde keiner mehr lebend gesehen. An der tobrischen Küste landete ein Heer von maraskanischen Fanatikern, Deserteuren der maraskanischen Regimenter, Answinisten, Söldner und fremdartigen Wasserkreaturen. Sie alle kämpften unter einem blutroten Banner mit der siebenstrahligen Schwarzen Krone.

Mendena wurde von gräßlichen Fratzen und geflügelten Schlangen angegriffen. Als gefährlichster Dämon jedoch erwies sich eines der viergehörnten Spinnenwesen von Maraskan, das inzwischen auf Schiffsgröße gewachsen war. Ein eisiger Pfeil tötete Herzog Kunibald, den alten Sünder; sein Schwert *Schalljarß*, die *Bergkristallöwin*, konnte jedoch von seinem treuen Vogt Delo geborgen werden. Die Stadt kapitulierte binnen Stunden. Die Geweihten, die ihre Tempel nicht den Niederhöllen ausliefern wollten, wurden allesamt niedergemacht. An diesem Tag fiel auch die Amazonenfeste Löwenstein. Keiner weiß, welches Grauen Borbarad entfesselte, das fünfzig dieser unbeugsamen Kriegerinnen dazu brachte, sich schreiend von den Mauern zu stürzen. Ich kann nicht ausschließen, daß unter diesen Frauen auch eines meiner Kinder war; Thornia jedenfalls, meine erste Amazone, war dabei …

Zwei Tage wurde Ilsur ebenso überrannt wie Mendena. Sehr viel später hörten wir von einem desertierten Answinisten, ein Borbaradianer habe den Meister gefragt: »Warum hast du Mendena erobert?« – Der Dämonenmeister habe nur gelacht: »Erobert? Wenn ich eine Stadt erobern will, dann schicke ich die Legion von Yaq-Monnith oder den Bullen des Belhalhar. Diese Totschläger, wie du sie nennst, waren meine Werber. In Mendena haben wir nicht gekämpft, sondern rekrutiert.« Tatsächlich wuchs Borbarads Heer manchmal mit jedem Mann, den es erschlug, an: In der Nacht erhoben sich die Toten und stampften stumpfsinnig weiter. Diesmal überraschte es mich nicht mehr zu hören, daß Lutisana von Perricum nun in Borbarads Sold stand.

Bang erwarteten wir die Namenlosen Tage, in denen sich üblicherweise unheimliche Kräfte besonders leicht manifestieren. Die Amazonenburg Kurkum wurde bereits seit zehn Tagen belagert. Ein Ring aus dämonischem Eis und ein Heer von Untoten zermürbte die Mauern, so daß die Feinde eindringen konnten: Lutisana von Perricum, ihre Borbaradianer und eine vielgehörnte Ausgeburt der Niederhöllen. Yppolitas prophezeiter letzter Kampf muß die Krönung eines wahrhaft rondraheiligen Lebens gewesen sein. Dennoch war ich erschrocken und traurig. Ich hatte Yppolita immer für unbesiegbar gehalten. Sterblich, freilich – aber daß es einen einzelnen Gegner geben könnte, der mit dem Schwert in der Hand tötete, hatte ich nicht geglaubt.

In diesen letzten Tagen des Jahres führten Borbaradianer wohl an vielen Orten geheime Rituale durch. Der Zirkel eines gewissen Barstopal weckte das Ungeheuer vom Neunaugensee, nach dem ich in meiner Jugend geforscht hatte. Mehrere Wochen lang tyrannisierte die Bestie Trallop und Donnerbach. »Eines der Alten Wesen«, sagte Rohezal erregt, »Teil der Vielleibigen Bestie, die der Dämonensultan im Zeitalter des Namenlosen in die Sphären sandte, um sie zu zerstören.« Die Lage war so beunruhigend, daß er mit Faldegorn nach Donnerbach flog. Er brauchte die vereinte Kraft aller Magier der Akademie, um das Ungeheuer wieder in jenen Bann zu werfen, den die Götter dereinst darüber gelegt hatten. Als ich davon hörte, grinste ich bitter: Wie naiv war ich gewesen, als ich eine Lanze kaufte, um gegen dieses Monstrum zu kämpfen.

Zum Jahreswechsel kenterte in Beilunk das neue Flaggschiff der Perlenmeerflotte gleich nach dem Stapellauf und blockierte die Hafenzufahrt. Eine Flottille aus über fünfundzwanzig Galeeren, die Perricum zwei Wochen später verließ, um die Tobrische See zu sichern, wurde von einer monströsen Herde gehörnter Seeschlangen förmlich in den Hafen zurückgepeitscht. Zehn Tage später gelang zwei Karacken mit dem Schwert der Schwerter und einhundertsechsundsechzig Rondra-Geweihten zwar der Ausbruch. Doch auf hoher See kam es zum Zusammenstoß mit einer der Dämonenarchen, wie die Viergehörnten aus Maraskan inzwischen genannt wurden. Das Spinnenschiff verkrallte sich in die *Reichsforst*, deren zweiundsiebzig Geweihte zum Gegenangriff übergingen – bis der verreckende Dämon versank und Schiff und Rondrianer mitriß. Ayla von Schattengrund erreichte mit der schwer beschädigten *Eisenwald* Beilunk – wie sich zeigte zu spät, um den Tobriern zu Hilfe zu eilen.

Am Ende des Rondramondes stellten sich Walpurga von Weiden und ihr Gatte Dietrad von Ehrenstein, die Kinder der Herzöge von Weiden und Tobrien, bei Eslamsbrück zur Schlacht. Sie hatten keine tausend Mann, aber unter den Heerführern waren weitere Veteranen wie Wallmir von Styringen, höchster Rondrageweihter des Mittelreiches, Graf Arve von Altzoll und Spektabilität Saldor Foslarin. Letzterer führte vierzig Arkane; viel mehr hatten wir in der Tausendogerschlacht auch nicht gehabt. Lutisana hingegen rückte mit nur fünfhundert Veteranen an, so schien es. Doch die Schlacht wurde zum Fiasko: Dämonen und modernste Katapulte zerschlugen die kaiserliche Schlachtlinie. In der Dunkelheit kamen dann die Untoten, mindestens zweihundert, wird berichtet. Prinz Dietrad und Graf Arve fielen ebenso wie fast zwei Drittel der Truppe.

Lutisana von Perricum drängte sofort weiter nach Warunk. Wie wir später erfuhren, dachte ihr Herr nicht wie ein Krieger, sondern wie ein Magier. Eslamsbrück schien aus magischen Gründen eines von Borbarads ersten Kriegszielen zu sein. Dafür, daß sie die Stadt, die genau im Trigramm der Städte Mendena, Ysilia und Warunk lag, nicht erobert hatte, verlor Lutisana strafweise die linke Hand.

In der folgenden Nacht explodierte das Depot der

Flotte in Perricum mit allen Vorräten an Hylailer Feuer. Nach dem Verlust der tobrischen Häfen und den zwei Niederlagen im Golf waren das die nächsten Katastrophen, die binnen zweier Jahre die Perlenmeerflotte fast unbrauchbar machten.

Indessen galoppierte Markgräfin Walpurga von Weiden, vermutlich besessen, gewiß halb wahnsinnig vor Schmerz über den Tod ihres Gatten, nach Gareth und überbrachte dem Reichsbehüter Borbarads Ultimatum. Es war, wie die Analysemagier von Punin später herausfanden, Fell und Kopfbalg jenes Greifen, der in Praios' Namen die Dämonenzitadelle bewacht hatte!

Bereits zwei Wochen später standen die Borbaradianer vor Warunk. Markgraf Throndwig hatte ein starkes (und gewiß teures) Söldnerheer ausgesandt. Doch beim Feind war ein taktisches Genie zugange, das die Truppe mit gezieltem Manövrieren von der Stadt weglockte und schließlich mit einem Schlag in alle Winde verstreute. Throndwig war kaum aus seiner Stadt geflohen, als die bislang gräßlichsten Kreaturen aus Borbarads Gefolge über die Burg herfielen. Fünfzig halb menschliche, von Zähnen und Klauen starrende Berserker erkletterten die bislang unbezwingbaren Mauern Hoch-Warunks und massakrierten die Garde. Die unbesiegbare Legion von Yaq-Monnith war eingetroffen. Im Burghof aber landete der schwarze Drache Razzazor. Seit Jahrhunderten tot, hatte er nach seiner Erweckung in der Gorischen Wüste die Expedition der Golgariten zerschlagen. Zum neuen Herrn von Warunk aber ernannte sich der bucklige Xeraan, fast ein Vierteljahrhundert, nachdem er letztmals einen Dämon gegen Warunk entsandt hatte.

Inzwischen war der Sommer vorbei und die Passage nach Paavi war noch immer nicht eisfrei. Immer mehr

Händler kehrten aus dem Norden zurück und berichteten, daß seit Monaten kein Mensch mehr aus dem Eis zurückgekehrt war. Binnen einiger Monate erlag sogar Bjaldorn, die heilige Stadt Firuns, dem Andrang des niederhöllischen Eises.

In Garetien zogen Geißelbrüder und wahnsinnige Propheten durchs Land, in Darpatien begann der Mob Magier zu verfolgen. In Tobrien, hieß es, wurden die ersten Altäre für Borbarad errichtet.

Mich erreichte indessen die Nachricht, daß man mir im Traviamond, am Tag der Helden, in der Ruhmeshalle zu Arivor eine Säule errichtet hatte. Es war das dritte Mal überhaupt, daß diese Ehrung einen noch Lebenden traf. Noch einmal fragte ich mich, ob ich wirklich den Weg ging, den Rondra mir befohlen hatte – und was dieser für die Menschheit bedeutete. Ich habe wohl hundert Männer und Frauen zu Boron oder in die Niederhöllen geschickt, ehe ich begriff, wie unersetzlich selbst das Leben eines Strauchdiebes oder Meuchelmörders ist. Und mein Vorbild wird hundert junge Helden bewegen, das gleiche zu tun. Hundertmal hundert Tote, ehe wir uns alle gemeinsam an Rondras Lange Tafel setzen und feststellen, daß wir stets nur gegeneinander gekämpft haben, während die Dämonen Stein für Stein unserer Welt zerstörten.

Doch ich hatte eine gewisse Ruhe gefunden – jene Ruhe, die ein Krieger sonst nur in den Augenblicken vor dem Kampf kennt. Es war vermutlich fünfzehn Jahre her, daß ich zum letzten Mal richtig wütend geworden war. Aber wenn ich eine Ungerechtigkeit oder jemanden in Gefahr bemerkte, dann handelte ich noch immer, einem Instinkt folgend, der mich schon getrieben hatte, als ich bei unseren Kinderspielen den Schwächeren zu Hilfe geeilt war. Mein Geltungsbedürfnis schien geschwunden, aber mein Ehrgeiz war, wenn möglich, noch brennender geworden. Längst maß ich mich nicht mehr mit anderen Sterblichen. Meine Gegner in einem Kampf, der schweigsam, unausgesprochen und verbissen war, schienen Satinav, Boron, LOS zu heißen und selbstverständlich die Niederhöllen – schlichtweg alle Mächte des Schicksals und der Schöpfung. Ich versuchte Satinav zu trotzen, der den Körper selbst des mächtigsten Sterblichen irgendwann welken läßt – und gerade meine gelegentlichen Erfolge machten seine Unbesiegbarkeit um so deutlicher. Aber ehe ich ging, hatte ich noch etwas zu tun.

Der ungewöhnlich grimmige Winter schien in Tobrien den Krieg zum Stillstand gebracht zu haben. In Wehrheim hatte der Geweihte Rondrasil Löwenbrand zum Schwertzug gegen Borbarad gerufen und das Blutbanner um sich geschart. Mit diesen ausgewählten Recken drang er nach Tobrien vor, um die Fackel des Krieges in die eroberten Gebiete zurückzutragen. Ein darpatisches Entsatzheer von zwei Regimentern wurde indessen von seuchenübertragenden Dämonen aufgehalten. Reichsbehüter Brin hielt im Boronmond 27 Hal in Obertobrien auf Burg Praske eine Heerschau ab. Doch statt die Stimme des Reiches erschallen zu lassen, stellte man vor allem fest, wie weit der Befehl Borbarads reichte: Der Burgherr Rondradan von Streitzig und der Magier Rakolus erwiesen sich als Verräter, die den jungen Herzog von Tobrien in ihre Gewalt zu bringen versuchten. Bernfried hatte sich nach dem Tod von Vater und Bruder zudem noch mit einem Usurpator in Mendena herumzuquälen, der seine rechtmäßigen Insignien trug.

Ich war indessen nach Winhall heimgekehrt und gab die notdürftigsten markgräflichen Befehle. Wer konnte sagen, ob dieser Krieg mir noch einmal die Gelegenheit dazu geben würde. Hier erreichte mich auch ein Dschinn, der mir eine Einladung zum sagenumwobenen Konzil der Elemente im Raschtulswall für den Jahreswechsel brachte. Sorgen machte mir die Nachricht, daß Graf Uriel von Notmark zum zweiten Mal verweigert hatte, Melcher Dragendot oder andere Gesandte zu empfangen, die sich nach der Sicherheit des magischen Kelches erkundigten.

Der grimmigste Firunsfrost ließ eben erst nach, als der Kampf erneut aufloderte. Das darpatische Heer in Altzoll wurde von dämonischen Stürmen zurückgetrieben, die Albernier, die ihnen zu Hilfe geeilt waren, immer wieder durch schwarze Magie in die Irre geführt. Ein borbaradianischer Stoßtrupp drang in die Trollpforte vor und besetzte die Ogermauer. Fast gleichzeitig wurde Rondrasils Blutbanner, das bis Warunk durchgebrochen war, vom Angriff der Kreatur getroffen, jenes gigantischen Ungeheuers, das im Molchenberg geweckt worden war. Auch im Bornland war der Krieg zwischen Thesia von Ilmenstein und dem schurkischen Grafen Uriel von Notmark ausgebrochen.

Reichsbehüter, Schwert der Schwerter, Reichsmarschall Leomar und Herzog Waldemar zogen nordwärts, um dem Feind zu begegnen. Mit äußerster Raffinesse umgingen zwei Heere der Borbaradianer die Kaiserlichen und kesselten am 15. Tsa Ysilia ein. Doch den Todesstoß versetzte der Stadt nicht die Dämonenarche, die die Tobimora aufwärtsgewandert war und die neu erbauten Mauern einriß. Es waren die zwei Heerführer Borbarads, die sich hier offenbarten. Der eine war der rotschädelige Galotta, dessen Willen niemand entgegentreten konnte, als er zum Palast schritt und die letzten Bannmagier tötete. Dann waren es seine stumpfsinnigen Diener, die Ysilia zum zweiten Mal niederrissen. Der Zweite war Fürst-Marschall Helme Haffax, der vielfache Verteidiger des Reiches, einst Galottas Gegner, nun wie dieser ein Statthalter Borbarads. Sein militärischer Genius war es, der die magischen Wünsche des Dämonenmeisters und die militärischen Ziele des Krieges zu jenen undurchschaubaren strategischen Glanzleistungen vereinte. Als der junge Herzog Bernfried aus seiner Stadt floh, hatte er auch Mutter und Gattin verloren.

Mit den Schiffen, die im Tsamond von Maraskan zurückkehrten, wurde der Verdacht schreckliche Gewißheit. Haffax hatte vermutlich bereits unter Borbarads Befehl oder Einfluß gestanden, als er den Fürstenthron bestieg. Schlagartig wehte über Tuzak, Jergan und Sinoda das schwarz-rote Dämonenbanner. Sogar Boran, dreißig Jahre lang die letzte freie Stadt Maraskans, war gefallen. Die gemeldeten Vorstöße gegen Rebellen dienten in Wahrheit dazu, mißliebige Einheiten und Offiziere im Dschungel krepieren zu lassen, während die Templer von Jergan und andere Verräter die Macht ergriffen. Überall kam es zu Kämpfen zwischen kaiserlichen Regimentern, von denen die einen ihrem Reichsbehüter, die anderen dem Fürst-Marschall gehorchten. Und die vermeintlichen Deserteure in Borbarads Heerbann waren also, so stand zu befürchten, Kaiserliche, die geschlossen der Macht des halbgöttlichen Versuchers erlegen waren – wie Haffax selbst.

Wiederholt versuchten Boten, Reichsbehüter Brin, Ayla, Leomar und Waldemar die Identität ihres Feindes mitzuteilen. Aber das kaiserliche Heer war zu diesem Zeitpunkt wohl bereits Spielball von Haffaxens Horden, spurlos verschwunden irgendwo zwischen Nordtobrien und Bornland, Opfer eines Monate währenden grausamen Spieles, dessen Ziel es war, das Heer so zu zermalmen, daß all seine Toten gemeinsam ein neues Heer für den Dämonenmeister bilden konnten.

Die Blutzwillinge hatten es vorhergesagt: »Es wird kommen … aus dem Herzen der Kette … schwarz und rot … schwarz wie Endurium, rot wie Blut.« In der Maraskankette hatte ich gegen die Zwillinge gekämpft – dort, wo

Corula und Colurna schliefen. Und von dort hatte Borbarad seinen unaufhaltsam scheinenden Feldzug begonnen. Inzwischen, da der Tyrann Haffax versuchte, die Religion der unbeugsamen Maraskaner zu unterdrücken, begriff ich auch die Bedeutung der Diskusstaffette für mich: Die heiligste Zeremonie der Maraskaner bestand daraus, ein Artefakt von Hand zu Hand weiterzugeben! Nur die letzten Worte des Blutzwillings blieben mir ein Rätsel: »Du mußt bereit sein. Die Insel hat keinen anderen Sinn ...«

Siebenstreich

Im Frühjahr war mit dem Frieden von Oberfels endlich auch das Horasreich bereit, dem Feind entgegenzutreten, dessen Arm jeden Ort Aventuriens erreichen konnte. Seit dem Winter 26 Hal hatte sich Amene-Horas gegen all ihre Gegner durchgesetzt: Fürstin Kusmina war hingerichtet worden, die Kriegstreiber durch den Friedensvertrag gebändigt und alle Versuche, den Horaskult auszubauen, durch eine zwölfgöttergefällige Proklamation beigelegt. Der Rote Tod, nachweislich von Borbarads Beschwörern entfesselt, hatte in den annektierten Gebieten die Hälfte der Bevölkerung getötet. Kuslik war, wie die anderen großen Hafenstädte Havena, Festum und Al'Anfa, Ziel dämonischer Attentate geworden. Den schrecklichen Höhepunkt der Zerschlagung der Perlenmeerflotte bildete eine Katastrophe, bei der eine Dämonenarche eine Flotille mit über tausend Mann Besatzung in den Limbus schleuderte.

Langsam fügten sich all die Schrecken zu einem Bild, das Borbarads überlegene Planung verriet. Die Seehoheit war entscheidend für die Verbindung zwischen Maraskan und Tobrien. Deswegen hatten Borbarads Kultisten so früh die Viergehörnten beschworen. Inzwischen trieben sich im Gefolge der Dämonenarchen zahllose Piraten auf dem Meer herum. Es hieß, die meisten davon trügen Tätowierungen einer schwarzen Schlange. Ich mußte an die Sklavenjäger denken, die mich 35 Jahre zuvor aus dem Perlenmeer gefischt und in Selem verkauft hatten. Tatsächlich sollte der Admiral einer der

Archen ein gewisser Vrak sein. Ich nickte grimmig, als ich davon hörte. Damals hatte ich eine seiner Sklavenjägerinnen kaltblütig erschlagen, damit sie nie wieder ihrem Gewerbe nachgehen könne. Jetzt zeigte sich, daß ich damals noch viel zu rücksichtsvoll gewesen war.

Das Eisreich im Norden wuchs und wucherte, ohne daß wir mehr darüber herausgefunden hätten. Aus Aranien und der Gorischen Wüste drangen verworrene Berichte, die vermuten ließen, daß hier ein viertes Land im Würgegriff unheiliger Fäden lag. Die Sphärenbeben in der der Gorischen Wüste und um die Dämonenzitadelle hatten dazu geführt, daß sich magische Kraftlinien und sogar Sternbilder verschoben.

Im Ingerimm tagte in der Hohen Akademie zu Punin ein außerordentlicher Konvent aller drei Magiergilden. Gleichzeitig fand auch ein Konklave der zwölf Kirchen statt. Über fünfhundert Magier und hundert Geweihte versammelten sich, zunächst getrennt und voll Standesdünkel, dann doch ihre philosophischen Streitigkeiten überwindend. Die hohen und höchsten Geweihten von Hesinde, Phex und Nandus verkündeten im Namen aller Zwölfgötter, ihrer Alveraniare und Heiligen den zwölfeinigen Kirchenbann über Borbarad. Es galt, jedem Hinterwäldler und Waldläufer, jedem Opportunisten und Karrieristen klarzumachen, daß Borbarad nicht einfach ein weiterer Eroberer war, sondern der Sphärenschänder der Prophezeiungen.

Immer mehr Beweise für Rohezals Theorie tauchten auf, daß Rohal und Borbarad seit Äonen in vielerlei Inkarnationen gegeneinander gekämpft hatten. Vielleicht war der Magiermogul Assarbad seine erste menschliche Gestalt gewesen. Vielleicht hatte er zuvor einer jener Rassen angehört, von denen Rakorium mit mir nur noch unheimliche Spuren gefunden hatte. Vielleicht war er früher ein Leviathan oder Drache gewesen. Borbarad selbst ließ sich bisweilen als Alveraniar des Verbotenen Wissens bezeichnen. Was die Errungenschaften des Magierkonventes betrifft, muß ich vieles raten. Die Zeiten, wo Rohezal und ich uns tagelang besprochen hatten, waren vorbei. Der Erzmagier war ebenso wie ich unterwegs. Es scheint aber, daß es den vereinten Magiern gelang, Rohal den Weisen noch einmal in diese Sphäre zu rufen. Sein Vermächtnis war die Erklärung seiner Bemühungen, den Bruder zu bezwingen und zu fesseln, ohne daß seine halbgöttliche Seele in die Niederhöllen gerissen wurde – und das Versprechen, daß Rohals Plan kurz vor der Vollendung stand. Dies, muß ich sagen, wäre leichter zu glauben gewesen, wäre Borbarad nicht Augenblicke später ebenfalls erschienen und hätte er Rohal nicht mit überlegener Macht aus der Welt getilgt.

Zum Jahreswechsel reiste ich von Winhall durch Almada und suchte das Konzil der Elemente hoch oben im Raschtulswall auf. Hier fand jährlich die heiligste Zeremonie Aventuriens statt. Wie jedes Jahr erschien der Lichtvogel, das Auge des Weltenschöpfers, um sich zu erneuern. Borbarad jedoch war angetreten, die Schöpfung zu erobern. Eine Dämonenhorde, angeführt vom Nachtdämon, raubten das Ei des Lichtvogels, ehe es sich wiederverkörpern konnte. Ruban der Rieslandfahrer, Luzelins Tochter Morena, ich und weitere Gefährten machten sich an die Verfolgung. Binnen einer Woche, die, wie ich heute weiß, die Weltzeitwende darstellte, trug uns das Schicksal über Warunk und Festum bis ins Eherne Schwert. Meine Suche nach der Dämonenzitadelle und der Griff Borbarads, der sie erobert hatte, nach der Schöpfung verwoben sich zu einer Offenbarung für die Menschheit: Das Zwölfte Zeitalter hatte eben erst begonnen, die wahre Herrschaft der Menschheit über die Dritte Sphäre lag noch vor uns.

Wer jedoch der Herr der Menschheit sein würde, wir selbst oder Borbarad, das mußte unser Kampf entscheiden.*

Ich stieg aus dem Raschtulswall ab, um an seinem Nordende am Schlund an der Heiligen Zwölfgöttertjoste teilzunehmen. Ein rot-weißes Heerlager – vielleicht tausend Mann – dehnte sich am Fuß des Vulkans aus. Hier erst hörte ich davon, daß die ersten Entscheidungsschlachten stattgefunden hatten. Zunächst war in den Namenlosen Tagen ein Dämonenschwarm über Beilunk hergefallen: sieben fliegende Dämonen – so wie vermutlich beim Orakel von Altaia, gewiß aber beim Konzil im Raschtulswall. Kein Zweifel also, daß es sich um einen gezielten Angriff Borbarads gehandelt hatte. Die Antwort jedoch hatten ihm nicht die Menschen, sondern Praios selbst gegeben. Himmlische Blendstrahlen hatten Beilunks gewaltigen Tempel verteidigt, die geweihte Markgräfin Gwidûhenna hatte mit ihren Praiosdienern die heiligen Choräle angestimmt, und die dämonischen Irrhalken waren im Licht vergangen.

Das Heer des Reichsbehüters war fast ein halbes Jahr durch den Nordosten gezogen, zunächst Haffax verfolgend, dann zusehends von ihm bedrängt und zermürbt. In der Nacht auf den 24. Praios schloß sich der Würgegriff auf den Vallusanischen Weiden zum tödlichen Schlag. So viele Helden und Schurken waren in der Schlacht vereint, so viele Wunder und Greuel, daß ich bis heute nicht weiß, was genau geschah. Ayla berichtete mir nur, was uns beide am meisten betraf: Im tiefsten Schlachtengewühl hatte Borbarad Karmoth den Vernichter beschworen, einen Sechsgehörnten. Es hatte die vereinte Kraft der Amazonenkönigin Gilia, des Schwertes der Schwerter, Herzog Waldemars von Weiden und der Zauberin Nahema gebraucht, um ihn zu

---

* Siehe 26. Band: Der Lichtvogel (06/6026)

bezwingen – und Waldemar hatte dabei den Tod gefunden. Ich schämte mich meiner Tränen nicht, als ich davon hörte. Einzig die Erkenntnis, daß Haffax und selbst Borbarad im Feld nicht unbezwingbar waren, machte seinen Tod und den des halben Heeres erträglich. Und wie wundersam war die Nachricht, daß Kronprinzessin Invher Ni Bennain in Havena fünf Tage nach dieser Schlacht einen Erben geboren hatte: Der übernächste König von Albernia, so die Götter wollten – und wie anders sollten wir es verstehen, wenn das Leben selbst allem Schrecken zum Trotz seine eigene Zukunft schuf.

Jetzt erst traf auch die Nachricht ein, daß der Schwertzug fast bis ins Herz des Feindes eingedrungen war. Rondrasil Löwenbrand hatte schon im Frühling die Feste Ilsur zurückerobert und seither allen Angriffen widerstanden. Vom Blutbanner lebte kaum noch ein Drittel, doch es dauerte nur wenige Wochen, bis Entsatz eintraf – über das tobrische Perlenmeer, an dem wir nun wieder einen Brückenkopf hatten.

Borbarad, so konnten wir hoffen, war nach dem Aufeinandertreffen mit Rohal und den Beschwörungen von Beilunk und Vallusa soweit geschwächt, daß wir die entscheidende Waffe gegen ihn erringen konnten, ohne daß er eingriff. Die Zwölfgöttertjoste, um einen neuen Heermeister der Rondrakirche zu küren, war nur eine Kriegslist, um die eigentliche Zusammenkunft zu verbergen.

»Die Zeit ist reif«, sagte Ayla, gezeichnet von dem Gemetzel vor Vallusa und dennoch mit einem kaum sichtbaren Lächeln. »Es ist Zeit, daß die Sieben Kelche an ihrem einzig vorbestimmten Ort versammelt werden.« Ein heiliger Schauer durchfuhr mich, und ich verharrte in einem stillen Dankgebet zur Göttin.

Die folgenden Wochen machten uns klar, wie mächtig unsere Gegner waren. Wir kämpften nicht nur gegen einen Halbgott, sondern gegen ein halbes Dutzend Statthalter wie Galotta, Xeraan, Haffax, Razzazor, Rakolus und Lutisana – und diesen wiederum folgten Dutzende, wenn nicht Hunderte von Borbaradianern, Dämonenpaktierern und Kultisten, die allesamt übernatürliche Kräfte besaßen. Fast jede der Abordnungen, die aus allen Teilen Aventuriens kommend die heiligen Kelche mitführten, wurde in Kampf oder Verrat verwickelt. Selbst im Lager wurden noch Saboteure enttarnt, die, die Gefahr für ihren nichtsahnenden Meister erkennend, überstürzt zuschlugen.

Besondere Sorgen bereitete uns der Kelch von Notmark. Nach dem Magierkonvent verschwand Rohezal. Rohals Ende mußte ein furchtbarer Schlag für ihn gewesen sein. Was war ein Schatten ohne sein Vorbild? Zudem wußte ich, daß er inzwischen einhundertdreiundzwanzig Jahre alt war – genau jene Zeit, die Rohal regierte.

Rohezal verabschiedete sich von den Magiern mit den Worten: »Ich werde das tun, was ein alter Mann am besten kann.« Dabei dachte er ans Sterben; er flog mit Faldegorn nach Notmark, wissend, daß dies seine letzte Reise sein würde. Nachdem Graf Uriel in der Schlacht gefallen war, gelang es ihm in Burg Grauzahn, den Kelch zu finden und an sich zu bringen. Doch auf dem Rückweg wurden die beiden von Razzazor abgefangen. Auch ich war, nur eine Woche später, mit dem untoten Drachen zusammengestoßen. Faldegorn war bei dem Drachenkampf gefallen, Rohezal kurz darauf, als er den Kelch vor Borbarads Schergen rettete. Es war erschreckend zu hören, wie meine alten Gefährten einer nach dem anderen fielen.

Ich weiß nicht, wie viele Menschen starben, bis die sieben Kelche vereint waren. Manche Finte wurde da geschlagen: So erwies sich der Kelch aus Gareth, den ich jahrelang bewundert hatte, als wertvolle, aber machtlose Kopie, während die Zwerge von Lorgolosch ohne großes Aufsehen das Original überreichten. Angesichts des Rufes der Brillantzwerge, begeisterte Diebe zu sein, weiß ich bis heute nicht, ob die Finte von den Hesindegeweihten oder von den Zwergen geschlagen worden war. Die Krone der Vorsicht aber gebührte Rakorium. Melcher Dragendot hatte mich schon gewarnt, aber dennoch war die Geschichte unglaublich.

»Ihr habt was?« schrieen Ayla und ich im Chor auf.

»Ich habe den Ort vergessen«, sagte der verrückte Erzmagier, »wo ich den Kelch verborgen habe. Absichtlich. Spektabilität von Gareth-Rothenfels war so freundlich.« Wir schnappten nach Luft. Rakorium hatte sich das Gedächtnis löschen lassen. »Kann keinem trauen«, krakeelte er weiter. »Und gegen einen halbgöttlichen Beherrscher wie den Bethanier nicht einmal mir selbst.«

Heute kann ich schon wieder über den alten Uhu lachen, aber damals waren wir der Tobsucht nahe. Wir brauchten einen halben Tag und den Charme von Elfen und Hexen, bis wir Rakorium überzeugt hatten. »Der Dämonenmeister kann jeden Zauber rückgängig machen«, drang irgend jemand endlich durch. »Auch den, der Euer Gedächtnis lähmt. Nur eines kann er nicht rückgängig machen: die Vereinigung der Sieben Kelche.«

In der Zwölfgöttertjoste siegte Rondrasil Löwenbrand, dessen Blutbanner Ilsur befreit hatte. In dieser Nacht kam es oben am Schlund, im Ingerimmtempel, zu einem letzten Überfall. Ayla, so erfuhr ich erst jetzt, hatte die Kelche gleich nach dem Eintreffen gegen Kopien ausgetauscht und die Originale außerhalb des Lagers gesammelt. Auch dies fanden die Borbaradianer heraus. Eine ganze Kompanie der Söldner, die Hunde des Krieges, bissen sich in dieser Nacht an den zwergischen Geweihten, Rondrianern und anderen Wächtern die Zähne aus.

Als am folgenden Vormittag die Perricumer Rondrageweihten mit dem siebten Kelch eintrafen, bat mich Ayla, ihn in den Tempel zu bringen. So machte ich mich allein an den Aufstieg. Jenseits des Vorgebirges, am fernen Horizont, zeichneten sich die eigentlichen Bergriesen des Raschtulswalles als Silhouetten in zahllosen Schattierungen von Grün und Grau ab. Nebel quoll aus den entlegenen Bergtälern. Schräg über mir jedoch waren dumpfes Brodeln und leises Fauchen zu hören und klangen wie die gequälten Atemzüge eines Sterbenden. Bisweilen drangen mir schwefelige Dämpfe entgegen.

Aus den Schwaden schälte sich eine Gestalt: ein unrasierter Mann in zerhauener Lederrüstung. Er blutete aus einer Kopfwunde, erwartete mich aber mit wölfischem Grinsen und blankem Säbel, vier Schritt über mir.

»Der Schwertkönig, eh?« sagte er, als seien wir seit Wochen verabredet.

»So nennt man mich.«

»Und das«, er deutete mit dem Säbel auf das Kästchen in meinem Arm, »ist einer von den verfluchten Kelchen.« Ich sah keinen Grund, in dieser Lage zu lügen.

»Der Meister will ihn haben«, zischte er.

»Er wird ihn nicht bekommen – keinen der sieben.«

»Einer reicht«, keuchte der Söldner. »Er wird uns in die Hölle schicken, wenn er hört, daß wir versagt haben. Aber wenn ich ihm den bringe, macht er mich unsterblich.« Ich habe noch nie solch ein Gemenge aus Gier und Glauben in einem Blick gesehen.

»Um ihn zu bekommen, müßtest du unsterblich sein«, sagte ich. Ich ahnte, daß ich ihn damit reizte.

»Jaaaa«, kreischte er und sprang mich an. Der Kampf war keine Herausforderung. Ich wich aus, er stürzte schwer, dann erschlug ich ihn. Rondra, was für eine Macht hatte Borbarad über die Sterblichen!

Die letzten zwanzig Höhenschritte des gewaltigen Schlundringwalles mußte ich mit zwei Strickleitern überwinden. Dann lag vor und unter mir der gigantische Krater des Schlundes. Über zwei Meilen durchmaß der Hauptkrater, dessen Wände von zahllosen Schrunden, Schloten und Nebenkratern durchbrochen waren. Durch neblige Schwaden hindurch, die wabernd den gewaltigen Krater durchzogen, schien der eigentliche Abgrund des Schlundes bodenlos in dumpfem Rot zu glühen. Fast konnte man meinen, daß der gigantische Leib nach Äonen noch immer in schmerzhaften Krämpfen zuckte. Ich erschauderte. Das war das vereinte Werk Rondras und Nandus' gewesen. Bis zur Sonne hatte Raschtul aufgeragt, aber Nandus' Rat und Rondras Klinge fällten ihn. Ich fühlte etwas wie Angst vor den Mächten, denen ich diente. Als ich den Tempel erreichte, waren die Felsen ringsum rot vom Blut.

Der Pilgerzug der zwölf ausgewählten Vertreter der Kirchen traf kurz vor der Dämmerung ein. Seine Erhabene Weisheit Jariel stützte sich schwer auf den Arm seines Widersachers Hilberian, mit dem er den Zwist am Fuß des Schlundes beigelegt hatte. Links stand ihm das Schwert der Schwerter bei. Allen voran schritt die Hochgeweihte des Ingerimm-Tempels zum Schlund, die hühnenhafte, ja, schon zyklopisch wirkende Ingund vom Schlund, den Hammer über der Schulter, nur in lederne Schürze und ein Brusttuch gekleidet. Ayla deutete auf ein etwas tiefer liegendes Magmabecken: »Dort werden wir die Götter bitten, Siebenstreich wiederentstehen zu lassen. Sichert den Platz! Freunde, Geschwister vor den Zwölfen, folgt mir und betet, daß wir uns zu tun anschicken, was der Wille der Götter ist!«

Die Borongeweihte sprach geheime Worte aus, die seit den Dunklen Zeiten von einem Ohr zum anderen weitergetragen worden waren:

»Ihr Götter,
wir beten zu Euch,
den Bann von diesen Kelchen zu nehmen,
auf daß Siebenstreich, die Heilige Klinge der Helden,
zurück in die Hände der Sterblichen gelange!«

»Glacerion,
gebunden in dir, dem Kelch des Eises,
ist Praios weise Gerechtigkeit,
der Siebenstreich für die Menschen befahl.

Aëserion,
gebunden in dir, dem Kelch des Erzes,
ist die schaffende Kraft Ingerimms,
der Siebenstreich auf Sein Geheiß schmiedete.

Ignerion,
gebunden in dir, dem Kelch des Feuers,
ist der göttliche Zorn Rondras,
die Siebenstreich zur rechten Zeit den Sterblichen übergab.

Umerion,
gebunden in dir, dem Kelch des Wassers,
bleibt der ewige Wandel,
der Siebenstreich in den Zeiten widerfährt.

Aitherion,
gebunden in dir, dem Kelch der Luft,
ist der Klinge Fügsamkeit,
die Siebenstreich seinem Träger gewährt.

Telerion,
gebunden in dir, dem Kelch des Humus,
liegt die todbringende Macht,
die Siebenstreich zum Siege verhilft.

Asterion,
gebunden in dir, dem Kelch der Magie,
ist das Wissen Hesindes,
die die Heilige Klinge in Sieben Kelchen verbirgt.

Praios,
Herr, der die Heilige Klinge befahl,
Ingerimm,
Herr, der Siebenstreich schuf,
Rondra,
Herrin, die den Träger des Schwertes wählte,
Hesinde,
Herrin, die die Waffe zum Kelch werden ließ,
Boron,
Herr, der das Gebet über den Tod hinaus bewahrte,
fügt zusammen, was einst ein Ganzes war!«

Ein Kelch nach dem anderen wurde den Feuern des Schlundes übergeben und versank aufglühend in Flammen und Rauch. Der Schlund bebte und brüllte. Beißende Luft schmerzte in meiner Brust, ein plötzlicher Regenschauer fiel herab, Dampf nahm mir die Sicht. Dann teilte sich das kochende, glühende Gestein, und eine erzene Hand hob die Klinge hervor, die im roten Schein erglühte. Ayla von Schattengrund stand stumm, dann streckte sie die Hand aus und schloß sie um den Griff der Klinge. Während die elementare Hand versank, hob die ihre, die menschliche, die heilige Waffe hoch über den Kopf. »Ihr Götter, habt Dank! Siebenstreich ist zurückgekehrt!«

Wir kehrten zum Ringwall zurück, der inzwischen von tausend Gläubigen mit Fackeln gesäumt wurde. Wieder erhob Ayla ihre Stimme: »Rondra wird den würdigsten Helden wählen. Und ich glaube, daß er oder sie nicht weit ist.« Der Altar, ein mächtiger Basaltblock auf grob zusammengefügten Stufen, erhob sich mannshoch.

Leomar selbst, so hieß es, hatte ihn errichtet. Der gelbe Feuerschein der Fackeln und Laternen vermengte sich mit dem roten Leuchten des Schlundes. Wind war aufgekommen und wehte immer wieder farbige Schwaden über den Platz. Im Hintergrund fauchte und grollte der heilige Vulkan. In den tiefschwarzen Schatten der zerklüfteten Wände glaubte ich gefallene Kameraden, elementare Manifestationen, Wesen aus anderen Welten und den Blick der Götter selbst zu erahnen. Das Blut eines Widders rann über den Altar, der Chor der Gläubigen schwoll an.

Als Ayla zu einer Anrufung ansetzte, schwang ein beinahe unhörbarer Ton über dem Grollen des Schlundes: Der helle Klang, der nicht von Dere stammte, der vom Himmel herabzufallen schien, schwoll zu einem Rauschen an. Er kam von Osten und brachte einen weißgoldenen Schein am Himmel mit sich. Ein Löwenstern! Er kam vom offenen Meer, von weit, weit oben, wie aus den Sphären der Götter, und stürmte mit unbändiger Kraft, gleißend und von überirdischer Melodie begleitet gen Westnordwest. Aufleuchtend begegnete dem Sternbild des Schwertes, gleichsam von dessen Klinge geleitet, verdeckt für einen Augenblick der goldweiß am Nachthimmel strahlende Ucuri, um im fast versunkenen Sternbild von Hammer und Amboß zu vergehen. Es gab niemanden, der nicht wie gebannt den Flug des Löwensterns verfolgt hätte. In das erfürchtige Gemurmel nach dem Verstummen des Zeichens fiel der helle Klang eines auf Stein schlagenden Schwertes. *Siebenstreich* hatte sich gewandt – ungesehen und von keiner sterblichen Hand berührt! Am äußersten Rand des Halbkreises stehend, erwiderte ich den Blick Ihrer Erhabenheit – aber ich wußte, daß *Siebenstreichs* Spitze auf mich zeigte.

Meine Gedanken rasten wie im Fieber: Ein Schwert

wird niemals mit der Spitze voran überreicht. Dem Griff zugewandt standen allerdings die Geweihten der Tsa, die es weit von sich gewiesen hätten, die Klinge zu führen. Die Göttin mußte mich gemeint haben. Aber ich ahnte auch, daß die Klinge, die auf mein Herz zielte, eine weitere Botschaft vermittelte. Ayla von Schattengrund ergriff *Siebenstreich*, das Heft auf mich weisend, und stieg die Stufen herab. Unwillkürlich, wie im Traum, kam ich ihr entgegen und beugte das Knie. Meine Hände waren fest, aber meine Seele zitterte, als ich die heilige Waffe entgegennahm. Ich hörte den Segen Ihrer Erhabenheit und erhob mich. Mit aller Kraft hob ich die Klinge empor. Götter, seht mich, sagt, daß es wahr ist oder streckt mich nieder. Laßt dies keinen Traum sein.

Ich ahnte den Jubel um mich kaum, denn meine Augen versanken in der Götterklinge. Es war ein Schwert zu anderthalb Hand, wie ich noch keines gesehen hatte. Güldenländische, bosparanische, tulamidische und maraskanische Elemente vereinten sich zur reinen Vollkommenheit. Das überirdische Metall schien von goldsilberner Farbe zu sein, auf dem jedoch Lichtreflexe in Purpur und Orange spielten. Und als ich die Waffe vor meine Augen führte, konnte ich ein schwarzes Glimmen aus dem Inneren der Klinge erahnen. Meine Augen liebkosten die Sonne des Praios im Knauf, die Löwinnen Rondras an der Parierstange, deren Schwänze den Griff umschlangen und die mit den Hinterpranken auf der Balkenwaage Borons ruhten. Ingerimms Flammen umzüngelten die Waage, und Hesindes Schein der Magie umspielte sichtbar die Klinge.

Ayla hatte gebetet, ebenso der Bote des Lichtes und die anderen Kirchenoberhäupter. Dann erklang wieder Aylas feste und doch sanfte Stimme: »Euch aber, Gefährten, die ihr so viele Gefahren bestanden habt, um die Wiedererschaffung *Siebenstreichs* zu ermöglichen, will ich bitten, unsere Botschafter zu sein. Geht in jedes Land, in jede Stadt, wo wehrhaftes Volk zu finden ist, und verkündet, daß *Siebenstreich* wieder von der Hand eines Sterblichen geführt wird. Kündet vom verzweifelten Ringen des Kaiserlichen Heeres auf den Schlachtfeldern von Tobrien und entflammt die Herzen der Zauderer, die noch in ihren Palästen, in Häusern und Höfen weilen. Sammelt ein Heer, wie Aventurien noch keines sah – und, mit dem Segen der Zwölfe und Rondra vorneweg, führt es nach Tobrien!«

Gezeichnet

»Sammelt ein Heer, wie Aventurien noch keines sah«, hatte Ayla gesagt. So mitreißend und notwendig der Aufruf war, so schwierig schien es, ihm zu folgen – und so entscheidend für den Fortbestand der Welt, so wie wir sie kannten. Die Götterklinge war nicht die Waffe, mit der ich nun einfach gegen Borbarads Horden ziehen konnte. *Siebenstreich* mochte mich beinahe unbesiegbar machen – unverwundbar machte es mich nicht. Wenn ich scheiterte, wenn ich versagte, war nicht nur ich verloren, nicht nur die Schlacht, sondern vermutlich auch *Siebenstreich*. Deswegen hatte man das Schwert in den Dunklen Zeiten eingeschmolzen. Aventurien wäre nicht nur seiner mächtigsten Waffe beraubt, womöglich sogar hätte Borbarad eine neue gewonnen. Es war unvorstellbar, was der Dämonenmeister mit dem Schwert seiner göttlichen Ahnen anrichten mochte. Ich brauchte ein Heer, das mir den entscheidenden Angriff erlaubte. Rondra, wieder würden andere sterben, damit ich siegen konnte. Wolltest DU darum, daß ich eine Seele aus Stahl bekomme? Denn es mochte noch schlimmer kommen: Wenn ich zu früh zuschlug, wenn ich ungeduldig wurde, ausgerechnet ich, dann würden die anderen einfach sterben – ohne jeden Nutzen. War es das, was Hlûthar wiederfahren war? War er in der Ersten Dämonenschlacht gefallen, weil seine Gefährten nicht standgehalten hatten?

Im Traum sah ich Ketten vor mir, deren Teil ich war: Die silberne Kette der Conchobairs, die schwarze Enduriumkette der Träger der Zwillingsschwerter, die goldene Kette der *Donnersturm*-Helden. Sie zogen sich durch die Weiten der Geschichte und der Schöpfung. Bei mir kreuzten sie sich und bildeten einen Angelpunkt. Dorthin hatte Rondra nun auch noch *Siebenstreich* gehängt. Es war die Kraft aller drei Ketten nötig, all meiner Vorgänger und Nachfolger, all meiner Ahnen und Kindeskinder, um diese Verantwortung zu tragen.

Ich hatte so viele Waffen besessen: Wie sehr hatte ich diese Waffen geliebt, wie war mein Herzblut in ihnen geflossen. Doch nun, nach all den Jahren, waren sie doch nur Werkzeuge auf einem Weg gewesen. Ich mußte an mein Horoskop denken, das mir jener Sternkundige in Khunchom damals gestellt hatte: Rondra, der mein Geburtsmond gehörte, hatte ich stets gedient, auch Aves, der zwiefach über meiner Geburt geleuchtet hatte. Jetzt galt es, Simia, dem dritten meiner Planeten, Genüge zu tun. Ingerimm und Tsa hatten sich vereinigt, um ihn zu schaffen – also mußte auch ich danach trachten, mit Ingerimms Gabe etwas Neues zu schaffen, etwas, das ausnahmsweise Bestand haben würde. Ich dachte an Tsas friedliches Wesen. Frieden? Konnte man mit einer Waffe Frieden schaffen?

Alle Zeichen sprachen von einer neuen Heldenzeit, wie sie alle tausend Jahre begann. Der Lichtvogel gar hatte uns ein völlig neues Zeitalter offenbart. Ich ahnte, daß ich den Höhepunkt dieser Epoche gar nicht mehr erleben würde. Ich würde zu den sagenhaften Gestalten gehören wie Geron der Einhändige, dessen Taten die meinen allerdings deutlich übertrafen. Wie ihn würde man mich den ersten Träger *Siebenstreichs* nennen. Über mein Leben würde man wenig wissen. Die Kriege gegen die Oger, Menschen und Orks und die noch bevorstehenden Schlachten gegen die Dämonendiener würden wenig Dokumente hinterlassen.

Auf meinen Händen zeigten sich die ersten Altersflecken. Immer öfter bekam ich Schulterschmerzen, vor allem, wenn das Wetter umschlug – und das tat es immer öfter, vor allem im Osten. Ungerührt sagte der Medicus: »Ja, das Gliederreißen. Ihr habt in jungen Jahren ein wenig zu flott gelebt.«

»Mag sein«, knurrte ich, »aber nicht mit den Schultern.« Wenn ich ehrlich war, hatte ich nicht mehr so viel Atem wie vor dreißig Jahren. Aber was ich hatte, wußte ich so einzuteilen, daß ich länger durchhielt als jeder dieses Alters. Ich hätte mich selbst als Dreißigjährigen besiegen können …

Meine älteste Tochter Shanhazadra, die ich mit der Sklavin Sharisad in Aranien gezeugt hatte, war für dieses Jahr zur Geliebten der Göttin gewählt worden. Und auch für Rondriga war es Zeit, daß ich ihr meinen Segen gab. Zunächst aber mußte ich sie trösten: Rohezal war für sie wahrscheinlich mehr ein Vater gewesen als ich. Doch dann war es Zeit, die Klingen zu kreuzen. Vielleicht war Rondriga zornig über Rohezals Tod – vermutlich war sie einfach zur Meisterin gereift. Jedenfalls dauerte unser Kampf über eine halbe Stunde. Das Echo unserer Schläge vermengte sich mit den nächsten Schlagfolgen zu einer anwachsenden Harmonie. Plötzlich verharrten wir, sie mit über dem Herz zerfetztem Wams, ich mit einem sanft blutenden Schnitt über den Hals.

»Deiner«, sagten wir gleichzeitig. Wir lachten und umarmten einander. Dann reichte ich ihr *Antworter* und nahm auch mein Rückengehänge ab. Wortlos nahm sie beide Klingen an sich. Das nächste Glied klickte in einer Kette ein, deren Ursprung und Richtung ich nicht kannte, obwohl ich schon so lange Teil von ihr war.

Immer häufiger begegnete ich den anderen der Sieben Gezeichneten, von denen die Alanfanischen Prophezeiungen kündeten.

Der Erste Gezeichnete, sowohl in den alten Schriften wie bei seinem Erscheinen, war der Träger des Rubinauges. Dieser magische Kristall in seinem Leib schien vor Jahrtausenden mit einer von Borbarads früheren Inkarnationen in Verbindung gestanden zu haben. Der Wahnsinnige, der Borbarad zurückholte, hatte das Rubinauge zuletzt getragen, aber der jetzige Träger war ein Dämonenjäger, der Borbarad zweimal hatte aufspüren können, als seine Macht noch nicht gefestigt war.

Luzelin, meine Geliebte eines Winters vor dreißig Jahren, hatte mit ihren Hexen den Zweiten Gezeichneten erwählt, der sich darum verdient gemacht hatte, die erstaunliche Nachricht von Borbarads Rückkehr zu verbreiten und aller Engstirnigkeit und Kurzsicht zum Trotz jene Bündnisse zu knüpfen, die allein wenigstens Aussicht boten, dem Dämonenmeister entgegenzutreten.

Der Dritte Gezeichnete war ein großer Kämpfer, der auf Maraskan vom Erbe der Leviatanim, der stärksten der ausgestorbenen Echsenrassen, berührt worden war. Seine Hände und Arme waren von grünen Schuppen gezeichnet. Als ich ihm begegnete, hatte ich Mühe, all die Ängste und Vorurteile, die mich der Erzmagier Rakorium gelehrt hatte, zu unterdrücken – um so mehr, als es nur allgemeine Deutung, jedoch nirgends in den Alanfanischen Prophezeiungen zu lesen war, daß die Gezeichneten Feinde Borbarads waren.

Über den Siebten Gezeichneten hieß es: »Wenn aus

sieben Schalen Schärfe schäumt, dagegen kein Schrecknis gewachsen ist.« Alle, die davon wußten, waren überzeugt, daß hier vom Träger *Siebenstreichs* die Rede war. Die Identität der anderen Gezeichneten war noch nicht geklärt – und bei manchen sollte es bis zu den letzten entscheidenden Augenblicken dauern, bis dies geschah. Wie ernst Borbarad die Prophezeiungen des Thamos Nostriacus nahm, begriffen wir, als wir von der Belohnung hörten, die Borbarad auf die Seele jedes der Gezeichneten ausgesetzt hatte: wahlweise einhundert Lebensjahre, das eigene Gewicht in Gold oder die Kenntnis weiterer sieben Zauberformeln.

Die Herrschaft über die Schwarzen Lande festigte sich zusehends. »Allein dieser Ausdruck ist bereits Verrat«, pflegte Dexter Nemrod zu zürnen. Er hatte recht: Es war, als ob wir Tobrien, Maraskan, das Eisland und Teile Araniens aufgegeben hätten. Deswegen wohl hatte Reichsbehüter Brin Dexter Nemrod zu Haffaxens Nachfolger als Graf von Wehrheim ernannt. Lucana Lanzenschäfter war inzwischen zur Illuminata von Wehrheim aufgestiegen. Östlich von Wehrheim regierten unaussprechliche Schrecknisse. Die Statthalter des Dämonenmeisters ließen alle Flüchtlinge zurück in die Städte treiben. In der Warunkei wurden Bauern gesichtet, die bei der Ernte von modernden Untoten bewacht wurden. »Fleisch für Razzazor, Blut für Xeraan, Seelen für Galotta«, hieß es allgemein. Auf dem Molchenberg und in Eslamsbrück war der Bau von Opferpyramiden weit fortgeschritten. In Ysilia herrschten Galottas Kapuzenträger. Es sollte verboten sein, die Stadt anders zu nennen als Yol-Ghurmak. Auch der Nekromant, der Baranos seinerzeit in einen Werwolf verwandelt hatte, sollte zu Borbarads Gefolge gehören – und im Norden sollte der Orkschamane Uigar Kai umgehen. Über alldem, so hieß es, sei auf dem Geflügelten Thron der Dämonenmeister unterwegs, von seinen Vasallen mehr gefürchtet als von den Versklavten. Wenn er seine Befehle gäbe, wortlos stets, bräche seinen Gefolgsleuten Blut aus Augen, Ohren, Nase, Stirn und Schläfen. Stets erschiene er in neuer Gestalt, denn seine überirdische Macht verbrenne die Leiber, derer er sich ständig bemächtigen müsse. Gemein sei aber all seinen Erscheinungen, daß seine rechte Hand jede Kreatur, die sie berühre, verwandle, seine linke Hand aber alles durch reines Auflegen vernichte.

Sogar Frumel war diesem Land zum Opfer gefallen. Der alte Spötter hatte aus seinem Leben nie viel gemacht, aber auf Maraskan und gegen die Oger mehr als seine Pflicht getan. Von einem Erkundungsritt in der Warunkei war er schwerverletzt heimgekehrt und dann den unheilbar schwärenden Wunden erlegen. Ich stellte erstaunt fest, daß ich seinen Tod bedauerte – und nicht nur, weil niemand so einen Tod verdiente. »Keiner ist ganz überflüssig«, hatte er selbst gesagt, »zumindest kann er als abschreckendes Beispiel dienen.« Tatsächlich hatte er mich mit seiner Häme davor bewahrt, ein heruntergekommener Abenteurer zu werden. Wann immer es mir dreckig gegangen war, hatte mich die Erinnerung an seinen Spott davon abgehalten, meine hochfliegenden Träume ganz aufzugeben. »Boron hab dich selig. Ich wünsche dir, daß du nicht auf dem Weg übers Nirgendmeer Golgari erklärst, wie er seinen Dienst zu tun hat.«

Der Mond der Tsa war über das Land gekommen, mit einer Brise voller Hoffnung, Frühling und Sanftheit. In den Straßen Gareths schmolzen die letzten Reste des Schnees, der heuer auch im Kernland gefallen war. Seit Borbarads Rückkehr waren die Winter auch in Garetien ungewöhnlich grimmig. Doch wir hatten den Tag der Ifirn gefeiert, und die zweite Hälfte des Jahres 28 Hal erschien uns verheißungsvoll.

Mit Einbruch der Nacht war es grimmig kalt geworden. Ich war wie so oft in der Halle des Rondratempels geblieben. Der Morgendienst lag Stunden zurück, doch wir standen in einer Traube von Geweihten, Edelleuten, Offizieren und Kriegern, die Nachrichten aus den Schwarzen Landen, den bedrohten Gebieten und den Heerlagern des Reiches austauschten. Um Mitternacht fand ich mich unversehens abseits, von einer fast tierhaften Unruhe ergriffen. Nach und nach verloschen die Gespräche. In der ganzen Stadt begannen die Hunde zu bellen. Wie von einer Peitsche getroffen, rannte ich aus dem Tempel.

Sie kamen von Osten. Zunächst sah ich nur einzelne glimmende Funken am Himmel. Doch nach und nach entlarvte das Licht der Mada und der Sterne, welch wabernde Wolkenmasse sich da heranschob. Selbst der Nachthimmel wurde davon verdunkelt. Ich brauchte eine Weile, bis ich einzelne Gestalten ausgemacht hatte. Es war mehr mein Instinkt als meine Sinne, der mich sieben Dämonen ahnen ließ – wie beim Überfall auf das Konzil der Elemente, wie bei der Zerstörung Altaias, wie bei dem Angriff auf Beilunk. Da gab es geflügelte Schlangen, die wie flirrende blaue Sprünge im Blauschwarz des Himmels wirkten. Da gab es Schatten, in denen die Höllen glühten: jene Mischwesen aus Raubtier und Raubvogel, die unsere Städte wiederholt heimgesucht hatten. Doch beherrschend war der letzte Anblick, der in seiner Fremdartigkeit wohl nicht nur mich lähmte: Als Silhouette vor den Sternen erhob sich ein absurdes Bauwerk aus Turmplanken und Segelwerk, getragen von einem Unwetter, das einen niederhöllischen Rammbock umtobte.

»Rondra, hilf«, rief ich und zog *Siebenstreich*, das ich wie immer auf meinem Rücken trug. Heilige Klänge erfüllten meine Ohren und mein Herz. Während ich die Kaiser-Reto-Straße hinauflief, den Höllenkreaturen entgegen, erreichten diese die verstreuten Gehöfte einige Meilen jenseits des Osttores. Allenthalben gellten Rufe, Laternen und Fackeln wurden geschwenkt. Hellebardiere sicherten Straßen, Bogenschützen eilten zu ihren Stellungen. Unabsichtlich war ich zum Greifenplatz gelaufen. Wo sollte ich die Unwesen erwarten?

Die ganze Stadt, aus dem Schlaf gerissen, verharrte atemlos. Die erste Schlange überflog die innere Mauer am Maraskanplatz, noch immer hundert Schritt hoch. Die Gedanken rasten in meinem Kopf. Worauf steuerten sie zu, wenn sie sich noch immer so hoch hielten? Vielleicht gar nicht auf die Stadt selbst? Neu-Gareth? Die Neue Residenz? Die Stadt des Lichtes? Da ließ die Kreatur, sich unentwegt windend, etwas fallen, so daß sie eine glühende Spur zog. Ich versuchte die Größe zu schätzen: Fünf Schritt lang waren jene Untiere gewesen, denen ich in Warunk und im Raschtulswall begegnet war. Die Last mochte ein kleines Faß sein.

Da schlug es schon jenseits des Kaiser-Raul-Parkes ein. Feuerschein loderte auf, Schreie gellten – voll Schmerz und Angst. »Hylailer Feuer«, brüllte ein Marineoffizier. Fettiger schwarzer Qualm stieg von dem Brandherd auf. Kriegslustig lief ich einige Schritt darauf zu. Aber es war vergeblich. Inzwischen hatten weitere Dämonen die Mauer überflogen. Keiner davon kam auch nur in Bogenschußweite – geschweige denn in die von *Siebenstreich.* Weitere Feuerfässer stürzten herab. Auch die Irrhalken ließen Feuer regnen: Sie schüttelten sich und in alle Richtungen stoben ihre Federn davon, die glühende Schweife zogen. Wo die Geschosse trafen, gingen sogar Schindeln in Flammen auf.

Dann erreichte das siebte Unwesen die Stadt. Es schien tatsächlich ein fliegender Belagerungsturm zu sein, vorangetrieben von einem Dämon, der teils Widderschädel, teils Sturmwind, teils Schlange war. Bis zu uns herab fühlte man die peitschenden Böen, die die

Segel und Luftsäcke rings um den Turm blähten. Der Turm war mit knochenbleichen Gestalten besetzt, die nun Brandpfeile in die Stadt schossen. Bisweilen regnete auch ein Spaten voll glühender Kohlen herab. Auch ich brannte vor Zorn. Ich hörte, daß ich heilige Herausforderungen und Flüche gegen das Höllengespann schleuderte. Dieses jedoch zog brausend und ungerührt seines Weges, auf die neue Residenz zu. Ich stand da, noch hilfloser als beim Angriff auf das Konzil im Raschtulswall. Was half mir, was half uns allen das Schwert der Götter, wenn kein Sterblicher es nur in die Nähe der Höllendiener bringen konnte?

Gareth brannte an einem Dutzend Stellen. Niemals habe ich so helles Feuer gesehen. Mindestens drei Gebäude – wohl jene, die vom Hylailer Feuer getroffen waren – erschienen in turmhohe Flammen gehüllt. Irgendwann gab ich meine vergebliche, ja fast lächerliche Verteidigung auf. Ich stieß *Siebenstreich* zurück in die Scheide und tat, was jeder andere tat: Wir zerrten Verwundete aus einstürzenden Häusern, rissen Mauern ein, ehe das Feuer auf Nachbarhäuser übergriff, warfen nasse Decken über brennende Menschen, schleppten Eimer voll Wasser und beteten um eine göttliche Erleuchtung, wie wir dem Dämonenmeister entgegentreten sollten.

»Stirb, Verruchter!« Das Wurfmesser verfehlte meinen Kopf um Haaresbreite. Es vibrierte noch im Bettrahmen, als ich eitergelb das Gift herabtropfen sah. Ich griff nach einem leeren Bierkrug und warf ihn dem Attentäter entgegen. Er wich wie eine Katze aus und hatte schon wieder ein Messer in der Hand. Ich stemmte den Holztisch hoch und drängte den Angreifer zurück. Als er erneut hochkam, hielt ich *Siebenstreich* in den Händen – eine andere Klinge führte ich nicht mehr. Der Fremde fluchte und schleuderte eine Handvoll daumengroßer Elfenbeinkugeln auf den Boden, allesamt mit einem vorwurfsvoll starrenden Auge bedeckt. Ich wollte ihm folgen, als er aus dem Fenster sprang. Doch die dämonischen Kugeln drängten sich unter meine Fußsohlen und wichen erst, als ich *Siebenstreich* auf sie richtete.

Das war im Phexmond. Schon einige Wochen später bekam ich erneut Besuch. Sie war eine schwarzhaarige Schönheit mit einem sündhaften Lächeln. Ich hatte lange keine Frau mehr besessen. Irgend etwas in ihren Katzenaugen weckte alte, ungute Erinnerungen.

»In Rahjas Namen, wer bist du?« fragte ich grimmig lachend. Für einen Augenblick schien sie zurückzuweichen. Dann sah ich den Schimmer, der sich um *Siebenstreich* an meiner Seite verstärkte. Als ich es wiederholte, war es keine Redewendung mehr, sondern eine gezielte Anrufung der Göttin: »In Rahjas Namen, wer bist du?«

Ich fühlte Brechreiz, als ihr Gesicht zerfloß. Eine nachtschwarze Fratze mit sabbernden Speichelfäden griente mich an. Aus dem obszönen Buckel wuchs ein krummes Horn. Die Stimme war wie ein Eimer voller Asseln: »In Äonen hat keiner Laraans Larve durchschaut. Fluch dir!«

Ich warf mich aufs Bett und griff nach *Siebenstreich*. Ich schnellte vor und wollte noch im Liegen zuschlagen, mit dem ganzen Schwung der Bewegung. Doch vor mir gab es nur noch das verwehende Wabern eines Tores in den Limbus.

Kein Zweifel: Auch wenn ich nicht wußte, wie ich *Siebenstreich* einzusetzen hatte – mein Gegner ahnte es und versuchte es zu verhindern. Ich mußte an jene letzten Sommer denken, als Belfionn gestorben war, als die Jugend, ja die Zeit selbst unsterblich schienen, als mein Eintritt in das Ritterleben wie ein Schatten dräute, und als plötzlich das Namenlose Grauen über uns hereingebrochen war. Sie wußten seit einem halben Jahrhundert, daß ich kommen würde.

Wenn Götter fechten

Es war überwältigend, welch ungeheure Streitmacht Brins Aufruf zur Großen Heerschau der Zwölfgöttlichen Lande gefolgt war. Wir hatten tatsächlich eine Armee geschaffen, wie sie seit Jahrhunderten nicht gesehen worden war. Fast ganz Aventurien hatte sich gegen den Dämonenmeister vereint. Ich hatte selbst meine Winhaller Grenzgarde mitgebracht: fünfhundert Veteranen, die Orks und Isora widerstanden hatten.

Ort und Zeit der Schlacht hatten sich nach und nach aus Borbarads Wesen ergeben. Sein Gefolge machte keine Anstalten, die Schwarzen Lande zu verlassen, die es Tag für Tag dämonischer gestaltete. Was immer Borbarads erste Ziele gewesen waren, er hatte sie anscheinend erreicht. Diesmal lag es an uns, die Ogermauer zu überwinden. Vor sechs Jahren war Borbarads Geist aus dem Limbus geholt worden. Das letzte Jahr des Drachen ging zu Ende. Im Westen näherte sich das Sternbild des Fuchses mit dem aufmerksamen Auge dem Untergang. Das Madamal war auf seinem allnächtlichen Weg so weit südlich abgeirrt wie noch nie zuvor.

»Ein klassisches Zeichen vor einer magischen Katastrophe«, sagte Spektabilität Saldor Foslarin aufbauend. Die Entscheidung stand noch immer aus – und es schien, daß sie als einzige nicht in den Sternen stand. Die Alanfanischen Prophezeiungen, die so viele Schritte Borbarads und seiner Gegner vorhergesagt hatten, waren ebenso wie das Urteil des Lichtvogels zweideutig. Immer häufiger stellten wir fest, daß sich die Borbaradianer auf die gleichen Stellen beriefen wie wir; nur deuteten sie sie genau gegenteilig. Statt des üblichen Ingerimmsregens fielen salzige rote Tropfen vom Himmel, getrübt von Sand aus der Gorischen Wüste. Hesinde allein wußte, wie der hierherkam.

Es war grauenerregend, wie die Ogermauer sich verändert hatte. Sichel und Zacken hießen die Gebirge zu seinen Seiten, ein Gebirge aus Sicheln und Zacken war auch der Wall. Kern der vier Meilen breiten Anlage war eine acht Schritt hohe und genauso dicke Mauer aus dunklem, beinahe lebendig wirkendem Gestein, das teilweise ölig-schleimig glänzte. Die Bastionen waren wie geschmolzene Türme, auf denen Krakenarme wucherten. Splittergespickte Mannpforten und polierte Riesentore aus schimmerndem Metall verrieten, daß die Kasematten auch innen ausgebaut waren. Gekrönt wurde die Mauer von einer Reihe vogelnestähnlicher Stellungen für Pfeilgeschütze, von Wasserspeiern, monströsen Idolen und von einer unübersehbaren Kette von Pfählen, Gerüsten und gekreuzten Balken, an denen zerschundene Leichen, vollständige Skelette, Schädel, Gerippe und einzelne Knochen angekettet, befestigt, angenagelt oder festgebunden waren. Und wieder hatte Haffax die Ebene vor der Mauer eine halbe Meile weit mit Barrikaden, schräg eingerammten Pfählen und Pflöcken blockieren lassen.

Das Zeltlager erstreckte sich fast so weit, wie das Auge reichte. Es waren wohl die bunten Uniformröcke von insgesamt zwanzig Regimentern, die ich sah, allesamt mit der blauen Reichsschärpe darüber. Im Süden herrschten die komplizierten viergeteilten Wappen des Alten Reiches vor: Herzog Cusimo Garlischgrötz von Grangor war mit dem Zug der Edlen eingetroffen, etwa ein halbes Tausend Freiwillige, und dazu einem Eliteregiment der Horaslegion. An der Nordflanke traf ich sogar einen Haufen Andergaster mit ihren alten Zweihändern: »Übler als die Schwarzpelze kann der Dämonenmeister auch nicht sein.«

Ich lachte nicht. Im Kampf gegen den Dämonenmeister hatte ich wieder gelernt, was Angst war. Dieser Feind befahl den Leibern seiner getöteten Feinde, und seine Dämonen jagten nach den Seelen ihrer Opfer. Wenn ich gegen Borbarad und seine Dämonen kämpfte, dann war meine unsterbliche Seele, die ich schon in Rondras Paradies gewähnt hatte, in Gefahr. Waldemar, Yppolita, Thundra, Luzelin, Rohezal – sie waren alle gegangen. Es schien, daß ich allein geblieben war, diesen Kontinent zu verteidigen.

Ein anderer hatte es jedenfalls nicht geschafft. Am Himmel war ein Gorischer Schwarzgeier erschienen und hatte schnurstracks das Lager angeflogen. Über dem Zelt des Reichsbehüters ließ er ein Bündel fallen. Im Innern befanden sich drei Köpfe, das Fleisch an den Hälsen unnatürlich kunstvoll versiegelt. Als Tageslicht auf sie fiel, öffneten sie die Münder und sagten im Chor: »Die Schwarze Witwe ist schon vor fünfhundert Jahren gescheitert – und damals war Borbarad noch verwundbar.«

Am 21. Ingerimm, dem Tag der Waffenschmiede, trat König Brin auf weitem Feld vor einen mächtigen Findling, den man eigens für die Zeremonie hergeschafft hatte. Die Spaltung eines Steines mit dem Kaiserschwert war traditionelles Vorrecht des Kaisers. Das zwölfte Jahr seit Kaiser Hals Verschwinden hatte eben erst begonnen. Aber dies war auch nicht Gareth – und es waren verzweifelte Zeiten, die ein Zeichen brauchten. Das Schwert in seiner Hand war nicht *Alveranstreu*, sondern *Silpion*, das Reto und Hal geführt hatten. Brin hob die Hand, und das Heer, das ihn in weitem Geviert umgab, hielt den Atem in Erwartung eines Ingerimmwunders an.

»Sei gegrüßt, Prinzlein«, sagte die vornehm gekleidete Gestalt mit dem Stab, die hinter ihm einfach erschienen war. Ihr kahler Schädel leuchtete scharlachrot. Brin wandte sich um, *Silpion* erhoben. »Erinnert Ihr euch an den bösen Hofmagier? Ich habe vor Euch getanzt. Mein damaliger Herr fand dies unterhaltsam. Mein neuer Herr hat nicht soviel Sinn für Humor. Dafür ist er sehr großzügig.« Galotta hob den Zauberstab und deutete rings um Brin.

»Zurück!« befahl Brin und hob drohend *Silpion.* An vier Stellen um ihn zerriß die Welt, riesige Schatten stahlen sich ins Dasein.

»Diesmal werdet Ihr tanzen, Prinz«, kicherte Galotta. Ich war sofort losgerannt und zog im Laufen *Siebenstreich.* Auch mir gegenüber lösten sich einige Kämpfer geistesgegenwärtig aus der Reihe. Hinter mir hörte ich Königin Emer laufen. Brin machte einen Ausfall auf den Magus, doch da sprangen ihn bereits zwei der gelb-violetten Gestalten an, groß wie Oger und schneller als Wölfe.

Rondra, wie riesig dieses Feld war! Ich rannte mit aller Kraft und holte mit *Siebenstreich* aus. Brin stieß einem der Dämonen die Waffe in den Leib. Der zweite schlug ihm ein Tigermaul in die Schulter und riß ihn zu Boden. Emer schrie auf. Drei Leiber voll Klauen, Hörnern und Säbelzähnen begruben den Reichsbehüter. Ich zog die schwere Klinge waagerecht durch. *Siebenstreich* traf den Kampfdämon und zerfetzte ihn in einem gleißenden Lichtblitz. Ohne jeden Widerstand taumelte ich vorwärts. Ich sah noch die Hand, die *Silpion* erhoben hielt, da hob aus dem Gewühl ein stachelgespickter Arm triumphierend ein schlagendes Herz. *Siebenstreichs* zweiter Schlag zerstäubte den Mörder. Da riß ein weiterer Dämon Brins Arm mitsamt dem Kaiserschwert an sich, und beide Verbliebenen lösten sich in beißendem Qualm auf.

Galotta lachte, Emers Schrei war voller Verzweiflung. Ich warf mich herum. »TRANSVERSALIS«, sagte Galotta, die Hände verschränkt, während zwei Armbrustbolzen von ihm abprallten wie Baumwollbällchen. Er war verschwunden, ehe *Siebenstreich* ihn erreichte.

Das Generalstabstreffen war eine traurige Veranstaltung: mehr als ein Dutzend Stabsmitglieder aller Nationen und Glaubensrichtungen – und kein Kaiser, der sie führen konnte. Allerdings trug Emer nun den kaiserlichen Kriegsmantel, und keiner widersprach ihr, wenn sie für das Kaiserhaus und das Neue Reich sprach. Unsere Heerführer waren Reichsmarschall Leomar und Ayla von Schattengrund, unterstützt von Graf Dexter Nemrod, Rondrasil Löwenbrand und Großadmiral Rateral Sanin XII. Für den Adel sprachen König Cuanu, Walpurga von Weiden und Bernfried von Tobrien, deren Herzogshäuser in diesem Krieg den größten Blutzoll entrichtet hatten, sowie Herzog Cusimo von Grangor. Dazu kamen unsere Spektabilitäten, einige der Gezeichneten und Oberst Leon Rukaris von den Beilunker Reitern.

Ehe wir beginnen konnten, mußte der Honinger einen Lügendämon exorzieren, der sich im Kartentisch verborgen hatte. Wir versuchten einzuschätzen, wie viele Dämonen Borbarad uns entgegenschicken konnte. Die Zahl Sieben zog sich so deutlich durch alle seine großen Dämonenbeschwörungen, daß sie augenscheinlich mit der Siebenstrahligen Dämonenkrone zu tun hatte. Wir beschlossen, beim ersten Sonnenlicht anzugreifen und die Trollpfortenmauer zu erstürmen. Wenn die fünfzehn Stunden eines Frühsommertages nicht ausreichten, um Borbarad zu erreichen, würden wir in der Dunkelheit gegen ihn und gegen unsere Toten antreten müssen …

Ich stand wenige Monde vor meinem dreiundsechzigsten Geburtstag. Ich mußte daran denken, daß mein Schwertmeister Landrin in diesem Alter freiwillig in den Donnerbach gegangen war. Man hatte mir erzählt, daß Waldemar in der Nacht vor der Schlacht zu Vallusa dem Reichsbehüter selbst gesagt hatte, daß er sterben werde. Auch wenn in jener gräßlichen Nacht fast jeder dies Gefühl geteilt hatte – die Gewißheit hatte nur Waldemar gehabt. Ich fragte mich, ob es meine Erwartung war, die auch mich töten konnte. Sollte ich überleben können, wenn ich nur jene Erwartung verbannte? Ja, freilich. Nichts zwang mich, an dieser Schlacht auch nur teilzunehmen. Da drüben stand mein Pferd. Niemand hätte gewagt, den Schwertkönig aufzuhalten.

Gleichgültig, ob ich überlebte oder nicht, es war an der Zeit, einiges in Ordnung zu bringen. Ich mußte Rondriga adoptieren, damit der Name Conchobair weiterbestehen konnte. *Vergelter* und *Antworter* hatte ich ihr ja bereits übergeben. In drei Stunden schrieb ich alles nieder, was ich über die Schwerter, die Blutzwillinge und ihre Prophezeiung wußte. Es war so wenig! »Du mußt bereit sein. Die Insel hat keinen anderen Sinn …« Ich hatte die beiden getötet, ohne sie zu fragen, wofür sie gekämpft hatten. Ich hatte eine Kette zerrissen, die seit achthundert Jahren bestand. Längst war es nicht mehr nur mein Versprechen an den Sterbenden, das ich bereut und woran ich fast verzweifelte. Gerade weil ich den *Donnersturm* weitergegeben hatte und es vielleicht auch mit dem Erbe der Conchobair gelungen war, war der Gedanke grausig, daß die Staffette der Zwillingsschwerter bei mir enden mochte – oder auch daß sie meine Tochter weitertrug, ohne ihr Geheimnis zu kennen. Doch dann erinnerte ich mich daran, wie beim Donnersturmrennen der Sieger das nächste Glied der zerbrochenen Nachrichtenkette in Gareth gefunden hatte. Das Wahre und Würdige hatten Bestand.

Es hatte wenig Sinn, meinen Brief anderen Teilnehmern der Schlacht zu übergeben. Jeder von uns konnte fallen. Daher übergab ich ihn einem Perainegeweihten, der nach Gareth zurückkehrte, mit der Bitte, sie an die Praiosgeweihte Lucana Lanzenschäfter in Wehrheim zu übergeben. Sie würde am besten wissen, welche rechtlichen Schritte zu setzen waren.

»Aidali«, flüsterte Belfionn wie jeden Abend, »erzählst du mir noch eine Geschichte?« Ich stand neben dem Bett, in dem ich schlief, und der da lag, war mein Bruder.

Rondra hatte gewußt, warum sie Fianna Conchobair zwei Söhne geschenkt hatte. Sie wußte, daß einer allein nicht durchgekommen wäre. Belfionn war immer knapp hinter mir gewesen, ob wir allein die dreißig Rabauken der Fischerbande angriffen oder ob ich irgendwo im Perlenmeer um mein Leben und meine Seele kämpfte. Der Tod war für die Unsterblichen nur eine Schwelle, die die Sterblichen voneinander trennte.

Ich hatte für die Schlacht eine mittelschwere Rüstung gewählt: Kettenhemd, dazu Arm- und Beinschienen aus überlappenden Metallplatten. Ich legte den Stirnreif an, den ich mir für mein erstes Turnier in Gareth gekauft hatte. Vierzig Jahre hatte ich ihn getragen und nur für zwei oder drei Schlachten abgelegt. In dieser letzten Schlacht wollte ich ihn tragen: Gegen Dämonen würde er mich ebensowenig schützen wie ein schwerer Ritterhelm. Aber vielleicht würden mir die vierzig Jahre Hoffnungen, Schweiß, Blut und Tränen beistehen, die er aufgesogen hatte.

Den ganzen Tag über und auch während der Nacht

trafen Nachzügler ein. Die letzten Überlebenden des Blutbanners brachten das Banner der Senne Mittelreich zurück, das mit Wallmir von Styringen in der Schlacht von Eslamsbrück verlorengegangen war. Für einiges Aufsehen sorgten dreißig baumlange Gjalsker mit fünf Kriegesmammuts, angeführt von Häuptling Rastar Ogerschreck, der wieder einen Streitwagen mit zwei Wollnashörnern davor lenkte. Die Barbaren waren berüchtigt dafür, ihre Feinde an Bäume und Marterpfähle zu fesseln, dann stundenlang über ihr Schicksal zu diskutieren und sie, schließlich überdrüssig geworden, freizulassen. Natürlich traf auch der *Donnersturm* ein.

Blutigrot versank die Sonne jenseits der Trollpforte. Das Flammenmeer aus lachsroten und silbernen Wolkenzungen erinnerte mich daran, wie wundersam und vollkommen die Schöpfung war. Die Stimmung in dem riesigen Heerlager hatte nichts von dem stummen Bangen der Tausendogerschlacht oder der Erschöpfung des Orkkrieges. Die Gardetruppen und Helden, die hier versammelt waren, wußten alle, daß es schlichtweg um das Schicksal Aventuriens ging.

Irgendwann gelang es mir, Königin Emer unter vier Augen zu sprechen. »Es sind nicht mehr viele verblieben. Gebt gut acht auf das Reich.« Ich fühlte mich einsam und verloren. Wo waren all die vertrauten Gesichter? Waldemar tot, Haffax ein Verräter. Alle, die mich umgaben, waren so jung. Nein, begriff ich plötzlich, ich war alt geworden.

Irgendwann saß ich neben Cuanu und blickte auf die gewaltige Mauer vor uns. Seine Tochter Invher führte die Regierungsgeschäfte in Albernia. »Bennain und Conchobair – Gnade Borbarad, wenn sie vereint«, versuchte ich einen Scherz. Aber wir wußten beide, daß wir morgen allein dastehen würden.

Dann betrachtete er mich mit diesen samtbraunen Augen. »Ihr habt, was Ihr immer haben wolltet?«

Ich lachte. Unglaublich, wie gut er mich kannte. »Ja, Cuanu, auch wenn ich nicht nur glücklich bin darüber: Ich habe, was ich immer haben wollte.«

In der Nacht loderten auf dem Todeswall und auf den Hügeln beiderseits Hunderte von Feuern auf – und die Kette wuchs an beiden Enden, um uns zu umklammern. Wir hatten gewußt, daß die Borbaradianer auch die Höhenzüge besetzt hatten, aber sie mußten im Schutz der Nacht weiter vorgedrungen sein.

»Boron steh uns bei!« rief Ludalf von Wertlingen, der Wagenlenker, dessen Herr gefallen war und dessen Vater auf der Gegenseite stand. »So hat Haffax es immer gemacht. Fünf Heerhaufen, fünf Wachfeuer, fünf Speichen des Boronrades. Erst umzingelt er sie, dann malt er das Zeichen des Todes um sie, dann schickt er sie in Borons Hallen. Ich hätte nie gedacht, daß ich es einmal von dieser Seite aus sehen müßte.«

An Schlaf war nicht zu denken. Von Alpträumen Besessene begannen zu schreien und fanden bisweilen nicht mehr in die Wirklichkeit zurück. Immer wieder tauchten zwischen den Stellungen bizarre Riesen und wutschnaubende Ungeheuer auf und lösten Panik aus, bis sie von den Mutigsten als Illusion entlarvt wurden. Und natürlich war Borbarad so bösartig, uns zweimal echte Monstrositäten auf den Hals zu hetzen, deren ätzende Berührung viele Waffen zerstörten, ehe die Schlacht noch begonnen hatte.

Die ganze Nacht fanden Ausfälle, Stoßtrupps und Kommandounternehmen statt. Spione und Kundschafter, Agenten und Saboteure prallten aufeinander. Diejenigen, die wir erwischten, fuhren racheschreiend oder hohnlachend in die Höllen. Unsere Leute, die entdeckt wurden, kamen immer zurück: von Katapulten oder fliegenden Schatten abgeworfen, von neuen Befehlen besessen oder schlichtweg als wandelne Tote. Leomar, Cusimo und Foslarin wurden bei weiteren Attentaten verletzt – stets durch eigene Leute, die, von Exorzisten oder Bannmagiern befreit, entsetzt über ihre Tat zusammenbrachen.

Der Morgen war bereits zu ahnen, als bei den Beilunker Reitern die Tobsucht ausbrach. Männer und Frauen, die einander ein Leben lang stumm vertraut hatten, fielen mit Schwertern, Peitschen und bloßen Händen übereinander her. Oberst Leon Rukaris konnte der Besessenheit als einziger widerstehen. Als er zwischen seine Leute trat, um sie zu beruhigen, verharrten sie kurz. Dann fielen sie über ihn her und zerfleischten ihn förmlich. Diejenigen Reiter, die das selbstmörderische Massaker überlebten, waren so erschöpft, daß sie ebenfalls nicht mehr eingesetzt werden konnten. Einerlei, ob wir hier siegten, unterlagen oder Hilfe brauchten – es würde lange dauern, bis Gareth, Wehrheim, Vinsalt und Havena davon erfahren sollten.

Die Dritte Dämonenschlacht

Es war noch immer finster, als der Aufmarsch der feindlichen Horden uns aus den Zelten trieb. Der Himmel war wolkenleer, aber das Licht der Sterne, inbesondere des Zwölfkreises, schien durch wallende gelbe Schleier gedämpft. Wir konnten durch den Wall nicht viel mehr sehen als ein Meer aus schwarzroten Flaggen, Standarten, Wimpeln und anderen Feldzeichen. Auch dieser Anblick verdüsterte sich, als sich das Madamal grünlich verfärbte.

»Und der Mond ward verfinstert von den dämonischen Horden, die aus dem Limbus herabzogen«, zitierte Spektabilität Racalla von Horsen-Rabenmund eine uralte Schriftrolle.

Im Morgengrauen fand ein Ogerschlacht-Veteranen-Götterdienst statt: Es waren nicht mehr viele geblieben, die damals an der Mauer gekämpft hatten, doch unter denen bestand ein grimmiges Einverständnis: »Wir holen sie uns wieder – und dann sollen die Borbaradianer an der Mauer verrecken.« Ayla von Schattengrund hielt eine kurze Predigt und segnete das Heer, Hunderte von Geweihten taten es ihr in kleineren Einheiten gleich.

Dann wurde allen Kämpfern für das Licht mitgeteilt, daß sie Borbarad, falls er sich verbergen, einschleichen oder einen Fluchtversuch unternehmen sollte, daran erkennen konnten, daß er sechs Finger an jeder Hand hatte – gleichgültig, in welcher Gestalt.

Die Sonne war aufgegangen war; wir mußten gegen das blendende Licht antreten. Hinzu kam ein unnatürlicher Wind, der statt der Tobrischen Brise westwärts wehte und Rauch, Staub, Schwefeldunst, Leichengestank und völlig unbegreifliche Schwaden auf uns herabdrückte. Haffax hatte wieder an alles gedacht – und sein neuer Herr ermöglichte auch alles, woran er dachte.

Unser neu gebildetes Bombardenregiment Trollpforte – die Radromtaler, die damals soviel eingesteckt hatten – eröffnete das Feuer. Es war erschütternd zu sehen, wie Kugeln aus bestem Granit die Mauer trafen und einfach zerbarsten. Die maraskanischen Freischärler unter Crean de Tranchevalle, genannt ›die Hand‹, einem Überlebenden des Blutbanners, wurden als Plänkler eingesetzt. Sie brannten darauf, ›mit ihren verräterischen Landsleuten abzurechnen!‹ Von der Mauer stieg ein Schwarm von Pfeilen auf und verdunkelte den Himmel. Mir krampfte sich kurz das Herz zusammen, als ich an die Schlacht von Maraskan dachte. Diesmal besaß ich keinen *Donnersturm*, wenn ich in diesen Regen stürmte.

Die ersten zwölf Infanterieregimenter begannen den

Vormarsch. Sechstausend Mann, aber über die Breite der Riesenmauer wirkten sie wie verteilt.

»Hesinde!« rief eine Bannmagierin. »Er ruft die Zweigehörnten wie unsereins Ratten.« Zwischen den Barrikaden krochen dreißig oder vierzig schleimige, stieläugige Scheusale herum, denen sich niemand auf mehr als zwanzig Schritt nähern konnte. Sofort geriet unser Vormarsch ins Stocken, die Banner mußten die freien Durchgänge hintereinander passieren. Natürlich lagen sie dort unter gezieltem Beschuß durch Katapulte, Bogenschützen und Schleuderer. Dennoch rückten die Angbarer Schanzer und Sappeure, das Windhager Technische Regiment und ein Zwergentrupp im Schatten der anderen vor. Als die Infanterie zum Angriff überging, begannen die Pioniere damit, etwa fünfzig Schritt vor der Mauer im Schutz von Mannschildern und Strohmatten Gräben anzulegen. Zunächst war es grausam gewesen, die Schlacht zu betrachten, doch irgendwann erschien mir alles sehr fern und unwirklich. Ich fühlte nicht mehr wirklich, daß dort vorn Menschen um ihr Leben kämpften.

Um die achte Stunde wurde der Gegenwind kälter und schärfer. Fast aus dem Nichts bildeten sich niedrige Federwolken, aus denen ein schauerlicher Eisregen herniederging. Überflüssig zu erwähnen, daß die Wolken zu uns zogen, als sie ihre Last fallen ließen.

Zur zehnten Stunde brausten über hundert Auelfenreiter auf weißen Zauberstuten heran. Die Elfenkönigin Oionil und der legendäre Rote Pfeil wurden von den wildesten Kriegertänzern, Meisterschützen, Bannsängern und Zauberjägern ihres Volkes begleitet. Ohne jede Einleitung belegten sie die nördlichen Ausläufer mit ihren unfehlbaren Singenden Pfeilen. Mir war schwer ums Herz: Der Rote Pfeil wußte wie ich vom Lichtvogel, daß das Elfte Zeitalter zu Ende gegangen war. Die Elfen waren Fabelwesen, die bald aus der Wirklichkeit verschwunden wären. Aber es schien, daß sie uns etwas hinterlassen wollten. Ich vermute, daß etwa dreihundert Menschen, die im Sterben lagen, von ihren Liedern zurückgeholt wurden, um das Geheimnis des Lebens weiterzutragen.

Nachdem unsere berittenen Schützen die Taktik der Elfen an zwei weiteren Stellen fortführten, kamen unsere Soldaten plötzlich voran. Mit Sturmleitern und Wurfhaken warfen sie sich in die schreckliche Wand. Die Mauerbesatzung leistete erstaunlich geringen Widerstand. »Verflucht seist Du, Haffax!« knirschte Leomar. »Eine Falle!« Kaum hatten unsere Regimenter die Bastionen und Mauerzinnen erklommen, als sich unter den Maraskanern und Söldlingen ein blutgieriger Schrei wellenartig ausbreitete und sie sofort mit allen Waffen um sich hackten. Bald färbte sich das Dunkel der Mauer blutrot, doch es schien fast, daß das unheilige Gestein das Blut trank.

Dennoch gelang es mehreren Bannern und Kompanien, Bastionen zu besetzen, Tore und Mannlöcher aufzubrechen. In den lichtdichten Kasematten, düsteren Labyrinthen und erschreckend tiefen unterirdischen Anlagen, lagen allenthalben Skelette und Gebeine. Als unsere Leute eindrangen, erhoben sich die Untoten. Mancherorts erwachte auch das Yaq-Hai und jagte die Menschen wie Hasen.

Von Zombies und Berserkern bedrängt, versuchten sich die Soldaten über Sturmleitern und Seile zurückzuziehen. Viele brachen sich beim verzweifelten Sprung von der Mauer Beine oder Genick. Der *Donnersturm* und die Auelfenreiter führten mehrere Entlastungsvorstöße durch, inbesondere die Bogenschützen boten vielen Fliehenden Deckung. Dennoch verloren wir beim dem Rückzug wahrscheinlich zweitausend Mann, von denen viele schwerverletzt am Fuß der Mauer liegenbleiben mußten.

Zu diesem Zeitpunkt hatten Angbarer, Windhager und Zwerge die Gräben zu Tunneln erweitert und standen zehn Schritt von der Mauer entfernt. Obwohl sie schufteten wie besessen, gelangten sie erst zu den Fundamenten, als unsere Truppen sich bereits wieder zurückzogen. Während sich unsere erschöpfte Infanterie sammelte, brachen die Pioniere durch, damit das Sonnenlicht in die Dämonenmauer fiel. Wir erfuhren nicht, was dann geschah, wir sahen aus den Tunneleingängen fünfzig Schritt vor der Mauer Flammen schlagen und einige brennende Zwerge entkommen. Fast sechshundert Pioniere fanden in den Stollen ein unbegreifliches Grab.

Der zweite Angriff

Es war Mittag, als unsere Späher ein Riesenheer meldeten, das aus den Trollzacken herabstieg. »Nein, ein Heer von Riesen«, verbesserte Talorion Tannensang. Es waren insgesamt vierzig Trolle mit mannshohen Äxten, angeführt von Baron Strutzz von Trollnase und einem besonders großen Bergschrat mit einem gewaltigen Schwert. Vierzig Trolle! So viele hatten in den Siedlerzeiten ausgereicht, um ein Tausendmannheer des Belen-Horas niederzumachen. Welche Erleichterung, als sich herumsprach, daß sie angeblich der Sechste Gezeichnete herbeigeführt hatte! Welche Größe, die Gemetzel der Vergangenheit zu vergessen, um an unserer Seite zu kämpfen! »Ham Borborom schon kämpft, wenn noch acht Bein und Einaug habt«, brummelte der ganz Große. Wir glotzten verständnislos. Welches Urzeitgeheimnis streifte uns da?

Die Trolle beratschlagten kurz. Dann holzten sie einen nahen Wald ab, stampften zum Todeswall und legten im Pfeilhagel eine Rampe daran, über die selbst unsere Kavallerie hätte angreifen können.

Durch den Verlust der Beilunker Reiter erfuhren wir viel zu spät, daß in Perricum drei schwarze Galeeren ein Heer angelandet hatten. »Die Al'Anfaner!« meldete uns ein beherzter Darpatier.

»Ich kümmere mich darum!« rief ich Emer zu. Draußen sammelte ich zwei Schwadronen berittene Plänkler, die in Reserve gehalten wurden. Ich galoppierte in Richtung Ochsenwasser. Wenn es sein mußte, würde ich mit ihnen kämpfen – aber so wie wir standen, ohne Kaiser am Rand der Vernichtung, hatte ich auch keine Hemmungen, ihnen Hôt-Alem zu schenken, wenn sie das verlangten. Es war ein vollständiges Banner vom Orden des Schwarzen Raben in schwarzen Panzern, gefolgt von zwei Kompanien Söldnern und Freibeutern.

»Rondra zum Gruß«, stellte ich mich knapp vor. »Markgraf Raidri Conchobair.«

»Boron zum Gruß«, sagte eine Frauenstimme unter dem Rabenhelm. »Commandanta Katalinya Adranez.«

»Auf welcher Seite steht Ihr?« fragte ich höchst undiplomatisch.

»Wie könnt Ihr es wagen!« Sie richtete sich drohend im Sattel auf. Fünfzig Ordensritter hoben ihre Rabenhämmer. »Wir folgen Borons Befehl.«

Freilich, was sonst? Eine alanfanische Antwort. Ich beschloß abzuwarten. Schließlich schnarrte sie eiskalt: »Der Göttersohn führt ein Heer von Leibern, die Boron gehören. Er wandelt in einem Leib, der Boron gehört. Und selbst auf seine Seele wartet die Seelenwaage Rethon.« Ich begriff: Die Schwarze Witwe, deren Köpfe wir gefunden hatten, waren alanfanische Assassinen gewesen. Ich kehrte mit fünfzig borongeweihten Waffen und einhundertfünfzig der rücksichtlosesten Kämpfer des Kontinentes in die Schlacht zurück.

Fast gleichzeitig trafen zwanzig Ardariten aus Perricum ein. Sie hatten im Auftrag Aylas die zwei legendären

Posaunen von Perricum geholt. Als die Güldenländer unter ihrem Anführer Leomar Nebachot belagerten, die erste tulamidische Stadt, hatte ein Rondrawunder eine Bresche in die Mauern geschlagen, durch die Leomar mit Streitwagen und Kavallerie eindringen konnte. Das Schwert der Schwerter versammelte fünfhundert berittene Geweihte um sich, darunter die Al'Anfaner. Da war ich nicht mehr bereit, zurückzustehen. Es war die Rondrastunde des Nachmittags, als Ayla eine kurze Andacht begann. Die Posaunen wurden an zwei Rondrianer vergeben, die sich, in der Meditation erwählt, gefunden hatten. Wir bereiteten einen Keil vor, den Ayla und Rondrasil anführten, flankiert von den Erwählten. Ich hielt mich in der Mitte, umgeben von Inquisitoren und Boronis beiderlei Kulte.

Ayla gab ein Zeichen, und die Posaunen erschallten. Ein halbes Tausend Göttergeweihter rief ihre himmlischen Herren an und gab ihren Rossen die Sporen. Wir preschten über die Ebene, die mit unseren Toten bedeckt war. Links und rechts sah ich einige Reiter straucheln oder gar in Barrikaden geraten. So gewaltig war unser Ansturm, daß er uns sogar über einen der schleimigen Tlalucs führte. Giftiger Qualm wallte auf, ätzende Tropfen sengten uns die Haut. Der Todeswall wuchs uns in seiner absurden Größe und Gestalt entgegen. Ein Schauer von Pfeilen und Bolzen ging auf uns nieder. Etwas schlitzte mir den Oberarm auf. Noch lauter dröhnten die Posaunen, noch lauter riefen wir: »Herrin des Gewitters, erhöre uns, lasse uns nicht zerschellen.«

Kein Reiter und kein Roß verzögerten. Wir waren keine fünfzehn Schritt vor dem Wall, als sich zwei leuchtende Kreise darauf bildeten. Sie wuchsen und pulsten mit dem Schall der Posaunen. Ayla war der Mauer zum Greifen nahe, als die Kreise einander berührten. Das Licht wurde unerträglich hell, doch darin sah ich bläuliche Sprünge bersten. Schwer prallten Ayla und Rondrasil auf, dann ein halbes Dutzend weitere Reiter. Was an dem Wall dämonisch war, wich vor uns zurück. Es war drei Schritt hohes morsches Gestein, in das wir einbrachen. Mein Pferd strauchelte, ich rollte über zappelnde Pferdeleiber und zuckende Rüstungen. Dann überschlug ich mich und stürzte in einer Steinlawine in die Finsternis. Vor mir hob ein Dutzend Skelette die rostigen Waffen, als das Licht sie traf und einäscherte.

Die Bresche war so breit wie fünf Reiter, aber sie war wie ein Schwerthieb, der den Wall halbierte. Zweihundert Ardariten, Inquisitoren, Golgariten und Boronsraben waren durchgebrochen, noch einmal so viele schwenkten vor der Mauer nach beiden Seiten. In der Bresche lagen die anderen: ein Dutzend zerstampft und zermalmt, dreimal mehr mit grausamen Brüchen. Wir anderen erhoben uns zerschunden. Als wir unseren Atem wiedergewonnen hatten, erklommen wir das Geröll beiderseits. Über die Ebene kamen im Laufschritt die neu formierten Infanterieregimenter, allen voran der Zug der Edlen und Cuanus Albernier. An der Trollrampe im Süden waren Wehrheimer und Tobrier bereits in Regimentsstärke auf die Mauer gelangt.

Siebenstreich schied Menschenfleisch und Dämonenmacht: Viele Söldlinge streckte einfach ein edler Anderthalbhänder nieder, den ein Schwertkönig führte – doch manch einer verlor schreiend seine Gliedmaßen, als ich ihn streifte, oder ging brausend in eisigen Höllenflammen auf, wenn ich ihn traf. Paktierer, deren Seele bereits den Niederhöllen gehörte, vermute ich.

»Ja, tötet sie, erschlagt sie!« erscholl plötzlich eine Stimme. Waren es die monströsen Statuen, die da höhnten? »Trennt ihre kleinen verderbten Seelen von ihren hinfälligen Menschenleibern. Tötet sie, damit ich herrsche. In ihren Leibern soll fortan ein stärkerer Geist wohnen, und ihre Seelen sollen Anteil haben an etwas Größerem.« Bei Boron, lieferten wir uns gerade selbst an Borbarad aus?

Der Anblick von der monströsen Mauer war ernüchternd und beklemmend. Bislang hatten wir geglaubt, gegen Borbarads Horde anzutreten. Nun sahen wir, daß wir wohl Plänkler, Söldlinge und Gemeine von der Mauer prügelten. Bis zum Horizont erstreckte sich eine Macht, bei deren Anblick jedem Sterblichen der Atem stockte. Der schwarze Drache Razzazor thronte da auf einem Hügel im Norden, auf der Südseite ruhte Xeraan in einer Sänfte, von seiner unmenschlichen Leibwache umgeben. Die schwarze Schlange von Paavi lag da, ein vierzig Schritt langes Gebilde aus Stein, das dennoch irgendwie hierhergekrochen war. Dort in der Mitte schien Galotta zu sein, umgeben von Reitern, die in Flammen standen oder aus krudem Stein zu bestehen schienen. Der Feldherrnhügel neben der Reichsstraße war ein kleineres Unheiligtum voller Altäre, Beschwörungsschalen und einem grün glosenden Tridekagramm. Der Mann in der schwarzglänzenden Rüstung mußte Haffax sein. Links und rechts von ihm standen die verräterischen Templer von Jergan und die Drachengarde. Vor ihm geiferte die eigentliche Horde, ein absurd zusammengewürfelter Haufen von etwa dreitausend, von denen jeder dritte keines Menschen Antlitz hatte.

Haffax hob seinen Marschallsstab, und eben diese Horde setzte sich in Bewegung. Unsere Geweihten, denen der Durchbruch gelungen war, schwenkten, um die gewaltige Übermacht anzunehmen. Inzwischen drangen die Verbündeten an und auf der Mauer vor. Im Süden hatten sich die Tobrier befestigt. Im Norden war ein bunter Haufen durchgebrochen: Die Mammuts hatten den Gjalskern ermöglicht, die Mauer zu erklimmen, Koscher und Andergaster waren ihnen irgendwie gefolgt. Marschall Leomar schickte das Garderegiment Raul von Gareth mit seiner 11. Schwadron von den Pfeilen des Lichtes los, um den Durchbruch zu unterstützen.

In der vierten Nachmittagsstunde hatten wir den Großteil der Mauer besetzt und den Durchbruch mit Pikenieren und Bognern abgesichert. Nur im zweiten Viertel, zwischen mir und den Gjalskern, hielten die Borbaradianer noch etwa eine halbe Meile. Die gestaltlose Horde rückte in breiter Front heran, nachdem sich Geweihte und Raulsgarde von ihnen gelöst hatten. Endlich konnten unsere Therbûniten damit beginnen, die Verletzten vom Fuß der Mauer zu bergen, von denen manche fast zwölf Stunden dort lagen. Die Verletzten und die Toten, wohlgemerkt: Jeder, den wir zurückließen, konnte heute nacht unser Feind sein. Ungeklärt war, wie man die zwei verschütteten Regimenter bergen sollte.

Wir waren unter Beschuß geraten, als die Magier bei uns eintrafen. Dschelef ibn Jassafer war ihr Sprecher, der große Beschwörer von Rashdul. »Wir werden Bastrabuns Bann auf diesen Vater aller Wälle legen«, erklärte er lächelnd, »den Zauber, mit dem unsere Vorfahren dereinst die Sultansechsen in die Sümpfe Selems verbannten.« Ich hatte von dem Projekt gehört, das auf jahrelange Vorbereitungen zurückblickte. Von den gegnerischen Stellungen, fast am Horizont, kam ein weiteres Geschoß geflogen. Es wuchs erschreckend schnell zu einem Fels an, der genau auf uns zielte! Ich sprang und rollte mich ab – nicht leicht mit einem Bastardschwert in den Händen! Mit einem infernalischen Kreischen schlug der Stein ein, Funken sprühten mir um die Ohren. Im monströsen dunklen Gestein war ein tiefer Sprung. Etwa dreißig Magier, fast durchwegs Tulamiden, begannen nun damit, uralte Gesänge, Gesten und Anrufungen zu rezitieren.

Anderthalb Stunden später zeigte der Wall die ersten magischen Veränderungen. Dafür tobte unten eine echte Feldschlacht. Unsere Infanterie hatte sich eingeigelt, um den Durchbruch nicht selbst zu blockieren, und stand beiderseits davon mit dem Rücken an der Wand. Trotz unserer Schützen und Magier auf dem Wall drang die Horde immer wilder vor. Angesichts ihrer dämonischen Standarten brachen die meisten Soldaten in Panik aus. Da griffen die geheimnisvollen Hadjiinim an, einhundert tulamidische Ordenskrieger auf feurigen Shadifs, die aus dem Durchgang ausbrachen, die Horden in weitem Bogen umgingen und dann mit Dschadra und Doppelkhunchomer eine tiefe Schneise in deren Reihen schlugen. Dies beantwortete Haffax mit der Entsendung der Reiter des Widharcal: eine ganze Schwadron, in der Roß und Reiter von glühendem Feuer, unzerstörbarem Erz, ungreifbarer Luft oder unaufhaltsamem Erdreich verwandelt waren. Darauf wiederum schickte Leomar die Nordweidener Reiter hinaus. Eine blutige Kavallerieschlacht entbrannte.

Im Süden gellten Alarmrufe. »Razzazor!« keuchte ich unwillkürlich, als ich den Schatten erkannte. Er flog die Mauer entlang. Die Magier von den Grauen Stäben und den Pfeilen des Lichtes hoben ruckartig die Zauberstäbe über den Kopf und zogen die Faust auf die Schulter. Doch der Drache wußte, wie hoch Menschenzauber und Pfeile trugen. Nachdem er die Sichel erreicht hatte, kehrte er in hohem Bogen über den Feldherrenhügel zurück. Als er das zweite Mal heranflog, folgten ihm drei geflügelte Schlangen. Von den Kampfmagiern aus Beilunk, Bethana und Gareth stiegen knisternde Kugelblitze auf, die flackernd und zuckend auf die Dämonen zutanzten. Wo immer diese ihre blutigen Totems abwarfen, brach Pandämonium aus. Ich hatte einmal erlebt, was dieser Zauber aus Borbarads Hand anrichtete: Klauen, Mäuler, Krallen und Tentakel brachen aus der Mauer und zerfleischten alle in Reichweite. Die Höllenbrut besetzte ganze Mauerabschnitte stundenlang, sofern keine Antimagier eingriffen.

Elementare Verwüstung

Um die siebte Stunde erlahmte die Schlacht. Haffax ließ Horde und Söldner in sicherem Abstand eine Schlachtreihe bilden; diese sperrte vier Meilen breit die Trollpforte ab. Die agrimothischen Reiter hatten sich zurückgezogen, ebenso unsere Kavallerie. Es war klar, daß die Beschwörer da drüben etwas ausbrüteten, bei dem sie nicht gestört werden wollten. Besorgt blickten wir zur Sonne. Zwei Stunden blieben uns wohl noch. Es war erschreckend, wie viele Gardeeinheiten die Borbardianer noch in Reserve gehalten hatten.

Dann begann die Erde zu beben, stoßartig. Es war, als wären wir Würfel auf einer Söldnertrommel. Von Norden stampfte eine kolossale Mißgeburt heran. »Dschagganoth«, flüsterte Dschelef ibn Jassafer. »Wenn die Festungen über das Land wandeln …« Das stammte auch aus den alanfanischen Prophezeiungen. Jedes der vier Beine war wie ein Bergfried, jeder Schritt ließ ringsum Sprünge durch die Erde jagen und warf noch dreißig Schritt weiter Mensch und Roß zu Boden. Im Norden hatte sich die schwarze Schlange von Paavi in Bewegung gesetzt, wobei jedes Schlängeln bachbettartige Spuren hinterließ. Und im Süden war eine Gestalt erschienen, die uns als Riesenschildkröte aus Zinkblech beschrieben wurde. Alle drei Monstrositäten waren mit etwa je einer halben Kompanie besetzt.

»Zerschlagen, was er nicht besitzen kann«, sinnierte

eine verletzte Draconiterin neben mir. Wir rechneten damit, daß uns noch eine halbe Stunde blieb, bis der Erderschütterer die Mauer erreicht hätte: Wenn wir dann noch lebten… Die Schlachtreihe der Horde begann damit, respektvoll viertelmeilenbreite Schneisen zu öffnen. Der Generalstab beschloß nach heftiger Diskussion, einen Ausfall unserer besten Einheiten zu organisieren. Inquisition, Sonnenlegion, Draconiter und Golgariten rückten erneut mit heiligen Chorälen und stolz erhobenen heiligen Symbolen gegen die Höllenkreaturen vor. Die Zwerge hatten sich zu einem Pulk formiert, der unbeirrt auf den Dschagganoth zumarschierte. Das Nordweidener Reiterregiment verblutete bei einem Angriff nach dem anderen auf die Schildkröte. Rastar Ogerschreck und seine Mammutreiter setzten den Orks auf der Schlange zu, bis diese abdrehte. Selbst die Rosse des *Donnersturms* waren verletzt. Noch viel deutlicher konnte nicht bewiesen werden, daß die Niederhöllen der einzig wahre Feind der Götter waren.

Der Erderschütterer war nur noch fünfzig Schritt vom Wall entfernt. Die zunehmend entdämonisierte Mauer bröckelte und zerbrach. Ihre Natur und die elementare Macht der Konzilsmagier erlaubten es den Zwergen als einzigen, noch auf der Erde zu stehen. Schließlich obsiegte ihr vereinter Opfermut: Ich weiß nicht, ob die eingedrungenen Zwerge oder die beschworenen Elementarwesen den Ausschlag gaben, aber schließlich barst der Dschagganoth und hinterließ einen Krater, in dem man ein Kriegschiff hätte versenken können.

Langsam breitete sich Verzweiflung aus: Keine Stunde bis zum Sonnenuntergang, und Borbarad hatte sich noch nicht gezeigt. Wir hatten keine Wahl, als noch einmal alle Kräfte zu einem Ausfall gegen den Hügel zu vereinen. Raulsgarde und *Goldene Lanze*, unsere letzte Reserve, führten den Keil an, dahinter alles, was von

Geweihten, Hadjiinim und Nordweidenern übriggeblieben war. Die Ebene wimmelte von Schlangen und Ungeziefer, die anscheinend auf uns zu wanderten. Wabernde Wolken, fettig, unheilig, von keinem Wind berührt, und giftige Schwaden verhüllten das Schlachtfeld. Ungeheuerliche Spinnen, gehörnt und unheilige Fäden spinnend, eilten den Reitern entgegen. Dann stieg auch Razzazor nochmals auf. Schlangen, Spinnen, Drachen – da begannen die treuesten Pferde durchzugehen. Dann griffen die Spinnendämonen die zersplitternden Einheiten an, gefolgt von den Templern von Jergan und der Drachengarde. Sechs- oder siebenhundert Reiter kehrten in gestrecktem Galopp zurück, aber wir sahen, wie hinter ihnen weitere dreihundert eingeholt und niedergemacht wurden.

»Ich hasse es auch, vom Zelt aus zuzusehen, wie meine Kameraden niedergehauen werden«, erklärte Marschall Leomar kalt, als ich wieder einmal knapp daran war, mit *Siebenstreich* auf das Schlachtfeld zu stürmen. »Aber so will es das Gesetz des Krieges. Die Garde sind die Unbesiegbaren. Wenn Freund und Feind völlig erschöpft aufeinander einhauen, greifen sie ausgeruht ein. Wenn ein jeder auf dem Schlachtfeld den Überblick verloren hat, schlagen sie gezielt zu, wo es den Gegner am schmerzlichsten trifft. Die überlegene Ausbildung, die hervorragende Bewaffnung, die jahrelange Erfahrung und der Ruf, der mit jedem Sieg wächst, tun dann ein übriges.«

Es wurde viel schneller dunkel als erwartet. Der Himmel wurde von tiefhängenden schwarzen Wolken verdunkelt, zwischen denen rote Blitze zuckten. Überall waberten diese hellen Schatten: undeutliche Gestalten mit verzerrten Mündern und ausgestreckten Armen, die über dem Schlachtfeld hin- und herschweiften, als suchten sie etwas. Sie kamen von oben, und immer wieder verschwand einer in der Erde. Dann kam Bewegung in das Leichenmeer. Ein Leichnam nach dem anderen erbebte. Ruckartig brach das zerstampfte Erdreich auf. Die Leichen glitten beiseite. Was hier erweckt wurde, kam aus dem Boden. Allerorten brachen Knochenhände hervor, gefolgt von mächtigen Schädeln. Aus dem Krater stapften die riesigen Gestalten gleich dutzendweise hervor.

»Die Tausend Oger!« flüsterten wohl zehntausend erschöpfte Kämpfer.

»Nicht noch einmal«, murmelte der Honinger gepreßt, »noch einmal stehe ich das nicht durch.«

Keiner, der es nicht gesehen hat, kann sich vorstellen, wie grauenerregend lange es dauert, bis sich tausend Oger aus dem Boden gewühlt hatten – vor allem, wenn man weiß, daß sie es alle tun werden. Ich war mir sicher, daß jeder dabei war, den wir damals erschlagen und liegenlassen hatten. Ja, am Nordrand glaubte ich sogar ein Ogerskelett zu sehen, das alle anderen weit überragte und eine zerfetzte Lederrüstung trug. Arzuch? Aber den hatte ich doch … in Warunk liegenlassen, ergänzte ich mich selbst. Unbestattet wie die anderen. »Rondra«, betete ich, »ist diesem Gottfrevler denn nichts heilig?«

Der Dämonenmeister

Das arkane Gewitter über uns tobte immer heftiger. Drüben an den Bergflanken schlugen die ersten roten Blitze ein. Dann löste sich aus den Wolken ein absurdes Ding. Das mußte das Gebilde sein, das die Borbaradianer Borbarads Schwarzen Wagen oder den Geflügelten Thron nannten, von sieben Dämonen aus sieben Höllen gezogen. Über die halbe Meile Entfernung war zu sehen, wie die Höllenbrut an dem Geschirr aus Schwarzer Magie zerrte, wie die Dämonen einander haßten – und ihren Meister noch mehr. Der aber stand in seinem Gefährt, überirdisch und herrlich, gekrönt mit einem Gebilde, das unzweifelhaft in alle Niederhöllen reichte: der Siebenstrahligen Dämonenkrone.

Wir trafen uns in der Bresche, die das Rondrawunder geschlagen hatte. Wir mußten nicht sprechen, um zu wissen, daß es nun an uns war zu handeln. Inzwischen war noch die Fünfte Gezeichnete hinzugekommen, jenes eigenartige Kind, weder Knabe noch Mädchen, nicht erwachsen, nicht geboren und nicht sterblich. Die anderen hatten mir erzählt, daß sie der Sendbote der Zeit selbst sei, die Borbarad in der Wüstenei gestohlen hatte.

Ich sah Emer an der Mauer stehen. Kurz trafen ihre blauen Augen die meinen. Noch einmal wollte ich Cuanu sehen. Aber das Schlachtfeld war so riesig, daß ich nicht einmal wußte, in welchem Abschnitt die Albernier inzwischen standen. Inzwischen war die Winhaller Grenzgarde angetreten, die bislang auf der Mauer geblieben war und wenig Verluste gehabt hatte. »Männer und Frauen meiner Heimat«, begann ich, »ich bin euch bisher gewiß kein guter Graf gewesen. Statt dessen habe ich getan, was ich am besten kann, vielleicht das einzige, was ich kann: unser aller Feinde suchen und bekämpfen. Das ist es, was ich heute tun muß – das ist es, wofür ich heute alle eure Hilfe brauche, die ihr geben könnt. Dies ist kein Befehl, es ist die Bitte des Mannes, den man den Schwertkönig nennt. Begleitet mich und meine Gefährten. Kämpft wie noch nie in eurem Leben. Kämpft, damit wir den Dämonenmeister erreichen können mit jener Waffe, die uns die Götter gaben.« Ich hob *Siebenstreich*. Es gab keinen Jubel, aber der Blick dieser vierhundert Menschen war fest. Ich weiß nicht, ob es eine gute Rede war. Ich war nicht Borbarad; der wußte, wie man Menschen in den Tod schickte.

Unser Ausbruch schien zunächst völlig unmöglich. Das gesamte Schlachtfeld war von Skeletten bedeckt, die bleich im Sternenlicht schimmerten. An vielen Knochen hingen noch vertrocknete Fleischfetzen, manchem Oger fehlten auch einzelne Gliedmaßen. Die Gezeichneten waren sich einig geworden, daß jeder von uns etwas zum Sturz Borbarads beitragen konnte.

»Viele Wölfe sind auch des Löwen Tod!« sagte ich, geduckt in der Bresche stehend. »Borbarads Schergen werden uns da draußen jagen wie die Wölfe. Aber wenn wir bestehen, wenn wir zum Dämonenmeister durchdringen, dann gilt das Sprichwort auch für ihn: Dann sind wir die Wölfe ...«

Ich rannte los. Der erste Oger kam auf mich zu. Geron, ich hatte vergessen, wie groß diese Bestien waren! Langsam hob er die knochigen Pranken und fletschte ein Maul, das kaum noch Zähne hatte. Angewidert zog ich *Siebenstreich* durch. Es war ein echtes Wunder: Die reine Berührung durch die Macht der Götter vernichtete den Dämon, der in das Skelett gefahren war, Klappernd fiel ein Haufen zwanzig Jahre alter Knochen in den Sand.

Der alte Kampfgeist erwachte in mir. Ich fühlte keinen Haß und keinen Zorn, aber ich wußte, daß es meine Aufgabe war, diese widernatürlichen Monster zu zerstören. Beinahe allein meine Aufgabe! Denn so leicht es mir fiel, so unmöglich war es für die Menschen hinter mir. Die Gezeichneten hatten wenigstens einige magische Waffen. Aber meine Winhaller waren hilflos. Die einzige Möglichkeit, einen Untoten zu vernichten, so hatten die Golgariten uns gesagt, besteht darin, ihm den Kopf abzuschlagen. Das war bei einem drei Schritt großen Ungeheuer schlichtweg unmöglich. Ich hatte vierhundert Mann mitgenommen, damit sie mich beschützten. Nun versuchte ich die Unmöglichkeit, allein dieses mittlere Dorf zu verteidigen. Unentwegt rannte ich von einer Seite zur anderen, mähte Untote nieder, die ihrerseits wehrlose Menschen vor sich hertrieben.

»Heilige Zwölfe«, rief einer der Gezeichneten, »er beginnt zu tanzen.« Ich wandte mich dem Beschwörungshügel zu. Es war tatsächlich wie in den alten Sagen über Fran-Horas und Hela-Horas. Borbarad stand, die Siebenstrahlige Dämonenkrone auf dem Haupt, inmitten des Tridekagrammes, dessen grüne Entladungen immer höher gischteten. Von den Altären ringsum troff das Blut der Geweihten, die die Spinnendämonen verschleppt hatten. Im grünen Licht erkannten wir über das ganze Feld voller Oger, welche Pose Borbarad eingenommen hatte: anmutig und kunstvoll und dennoch mächtig und stolz. Er machte die ersten Schritte. Die Krone auf seinem Kopf glühte auf. Zwischen dem Dreizehneck, den sieben Strahlen und den Blitzen am Himmel begann ein Wechselspiel, das die Sinne gefangennahm.

Ich weiß nicht, wie lange ich gestarrt hatte. Die Oger waren in unsere Reihen eingebrochen und erschlugen meine halb gebannten Männer. Wir hatten es beinahe mit der Macht eines dreizehnten Erzdämons zu tun, die im Gegensatz zu der Macht der unheiligen Zwölf nicht die Schutzmauern der Sieben Sphären und des Sternenwalls überwinden mußte, sondern sich unmittelbar in dem geschändeten Aventurien entfalten konnte. Ich sah beinahe, wie die Stacheln an seiner Stirn, Hörnern ähnlich, in Richtung auf die Dämonenzitadelle und die Gorische Wüste wuchsen.

»Vorwärts!« brüllte ich. Der Träger des Rubinauges ging wie gebannt auf den Dämonenmeister zu. Der Hüne mit der Echsenhaut war sofort an meiner Seite. Wir rannten los. Zu zweit mähten wir Untote nieder. Hinter uns versuchten die anderen Gezeichneten, Schritt zu halten. In den Wolken, nein, am Himmel dahinter zeichneten sich rote Fratzen ab, jede so groß wie ein Sternbild. Ja, ein treffender Vergleich. Ich erkannte nicht, ob es sieben oder zwölf waren – aber es war klar, um wen es sich handelte.

Borbarads Hofstaat war erstarrt wie ein absurdes Marionettentheater. Xeraan im Süden hielt seine Unbesiegbare Legion noch immer zurück. War er zu geizig, um sie aufs Spiel zu setzen? Spielte er sein eigenes Spiel wie jener maraskanische Graf, der in der Schlacht von Jergan nicht einen Finger gerührt hatte? Auch Galotta stand drüben still, doch seine Augen waren auf den Meister gerichtet. Selbst Haffax – es war gespenstisch. Er schien das Schlachtfeld zu überblicken. Instinktiv war ich nach Norden ausgewichen, um nicht in die Nähe von ihm und den berittenen Garden zu kommen.

Borbarad brach in eine schnelle Schrittfolge aus. Seine Arme bewegten sich rhythmisch. Von seinen Händen – er hatte tatsächlich sechs Finger an jeder – sprangen Funken, schwirrten zu Boden, erhoben sich und kreisten dann um den Hügel. Rondra, welch ehrfurchtgebietende Gestalt! In der Dämonenzitadelle hatte ich ihn nur erahnt. Hier stand er in seiner ganzen Herrlichkeit. Jede Geste, die ein Land umfaßte oder auf einen Kontinent zeigte, bewies, daß dieser Mann zum Herrschen bestimmt war.

Rondra, nein! Meine Winhaller Grenzkämpfer um uns herum wurden niedergemäht wie reife Kornähren. Zwei dieser Feuerreiter kämpften sich durch die 8. Kompanie. Im Süden kämpften die Spinnen mit ihnen. Galotta sah nun herüber zu mir und gab mit herrischen Gesten Befehle. Ich ahnte die Strahlen der Dämonenkrone, und es schien mir, daß jeder davon auf einen der Gezeichneten zuwuchs.

»Ah, der Träger des Menschenschwertes! Schärfe, die aus sieben Schalen schäumt.« Es war befremdend und erschütternd, ihn so weit erntfernt stehen zu sehen und seine Stimme zugleich so sanft und lockend zu hören, als stünde er neben mir – wie ein Erwachsener, der einem Kind seine Hand zum Geleit anbietet.

»Den hier habe ich eigens für dich gemacht. Shihayazad. Es heißt allgemein, daß es keine Waffe gibt, die ihn bezwingen kann – aber genau jenen Ruf hat ja auch deine Waffe. Ich bin entzückt, nach all den Äonen Neugier zu fühlen: Ich bin wirklich gespannt, wer von euch beiden stärker ist.«

Die Strahlen der Krone glühten kurz auf, keiner vollständig erfüllt von dem düsteren Glanz. Wie unsichtbare Blitze fuhr es siebenfach davon, bis zum Horizont und zurück. Ein vielstimmiges Zischen erklang, wie aus tausend Schlangenkehlen, wie kochendes Wasser, das aus einer Erdspalte bricht, mit einem metallischen Klirren, als würden alle Waffen der Welt auf einen Haufen geworfen. Allerorten, so schien es, an sieben Stellen, das fühlte ich, glühten blaue Risse in der Schöpfung auf – nein, Schnitte! Irgend etwas hackte, bohrte und schnitt sich in unsere Welt, etwas so grauenerregend Gewalttätiges, daß meine Hände sich hilfesuchend um das Heft des Götterschwertes krallten.

Dann sah ich die silberblauen Klingen, die rings um Borbarad aus dem Nichts kamen. Plötzlich wirbelten sie zueinander. Es war, als ob man einen Mantel umkrempelt. So fügten sich die Teile zum Ganzen. Das Zischen und Klirren stürzten in sich zusammen, ohne zu verstummen. Es ... er war viel größer als ich. Der Schädel ragte vor wie eine Lanzenspitze. Die sieben Klingen, die zugleich Arme und Hörner waren, zersäbelten die Luft, außerstande, ihr Reißen und Schneiden zu verlangsamen. Seine Schritte waren wie die Schläge eines Stahlhammers auf einem Amboß. Seine Klingen gierten danach, mein Herz zu schälen und den Traum meines Lebens zu zerfetzen.

Ich stand wie vom Donner gerührt. Ja, das ist angemessen, denn das war ich ja: vom Donner gerührt, vom Blitz getroffen. Mein Schicksal stand schon geschrieben. Was immer hier geschah, hatte Rondra gewollt. ›So will ich denn sehen, ob jene Kreatur mehr denn sieben Streiche erträgt‹, hatte Geron zu Beginn jedes seiner sieben Abenteuer gesagt. In seinem letzten Abenteuer hatte er jene eine Kreatur gefunden, die ihm die Götter vorhergesagt hatten …

Ich versuchte, einige Schritte voranzugehen, wie ich es bei jedem Gegner tat, aber er war silberschnell vor mir. Die zwei Linken oben säbelten herab, und ich parierte, das Schwert über den Kopf erhoben. Gleichzeitig schlitzte mir eine Rechte Stirn und Wange auf, eine weitere traf meinen Ellenbogen, und eine dritte fuhr mir über den Oberschenkel.

»Rondra!« Ich taumelte zurück, doch Shihayazad setzte sofort nach. Die sieben Klingen waren wie Windmühlenflügel, wie die Zähne des Brabacuda, wie nichts von dieser Welt. Noch ein Treffer spaltete mein Knie.

Irgend etwas aus meiner Tiefe wuchs empor und ließ mich senkrecht zuschlagen. Es gab keinen Schmerz auf dieser Welt, weil ich nicht von dieser Welt war. Da! *Siebenstreich* kam in einem langen Querschlag zurück. Ich sah, wie zwei weitere Schwerter mir den Unterarm brachen, aber ich fühlte, daß ich ihm diese beiden Schwerter abtrennte.

Der unterste Arm stieß nach meinem Unterleib. Ich dreht mich zur Seite, worauf der zweite sich senkrecht in meinen Hüftknochen bohrte. Mein anderes Bein gab nach, doch als er die Klinge zurückzog, wurde ich mitgerissen.

Ich war seltsam müde und ließ *Siebenstreich* fallen – mitten durch sein Gesicht. Seine Arme ruderten, als könnten sie sich nicht entscheiden, wo sie mich verstümmeln sollten. Also schob ich ihn mit der Linken weg und holte mit der Rechten wieder aus. Während er meine Hand aufspießte, traf ich ihn erneut. Er wischte mich zweihändig beiseite. In einem Regen klirrender Kettenglieder kam ich auf. Ich sah auf meinen Arm, der *Siebenstreich* erhoben hielt, obwohl Armschiene und Speichel zweifach durchtrennt waren. Shihayazad stampfte heran und zerfetzte die Luft mit dem gleichen kalten Haß wie alles andere.

»Du bist MEIN Speerstoß und MEIN Schwertstreich. Sei bereit und sei gewiß zu treffen, wenn ICH dich zu deinem Ziel führe.« Das waren die Worte der Dame im Gewitter, die in roten Flammen in meinem Herzen geschrieben standen. Ja, das war es, was ich sein wollte, was ich immer hatte sein wollen, was ich sein würde im Augenblick meines Todes. Meine Kniescheibe barst, als ich aufsprang. Ich stieß mich ab und zog die Klinge nochmals durch, bis sie in Höhe seiner Leibesmitte verharrte. Irgend etwas war eisig heiß in meinem Bauch. Ich blickte hinab und sah die zwei Spieße, die durch mich hindurchgewachsen waren. Seltsam, wie wenig es mit Raidri Conchobair zu tun hatte, daß mein Körper langsam zerfiel.

Ich fühlte mich hochgehoben und überragte selbst seinen Schädel, über dem zwei Klingen voll hungriger Vorfreude die Spitzen gegeneinanderstießen. Was? Was sollte ich tun mit diesen letzten Funken meines Lebens? Niemals war meine Kraft so kostbar gewesen, niemals eine Entscheidung so einzigartig und unumkehrbar. Ich mußte *Siebenstreich* retten. Mühselig stemmte ich die Waffe hoch, rechts um das Heft gekrallt, links die Klinge selbst haltend, von der mir Blut ins Gesicht tropfte: mein eigenes.

Ich sammelte diese einzigartige Kraft. Mit einem gewaltigen Ruck warf ich das mächtige Schwert hinter mich, dorthin, wo ich die anderen Gezeichneten wußte, vielleicht sogar Emer. Gleißend flammte der Schmerz auf, zwei Hörner aus weißem Licht beiderseits meiner Wirbelsäule, so tief in meinem Innern, daß ich selbst dort noch niemals etwas gefühlt hatte. Dann fuhren vier Klingen waagerecht durch einen Körper, dem dies gleichgültig war. Dumpf und taub schlug ich auf.

Danach

Ich blickte auf, an kräftigen Beinen entlang, die schützend über mir standen. »Ganz ruhig«, sagt er, »es ist vorbei.«

»Vater?«

Ich hatte den Schlagwechsel noch gehört. Nachdem er aus der Feuersäule erschienen war, hatte der Dämon seine wahre Beute gefordert. Darauf hatte ihm Mythrael die Himmelsklinge zu schmecken gegeben. Shihayazad war nicht einmal mehr Asche.

Mein Regenbogenkörper erhob sich, mühselig, weil Mühsal die letzte Erinnerung war. Die Bewegung war frei und voll Licht.

»Es ist Zeit, daß wir durch die Große Stille gehen.« Mythrael, dachte ich. Der Walkür, Erz-Alveraniar, Marschall der Alveranischen Heerscharen, Weggefährte der toten Helden.

»Ich bin gescheitert.« Ich glaube, ich wollte trotzig sein. Knappe der Göttin nannten sich die Geweihten Rondras, selbst wenn sie schon viele Jahre für sie eintraten. Erst eine zweite Weihe, die nur den Würdigsten galt, ließ sie zu Rittern der Göttin aufsteigen. Welcher Hochmut, welches Verkennen der wahren Größe lag doch selbst in dieser Bescheidenheit! Ein ganzes Menschenleben war in der Hand der Göttin nichts als ein einzelner Schwertstreich, wie ich selbst sie zu Tausenden geführt hatte – nur ein Schwertstreich.

»Aber dieser Schwerthieb ging daneben«, beharrte ich. »Mein ganzes Leben war ein Fehlschlag.«

»Gewiß, ein Fehlschlag«, sprach Mythrael, und sein Lächeln erhellte meine Seele, »aber ein Fehlschlag der Art, den der Krieger mit Absicht tut.«

»Eine Finte?« Hätte ich noch einen Leib gehabt, so hätte ich diese Wort vor Erstaunen gerufen. Meine Gedanken begannen zu spielen wie Hasen im Frühling. Sie hatten soviel mehr Platz, da sie nicht mehr in meinem Kopf bleiben mußten.

Ich erinnerte mich an die Eroberung Maraskans, wo die Landung meiner ganzen Legion nur eine Finte gewesen war.

»Sei bereit und sei gewiß zu treffen, wenn ICH dich zu deinem Ziel führe.« Bereitschaft und Gewißheit, das zeichnete jeden Hieb aus. Aber auch jede Finte hatte vorzutäuschen, daß sie bereit und gewiß war. Die Täuschung war die Täuschung Rondras gewesen. Sie hatte nicht mich getäuscht, sondern Borbarad. Nur mein fester Glaube, meine hochmütige Vorstellung, der allesentscheidende Hieb der Kriegsgöttin zu sein, meine Vorstellung, als König des Schwertes auch der letztgültige Meister des Schwertes zu sein, nur diese meine Illusionen hatten den Dämonenmeister täuschen können.

Ich fühlte mich beschämt und befreit zugleich. Ich lächelte und starrte gedankenversunken vor mich. Ich fühlte die Welt um mich, wie sie wirklich war. ›Die Welt ist schön!‹ Das hatte der Blutzwilling gemeint. Das war der Sinn der Insel Maraskan. Die ganze Philosophie sollte den Sterblichen inmitten von Verrat und Totschlag erinnern, daß alles Teil der Schöpfung war – mit Ausnahme dessen, was von draußen kam. Maraskan wollte ein Vorbild sein, Glück und Leid anzunehmen. Das Zwillingsgeheimnis Maraskans!

»Und Borbarad?« wollte ich wissen.

»Was folgt einer Finte?«

Borbarad hatte seine Parade geschlagen: Shihayazad – vergeblich, weil der Angriff nicht wirklich ihm gegolten hatte. Nun mußte der echte Angriff folgen, den er nicht mehr parieren konnte.

»Es ist schon geschehen«, hörte ich Mythrael. »Die wahre Waffe hat ihn bereits getroffen und zu seinem Bestimmungsort geworfen.«

Ich stellte erstaunt fest, daß es mich nicht mehr kümmerte. Ich wollte über Rondra nachdenken. Eine einzige Finte Rondras, von der vorgetäuschten Zwölfgöttertjoste bis zu einem falschen Gezeichneten. Ein Schwertkönig – nur um Borbarad zu täuschen. Der Wind kann niemanden überwinden, der Sturm kann seinen Gegner nur bestürmen. Aber sein Wehen weist den anderen den Weg. Welche Größe!

Ich fühlte mich geborgen. Welche Erleichterung, einer Göttin anzugehören, wenn Gottheit sein solche Möglichkeiten bot. Wie unwichtig, wie mißverstanden mußte alles sein, was ich je für richtig und wichtig gehalten hatte, wenn ich, einer Ameise vor dem Wald gleich, versucht hatte, die Schöpfung zu verstehen.

Und dennoch: In meiner ganzen absurden, winzigen Unwichtigkeit hatte Rondra ihr Augenmerk auf mich gelegt – für einen Augenblick, der mein ganzes Leben angedauert hatte. Sie hatte diese Finte mit aller Liebe und Kunst vorbereitet. Das wußte ich, weil ich selbst es stets so getan hatte – und ich hatte es von ihr gelernt. Im Augenblick, da die Waffe trifft, verschmilzt der Krieger mit ihr. Für diesen unsagbar langen Augenblick sind Gottheit, Mensch und Handlung eins. Ich fragte mich, ob meine Angriffe dasselbe fühlten, wann immer sie trafen. Ich sah plötzlich eine Kette vor mir, die vom Winzigsten und Geringsten zum Gewaltigsten und Mächtigsten reichte. Nichts, aber auch gar nichts ist unbedeutend in einer Welt, wo das Kleinste ein Teil des Größten ist – und der Erfolg des Größten davon abhängt, daß das Kleinste seine Bestimmung findet. Wir sind alle eins, wir sind alle einig, wir sind alles!

Wir nähern uns dem Ende unserer heldenhaften Himmelfahrt über die Lichtbrücke nach Alveran. Als wir sie betraten, hast Du, Mythrael, mich aufgefordert, mich auf mein Leben zu besinnen: »Verschweige nichts und füge nichts hinzu. Besinne dich auf alles, was dein Sein ausmacht. Mache deine Seele bereit, in ihrer Gesamtheit in Alveran einzugehen.«

Als ich begann, sagte ich, daß mir mein eigenes Leben fremd und unbekannt scheint, gerade weil Barden, Bewunderer, Geliebte und Rivalen soviel darüber gesungen und erzählt haben. Ich glaube, daß ich mein Leben jetzt kenne – ein merkwürdiges Leben, voll Drang, Unruhe, Verlusten und Siegen, voll Stolz und Ehre, Sehnsucht und Irrtum. Mein Leben!

Dort vorn, hoch über mir, erahne ich den Thronsaal der Götter. Welche Schönheit, welche Herrlichkeit! Die ganze Schöpfung ist hier versammelt und vereint. Wie gut, daß ich jene Gewißheit gefunden habe. Ich müßte vergehen in diesem Licht, wüßte ich nicht mit aller Bestimmtheit, daß ich immer schon Teil davon war. Das Licht meiner Seele drängt danach, das ein und alles auch mit dem Regenbogenkörper zu erfahren.

Dennoch flirren Schauder der Wonne und der Ehrfurcht durch mich bei dem Gedanken, daß ich nun gleich der Göttin selbst angehören werde. Ich werde am Fußende der Langen Tafel Platz nehmen. Von den zwölfmal zwölftausend Helden ist erst die Hälfte versammelt. Ich weiß, daß ich der Geringste unter ihnen bin. Selbst Geron, Leomar und Hlûthar, die größten Recken der Menschheit, sitzen nicht fern von mir. Wir sind eine junge Rasse. Weiter oben tafeln Helden, deren Wesen mir von blendender Vertrautheit sind, wenn auch ich weder ihre Namen noch ihre Gestalt kenne. Löwenmenschen, Sultansechsen, Riesen, Greifen, Drachen wohl. Sie alle haben gefochten und sind gefallen in Deinem Namen, Rondra. Du hast sie zu Dir genommen, vor Jahrtausenden und Jahrhunderttausenden. Seit Äonen fechten sie in Rondras Hallen, wetteifernd miteinander, die Letztgültige Meisterschaft zu erlangen. Ein Schwertkönig ist beinahe nichts unter all diesen Schwertkaisern, Schwertheiligen und Alveraniaren des Schwertes.

Doch nichts ist gänzlich ohne Bedeutung. Hätte ich das nicht gelernt, ich wüßte es nun, da Dein Blick über die Ewigkeit der Langen Tafel auf mich gefallen ist. Ein Aufblitzen des Augenblickes nur war es, aber der Blitz trifft mich eine Ewigkeit lang. Ich bin wieder Knappe, mehr Schüler, als ich jemals war. Aber der Wind, den Du, Herrin, in mich gesät hast, ist erwacht. Ich fühle wieder diesen Drang nach dem Unerreichbaren.

Es wird tausendmal tausend Jahre dauern, ich werde hundertmal hundert Zweikämpfe fechten müssen, ich werde Mühsal ertragen, die allem spotten, was mich gepeinigt hat. Aber ich bin unsterblich. Ich bin wieder bereit es zu wagen. Denn dort oben, am Kopf der Langen Tafel, jenseits der zwölfmal zwölftausend Helden, dort, wo das Licht am hellsten ist, kaum sichtbar im Glanz Deiner Rüstung, schimmernd und unerreichbar – ich habe es gesehen in jenem Augenblick des Blitzes: Der Platz an Deiner Seite ist noch frei …

Nachwort

Mit dem Tod des Schwertkönigs Raidri Conchobair verabschiedet sich eine Figur vom Schwarzen Auge, die fast von Anbeginn an dabei war. In einer Welt, die nicht nur beschrieben, sondern auch gespielt wird, ist das ein besonders berührendes Ereignis. Ich habe Raidri nicht nur über Jahre in Romanen und Briefen beschrieben, sondern auch am Tisch, im Kostüm oder in sportlichen Zweikämpfen und Wettbewerben gespielt und erlebt. Ich möchte gerne aus seinem Leben und seinem Tod lernen. Wenn Sie Gefallen an dieser Figur gefunden oder Interesse an seiner Welt haben, oder wenn Sie glauben, sachliche Kritik anbringen zu müssen, würde ich mich über Post an folgende Adresse freuen:

Hadmar Freiherr von Wieser
Emanuel-Schikaneder-Straße 7
A-5020 Salzburg
Österreich

›Das ist nicht der Beginn vom Ende, sondern das Ende des Beginns.‹

Anhang

Namen, Begriffe, Orte

Al'Anfa: reiche Sklavenhalterstadt im Süden
Alveraniar: Bote oder Diener der Götter
Beilunk: Stadt und Markgrafschaft im Osten des Neuen Reiches
Beilunker Reiter: Botenreiter des Neuen Reiches
Bosparano: altertümliche Sprache des Neuen Reiches (vgl. Latein)
Chimäre: durch Dämonologie geschaffenes Mischwesen
Darpatien: reiche Provinz des Neuen Reiches
Derographie: die Lehre von Dere, der Welt des Schwarzen Auges
Eisenwald: Gebirgszug und Zwergenkönigreich im Westen
Ferkinas: Bergvolk und Ureinwohner Aventuriens
Fran-Horas: Kaiser des Alten Reiches vor den Dunkeln Zeiten; Dämonenbeschwörer
Greifenfurt: ärmere Provinz im Westen des Neuen Reiches
Güldenland: sagenhafter Westkontinent
Horas: altertümlicher Kaisertitel, irrtümlich vergöttert
Inquisition: Dämonenjagd der Praioskirche
Kaiserlich Garethische Informations-Agentur (KGIA): Geheim- und Nachrichtendienst des Neuen Reiches
Kannemünde: bornländische Kolonie im Süden
Levthan: Halbgott der Wollust
Mada: Halbgöttin der Magie, Mondgöttin, der Mond
Mhanadi: Strom im Südosten
Mohas: Waldmenschen des Südens
Namenloser (Gott): Dreizehnter Gott, Verräter, der die Tore zu den Niederhöllen erstmals aufbrach

Neunaugensee: See im Norden
Nivesen: Ureinwohner des Nordens
Ochsenwasser: See in ➛ Darpatien
Perricum: Hafenstadt in ➛ Darpatien
Planeten: acht Wandelsterne bzw. Halbgötter
Radrom: Fluß im Osten des Neuen Reiches
Rashdul: Stadt im Südosten
Riesland: sagenhafter Ostkontinent
Rojer: Ruderer einer Galeere
Rondrakamm: Schwert mit gezackter Klinge
Schwarze Armada: Flotte ➛ Al'Anfas
Schwarze Sichel: Gebirge im Osten des Neuen Reiches
Sharisad: tulamidische Tänzerin
Stoerrebrandt: reichster Kaufmann Aventuriens
Tage des Namenlosen: die fünf Tage, die überbleiben, wenn man das Jahr auf die zwölf Götter verteilt
Thorwaler: Seefahrer und Piraten im Nordwesten
Tlaluc: ein Dämon, gleicht einem riesigen Schleimklumpen
Tobimora: Fluß im Osten des Neuen Reiches
Waldinseln: etwa zwei Dutzend im Süden, von denen viel noch nicht entdeckt sind
Warunk: Stadt und Markgrafschaft im Osten des Neuen Reiches
Wehrheim: Stadt in ➛ Darpatien
Windhag: Stadt und Markgrafschaft im Westen des Neuen Reiches
Zithabar: halluzinogenes Rauschmittel
Zorgan: Hauptstadt Araniens